我花开后百花杀 2

锦凰 著

上册

图书在版编目（CIP）数据

我花开后百花杀. 2/锦凰著. —青岛:青岛出版社,2024.8
ISBN 978-7-5736-2318-8

Ⅰ.①我… Ⅱ.①锦… Ⅲ.①长篇小说－中国－当代 Ⅳ.①I247.5

中国国家版本馆CIP数据核字（2024）第097906号

WO HUA KAI HOU BAIHUA SHA. 2

书　　名	我花开后百花杀.2
作　　者	锦　凰
出版发行	青岛出版社（青岛市崂山区海尔路182号）
本社网址	http://www.qdpub.com
邮购电话	18613853563
责任编辑	郭红霞
校　　对	李晓晓
装帧设计	千　千
照　　排	梁　霞
印　　刷	三河市良远印务有限公司
出版日期	2024年8月第1版　2024年8月第1次印刷
开　　本	16开（710mm×980mm）
印　　张	37
字　　数	513千
书　　号	ISBN 978-7-5736-2318-8
定　　价	69.80元（全2册）

编校印装质量、盗版监督服务电话 4006532017　0532-68068050

目录

上册

第一章　赠金簪正妻之聘　1

第二章　昊天有德成人合　32

第三章　盼卿之心似我心　60

第四章　帝生疑心起试探　89

第五章　为卿盾护卿周全　121

第六章　孤便是如此霸道　149

第七章　唯愿你有福无祸　179

第八章　一步步诱敌深入　207

第九章　安分守己乐无穷　237

第十章　赤诚以待心相倾　265

目录

下册

第十一章 「借尸还魂」惊骇闻 293

第十二章 乾坤在握帝王局 321

第十三章 破局之后平安归 352

第十四章 心有灵犀控人心 382

第十五章 盛世大婚约白首 410

第十六章 君王大忌又如何 440

第十七章 夫妻联手招招狠 468

第十八章 得君心当作奇珍 498

第十九章 各怀心思鱼上钩 529

第二十章 战事起终有取舍 559

第一章　赠金簪正妻之聘

"郡主，属下也有一件喜事要告知郡主。"随阿喜送了齐培回来后，面露喜色地求见。

"成了？"沈羲和心思一动，便猜到了。

不多不少恰好三个月了，沈羲和让随阿喜将人领进来。来人缓缓迈入大门，那张脸让沈羲和与珍珠都惊愕了，就容面而论，竟然与卢炳的分毫不差。

珍珠甚至上前去摸了摸他的脸，没有丝毫痕迹和作假的地方，于是惊叹道："好神奇的推骨之术！"

沈羲和绕着这人打量了一圈："貌似而神不似。"

她让碧玉取来卢炳的双铜递给他："拿着它，今日起你就是卢炳，去四海为家漂泊一段时日，去做一个真正的游侠，深入游侠的江湖。"

只有这样他才能成为天衣无缝的卢炳。萧长风还在为巽王私下守孝，应不会有三年之久，但一年应该会有，也就是有半年的时间让他闯荡出来，再去萧长风的身边。

"属下定不辱命。""卢炳"接下双铜。此刻起他就是卢炳，会将属于卢炳的一切东西全部摸透，他若摸不透的旁人也定不会知晓。

沈羲和彻底见识到了推骨之术的高明所在，心情大好，置办了一桌酒席。大家一起庆贺了一番，随阿喜也高兴，他的能耐得到了主子的认可。他想要饮酒，却被珍珠给拦下了。

"你背上的伤刚痊愈，不宜饮酒。"珍珠劝道。

随阿喜突然有些脸红，脸上的笑意也多了一丝羞赧之意，说话都有些结巴："我……我听你的。"

在座的每一个人都用打量的目光在二人身上来回扫视，紫玉和红玉就特别坏，红玉假模假样地端酒，紫玉学着珍珠去拦，还故意放柔了语气说："你背上的伤刚痊愈，不宜饮酒。"

红玉也十分配合，学着随阿喜的模样："我……我听你的。"

两个人话音刚落，羞恼的珍珠就拿着帕子追打两个人，两个人连忙闪躲到沈羲和背后："郡主，郡主，珍珠姐姐恼羞成怒，郡主可要救我们。"

珍珠瞪着二人。

"好了，就是你们俩调皮。"沈羲和佯怒地轻声斥了两句，又给珍珠台阶下，"阿喜是救珍珠而受伤的，珍珠关心些也不为过。"

"是，是，是，是婢子们想差了。"红玉嘴上认着错，眼睛却朝着珍珠挤了挤。

坐在随阿喜旁边的莫远见此，悄悄瞥了一眼目不斜视的墨玉，眼神立刻黯淡下来。不死心的他又偷看过去，结果被敏锐察觉的墨玉冷冷地看过来，吓得他立刻低下头。

墨玉又面无表情地转过脸，继续目不斜视，仿佛四周的热闹与嬉笑场景与她无关。

不过二人的反应恰好落在沈羲和的眼中，墨玉和珍珠的案几就在沈羲和的两侧，沈羲和若有所思，旋即不知想到了什么，嘴角泛起淡淡的笑意。

她都已经及笄，珍珠、墨玉、碧玉等五人都比她年长，是到物色人家的时候了。沈羲和打算等她们年满十八岁就将她们都发嫁，她们也不算年纪过大。

"呦呦，你何时对阳陵公主下手？"步疏林隔日来，两个人正聊着，步疏林忽然想到今日见到了阳陵公主，虽然没有缠着她，却也忍不住问了一句。

"不着急，等一个理由，使节下月初才离京。"沈羲和沉着地说道。

"什么理由？"步疏林好奇。

"一个穆努哈杀公主合情合理的理由。"沈羲和做局素来滴水不漏。

"合情合理？"步疏林觉着这不大可能，现在二人都在陛下的面前口径一致地说他们是两情相悦，这种时候穆努哈如何会对公主下杀手？

她原以为沈羲和是打算强势硬栽赃给穆努哈，陛下本就不欲和亲，只要沈羲和没有留下对自己不利的把柄，哪怕穆努哈杀公主的理由牵强，陛下也会顺势让穆努哈百口莫辩。

"公主一个月后会被诊出有孕。"沈羲和也不怕步疏林知晓此事，若不与她说，她定会缠着自己不放。步疏林虽然脑子不够聪明，但嘴巴严实。

步疏林惊了。

沈羲和用如此笃定的语气与她说这句话，也就是说公主是不是真的有孕不重要，沈羲和会让阳陵公主被众人都知晓其怀了身孕。

"若是如此，穆努哈就更不敢对公主不利了。"

这可是他的亲骨肉啊，在他们的地盘杀妻杀子，除非穆努哈疯了。

沈羲和淡淡地瞥了她一眼，云淡风轻地开口："阳陵公主的身孕不是一个月。"

步疏林："……"

如果是这样，穆努哈得知一切只是阳陵公主的算计，只是要为自己的肚子里的"野种"找个生父，一怒之下杀了阳陵公主倒也合情合理。

果然，这计策天衣无缝，穆努哈必然有口难辩！

"你是不是下药让公主假怀孕？"步疏林难免想到另外一些纰漏，"假若阳陵公主真的有孕，你给她下药会不会弄巧成拙？"

"她不会真的有孕。"整改计划沈羲和都想好了，那日在房间里除了点了催情香，沈羲和还在窗幔上挂了个寻常避孕香囊。

"幸亏我与你是友非敌。"步疏林再一次庆幸。

沈羲和轻声说道："你该庆幸你会投胎。"

若非步疏林是蜀南王的人，她不能让蜀南大军的指挥权落于陛下手中，沈羲和是不会一再宽容步疏林，甚至与步疏林相交为友的。

步疏林不承认她是因为身份得到青睐，坚信自己是靠魅力！

在郡主府逗留了半日，饱餐一顿她才离开郡主府，刚出郡主府就被天圆给堵上了。

天圆递上了一个药瓶："步世子，明日会有人带穆努哈去花楼吃酒，步世子用此药兑上一坛好酒，与穆努哈王子拼酒。"

"这是何物？"步疏林满脸防备之色。

"这是让男人再也做不成男人之药。"天圆躬身回答。

步疏林瞪大了眼睛，萧华雍竟然要下药让穆努哈从此不举！

她听闻过这等药，却从未见过，一时间眼冒精光，轻咳了两声："曹侍卫，我替殿下办事，殿下是否赏我些……"

说着她就晃了晃手上的药瓶，暗示意味明显。

天圆笑着答："步世子，此药只损儿郎，不损女郎。"

步疏林立刻僵了面色。

天圆的话再明白不过，太子殿下知晓她是女郎！

太子殿下怎会知晓？！

步疏林心中惊疑不定，却丝毫没有怀疑过沈羲和，知晓沈羲和不是这样之人。

"世子莫怕，太子殿下五年前便知此事。"天圆不知步疏林会不会怀疑沈羲和，但萧华雍特意叮嘱，不能让步疏林将秘密泄露的事怀疑到沈羲和身上。

是的，萧华雍不但知晓步疏林是女郎，还知晓沈羲和知道步疏林是女郎。

因为按照沈羲和这样的性子,若非步疏林是女郎,沈羲和是不会容忍步疏林天天往郡主府跑的。

谢韫怀这个为她看诊的大夫都是三五日按时报到,且顶多偶尔留用一顿夕食。

唯独步疏林不同,京都之人知晓步疏林与沈羲和来往密切,却也没有多想,因为他们俩同病相怜,都是来京都做质子,一个毫无建树,一个柔弱女郎,便是真筹谋,没有抓住证据,他们也不好贸然攀咬。

天圆这句话不仅让步疏林知晓她身份泄露与沈羲和无关,也是在委婉地告诉步疏林,太子殿下早就知晓,若要对她不利,不会等到今时今日。

步疏林收起了她的嬉笑之色,对天圆拱手:"可否请示殿下,殿下是如何得知的?"

天圆了然道:"殿下吩咐,若是步世子问及,便如实告知,蜀南王府有殿下之人。"

步疏林更为惊异,蜀南王府和西北王府一样,到处是旁人的人。可这等事,非心腹绝不会知晓,所以天圆这是告诉步疏林,她阿爹身边的左膀右臂有人投入了太子殿下麾下。

"曹侍卫,请转告殿下,微臣遵命。"步疏林郑重地道。

她并没有多慌乱,不是多信任皇太子。身为女郎,身为权力中心从未有过一丝懈怠的女郎,她和沈羲和一样,不会轻易相信玩弄权术的男人。

皇太子此刻不拆穿她的身份的事,并不是仁慈,只是留着以图后用,比如此刻。

日后若是皇太子登基,想要灭掉蜀南步家就轻而易举,一个欺君之罪即可。

可他们又能如何?从现在起穷尽法子让萧华雍无法登位?且不说能不能成,只说他们若有异动,萧华雍就可以立即拆穿她女扮男装的事。

她如此镇定是因为沈羲和,沈羲和明确要与东宫联手,比起蜀南,西北才是心腹大患。若萧华雍容得下西北,就容得下蜀南。

萧华雍容不下蜀南,一旦对蜀南动手,沈羲和就会有唇亡齿寒的危机感,她会与萧华雍反目,那她和沈羲和就依然是有共同的敌人。

她从不寄希望于任何人,此刻却深信,沈羲和不会让她失望。

只要她与沈羲和永远是真心相待的挚友,她们的结局要么是共赢要么就是同输。

天圆只是笑了笑,就很快消失,来无影去无踪。

"好俊的轻身功夫。"步疏林又恢复了往日没心没肺的样子。

她捏了捏手中的药瓶,回到家就开了几坛烈酒,草原上的男人定是喜欢这种烈口之酒。

次日,步疏林又借着肚子疼躲开了轮值,跑到了花楼先等着。她与几个花娘子打情骂俏一番嫌无趣,就摆了个酒会,拿了一柄宝刀做酬劳,谁要是能喝赢她,这把宝刀就属于谁。

这举动一时间引了不少王孙公子前来挑战，但没有一个人赢她。

今日穆努哈随着鸿胪寺卿府上的郎君宁启樊来逛花楼，这位邀请了他数次，他都推拒了，眼见着这位郎君也非邀请他一人，每日都与其他使节谈笑风生，想来就是一尽地主之谊。

他拒绝了好几次，实在是盛情难却，今日就来了。游了好几个地方，本来他们没想着来这个花楼，原因便是鸿胪寺卿府上的郎君听闻步疏林在这里，他与步疏林不对付。

但步疏林设场子之事传过来，他一听就来了兴致，果然看到用红绸绑好的宝刀挂在上方，立时眼馋不已。

"步世子，我来会一会你。"宁启樊坐到了步疏林对面的挑战台上。

步疏林这会儿斜靠在美人的肩膀上，侧身坐着，一条腿还疏懒地从案几后边伸出来，张口含住美人递到嘴边的酥饼，心满意足地吃下去后才挥了挥手，让银山拎了一坛酒摆到宁启樊面前："小爷方才已经与人比拼过了，喝了这一坛，你要先饮下这一坛，才有资格与小爷继续拼酒。"

步疏林可不傻，不可能让人群攻。她与每一个人拼酒喝了多少都记录下来了，后来的人得先把她饮下的数量饮了后，才能与她拼酒。

宁启樊也干脆，拎起酒坛，就仰头豪迈地大口大口灌下去，引来无数围观者叫好。

步疏林等他饮完才有些嫌恶地开口："一坛酒被洒了小半。"

"你是不想认账？"宁启樊不干了。

"小爷权当让你，银山，给他上酒！"

银山又拎了两坛酒，为免挑战者不服，都是让挑战者先选，余下的一坛直接递给步疏林。

宁启樊每个都掀开，然后掂了掂，气息一致，重量相等，就随意抓了一坛。

两个人又拼了半坛，宁启樊脸涨红，眼神迷离；步疏林依然眼神清明，不过脸上浮现了两朵红云。宁启樊咬着牙又喝了小半坛酒，最后撑不住肺腑里的灼烧感，俯身吐了。

宁启樊的下人来劝，都被醉醺醺的宁启樊给推开了："爷我就要这把宝刀，就要赢了姓步……姓步的！"

宁启樊咬着牙喝完一坛剩下的酒，整个人就撑不住了，双目涣散地躺在下人的怀里，但谁要是想把他弄走，他怎么都不肯，还会咬人。

步疏林见此便说道："宁小二，你快回府，否则你阿爹来了，仔细你的屁股开花！"

"你……哕……"宁启樊一张口就吐了。

穆努哈本不愿参与此事，但仔细看了那把刀，那是一把削铁如泥的宝刀，这世间再无第二把："世子此刀可是宋月刀？"

宋月是个人名，以铸刀闻名，每个尺寸的刀只留存一把最好的，其余全部毁掉。

"正是。"步疏林勾唇应道。

"穆努哈与步世子一拼。"

酒依然是银山拎来的，放在穆努哈面前，穆努哈豪饮了两坛，步疏林这才让银山又拎了两坛过来，由穆努哈先选，穆努哈的酒量与步疏林棋逢对手。

两个人狂饮了三坛酒，步疏林的视线开始模糊，穆努哈也是肺部灼热。两个人都不肯轻易认输，就开了各自的第四坛酒。

看热闹的人从最初的起哄到现在开始屏气凝神。等到又喝了半坛酒，两个人都趴下了，坛子都举不起了，步疏林却不愿意放弃："银……银山……给小爷倒……倒酒！"

"世子爷……"银山是真的担忧。

"快……倒……酒！"步疏林醉到眼睛都睁不开了，却还试图瞪银山。

银山无法，只得给步疏林倒了一碗。步疏林颤巍巍地端起酒，抖了好一会儿才一口又饮下。

那边穆努哈也到了极限，也吩咐人："倒……倒满……"

最后两个人险些用酒碗把剩下的半坛酒给喝完，都是撑着一口气瞪着对方，就看谁先趴下。

步疏林浑身都像着了火，依然吩咐："再……再倒一碗！"

银山又给步疏林倒了一碗酒，步疏林已经端不起碗，直接趴过去含着碗沿吸，像狗儿喝水。

她吸了两口，一只大掌伸过来，将她的酒碗强势挪开了。步疏林迟钝地抬头，迷迷糊糊地看清了来人的模样："崔……崔石头……"

来人正是崔晋百。崔晋百看着醉鬼一般的步疏林，恨不能一盆冷水给她淋下去。

"你胡闹够了吗？"崔晋百居高临下地问。

"我……我……"步疏林指了指自己，"我胡闹……我哪有？！我都是……都是……因为……寂寞！寂寞，你知道吗？……都是你让我……让我寂寞！我……我可不得——嗝……我可不得自己找乐子？！"

崔晋百看着两个人："你们二人旗鼓相当，再喝下去都会伤身子，不若平局。步世子的刀依然为步世子所有，穆努哈王子，我赠你一把好刀。"

这算是给每个人一个台阶下，没有人认输，已经喝不下去的穆努哈点了点头。

"我不——"步疏林摇摇晃晃地站起身，将要去搀扶她的银山推开，"你……你是我的谁……你就……能给我做主？"

她跟跟跄跄地走到崔晋百面前："不要以为……我和你睡了几次，你就能做我的主……"

步疏林的话让周围的人都瞪大了眼，有些女郎更是掩嘴来回看两个人。

"你醉了。"崔晋百握住她的手，将她往外拖。

"你要做什么？你是不是想乘人之危？"步疏林一边抗拒着，一边胡言乱语。

崔晋百沉着脸，直接将步疏林给扛了起来，离开了花楼。把步疏林带回崔家肯定不行，崔家现在还不是他做主，带回大理寺更不行，那里是庄严之地，崔晋百只能将步疏林送回步府。

他还没有到步疏林的房间，步疏林就吐了他一身。

金山看到，连忙带着丫鬟把步疏林接过来，然后安排崔晋百去换衣裳，洗漱一番。等崔晋百收拾妥当，步疏林也被明着端茶倒水、实则贴身伺候的丫鬟收拾妥当，灌了一杯醒酒的汤药。

步疏林喝下醒酒汤药后蔫蔫地躺在床榻上，双目无神，但就是不睡。丫鬟和金山都哄着，她就像个无助、茫然的孩子一样，安安静静地躺着。

崔晋百进来就见到了这般模样的步疏林。

"崔……石头……"步疏林看到崔晋百才断断续续地出声，"我……我难受……"

本是胸有郁气的崔晋百不知为何就气消了，坐到床榻边温声说道："闭眼，歇息，醒来便好。"

"我……不……睡，"步疏林思绪有些混乱，"不能睡……睡了……会有危险……"

崔晋百听得困惑，看向守在一旁的金山。

金山低头答道："世子少时有段日子总是遭暗杀，深夜不敢入眠，白日才能安歇。"

后来，步疏林索性就晚上逛花楼，流连忘返，白日里再回府呼呼大睡。

崔晋百听了这话不知为何心口一疼，便哄着她："我在此，你可安心歇息。"

步疏林闻言仰头看着他，看了好一会儿才"嘿嘿"笑了："崔石头……你嫁给我……嫁给我好不好？"

"世子！"金山低声提醒。

步疏林对着金山轻哼了一声，转头脸上又堆起笑容："我……喜欢你……崔石头……我要娶你……"

看着醉得神志不清的人仍忍不住戏弄自己，崔晋百面色又难看起来。

"崔石头……嫁给我……你就是世子妃，日后就是王妃！多少人求都求不得……"步疏林才不理会他的臭脸，"我有的东西……都给你，你嫁给我好不好"

说着她还晃着他的手，一脸委屈的表情。

崔晋百试图抽走手，没有成功："莫要胡言，早些……嗯……"

步疏林竟然不知何时恢复了些力气，撑起身子，对着崔晋百的嘴就堵了上去。

崔晋百一瞬间僵在原地，大脑霎时一片空白。

金山被吓得面无人色，上前一把将步疏林拉开："世子！"

崔晋百这才回过神，倏地站起身，大步往外走去，脚步慌乱，似落荒而逃。

崔晋百逃出步府后，心跳如擂鼓，攥紧拳头也无法平复心情，面无人色。

他和步疏林只是各取所需，步疏林借他不尚公主，而他借步疏林逃避家中在他的婚事上做文章。

他幼时丧母，父亲是个端方之人，为母亲守了三年之后，再次接受家中安排，娶了个小官家的嫡女。

继母最初那两年对他格外上心和讨好，他也一度以为他的家会一直这样温馨下去，直到继母的长子出生，一切就都变了。她看自己的目光越来越疏离冷淡，自己总是有些不适应，却也觉得这是情理之中，想着自己做个好兄长，一家能维持表面的安乐也好。

但他没有想到曾经也用心关怀过自己的继母，竟然会狠心要将自己弄丢。

从此以后他就知道，他与继母之间有了利益冲突。自古嫡长子就是家中砥柱，占据着父亲的七分家业和人脉，这些都是继母想要为自己的亲生儿子谋夺的东西。

他到了适婚之龄，继母处心积虑地想要将娘家的女儿嫁给他，可惜继母娘家身份低，她能嫁到崔家做继配，便是父亲看中她出身低，不会觉得委屈，又不会生出野心。

为此她不断在外造谣，族中给他相看的贵女均被她使了坏，后来他索性看着她折腾，也不想娶个女郎回来，与她针锋相对。左右他是儿郎，耽误得起。他不成婚，那小他六岁的弟弟也无法成婚。

后来她更是时不时地将自己娘家的女郎接到府中小住，紧接着步疏林就缠上了他，消息一传出，往日耍尽心机要与他偶遇的人都被吓得花容失色，没两日就辞别。

因此事继母的弟妹都被牵连，他反而有种说不出的畅快感。继母抓住这个把柄更要将他的婚事早早定下，奈何她娘家那边的嫡出女儿都不愿意嫁他，她竟然向父亲提出为他聘她娘家的庶女，被父亲好一通训斥。

他终身不娶也无妨，故而乐得与步疏林做戏，至少能够看到继母与父亲为此焦头烂额，让他心中积攒的郁气得以疏解。

步疏林不知崔晋百的纠结与痛苦情绪，崔晋百走后，她又闹了一会儿，才筋疲力尽地睡过去。

"哟哟，崔石头躲着我！"步疏林完全不记得自己醉酒后的所作所为，这两日一如往常地去寻崔晋百，却发现崔晋百竟然和往日不同，让她根本堵不到人。

· 8 ·

一次两次是巧合，次数多了，步疏林就察觉出来了。

沈羲和径自低头看书，对步疏林的话置若罔闻。

"呦呦——"步疏林一转三折地拖长声音，愁眉苦脸地问，"你说崔石头为何躲着我？"

沈羲和依然不应答，翻了一页书，继续品读。

"呦呦！"步疏林将手悬在书页上方，挡住了沈羲和的视线，"你快与我说说，我好烦。"

"对，你好烦。"沈羲和一把拂开了她的手，合上书轻轻放在一旁。

步疏林垮下肩膀，不高兴地看着沈羲和。

沈羲和倒了杯温热的平仲叶茶润了润唇才搁下杯子问道："他躲着你，自是不愿见你，你何故苦恼？"

步疏林错愕地看着沈羲和："一个素来友好之人，突然对我不理不睬，我为何不苦恼？若哪一日我不理睬你了，你难道也不苦恼？"

"若是我有过错，我定会知晓；若是我没有过错，我绝不会去迁就。"沈羲和就是这样一个不近人情之人。

如果她做错了事，自然会去致歉。但她没有错，对方自己要闹别扭，她可不是个会迁就旁人、伏低做小之人。

她不是高傲，而是性格如此。

她不会无理取闹，不会让旁人非得哄她、迁就她，自然也不会去迁就、哄着无理取闹之人。

步疏林听了这话之后，有些不确定地说道："我好似也没有过错吧……"

她那毫无底气的口吻，让沈羲和似笑非笑地看着她。

本就没有自信心的步疏林更是心虚地说道："难道我那日醉后当真做了什么事冒犯他？"

"我可不知。"沈羲和关心的却是另一件事，"你好好的，去花楼设什么拼酒的场子？"

"我还不是被你的男……"步疏林口无遮拦惯了，差点儿就脱口而出，好在想起沈羲和的性子，及时住了嘴，改口道，"太子殿下让我给穆努哈设局，那日穆努哈会被宁启樊带到花楼去。"

"他为何这般做？"

这绝对不是单纯拼酒。

步疏林摸了摸鼻子才有些不自在地说道："殿下给了我一瓶药，说是男人兑酒喝了，会做不成男人……"

沈羲和怔了怔，猜到萧华雍知道这件事后定会恼怒，也必不会善罢甘休，毕竟她和萧华雍是彼此说明了嫁娶之事的，萧华雍便是对她没有男女之情，也容不下旁的男人如此算计她。

更何况萧华雍对她明显有男女之情，就更不会轻易揭过此事，她却没有想到萧华雍竟然……

深思片刻后，沈羲和忽地笑了："倒也能加以利用。"

沈羲和没头没脑的一句话让步疏林一头雾水，见沈羲和起身离去，步疏林连忙追上去："你要去何处？"

"去厨房做些吃食，与殿下换些药来。"沈羲和边走边说。

步疏林听得眼睛微亮："不如呦呦多做些，我带着去寻崔石头，给他赔个礼？"

沈羲和停下脚步，目光微转，笑意盈盈："你要拿我做的吃食去给崔少卿赔礼？"

"我定会说是你做的，绝不会冒名顶替。"步疏林误会了沈羲和的意思，连忙担保，"不过会说是我千辛万苦讨来的，旁人可讨不到，如此显得珍贵而有诚心。"

沈羲和忍不住掩唇笑了："你若不想他更冷待于你、恼怒于你，最好自个儿寻些物事去赔礼。"

沈羲和觉着，若是让崔晋百知晓步疏林从她这里千辛万苦地讨了吃食去与他分享，可能崔晋百此生都不想再见到步疏林了。

沈羲和去了厨房，取了雕胡米浸泡，准备给萧华雍做一道雕胡饭。

雕胡饭在京都甚是得达官显贵喜爱，做法也各不相同，最奢侈的做法大概是"送以熊蹯，咽以豹胎"，用熊掌与豹胎来搭配，沈羲和没有试过，也不想尝试。

她选择用野雉汤羹与自己调制的蜗醢来做，这里面有个小窍门，便是雕胡米清香异常，有一种极令人迷恋的清雅甘甜味道，回甘极快，却有一丝苦味。

沈羲和会在雕胡米与野雉汤融合之后，加一点点糖，糖的分量一定要把握精准，如此一来雕胡饭黏韧弹牙依旧，每一粒都融合着野雉汤的鲜美味道，吃起来美味勾人。

每次她做出雕胡饭来，沈岳山与沈云安必然要为谁多吃点儿大打出手。饭上再淋上她调制的蜗醢，沈云安和沈岳山吃起来，连长幼都顾不上。

其实去东宫现做会更好，不过有了上次的经历，沈羲和不大想去。

这道雕胡饭一时半刻也冷不了，她在府中做好，拎到东宫将将好。且雕胡饭做好之后，被捂上一捂，汤汁与米融合得更加彻底，香味会更浓郁，除此之外，沈羲和还做了"古楼子"。

这是一种十分考验火候和配比的胡饼，需要将腌制好的一斤羊肉加上葱白、豉汁和盐，一层一层细致地塞入胡饼之中，最后放点儿芝麻、抹上香油，放入烤炉之中慢慢地烤。

胡饼香脆，羊肉鲜嫩，又散发着葱白以及芝麻的香气，是一道特别美味的食物。

当这两样东西被放到萧华雍面前，掀开盖子后，扑面而来的香气让萧华雍的眼睛如点缀了无数的星光，明亮又璀璨。他吃了一口雕胡饭之后就停不下来了。

一旁的天圆闻着诱人的香气直咽口水，只得找个理由退下去寻九章给他弄点儿吃食。

萧华雍饱餐一顿，心满意足，整个人看起来神采奕奕："呦呦，赠我以如此美味，不知我有何处能为呦呦效劳？"

沈羲和绝不会无缘无故地对他好，也不能说沈羲和计较算计，只是在她心里，他不过是个她选择要嫁的外人。她有所求，不能直接索要，才会投其所好，做了吃食算是等价交换。

"我想求一瓶殿下给步世子之药。"沈羲和也干脆。

萧华雍端起茶杯的手抖了抖，险些将茶水打翻，他没有想到步疏林真的毫无顾忌，把这种东西告知了沈羲和，一时间不知如何形容自己心里的不自在感。

萧华雍轻咳了一声，极力正色地问："呦呦要此物有何用？"

"用于对付穆努哈王子。"沈羲和也不隐瞒他，"早在年关之前，我便派人给五公主做了手脚，月底她便会被误诊为有孕。我原是要设其他的局对付她，恰好碰上了穆努哈，就顺道改了法子。

"事到如今，只剩最后一步，那便是穆努哈王子得知公主有孕近两月，不过是寻他'喜当爹'。如此挫一挫他作为男人的颜面，他必然会寻公主对质，失手杀了公主也算合情合理。"

这是沈羲和的全部计划，不过有萧华雍的药的帮助，倒是让穆努哈杀公主更令人信服。

沈羲和要将药藏在阳陵公主的宫殿内，先让穆努哈知晓阳陵公主在算计他，再让他得知阳陵公主为了保证自己的孩子日后的地位，给他下了不举之药。

想来穆努哈现下因着还没有碰女人，不知自己不能人道。一旦他知晓此事并去证实之后，就无法冷静下来，细想阳陵公主对他下药让他不举有些不合理。

沈羲和只需要他一时冲动，就足够完成这个天衣无缝的局。

至于之后他会不会冷静下来细想整件事，已不再重要。

萧华雍听了整个计划后忍不住流露出赞叹的目光，她不但做局缜密精妙，而且随时能够将过程之中发生的意外加以利用和调整，这样的人才是真正能够掌控大局的。

她一旦出手，无论有多少变故，万变都不能脱离她的手掌。

"阳陵背后的人，你不欲知晓了？"萧华雍问。

"我已经用了法子，阳陵公主不愿说，我便不用知晓。"沈羲和淡淡地笑了笑，"阳陵公主并非寻常人，若失踪必然引起轩然大波，想要将她掳走严加拷问的方法不可取。"

若阳陵公主是个寻常身份，哪怕是高门贵女，沈羲和也敢将其掳来关在暗无天日之地，总有一日撬开对方的嘴。

可阳陵公主在深宫里，想要将其掳走不易，便是真的被掳走，必然惊动整个皇城，陛下很可能会下令进行地毯式搜寻，沈羲和还没有自信到认为自己能够在这等情形下全身而退的地步。

既然无法从阳陵公主的嘴里探出幕后之人，沈羲和就只能要了阳陵公主的命，以此来警告那个躲在暗处的人。

"想要掳走……"萧华雍沉吟片刻，说道，"也不是不成。"

"殿下已帮我良多，不好再让殿下费神。"沈羲和婉拒道，"非我自负，不惧暗箭，实则此事非同小可，便是成了，也会连累殿下。须知此刻陛下盯着殿下的一举一动。"

"便是让他知道了也无妨。"萧华雍是想要偷偷对付陛下，却不惧与陛下正面博弈。

"不好。"沈羲和摇头，"因小失大。"

"何为小何为大？"萧华雍问，"于我而言，对你有害者为大。如此一个深谙藏匿之人，且不知因何对你不利，还能轻而易举地撺掇公主，其权势、地位可想而知。此次不成，他定不会罢休，必然还会有第二次局。"

"殿下既知他权势、地位非同小可，便知他一样盯着阳陵公主的一举一动。殿下一动，他必然也会行动，殿下未必能够带走公主，反而会暴露。"沈羲和仔细分析，"也许他此举所图正是如此，我不愿问不出结果，反倒如了他之意。"

这个可能也不是没有，萧华雍听了这话低头说道："若是如此，倒是我连累了你。"

"殿下，这条路注定风刀霜剑，你我既已选择共同进退，便莫要如此作想，日后定也会有人为了对付我而对殿下下手。"沈羲和宽慰他道。

她是如此宽容大度，冷静理智。

萧华雍却不喜欢这冷静与宽容的表现，这意味着她时刻保持着清醒，只有无情的人才能如此清醒。

她清晰地将他们定义为携手共进的合作者，彼此要信任，要互相承担风险。

他来这世上，虽只有短短二十年光阴，但八岁之后，除了他身体里的毒，就再也无人无事让他无力，沈羲和是个例外。

偏他也无权去指责她，倾心于她是自个儿的选择，她虽不需要，却也从未阻止他，是因为她知道她无权阻止，正如他也无权非要她为自己动情一般，选择不爱，亦是她之权。

不过他不急。总有一日，他定能让她为自己失去理智，打破这种沉着。

"听呦呦的。"萧华雍笑着将食盒收拾好，"盼着下次再能尝到呦呦的手艺。"

萧华雍不知自己是不是偏爱，总之沈羲和所做的汤羹当真是美味至极。

"会有机会。"沈羲和浅笑着答道。

日后他们成婚，她会成为一个合格的太子妃，偶尔为太子殿下做顿吃食是情理之中的事。

沈羲和在萧华雍这里如愿拿到了一瓶药。她都没有带出宫，直接通过宫里的人送到了她的人的手里，不急着放入阳陵公主的宫殿，等到阳陵公主被爆有孕之后再行动不迟。

有充足的时间让他们筹谋如何行事才能不露痕迹。

沈羲和上了马车，珍珠才说道："近来三公主总是与五公主针锋相对。"

这是打听来的消息，珍珠不知对沈羲和有没有用，总之告知了沈羲和。

沈羲和了然地笑了笑："应该如此。"

本来吐蕃就有求和亲之意，陛下是想拒绝，可知晓的人不多。这下子闹出了穆努哈与阳陵公主之事，这嫁到突厥的都是陛下的亲生女儿，陛下总不能厚此薄彼，自然也要嫁个亲生女儿。

陛下现在只有三位公主，阳陵公主许了穆努哈，只剩下三公主与六公主。六公主是荣贵妃之女，有两个亲王哥哥，且还有一个未婚夫——怎么都不可能是六公主去和亲，三公主能不恨阳陵公主？

"今日三公主出了宫，据闻是去寻二娘子了。"珍珠又忍不住提醒了一句。

沈羲和黛眉微蹙，旋即冷笑了一声："她们这些公主，还真喜欢欺负我们沈家的女郎。"

阳陵公主撺掇长陵公主对付她不够，到了要被迫和亲的时候，三公主又开始打沈璎婼的主意了。

"郡主，我们要……"珍珠试探着问，"帮二娘子吗？"

"不用。"沈羲和淡淡地回道。

沈璎婼不傻，不会想不到三公主突然亲近她的目的。有了上一次在宫中之事，沈璎婼应该会更警惕。便是三公主算计成功，吐蕃真的求娶沈璎婼也无妨，和亲之事会因为阳陵公主之死画上句号。

"崔石头，你给我站住——"

就在此时，马车外传来了步疏林的高喊声。沈羲和撩开车窗帘子，就看到了崔晋百打马与她的马车错身而过的身影。步疏林竟然是跑着追的，很快崔晋百到了宫门口下马，大步入了宫，步疏林只能站在宫门口等着他。

"崔少卿就似被抛弃了的郎君，郎心似铁，再不回顾。"紫玉看到这一幕，不由得轻声呢喃。

珍珠白了她一眼，将她的头扳过来："少看些话本。"

紫玉的一大爱好就是看话本，沈羲和之所以会看话本都是被紫玉带的。不过这主仆二人看话本与旁人不同，她们看的不是美好的男女之情，都是批判里面的女郎痴傻、儿郎不作为。

譬如高门贵女与落魄书生私奔，主仆二人一致认为：贵女品行不端，抛下疼爱自己的爹娘、兄弟、姊妹，选择一个外人；书生没有担当，不通过自己的努力让贵女的爹娘高看他，反而撺掇着贵女与自己私奔，还无媒苟合……

不同的是沈羲和看了几本话本之后就失去了兴趣，而紫玉依然热爱，一边看一边骂着主人公。

崔晋百倒也不是被抛弃了，只是这段时日在努力让自己早些幡然醒悟。

为此他还去了一趟相国寺，在寺庙里沉心静气，若非陛下召见，还在告假。

他原本以为自己真的克制住了心中的魔念，可一回城就遇上了步疏林，看到她的第一眼，就觉得自己的情绪会失控，故而慌忙逃入宫中。

他故意在宫中磨蹭了许久，出来时差点儿夜幕降临。外面寒风如刀刮骨，他却没有想到步疏林竟然还在宫门口等着他。

"哎，我说崔石头，你这人小肚鸡肠似女郎，报复心挺强。"步疏林一见崔晋百就抱怨，"你是故意等到宫中都要宵禁了才出来吧？我都快冻死了。"

崔晋百牵着马，没有理会她。

步疏林哈着手："我知晓，我那日喝醉了，对你多有冒犯，都是醉后之言、醉后之举，你莫要放在心上……"

崔晋百蓦地停下，天色渐暗之中，转过头紧紧盯着步疏林。

步疏林被他看得心里发毛，觉得自己的解释好像更惹怒他了，回想片刻也没有琢磨出自己哪句话说得不对，只当是自己诚意不够，便继续伏低做小，给崔晋百行了个大礼："都是我不好，醉后胡说八道。你就说吧，要如何你才能原谅我一回？我必然照做。"

这段时日，他为了这个人的举措而彷徨无措、心绪起伏，却原来是自己一厢情愿，这个人原来只当是醉后胡言乱语，压根儿没将此事放在心上。

崔晋百突然觉得自己何其可悲！

"崔石头，你为何这般看我？"步疏林觉得崔晋百的眼神比寒冬的天还要阴寒，"我知晓我那天轻薄了你，但我真是无心之举。那日我醉糊涂了，换了任何一个人我都会……"

· 14 ·

"闭嘴！"崔晋百厉喝一声，面色铁青，漆黑的眼瞳里没有一丝温度，"自今日起，你莫要再纠缠于我，否则……"

崔晋百拔出剑，将剑折断了扔在步疏林的面前："犹如此剑！"

步疏林僵在原地，看着崔晋百走远，寒风一过，脸上一片冰凉。她抬手抹了抹，竟不知何时多了水痕……

残冬未尽，初春展露，春风冲破霜雪的包围，吹得枝头梅花摇落，一地冷香。

沈羲和撒着鱼饵，凭栏而立，瞥了一眼蔫蔫地趴在栏杆上的步疏林。步疏林双目无神，不知视线落在何处，一脸失魂落魄的样子。

"崔少卿辱骂你了？"沈羲和可没有忘记昨日恰好看到步疏林堵着崔晋百的场景。

步疏林失神地摇了摇头。

"崔少卿依旧不愿理会你？"沈羲和又问。

步疏林木然地继续摇头。

"崔少卿说了伤人之言？"沈羲和再问。

步疏林抬起头，依然目光黯淡地看了看沈羲和，还是沉默着摇头。

沈羲和瞥了一眼下方有鱼饵也引不来鱼儿的平静水塘，将盛放鱼饵的碟子搁下："眼瞅着春日将开，你莫要做出这副半死不活的模样，败坏我的兴致。"

步疏林撇着嘴："他断剑义绝，命我不得再纠缠于他。"

情况竟然如此严重，沈羲和微惊："怎会如此？"

崔少卿是世家公子的表率，以他的修养，除非是杀亲仇人，哪怕是政敌，他也不至于决绝如此。

"我也不知。我不过是醉酒之后吐了他一身，又……"步疏林想破了脑袋也没有想明白自己是犯了他哪门子的忌讳，"又说了些轻薄他之言，可这话往日我没少说，他都不曾放在心上。"

亲了崔晋百一口的事，她不好意思对沈羲和讲。可她之前也不小心啃过他的下巴，他当时也很气恼，恨不得杀了自己，可之后并没有真厌恶自己。

"你是因此才闷闷不乐？"沈羲和问。

步疏林不承认："我就是觉得他莫名其妙，闹不明白他因何如此，想着是不是我犯了他的大忌，捅了他的心窝子。想弄明白之后，若当真是自己不知轻重，我合该对他致歉才是。"

听着她"噼里啪啦"地解释，沈羲和忍不住抿了抿唇："不如你仔细与我说说细枝末节。"

倒不是沈羲和有了紫玉的好奇心，只是觉得就凭步疏林这点儿脑子，怕是永远想不明白此事。

她可不想步疏林每日哭丧着一张脸跑到她这里来。

步疏林有些为难，支支吾吾半晌，还是把那日醉酒后在花楼说的话和到步府发生的事都一一道来，实在是闹不明白崔晋百在想什么。

为此她耿耿于怀，吃不香、睡不着，恼人不已。

沈羲和是不轻易让自己陷入可能让自己变得面目全非的男女之情中，但不代表她不懂。

因而步疏林一说完来龙去脉，沈羲和就明白了："崔少卿应是倾心于你。"

步疏林瞬间石化，瞪圆了眼睛，张圆了红润的嘴，难以置信地望着沈羲和。

她这副模样让沈羲和会心一笑，后者道："你未曾听差，我说崔少卿是因倾心于你才会如此。"

春冬交替，冷风之中，梅香清凉，灌入步疏林的鼻间，才让她回过神来。她被吓得霍然站起身来："他……他……他……"结巴了半晌，步疏林才把她的舌头捋直，磕磕巴巴地说道，"你是说，他对我非同一般？"

沈羲和颔首。

步疏林惊慌失措地踱步，焦急得连手都不知该往哪儿摆："怎么会呢？这……这……这……这可怎么办？"

沈羲和："……"

"我明白了，日后再也不去招惹他，对他退避三舍。"步疏林豁然开朗，然后下定决心。

沈羲和扶额。

她觉得自己似乎帮了倒忙，步疏林是想明白了，估摸着崔少卿得气疯掉。

沈羲和张了张嘴，到底没有劝步疏林去对崔少卿坦白她是女儿身。沈羲和是个任何感情都凌驾于在她看来最不靠谱的男女之情之上的人。

步疏林这是祸及全家的把柄，岂能轻易让人知晓？且步疏林看着对崔少卿似乎并无情意，否则知晓崔少卿倾心于她，怎会是这样的反应？

"呦呦，我们出去走走可好？"步疏林忽地提议道。

沈羲和扬眉："冷。"

天气一冷，沈羲和就不爱往外跑，非必要之事，绝不会迈出郡主府一步。

"走嘛，走嘛，我心里闷闷的，想去散心。"步疏林拽着沈羲和的袖子摇晃着。

沈羲和又否定了方才的定论，步疏林不是对崔晋百没有心，只是她可能自己没有意识到这点，故而才会在决定要避着崔晋百之后心里难受。

沈羲和也没有去点破。这种暧昧不清的情愫对步疏林来说到底是福还是祸，沈羲和无法判断，便不能轻易干涉，一切顺其自然，就看他们二人是否有缘。

到底是同情步疏林爱而不自知，沈羲和换了身衣裳随着步疏林出去逛逛，顺带去看看独活楼。

步疏林爱马，经常会去马市，一旦看到良驹烈马就会重金购买。

往常她定会记得沈羲和爱洁，不会去马市那样脏乱之处。不过今儿她什么都忘了，就想痛痛快快地花钱，沈羲和就在马市之外的食肆里等着她。

茶过半盏，沈羲和便听到了争吵声，转头看过去，竟然是两个吐蕃人与商贩起了冲突。沈羲和看了一眼，发现维持治安的巡卫竟然不见踪影，便吩咐碧玉："去请官府中人。"

碧玉刚行了礼还没有退下，那边的争吵声就降低了些。沈羲和看过去，竟然是沈璎婼和一个沈羲和眼生的婢女入了内。

沈璎婼无疑是个才女，懂吐蕃语，故而一番解说，双方这才握手言和，达成了交易。

"郡主，这好似是吐蕃王子。"珍珠低头对沈羲和说道。

吐蕃这次来的并不是王子，但王子扮作随从跟来了。

"她身边的婢女你可见过？"沈羲和问。

珍珠摇头，倒是去宫里机会多的碧玉回道："郡主，那依稀是三公主身边之人。"

"果然……"沈羲和轻"呵"了一声。

这里是马市，是番邦民族交易重地，不说重兵把守，但绝对治安严明，更有译员以防买卖不通。突然人都没有了，这就极不寻常。

"二娘子这是中了三公主的计。"碧玉下意识地蹙眉。

沈羲和看着与吐蕃王子言笑晏晏的沈璎婼，莞尔道："她也是在宫中长大的，你们莫要把她看得势单力薄、软弱可欺。"

沈羲和收回目光，嘴角的笑容渐渐染上了风霜的寒意："不过这巡卫如此轻易就被调离，是该给他们一些教训，珍珠……"

珍珠俯身，沈羲和在她的耳边吩咐了一番，她立刻退下。

沈璎婼这边帮吐蕃王子化解了一场麻烦，且她竟然会说吐蕃语，令他惊艳不已。他立刻问："你是陛下的公主吗？"

"我不是陛下的公主，只是公主的伴读。"沈璎婼礼貌行礼，"是我们公主见几位客人遇上了麻烦，特意派我来为客人们解围。"

吐蕃王子一听沈璎婼只是伴读，而在吐蕃，王子的伴读都是从下人中挑选，便有些失落，不过一听到沈璎婼后面的话，他的眼睛立时又亮了。

他顺着沈璎婼的目光看过去，果然看见三公主坐在远处。他见过这位三公主，顿时心生好感，不由得问沈璎婼："三公主也会吐蕃语吗？"

"自然，公主博学多才。"沈璎婼赞美道。

可怜跟着沈璎婼来的宫女并不懂吐蕃语，当吐蕃王子投来询问的目光时，沈璎婼就忽悠了一句："王子问我是不是公主，我说我是陛下的侄女。"

宫女立刻颔首。

沈璎婼又对吐蕃王子说道："我们公主对吐蕃十分向往，向往翠绿的草原、四溢的花香、纵情的歌声。"

吐蕃王子心花怒放："公主定能如愿。"

沈璎婼微微施礼，就带着公主的婢女走了，转过脸，笑容瞬间收敛。

没有几个人知晓她会吐蕃语，三公主推她出来，是为了让她以县主的身份解决这场麻烦。

这几日三公主痴缠着她，弄得她烦不胜烦，要彻底打消三公主的念头，就得从根源处下手。

三公主想让吐蕃王子对她倾心，从而主动求娶她，那她就让三公主尝一尝被人算计的滋味。

沈璎婼前脚刚刚离开马市，后脚马市就出现了马商与外邦客人发生大型斗殴的事件。这种影响邦交的事情自然要直达天听，当日轮值的巡卫都被打了板子，好几个将领也因此被轻重不一地责罚，不少人被降了职。

要知道巡卫在这样的地方玩忽职守，一个不慎会引起两国交恶从而发生战乱，不严惩让他们引以为戒，日后当真出了事，那就是要命的事！

因为这场闹剧，步疏林没买到马，又缠着沈羲和往其他地方游荡。缘分便是如此巧妙，步疏林要带着沈羲和去吃美味，进入食肆就碰上了迎面走出来的崔晋百。

崔晋百带着大理寺的差役，很明显是来办公的。

步疏林看到崔晋百的一瞬间面色僵了僵，旋即立刻避瘟疫一般避开，甚至不容崔晋百给沈羲和见礼，就拉着沈羲和的袖袍催道："快些，郡主。"

沈羲和猝不及防地被她拉着往前走，转过头就见到崔晋百背对着她们停了好一会儿，才在下属的提醒下迈步离开。

沈羲和挣开步疏林："你日后再如此，莫怪我不客气。"

步疏林讪讪地笑了笑，为表歉意，点了好多吃食，大吃特吃的却是她自己。沈羲和就看着她一边欢乐满足地吃着，一边喋喋不休地给自己介绍这些菜的来历。

她不正常的地方，自己丝毫未觉。

"阿林。"沈羲和突然唤道。

步疏林停下，抬头看着她。

"阿林，你在意。"沈羲和点破，"你的心里难受，你在意崔少卿，也心悦他。"

沈羲和不知如此是对是错，可看着步疏林这样强颜欢笑又不知自己为何强颜欢笑，莫名其妙地心软了。

"我心悦他？"步疏林难以置信地指了指自己，"绝无可能！"

"你不用对我否认，扪心自问。"沈羲和继续说道，"我是个心不在男女之情上的人，但若有一日当真有人让我心动，定不会不敢直面。是分是合，是放手一搏还是及时抽身，我都会让其明明白白，如此方能不辜负自己。"

步疏林动了动唇，终是无言垂首。

她心悦崔晋百？

她从未这般想过，却反驳不了沈羲和，在沈羲和平静而又看透人心的目光下，她隐晦得甚至连自己都不曾察觉的小心思无所遁形。

她又塞了几口饭菜，握着双箸的手突然停在半空中。她愣愣地出神片刻，一滴晶莹的泪水砸落在手中的饭碗内，放下碗筷，抬手抹了抹，重新看向沈羲和的时候坦然说道："呦呦，你说得没错，我或许不知何时真对他有了一点儿意思。"

可他们之间注定无果。他是少年能臣，不出意外日后必将位极人臣，是崔氏一族领头之人；她是异姓"藩王之子"，没法为了他而抛去身上的责任，抛下她家的老头子一人面对所有事。

她甚至连向他坦白女儿身都不敢，不是不信他的人品，而是有些事情容不得一丝疏漏。

他不知她的身份也好，省了些许烦恼，就让他厌恶她下去，如此一来他们就自然疏远了。

若有一日……有一日她的身份暴露出来，他也能置身事外。

"呦呦，我是蜀南王世子。"步疏林目光坚定，声音冷清，"你说得对，没什么不敢面对、不敢认的。当断不断反受其乱，既然我们注定没有结果，那就此斩断，于我于他都好。"

看到步疏林的那一滴泪的时候，沈羲和就知道她做了割舍，否则刚毅如她又怎会落泪呢？

情爱真是这世间最磨人的毒，能让人肝肠寸断，沈羲和心头感叹。

这是步疏林的决定，沈羲和没有再多言。

沈羲和回到府邸里的时候发现沈璎婼竟然在，沈璎婼见到沈羲和便上前行礼。

"何事？"沈羲和语气淡淡地问。

沈璎婼欲言又止，沈羲和眼神淡淡地看着她。

过了好一会儿她才说道："今日在马市，我见到阿姐……"

沈羲和了悟："你是想问马市之事是否是我做的？"

沈璎婼咬唇颔首。

马市不是第一日开，与番邦有生意往来的百姓都会说些日常交流之言，怎会突然就出了问题？若是马市这么容易就出事，那些人便是向天借胆又岂敢擅离职守？

沈璎婼调查了一下。沈羲和并没有遮掩，虽然抓不到实际证据，但沈璎婼猜想是沈羲和做的。

"是我做的。"沈羲和承认，而后看着沈璎婼，"昭王要对我不利，你为何知会我？"

"我……"沈璎婼语塞。

"你担忧我？喜欢我？关心我？"沈羲和一连三问，而后替她回答，"都不是，是因为你我都姓沈。今日只要是沈家人有此遭遇，我都不会坐视不理，正如你传信于我一样，你不用心存感激。你当日传信之举，我亦不感激。"

沈璎婼被她说得面色紧绷："这些我知晓，我只是想知道你为何不遮掩？"

现在只怕不只她猜到这事和沈羲和有关，旁人也猜到了。陛下因此事撸了多少人的职，沈羲和不怕树敌过多，日后孤立无援、四面楚歌吗？

"为何要遮掩？"沈羲和反问，"他们算计我沈家人在先，就要做好被我打击报复的准备。若是他们要因此记恨，我便是遮掩得再好，他们也会因你记恨沈家。心里明白之人，自然知晓何为识时务。"

沈羲和顿了顿，嗤笑道："我不惧他们记恨。革职若是不够，我不介意送他们一程，让他们早日辞别这个不适合他们生存的人世间。"

沈羲和说完，与沈璎婼擦身而过，径直入了内院。

沈璎婼震撼地站在原地，回头看着沈羲和仿佛被戒尺撑起的背脊。沈羲和步伐轻缓，没有半点儿强撑的坚挺之意，却将铮铮傲骨展现得淋漓尽致。

沈璎婼从未见过似沈羲和这样强横到理直气壮，偏又让人觉得理所当然的女郎。

当年京都牡丹顾青柩何等高不可攀，不也局限于顾家，被礼教、规矩以及女儿的身份压制得死死的？

可自己的这个长姐不同，沈羲和是那样恣意，敢质问陛下，敢直闯国公府，偏每次倒霉的都不是她。

沈璎婼有些魂不守舍地离开了郡主府。

接下来几日陛下都借着马市的由头大肆整顿京都的治安，沈羲和也难得清闲了两日。转眼就是上元节，京都的上元节比除夕元正更加热闹，因为只有今日夜不闭户，百姓可夜不归家，可在街上随意赏灯，官员们也能够踏着夜色，伴着明月，走遍每一个坊里。

沈羲和早早到了东楼。人站在东楼上看到的是"灯火家家市，笙歌处处楼"；燃灯千万盏，簇簇如火树。

身姿曼妙的女郎衣罗绮、曳锦绣、耀珠翠、施香粉，灯轮之下踏歌起舞。

御楼设有百戏与拔河活动，千人相争，呼声震天，令观看的蕃客震撼不已。

沈羲和到的时候，萧华雍早已经在等候。他今日一袭紫色翻领袍，银丝钩出精致的平仲叶和祥云纹，显得格外尊贵高雅，而沈羲和着的一袭木槿紫披帛上也飞了银线平仲叶。

乍一看，二人似着了同款衣裳。

这让沈羲和不由得狐疑地打量萧华雍。

萧华雍含笑道："我绝未私下打探呦呦。便是我有心，呦呦身旁的丫头也护主至极。"

他想打听，不代表红玉她们就会泄露。

"我与呦呦就是如此心有灵犀。"萧华雍又温柔地添上了一句。

"殿下邀我来赏灯，不知赏的是何处的灯？"沈羲和忽略掉了萧华雍情意绵绵的话。

"不急，先与呦呦一道用些小食。"萧华雍说着，就有人端了些吃食过来。

膏糜、面茧、丝笼、火蛾儿、玉梁糕……都是上元节应吃的小食。

沈羲和来前也猜到萧华雍必然是要准备吃食的，否则枯坐着看灯多无趣，故而就没有用夕食，这会儿闻到现做好的吃食散发的香味，也有些食指大动。

萧华雍的神色在璀璨灯火的笼罩下显得格外温软，他看着沈羲和，她明明很喜欢，但从不会表现出来，每一道菜她都会吃一样的数量。不知为何，见她如此，他心中有些疼惜。

他用公筷给沈羲和夹了些她心中所爱的吃食："看着呦呦吃得香，忍不住为你布菜。"

"多谢殿下。"沈羲和淡定地将之食用。

"呦呦，日后与我同食不必如此，你多食与否，我都能看出你的喜好。"萧华雍低声说道。

沈羲和放下双箸："我并非刻意，而是习惯如此。"

有些事情成了习惯，她也就不会觉得累和麻烦。

"你为何会对此习以为常？"萧华雍不解。

"我自幼丧母，阿爹与阿兄无暇教导，聘请名师教导。我的规矩、礼仪先生，是犯了罪被发配到西北的世家名门之后。"沈羲和解释。

萧华雍恍然颔首，继而笑道："没关系，有人将你教得知礼且循规蹈矩，便由我来将你娇宠得恣意妄为、随心所欲。"

沈羲和想了想，认真说道："殿下，我并不觉着我现下不好。"

她从不羡慕随心所欲、恣意妄为的人。

"现下也好，但我想呦呦能体验一番旁的快活生活。"萧华雍眼眸如璀璨星辰般光亮，"呦呦，我在向你求娶。"

他取出一个雕刻着平仲叶的细长檀木盒子，递到沈羲和的面前，将盒子掀开。

闪烁的金光耀眼，金色的簪子上是一朵由镂空平仲叶拼凑出来的牡丹花，花蕊点缀着细碎的宝石，宝石在摇曳的灯火之下更是华丽夺目得动人心魄。

时下除了三媒六聘，有心的儿郎会在婚前赠一支金簪给女郎。

金簪——正妻之聘。

他的身后万千灯火亮如白昼，他的声音在丝竹管弦之中格外清晰，他说："得汝相守，愿与白头；不求与你海誓山盟，只盼共度春夏秋冬。"

不求与你海誓山盟，只盼共度春夏秋冬。

沈羲和的心有那么一丝丝被触动，不得不说萧华雍真的很会琢磨人心——他从最初的浓烈直白到现在的平淡温馨，知晓她不喜、不信那些海誓山盟，便迎合她的喜好而转变态度。

"殿下的用心，我能感受到。"沈羲和也不躲避，白皙柔软的手将金簪拿起来，将发髻里的一朵花簪取了下来，要将金簪往发髻里簪。

她刚刚抬起手腕，一只宽大的手掌剪碎烛光伸过来拦住了她。

沈羲和顿了顿，就收了手，将金簪交给萧华雍。萧华雍唇瓣微扬，眉目柔情缱绻，轻柔而又坚定地将金簪插入她堆云般的青丝之中。

烛光摇曳，将她端坐与他立于她身后的身影映在墙壁上，影像相贴，恩爱缠绵。

为沈羲和固好金簪，萧华雍蹲到她的身边，握住她轻放在腿上的手："呦呦，谢你允嫁。"

他觉得自己的心绪好似二十年里有记忆以来从未这么翻涌过，使得他握住她的手也紧了几分。

沈羲和本能地抽了抽手，没有挣脱也没有继续挣扎。她总要适应："殿下，我会做好你的妻子，做好太子妃，但我对殿下仍旧没有男女之情。"

萧华雍的激动与喜悦之情她看在眼底，不是她故意要泼萧华雍冷水，而是有些话必须说清楚，否则会让他误会自己对他也有意，日后相处中，又觉得自己不似对他有情，对自己心生埋怨，认为自己含糊不清，误导了他。

顾青栀与萧长卿便是如此，顾青栀一直以为她表现得得体、冷淡、疏离，萧长卿就能够知晓她对他并无男女之情，但她的自以为是、不愿开口说清楚，让萧长卿产生了自欺欺人的期待。

只要她没有亲口说清楚，他就当她心中有他，故而越来越不清醒，越来越执着。有时候他自己都分不清妻子到底对他有没有倾慕之情，才会在折磨之中变得疯狂与痛苦。

尽管她现在说清楚会让萧华雍失落，会破坏好好的气氛，可不爱便是不爱，总不能因为眼前这个人极好，自己不忍伤害他，就含糊不清，让他有了错觉，以致日后更痛苦。

萧华雍若说没有一丝失落情绪那是自欺欺人，不过失落的情绪转瞬即逝。他仍旧喜悦着，将她的手握得更紧："呦呦，谢你如此坦诚，日后你也要清清楚楚地与我说明白，包括你哪一日对我倾心，望你也能坦然告知我。"

沈羲和静默片刻，才颔首："我会。"

大概这一生沈羲和都无法忘记萧华雍那一瞬间的欢喜神色，似春风拂过花开满城，似烟火盛放华光四射，似星河坠落满目璀璨。

那样令人见之倾心的笑容也感染了沈羲和，令她忍不住嘴角上扬。

她的笑容如她的人一般淡雅，令萧华雍差一点儿克制不住将她揽入怀中。指尖动了动，他还是用他强大的自制力制止了自己。

现在还不是时候，他不能操之过急，该得到的终有一日会得到。

他执起沈羲和的手，来到窗边，一眼望去，灯火璀璨，烛光簇拥，满目雪亮。

沈羲和想要挣脱他的手，此时楼外传来的惊呼声却此起彼伏，萧华雍指着窗外："快看。"

好大的一棵灯树高耸而起，瞬间被点亮，灯火传送，皓月暗淡。巨大的灯树宛如灯塔，远远看着，鹤立鸡群。

灯树的上方是影灯，影灯内有蜡烛，蜡烛点燃之后灯面会旋转，这灯上面画的是一男一女，在旋转之中宛如活起来的皮影，男子与女子相遇了，男子对女子倾心了，男子赠予女子金簪，男子与女子成婚，婚后和美。

从少年夫妻，到一家三口和乐，再到相互扶持的中年、执子之手的暮年，只是不到十个画面，展现出来的却是两个人相依相伴的一生。

上元节本就有互诉情愫的习俗，这样别开生面，利用影灯表达一生一世一双人的美好画面，吸引了全城人的目光，众人意犹未尽，讨论着这是哪家儿郎为女郎费尽心思。

更有感性的女郎看得满眼泪水，也有沧桑的中年妇人看得艳羡而又惆怅。

"殿下……"沈羲和侧首看着萧华雍。

"这是我对你我一生的规划与期盼，让满城百姓为证，待我们大婚后，便会放出消息，让他们知晓这是我为你而做的。我是储君，是百姓之表率，必要做到信守承诺。"萧华雍握着沈羲和的手更用力了几分，点墨般的黑瞳深深凝望着她，他说，"我对你的诺言，天下为证，让他们看一看他们的储君是否是一个言而有信、一诺千金之人。"

若是他们已经被赐婚，他此刻就想让这些人都知晓这是他为她所为，让她成为全天下最被人艳羡的女人。他要给予她这人世间所有女人能够想象得到的一切美好东西。

只可惜他们到底还没有被正大光明地赐婚，他如此张扬，会影响她的名声。

他只得等到他们大婚后再将这个消息放出来。

影灯上的图案是他亲手所绘，寥寥几笔，其实都有他们的神韵，只不过见过他们的人不多，且隔得远，大家只能看出一男一女的轮廓。

面对这样全心全意对自己一腔痴情的萧华雍，沈羲和有些不知如何开口。

她动容吗？

当然。

她也是有血有肉、活生生的一个人，如何能够丝毫不欣喜与感动？

这份动容情绪却如流星一般转瞬即逝，留下了璀璨的回忆，茫茫暮色中，却再也寻不见踪影。

"呦呦无须多言，只愿我所为不成为你的负累。"萧华雍低声轻柔地说道。

"我若说，我并不觉得是负累，是否太……无情？"沈羲和失笑道。

她真的不觉得是负累。该说的话她都说得清清楚楚，萧华雍依旧执着，她没有权力去干涉和阻拦萧华雍啊。

"这才是我熟识的你。"萧华雍轻轻摇头，静默了片刻后才轻声问，"可有……一丝欢喜？"

歌声四起，喧嚣嘈杂，明亮的光将他的脸照耀得更俊美无双。

沈羲和静静地看了他少顷，才坦诚道："有。"

任何人被另外一个人用心对待，只要不是仇人，哪怕是陌生人也会有所触动。

一个"有"字令萧华雍的眉梢眼角都泛起满足的笑意。

夜色温柔，灯火摇晃，两个人四目相对，他柔情满溢，她面色亲和。

"灯火倒了，有灯火倒了！"

就在此时，外面响起了尖锐的呼叫声。沈羲和与萧华雍倏地望过去，就见有一排高悬的灯树倒塌，密集的人群闪躲间互相碰撞，有些人被推倒，尖叫声、惨叫声冲天而起，灯树倒下引燃的大火更是照亮了一张张惊慌失措的面孔。

沈羲和敏锐地捕捉到有人在制造混乱，指着那故意将人推倒、制造出伤亡、又抓住灯火架子推倒的人："殿下，那人！"

萧华雍顺着她的指尖指的方向看过去，就见到有人迅速逃出乱圈："呦呦，莫要离开此地。"

"殿下，你要当心。"沈羲和抓住转身欲走的萧华雍的袖袍，关切地叮嘱道。

萧华雍冲着她喜悦地笑了笑，眼底涌现喜意，点了点头就迅速离开了。

沈羲和担忧的不是萧华雍的能力，而是担心这是有人给萧华雍设的局。他如此高调地来了东楼，只怕知晓之人不少，恰好发生意外之地就是东楼附近，容不得她不多想。

她对莫远点了点头，让莫远也带人跟上去。

外面现在有些混乱，沈羲和也没有立即离去。她俯视着下方，看着人潮拥挤的大街小巷，旁边的街道因为这边的灯树倒塌引发的火势也变得有些混乱。

目光敏锐的沈羲和远远就看到了步疏林，也看到了在人人都往外跑的情况下，有人冲开退避的人目标明确地朝着步疏林行去。他们垂着手，隔得远，沈羲和看不到他们是否拿着凶器，可那姿势像极。

"墨玉，步世子！"沈羲和指着步疏林所在的位置喊道。

墨玉立刻朝着步疏林奔去。现在维持秩序的金吾卫已经在赶来，墨玉也不能飞檐走壁，否则会被默认为歹徒，可以直接被高楼放箭射死。墨玉只能下楼挤过人群，朝着步疏林靠近。

步疏林今日有些兴致缺缺。丽影徘徊的上元节，就连狐朋狗友都追着女郎去了，她是想和沈羲和一道玩，可沈羲和与太子殿下有约，她也不敢往前凑。

这样欢庆热闹的日子，她竟然形单影只，只能百无聊赖地在街上晃荡。听到尖锐的叫声，她还在庆幸不是自己倒霉，谁知很快就波及到了她这边。这些人毫无章法地一通乱逃，弄得人满为患的街道上一阵碰撞，四处人仰马翻，摊子翻倒。

身为金吾卫，她亮出了腰牌，极力安抚众人，可人群的恐慌情绪根本压制不住。就在这时候她莫名其妙地感觉背脊发寒，本能地转身。一只握着匕首的手伸了过来，堪堪被她躲开，她立刻抓住这只手。

这人是练家子，力气极大，回手一转，刀尖再次朝着她的面门刺来。

她不得不通过按住对方的手借力，上半身往侧边仰，脚下一滑，整个身子飘出去，一个旋身与凶徒面对面。

她还没来得及看清凶徒的面容，背后又是一寒，又有人偷袭而来。步疏林面色一凛，双手捉住两个人一前一后刺来的刀刃，用力将两个人一拉的同时，自己纵身而起。

这两个人险些因为她的蛮力互送一刀，好在他们的身体避开了。

此时步疏林落下一脚踹在背对着她之人的腘窝处，将之打倒，正准备下狠手，背后的人偷袭而来，逼得她不得不一把拽着这个人脚下一转，用这个人挡了一刀。

同伴在刀刃险些插入自己人的胸口前一瞬间收住了力道，步疏林借机抬腿，往前踢去，将人踢飞了出去。人群密集，哪怕有人在刻意给他们腾出战圈，还是有人被砸倒。

这一下给了凶徒灵感，凶徒立刻扬刀朝着无辜的百姓刺去。步疏林见此眼神一冷，顾不得手上制住的凶徒，飞身掠去，在凶徒的匕首要扎入百姓身上之前，长手一伸，手腕抵住了凶徒的手，腕上用力，双手一绞，就将人给掀了起来，凶徒不得不顺着她的力道才能不受伤。

这时被她放掉的凶徒再一次欺身而来，两个人在步疏林手下都讨不到便宜。恰逢此时,一个小童被挤了过来。小童"哇哇"大哭,步疏林扣住一个人,使出一个利落的蝎子摆尾动作,一脚扫向另外一个,劈在那人的头上,伸手将孩子给拉到了一边。

被她制住的人趁机挣脱,一刀刺向孩子,步疏林来不及松手,只能抱着孩子闪身。

多了个孩子她束手束脚,偏偏又没办法放下孩子,这两个人根本不给她脱手的机会,甚至时不时往孩子身上下毒手,好几次刀都是刺向孩子。步疏林护着孩子闪躲,他们的手腕一转,刀刃朝着她刺来。

每一次都只差分毫就刺中她,这时两个人配合得越来越默契,步疏林渐渐落了下风。远处有孩子的阿娘的呼喊声,孩子哭着回应,身子朝着阿娘的方向偏移。

恰好凶徒一刀刺来,步疏林一只手臂揽住孩子,另一只手挡下另外一个凶徒斜刺来的匕首,而没有刺中孩子的凶徒转手一刀扎入了步疏林的腰窝。

步疏林刺痛,手中的孩子又慌乱挣扎,凶徒又是一刀刺来,幸得一把长剑横来挡下!长剑一挑,将一个凶徒挑开,步疏林瞅准时机抬腿将自己身边的这个凶徒一脚踢飞了。

转头看到和凶徒缠斗起来的崔晋百,她神色复杂,却来不及多想,将孩子放下,顾不得身上在流血,飞扑上去,将被她踢飞刚刚跳起来的凶徒用膝盖压住,握住他的手强势扭转,刀刃顺着他的脖子一抹,鲜血飞溅,人便无声倒下。

"杀人啦——"百姓更恐慌了。

大量的鲜血流了出来,步疏林体力不支,看着更多人四处逃窜,制造出更大不受控制的困局,而此时拥挤的人流中一支飞镖朝着与凶徒缠斗的崔少卿射来。

步疏林也不知道哪里来的力气,苍白着脸撞开人群,奔向崔晋百,在飞镖扎入崔晋百的后背之前恰好撞倒了他。崔晋百抱着她一起歪倒下去,还撞到了不少人。

人群中埋伏的人推开拥挤的人群,还想再放暗箭,幸好此时墨玉终于挤开了人群赶至。她先从背后打晕了一个人,再迅速攻向其他暗藏的凶徒,凶徒见这架势,再看步疏林倒在崔晋百怀里,满身鲜血,便迅速撤退。

"你……"崔晋百看着面色苍白如纸的步疏林,眼神慌乱,颤抖着手一把将她抱了起来,奈何人来人往,要挤出去太难。墨玉很快到了他们面前,强势为他们开了路,才以最快的速度将他们带出来,这时候沈羲和已经派了珍珠与随阿喜接应。

两个人给步疏林诊了脉,随阿喜施针止血,珍珠上药包扎伤口:"飞镖暂时不能拔,伤到了血脉,拔镖必然血流不止,要寻个清静之地。"

交代完,他们就带着步疏林到了东楼。沈羲和已经让人将东楼布置好,拼出了卧榻,要了屏风,也让红玉去厨房烧了热水,备下了要用的药。

"崔少卿,你我都不懂医,留在外面,莫要耽误阿喜与珍珠救治。我的丫鬟都懂一些医理，与珍珠也有默契。"沈羲和等崔晋百将步疏林放下之后开口道。

崔晋百却不愿意走。珍珠知晓步疏林是女儿身，这是步疏林最大的把柄，要不要告知崔晋百，得由步疏林自己决定，他们能帮忙隐瞒自然帮忙，便看了一眼随阿喜。

"崔少卿，我施针须少些人在周遭，否则易分心。"随阿喜委婉提醒道。

崔晋百深深地看了一眼已经昏迷过去的步疏林，一言不发地退到了屏风外面。

沈羲和跟在外面，看了一眼他身上的血渍："崔少卿，眼下发生这等事，陛下定会召见大理寺的人，崔少卿不如回府换身衣裳，以免冲撞圣颜。步世子这里交给我，你且放心。"

崔晋百这会儿脑子里一片空白。他也不知为何在半路上看到步疏林一个人拿着一瓶酒，一边走一边百无聊赖地逛着，会情不自禁地跟上来；看到步疏林遇袭，自己会情不自禁地往前冲。以他的教养和职责，明明应该想法子安抚百姓，他却将无辜的百姓撞开，奔向与凶徒缠斗的步疏林。

看着步疏林为了自己挡下暗器倒下，他一时间不知是否自己不奔过来步疏林或许就不会伤得这般重？

沈羲和此刻与他说陛下会召见他，让他注意仪态。

他知道沈羲和说得对，却挪不开步。步疏林流了那么多血，还被暗器伤了血脉，若是……

他真的不敢深想。此时什么职责，什么君令，通通被他抛之脑后，他只想知晓步疏林可还好……

"崔少卿，此事若你不亲自参与，只怕步世子这伤是白受了。"沈羲和换了一个理由。

崔晋百目光微动。这事明显是有人蓄意而为，他留在此处也帮不上忙。他对沈羲和行了一礼："请郡主务必救治好步世子。"

"崔少卿放心，若是我身边的人都救不了她，只怕能救她的人也不多了。"沈羲和十分自信。

随阿喜的针灸之术配上得了白头翁真传的珍珠，又有这段时日与谢韫怀的探讨，他们三个人在医理上的造诣与日俱增。

"多谢郡主。"崔少卿郑重地谢了沈羲和，才转身大步离去。

沈羲和坐在屏风外，看着珍珠拔出了飞镖。鲜血喷出，屏风上如绽放朵朵红梅，两个人迅速给步疏林止了血，飞镖被洗干净，由红玉端到了沈羲和面前。

沈羲和抬手将飞镖拿了起来，飞镖上没有任何标志，质地也是寻常可见的铁："可有毒？"

"幸而无毒。"红玉说道。

若非如此，只怕步疏林要毒气攻心。

"既然对方铁了心要杀人，为何不涂毒？"沈羲和不解。

红玉也想不明白。沈羲和眯了眯眼，将飞镖搁下，回想之前在高楼上看到的种种情形，射飞镖的人很早就潜伏着，却迟迟不出手，一出手目标却是崔晋百……

所以暗杀步疏林和放暗器的不是一伙人，他们的目标也不同，放暗器之人的目标是崔晋百。

而要杀崔晋百之人很可能是临时起意，虽然随身带着暗器，也许只是做防身之用，故而才没有在飞镖上涂毒。

至于近身搏斗要杀步疏林的人没有在匕首上涂毒倒是说得过去。他们一早就计划好要制造混乱刺杀步疏林，明晃晃的大刀在人潮汹涌的混乱局面中不好施展，匕首涂毒也容易伤到自己或者百姓，前者是自寻死路，后者会过早暴露。

也因此，步疏林才捡回一条小命。

看来有人制造这混乱局面，又有不少人借助这混乱局面遮掩做了恶事。

萧华雍没有回来，派了天圆来给沈羲和送信，他已回东宫。

"可是宫中有事发生？"沈羲和忍不住问。

"宫中之事，殿下都能应付，属下护送郡主回府。"天圆回道。

沈羲和点了点头。她只当是宫里出了事，敢在上元节制造混乱之人绝非寻常人，故而萧华雍脱不开身，压根儿没有想到其实萧华雍是受了伤。

一如她所料，这是一场针对萧华雍设下的局，目的就是要让萧华雍在陛下面前暴露。萧华雍为了隐藏下去，只得顺势受了点儿不轻不重的伤，被送回了东宫。

沈羲和离开东楼的时候，还遇到了代王妃李燕燕。李燕燕竟然是独自一人，撞上了沈羲和，便不慌不忙地与沈羲和颔首致意。

沈羲和也颔首致意，与李燕燕错身而过。夜风极大，李燕燕身上的气息除了她自己惯爱的香料之外，还有一丝极具穿透力的沉香味道，类似的沉香味道沈羲和只在一个人身上闻到过——曾经的定王——现在的四皇子萧长泰。

两个人若非有亲密接触，怎会沾染彼此身上的香料气息？

沈羲和怕自己分辨错了，故意脚下不稳，朝着李燕燕倒去。珍珠等人看出沈羲和是故意的，并未搀扶。

李燕燕伸手扶了沈羲和一把，身上的香气就更清晰，的确有属于萧长泰身上的沉香味道，不仅如此，香气中还有烧的香的味道，而萧长泰在皇陵里肯定要每日上香……

所以李燕燕和萧长泰竟然……

沈羲和被珍珠扶了起来，面色凝重地离开。

萧长泰借着上元节悄悄潜回来，绝不会单纯是与李燕燕私会，他们在密谋什么？这次的混乱局面，是否与四皇子萧长泰有关？

回到郡主府后，沈羲和对天圆说道："你告知殿下，四皇子潜伏回京，见了代王妃。"

天圆微讶，不解为何沈羲和见了代王妃一面，便知道代王妃私下去见了四皇子，且语气笃定，完全不是猜测，但还是恭敬地应下。

"老四？"萧华雍听了天圆转述的话后低眉沉思，"倒也像是，不过老四一个人可没有这番本事。"

天圆看着萧华雍胳膊上的伤："难道是……陛下？"

"陛下要试探我，也不会利用上元节。"萧华雍否决，"在番邦使臣面前，上元节如此重要，陛下不会因试探我就让我朝颜面尽失。"

对这次上元节出现的混乱局面，陛下尤为恼火。那么多来朝会的使节盯着，本是要彰显大国之风，为此陛下还在宫中也设置了灯树，普天同庆，让使节们看一看天朝上下一心、繁荣昌盛的场景。

有人从中捣乱，这一巴掌是甩在陛下的脸上，金吾卫两位将军都被申斥了。

"会是何人？"天圆想不出。

几位殿下都在他们的监视之中，便是偶尔会有挣脱掌控之举，却不会太大，类似于上元节闹出这么大的动静，却事先让他们毫无察觉，实属不可能。

即便是信王殿下，自皇陵之事后，太子殿下也是多派了人盯着。

"这事反着来看。"萧华雍眼眸中掠过一丝凉薄的笑意，"此人是冲着孤而来，武艺不俗，孤刚追上去，还未与之过两招，金吾卫的人赶至。若非孤提前察觉，孤的一身功夫就暴露在金吾卫眼中了。

"此人的目的是要孤暴露于陛下面前，便是说他知晓了孤的本来面目，老四还不知。"

从这一点就能排除萧长泰。萧长泰满心都在筹谋自己的事，眼里只有老五和老八是强敌。

知晓他的面目的只有萧长卿兄弟与萧长庚，萧长庚羽翼未丰，做不到今日之举。

萧长卿与萧长赢二人的确嫌疑最大，但萧长卿恨不得自己多活几年，好帮他坑害陛下，绝不会对自己设这样的局。

"如此一来，这事就不是几位殿下所为。"天圆错愕。

"这京都记恨孤的人只有那么几个。"萧华雍似笑非笑地说道，"最恨孤之人当属王政。"

若是上次宫门冲撞事件王政还没有想过皇太子是故意的，那么大朝会使节险些拔刀的事情足够王政想清楚，否则他也没有资格坐到今日这个位置。

再则便是穆努哈的那些话，会加深王政对萧华雍的怀疑。王政会觉着皇太子是在扮猪吃老虎，针对自己是为了剪除陛下的心腹。如此一想下去，董必权和康王甚至巽王之死，他都会扣在萧华雍身上，越想越觉得萧华雍才是潜藏在暗处的最可怕之人。

"他定是向陛下说过此言，可惜我身上的毒，陛下比任何人都清楚。"萧华雍讽刺地笑了笑。

萧华雍是中毒，祐宁帝心知肚明，之所以对外宣称萧华雍是突然得了怪病，是因为当年他在明政殿中毒，食用的原是给陛下准备的酪樱桃。当时正是对付宦官的关键时刻，祐宁帝为免动摇朝臣之心，这才隐瞒真相。

这些年陛下看到的脉案也的确是作假的，但祐宁帝知道那是作假的。萧华雍的毒未解，祐宁帝也知晓至今无解。只是祐宁帝不知的是萧华雍又遇到了令狐拯，控制了体内的毒素，除了冬日畏寒，萧华雍寻常时候一样能习文习武。

祐宁帝自然不会全信王政此言，会猜疑王政是心有不甘诋毁萧华雍。

王政急了。他深知萧华雍对皇帝的威胁，且萧华雍明显不喜他，一旦萧华雍赢了，他就是死路一条，这才费尽心思地想要揭露萧华雍的真面目。

"王政好大的胆子！"天圆气得恨不得立刻就提刀将王政给砍了，尤其是看到萧华雍的手臂还在渗血。

"不大胆，他如何有今日？"萧华雍轻笑道，"他既然动了手，孤不回敬他一二，如何对得起他？"

天圆："请殿下吩咐。"

"不急，他既知孤不好惹，此次偷袭未成，定会以为孤猜到了是他所为。"萧华雍转动着指间的黑棋，"孤先让他煎熬两日，待他放松警惕，再借陛下之手……除了他。"

知道太子殿下已经有了成算，天圆便想起另一事："殿下，您为何不让郡主知晓您受了伤？"

如此郡主即便不会担忧、疼惜，殿下也能借着受伤索要好处。

萧华雍瞥了他一眼："过于刻意，明日她总会来探望我。"

届时她不就知晓自己受伤了？他为何要刻意告知她反倒落了下乘？

沈羲和自然是要进宫来见萧华雍的，为的当然是上元节之事。

"殿下受伤了？"沈羲和一靠近萧华雍就闻到了淡淡的血腥气。

萧华雍微讶。他为了不显得刻意，特意披了斗篷。伤在胳膊上，此刻完全被斗篷遮盖，他是计划着不经意间抬手让沈羲和看到，没想到她竟然一坐下就知晓他受伤了。

"呦呦是如何得知我受伤的？"萧华雍好奇。

他昨日受伤后秘密回宫，只有陛下知晓他受了伤，就连太后都被瞒着。

嗅觉异常灵敏，这件事情她只在拆穿步疏林之时对步疏林说过，其余人并不知晓。她垂下长睫，浅饮了一口平仲叶茶，看着澄澈的茶水说道："我自幼嗅觉异于常人，嗅到了一丝血腥味，来自殿下。"

萧华雍目光微凝，天圆也惊诧不已。已经过了一整夜，伤口虽然没有结痂，可也未再渗血，萧华雍是习武之人，都没有闻到血腥味，郡主竟然闻到了。

她的嗅觉何止异于常人，根本是得天独厚！

第二章　昊天有德成人合

萧华雍茅塞顿开。他一直不知晓沈羲和为何总是能猜中他的身份，现在知道了！

是沐浴的香汤！

他因为中毒是个药罐子，若非真的是药罐子，也不可能这么多年瞒过陛下，那些药是真的，故而他的身上药味很重。

每次乔装易容，他都会用香汤沐浴，目的就是洗掉身上的药味。没想到如此一来，他瞒过了旁人，却唯独没有瞒过她。

那香汤沐浴后气息并不浓郁，至少天圆和萧华雍自己都闻不到，但不意味着沈羲和闻不到。

所以这就是天意？

偏偏是她！偏偏只有她！

为了证实自己的猜测，萧华雍轻声问："你知晓代王妃见过老四，也是因此……"

沈羲和轻轻点头："每个人于我而言气息都不同，便是同一种香料相同的香药配置，配比不同，我也能察觉差异。昨日代王妃身上有……四皇子惯用的沉香以及香火之香。"

沈羲和坦承这个，也是基于日后和萧华雍要长长久久地合作。她现在能够糊弄过去，成婚之后，朝夕相对，以萧华雍的聪明才智，他定会察觉，既然隐瞒不了何必故弄玄虚？

萧华雍的心此刻冰火两重天，冷的是他知晓他完了，沈羲和对香如此敏锐，她定是还没有看到自己随在及笄礼中的多伽罗手镯。这种绝品多伽罗极少，且他现下用的是同一根沉香演变而来的多伽罗，气息完全一致。

只要她看到手镯，他就必然暴露。

火热的是沈羲和竟然会主动将自己的天赋相告，这说明他这些日子的所作所为对她定是有所触动的。若非如此，以她的性子，她便是明知日后瞒不了他，也不会提前告知。

他有生之年第一次如此恐慌。他想告诉她全部真相，却又鼓不起勇气。她对他的态度不过才好转了一点点，一旦他开了这个口，是不是就会被打回原形？

她给予他的温柔太少太少，少到只要他尝到了一点点，就害怕再失去。

他知晓他瞒不了她一辈子，知晓现在坦承也许是最好的契机，知晓这样隐瞒着不可取……可他太眷恋她对他这一丝好，只想多享受片刻，仅此而已。

"我……"他干涩地张开嘴，话到唇边却怎么也吐不出来。他唾弃这样的自己，厌恶这样的自己，但心口没来由地恐慌，这让他硬生生地又把想说的话咽了下去。

"殿下，可是何处不适？"沈羲和发现萧华雍突然面色苍白，额头上甚至渗出了细密的汗珠，很是担忧，立刻起身去搀扶萧华雍的胳膊。

"阿喜！珍珠！"沈羲和连忙喊道。

"呦呦，我……"萧华雍张口，竟然吐出了一口黑血。

"不好，殿下毒发！"天圆被吓得面无人色，对外面高呼，"快，快去请太医令——"

萧华雍紧紧抓着沈羲和，突然就晕倒了。

"殿下！"沈羲和被吓得变了面色。

珍珠和随阿喜顾不得礼数，连忙上前。两个人还是同时给萧华雍诊脉，困惑不解地对视了一眼，随阿喜取出银针给萧华雍施针，珍珠跑去开方，写好药方子后将其递给天圆："速去抓药，吩咐膳食间烧几桶沸水，殿下寒毒发作。"

萧华雍体内的毒到了冬季本就是最为严重、难以抑制的，结果突然急火攻心，导致毒素失控，幸好随阿喜在，不然太子殿下只怕凶多吉少。

"殿下的身体为何这般寒凉？"萧华雍晕过去时是倒在沈羲和的怀里的，他的手依然抓着沈羲和，沈羲和没有挣开，这是第一次碰到萧华雍毒发的情况，他的身体冰凉得如寒雪，让人心惊肉跳。

"殿下毒发便是如此。"天圆看到随阿喜施针，勉强镇定了下来。

太医令从太医署满头大汗地跑来之时，随阿喜已经给萧华雍施完了针。太医令搓暖了手，再给萧华雍诊脉，满目的绝望之色："殿下为何急火攻心？"

众人面面相觑，沈羲和也不知为何。他似乎想到了什么，才受了刺激导致毒发。

天圆猜到了些许，却不敢开口。

问不出缘由，太医令也没法发作，只得问了珍珠和随阿喜如何开方救治的，听了二人的建议，觉得很是精准："以汤药沐浴，施针开穴，微臣也曾想过，可开穴风险极大……"

要扎的几个穴位，稍有不慎就会要人命，太医令也不是担心小命，而是自己没有五成以上的把握。此法要将萧华雍放入浴桶之中，又得保持高热的水温，雾气氤氲，医者下针基本靠手感，用眼睛去寻找未必能够精准。

随阿喜看了一眼沈羲和："属下有七成把握。"

"你且试一试。"沈羲和看了一眼怀里冰冰凉凉一点儿活人该有的温度都没有的萧华雍。

汤药才刚刚兑好，太后与祐宁帝便闻讯而至。问清楚前因后果后，二人面色都不大好。

"只有七成把握？"祐宁帝不太满意。

"回禀陛下，草民只有七成把握。"随阿喜顶着帝王的怒视硬着头皮回道。

祐宁帝转头，目光扫过了沈羲和，问太医令："可还有他法？"

"殿下此次毒发迅猛异常，若非郡主身边有能人，施针及时，只怕……"不吉利的话太医令也不敢说。

"治，让他们治！"太后一锤定音，并且面色威严地对随阿喜说道："你们放手救治，我与陛下不会责难你们。"

言罢，太后面向祐宁帝："陛下，既然七郎心悦昭宁，我也听闻昭宁曾向陛下求赐婚，择日不如撞日，陛下不如成全昭宁与七郎如何？"

沈羲和看了太后一眼，没有多言。

随阿喜和珍珠都是沈羲和的人，太后明着不给他们施压，让他们全心全力救治萧华雍，却又在这个时候让祐宁帝给沈羲和和太子殿下赐婚，就是防着沈羲和借此暗害太子。

两个人成了未婚夫妻，若是太子殿下在沈羲和手下的人的救治过程中有个三长两短，太后和祐宁帝不以救治不力治罪，也能让沈羲和一辈子为萧华雍守节！

帝王之家，没有一个简单之人。

沈羲和低眉顺眼地站在一旁。无论太后是何用意，赐婚也是她和萧华雍的意思，能够达到目的，沈羲和也没有什么不乐意的。

"昭宁，七郎他……"祐宁帝还是询问了一句，"你仍旧愿意嫁入东宫？"

"陛下，昭宁之心不改，请陛下赐婚。"沈羲和行了大礼。

太后和祐宁帝都被她干脆果断的表现给惊住了。这世间哪有女子对丈夫体弱多病，甚至随时可能一命呜呼毫不在意的？

她当真如此情深义重？

祐宁帝点了点头："好，朕今日便为你二人赐婚。"

有了祐宁帝赐婚，随阿喜和珍珠更不敢耽误了。静等太子泡了半炷香时间的药浴，随阿喜和珍珠立刻入内，给太子殿下施针。

　　随阿喜开穴之后，才把汤药加到了萧华雍的下巴处。为了保证汤药的热度，浴桶在灶头上，宫内有特意垒出来的四方灶，平日里灶上放着一个铜缸，里面盛着水，是为了保证宫里着了火，有及时灭火的水，现在铜缸被抬了下来，萧华雍的浴桶被抬了上去，借着灶台烧汤药。

　　随阿喜随时要控制汤药的热度，以免烫伤萧华雍，又怕不够热达不到效果。

　　萧华雍脸上覆盖了一层绯色，额头上的汗水大滴大滴如雨下。

　　浸泡了半个时辰，萧华雍才被抬了回来，人还没有醒。太医令给萧华雍诊脉后，眼底闪过一丝喜色，不过面对祐宁帝的时候，却老成持重，没有丝毫情绪："回禀陛下、太后，殿下体内的毒被控制住了，卧床两日便无碍。"

　　太后和祐宁帝都面露喜色，太后握着沈羲和的手说："你很好。"

　　"昭宁应尽之责，担不起太后娘娘夸赞。"沈羲和谦逊地回道。

　　萧华雍的病情稳定了下来，祐宁帝这才追根究底。天圆灵机一动，回道："陛下，殿下昨日追上元节作乱之人被袭，今儿郡主来探望殿下，言及昨夜所见，太子殿下才急火攻心。"

　　昨日发生了哪些恶劣事情，祐宁帝已然知晓。萧华雍既然一早就去追作乱的人，定是没有看到那些事，祐宁帝初闻之时也是怒不可遏。祐宁帝没有见到沈羲和有什么心虚的样子，显然萧华雍突然毒发的事与她无关，也就信了天圆之言。

　　再则天圆只效忠萧华雍，若是沈羲和对萧华雍不利，天圆绝不会偏袒她。

　　祐宁帝与太后先离开了东宫，沈羲和还是有点儿担忧萧华雍，不过随阿喜说让萧华雍多睡上一日，有助于吸收药性、抑制毒素，对萧华雍更好，沈羲和便多坐了一刻钟后也离开了。

　　"他为何知晓我嗅觉敏锐之后反应如此剧烈？"沈羲和想不明白，明明他们见面的时候他还一丝异样也无，聊到她的嗅觉之后，他明显是想到了什么，才会急火攻心。

　　她没有往萧华雍是挣扎与害怕失去、在坦白与不坦白之间的情绪起伏上想，只是在想是不是她嗅觉灵敏的事勾起了曾经对他而言难以释怀、有极大影响的过往经历。

　　等沈羲和回到郡主府，赐婚的圣旨便到了。她设了香案，跪接中书令亲自宣读的赐婚圣旨。

　　"昊天有德，成人之合，今太子凤猷昭茂，孝德重器，恰逢斯年，储宫无主。西北王沈岳山长女沈氏门著勋庸，四德兼备……"

　　沈羲和接过这道圣旨，心里有一种尘埃落定的安然之感。从今日起她与萧华雍便彻底绑在一起了，圣旨赐婚，便是萧华雍婚前就薨逝，她也得嫁给他。

这世间哪个男人敢娶曾经被赐婚给皇太子的女子？

"给郡主贺喜。"中书令薛衡恭贺。

沈羲和含笑表达谢意，问："乔乔可归？"

薛瑾乔前几日去了外祖家，沈羲和已经好几日未曾见到人了。

"明日便归，待她回来，少不得又要叨扰郡主。"薛衡笑道。

"薛公客气，我们本就是一家人，何来叨扰？"沈羲和寒暄道。

薛衡还要回去复命，就没有多留。

沈羲和将圣旨供奉起来，回到房间里，从妆奁里拿出了萧华雍送给她的金簪，侧首问："殿下赠的藏剑簪呢？"

红玉立刻将之找出来递给沈羲和。沈羲和听萧华雍提及后，便让红玉将其挑出来，另寻了一处放着，却没有看过。现下她拉开木盒，簪子很简朴，乌黑的檀木，尾端是两片平仲叶。

沈羲和握住簪子顶端，轻轻一旋就松动，缓缓将剑拔了出来。这支簪子细长，里面的剑刃也细长，光亮无比，沈羲和指尖轻轻抚摩剑刃，想要试一试其锋利程度。

她并未感觉到疼痛，也没有用力，指尖只是触碰上剑刃，一道血痕就出现了，鲜血滴落。

"郡主！"珍珠慌忙上前给沈羲和检查，发现只是细长的小口子，才松了一口气，"郡主，这世间有一种武器吹毛断发、削铁如泥。"

沈羲和被珍珠抹了药包好了伤口，仍把玩着手上的藏剑簪。她将之合上，转身对着梳妆镜，选了个极佳的位置将藏剑簪插入发间，用手调试着，看如何才能最快、最稳地抬手就将短剑拔出来。

调了好一会儿顺手了，她才揽镜端详。檀木簪在她的发间多了一丝深沉感，若不细看，几乎和她的乌发融为一体，丝毫不引人注目，她满意地点了点头。

"郡主，太子殿下赠的其他礼可要过目？"红玉问。

今时不同往日，太子殿下和郡主被赐婚了。往日郡主过目礼单，是对每个人所赠之物做到心中有数，可现下是否应该上点儿心，将太子殿下相赠之物看一看，莫要日后言及接不上话？

沈羲和点了点头："都取来吧。"

萧华雍送了很多礼，每一份可谓都用心至极，沈羲和一一过目之后，看到那一对嵌金寿字纹的沉香木手镯时顿住了，浓郁的多伽罗气息袭来，这手镯是多伽罗木雕琢而成。

沈羲和面色凝重，伸手将手镯拿出来，低头轻嗅，越嗅面色越平淡。

她握着两个镯子伫立在桌前，面无表情地望着窗台上在初春的冷风中抖动的平仲叶盆景，眼神冷然。

忽地她淡淡一笑，将镯子放下。

她明白了，都明白了。萧华雍会急火攻心，不是因为她的嗅觉灵敏勾起了他难承受的往事，而是想到他在不知她嗅觉灵敏之前将暴露自己之物送到了她的手里。

这对手镯，尊贵纯正的多伽罗之香，怕是这世间再难寻到。这种纯正干净的多伽罗之香她只在一个人身上闻到过，就是那个屡次三番改头换面地在自己面前晃荡，她一直忌惮、猜疑的人。

他果然是萧华雍，尽管她曾经猜疑过，之所以迟迟没有定论，除了证据不足以外，更多的是抱有了一丝侥幸心理——她不希望这个人是萧华雍。

她为何不希望呢？

明明这样的人成为敌人，也许就是生死大敌，而萧华雍——她日后的丈夫，他们在一定程度上是同气连枝了不是吗？

不，不是的。

原本他不是那个人，她觉得自己日后若是与他反目，还能一争高低。可他和那个人重合，那个人是谁？

势力能够渗透绣衣使，手下有富可敌国的华富海，景王的伴读、长公主的嫡长子臣服于他，陛下最宠信的少年权臣是他的下属，这个人成了她的丈夫，自成婚起，她便再也不敢掉以轻心。

稍有不慎，她自己粉身碎骨不惧，会连带整个沈家万劫不复。

沈羲和沉沉地闭上眼，恨自己为何不早日来翻查这些东西。若是她知晓真相，就不会有赐婚一事。

"郡主……"珍珠察觉沈羲和面色大变，不由得担忧起来。

沈羲和睁开了眼，眼睛一片清明："去把阿喜叫来。"

珍珠连忙将随阿喜叫来。

随阿喜一进门就发现沈羲和不一样了，硬要说何处不一样，只能是郡主身上那一丝柔和之光、那一缕烟火气消失不见了。

"太子殿下的毒，用你们方才之法可能解？"沈羲和没有错过太医令眼底那一抹光亮。

"这种法子不能彻底清毒，只是能够更大程度地抑制毒素，要解毒必要寻到此毒相克之物。"随阿喜回答。

万物相生相克，有些东西就只能互相克制，旁的都不行，最多只能抑制。

沈羲和颔首，没有多言，挥手将他们打发了出去。隔日是谢韫怀来为她复诊的日子，谢韫怀为她另配的滋补之药她已经服完，这是他最后一次上门为她复诊。

"恭喜郡主，得获新生。"谢韫怀文雅一笑，笑达眼底，真心欢喜。

"齐大夫，太子殿下的病是我的心头大患，我听珍珠提及，你有了线索？"沈羲和问。

"还没有恭喜郡主，觅得佳缘。"谢韫怀又想起昨日的赐婚之事，现在全天下的人都知道沈羲和与太子被赐婚，储君大婚的事是要昭告州县的，"郡主放心，我有些猜想，会亲自去一趟西域等地，或是扬帆出海，或许他国能得到解毒之法。"

"齐大夫，此事我要偏劳你，算我欠你一个人情，铭记于心，以命相报。"沈羲和郑重地说道，"我派人与你同行，此去劳苦奔波，若你无人相伴，我心难安。"

谢韫怀只当沈羲和是因为要与萧华雍成婚，对萧华雍格外重视才会如此严肃，也没有说他们是挚友、无须如此之言，这样说反而让沈羲和不自在："郡主放心，他日我若有难处，定当挟今日之恩图报。"

这就是沈羲和为何要与谢韫怀相交的原因，谢韫怀是一个让人觉得相处起来格外舒心之人。

她也不掩饰，直截了当地问："你打算何时起程？"

"三月冰雪消融之际，春暖花开，正适合远游。"谢韫怀早已制订好计划。

"好。"沈羲和让珍珠拎来一个笼子，里面是一只她在郡主府饲养的鸽子，"若有事，让它传信于我。"

谢韫怀伸手接过笼子，没有在郡主府里多留，以有病患为由早早地离开了。

沈羲和一早就接到了萧华雍醒来的消息，并没有立时入宫，而是又等了一日，这才盛装打扮，去了东宫。这是赐婚后，萧华雍第一次见到沈羲和。

他的眼神依然温和，却多了一丝局促感，看到沈羲和的第一眼，他就慌了神。

她极少伪装，待人极其坦荡，但现在的模样，让萧华雍的心口发疼。他从未有一日如此害怕，害怕她靠近他，害怕她开口说话，甚至在她走近之时，忍不住后退了半步。

她知晓了……她知晓了……

"呦呦，你听我解释……"萧华雍一把抓住她的手，急切不已。

沈羲和冷淡垂眸，缓缓抽出自己的手："殿下请讲，昭宁洗耳恭听。"

"昭宁"二字一出，萧华雍忍不住面色煞白，微启的唇瓣抖了抖，看着她的目光带他自己都不知道的绝望与强撑的最后一丝坚强："我们相识之际，我不知你的身份，只知仙人绦无用，定会送到白头翁处，故而追到了洛阳。你派人将胭脂案的证据赠予我，我心下好奇——这些年从无人将我看在眼里，你为何偏偏看重我？我是后来才知，你所图……是我的身份和我……不长寿。"

沈羲和目光平静地听着，脸上看不出丝毫喜怒。

萧华雍垂眸，有些无措地说道："在杏林园，你从我的手中拿走脱骨丹，若非……若非有你赠证据在前，我不会允你得到脱骨丹。"

他是能够翻云覆雨的皇太子，费尽千辛万苦、跋山涉水，险些赔上性命才拿到仙人绦，旁人便想不劳而获，简直是痴人说梦。

可在杏林园他看到她布个棋局都如此费劲儿，亲耳听到她可能活不过三五载，与自己如此相似……不同的是他活不活都无所谓，有活下去的可能便试一试，不能便认命。

沈羲和不一样——她想活着，她深深的求生欲打动了他，所以他在白头翁处得到脱骨丹也未必能够解毒的答案之后，就将脱骨丹拱手相让了。

"那枚棋子……"沈羲和将视线垂落在他的指尖上。

"当日离开，随手就将之带走了，归京以来每日伴我左右，已成为我习惯把玩之物。"萧华雍摊开掌心，让沈羲和看到了棋子。

沈羲和颔首，沉静地看着他。

萧华雍第一次摸不透一个人的心思，只能接着说道："我回了京都，京都无趣，人人都在我的掌控之中，唯有你是例外。我就想看着你，多了解你，看着你的孤冷，看着你的慧黠，看着你的睿智，不知不觉便无法自拔，惊觉时发现我愿为你以命相搏……"

萧华雍是从何时起确定沈羲和对他而言不可割舍的呢？

是在雪山之巅采摘雪莲时，原本他以为她只是有点儿与众不同，他只是有点儿喜欢她……在他并无五成把握能够全身而退的时候，仍然不愿放弃天山雪莲，他就知道这个女人早已悄无声息地融入了他的骨血。

若说摘雪莲之前，他有几分漫不经心；那么摘雪莲之后，他就是倾尽全部。

沈羲和不傻，天山雪莲是华富海的人送来的，天山雪莲……她想到他那段日子离京，明面上是为着秋粮被劫，可这种事以他的人脉他用不着亲自去。

"天山雪莲，是你从齐大夫处知晓我需要，你才装病说这是你所需。"沈羲和以前不懂医理，只问过随阿喜和珍珠萧华雍的病情，从未问过他需不需要天山雪莲。

是昨日她特意问了才知道，他的病压根儿不需要天山雪莲，他是为了她发动宫里的势力去寻的。

"寻常雪莲都生长在高山之上，这等雪莲只怕要在雪峰之巅才有。"沈羲和不是什么都不懂的闺阁女郎，虽没有去过雪山之巅，却翻阅过游记，描写到高山之巅，常人难登，人之呼吸不畅。

她想到他们初遇时，他也是在高山上采摘仙人绦，想来这等险峻之地，只有他自己敢去。

沈羲和抬起头，冷然的双眸注视着他的双眼："你的眼睛是因此而毒发不辨五色？"

到了此刻，萧华雍只得如实交代："呦呦，自采摘雪莲回来之后，我便想与你坦承，可我知晓你的顾忌，故而一直不敢说明。上次你发现棋子，我就犹豫过，可怯弱心让我张口就隐瞒了过去。

"前日得知你嗅觉敏锐，任何香料便是同一种原料配比不同也能分辨，我便知道你若是看到那对镯子，我就会暴露无遗。我当时想向你坦白，可想到你那日待我那般温和，又害怕……"

他是皇太子，是韬光养晦连帝王都不惧的皇太子，却怕她怕到连句实话都不敢说，就怕她知晓真相后转头离开，再也不多看他一眼。

"后来种种，你皆已知晓。"萧华雍闭上眼，像是听从宣判的死囚。

沈羲和看着他，冰凉的风缭绕在二人之间，掀得他们的青丝在半空之中绞缠。

"殿下，昭宁谢殿下屡次三番出手相助，殿下的恩情，昭宁必当穷尽全力相报。"许久之后，沈羲和冷淡的声音才响起，她说，"殿下的一番真心，昭宁只得相负，为着日后着想，还请殿下配合昭宁解除婚约。"

"你说什么？"萧华雍其实早猜到了她的反应，但真听到这话，依然犹如万箭穿心一般疼。

"殿下，你我若是结为夫妻，必是同床异梦，昭宁会无时无刻不提防你。"沈羲和平静得近乎冷漠地说道，"昭宁不想这般累。"

"整日提防我？"萧华雍悲凉地低笑出声，"你终究不信我。"

"不，此刻昭宁信你。"沈羲和说道，"昭宁不是无心之人。殿下的真心，昭宁信。"

"你既信我，为何要这般待我？"萧华雍眼尾泛红地质问。

"殿下，《凤求凰》动人吗？"沈羲和忽地问。

萧华雍微微一怔。聪慧如他，立时就反应过来，面色又白了白。

沈羲和双手交搭于胸前，目视前方："世人只道《凤求凰》千古流传，甚至有不少儿郎以奏此曲博美人欢心，他们却忘了，《凤求凰》的结局是《白头吟》。"

能够作出《凤求凰》这般真挚深情的琴曲，作曲之人难道不是真心吗？可这份真心若是不变，又何来《白头吟》？

"我不会……"萧华雍为自己辩白。

沈羲和轻轻摇头："殿下，非我不信殿下能不变心，而是我不能去信。我若只是一个人，无亲无故，身后也没有沈家，定赴殿下这一趟爱河。人生在世，及时行乐，不问因果。我也想做个洒脱之人，可……我没有资格。

"我是父兄娇养长大的，他们全心全意支持我，难道就是相信了殿下此生无论遇到何事都不变心吗？

"不是的殿下，是因为有我愿嫁在先，他们是疼我才会信我。可若是殿下哪一日变了，我愿为我自己眼拙付出代价，哪怕死无全尸也是我咎由自取，他们呢？"

萧华雍的双眸酸涩刺痛，他定定地看着面前这令他朝思暮想的纤细身影。博闻强识、博览群书、能言善辩的他，此刻却找不出一句话来反驳。

"殿下，我生在西北，西北的百姓因为我是阿爹的女儿爱戴我、敬佩我，知晓我体弱受不得惊，逢年关我左右四邻愿为我放弃燃爆竹，甚至有老翁和老伴争吵之际，以'你嗓门如此之大，惊扰到郡主可如何是好'来止战。

"你能体会到他们待我之好吗？若有一日因我痴心错付，导致他们陷入水深火热之中，再过上民不聊生的日子，我死后都难以安宁。"

沈羲和从未这般掏心掏肺地将自己的心思剖析给任何人听过，萧华雍是唯一一个，只为他这一份真心。

"所以，与我为敌，你便不惧对吗？"萧华雍用尽全力，让自己极力平静地问。

"我为何要与殿下解除婚约，一是不愿欺骗殿下，二是感念殿下此刻真心相待，三是我自知不是殿下的对手。"沈羲和带着冷淡平和的笑意说道，"与殿下为敌，若有一日我败了，那是我尽力了。我没有辜负他们对我的疼爱和期许，对得起我自己——我可以安然赴死。"

可我若与你结为夫妻，意义便大有不同。我整日防备你，会浪费我所有的光阴，更会因此影响我父兄的判断。有朝一日因我是你的妻子，西北被你所伤，我父兄一世英明将毁于一旦。

有些话，不用沈羲和说得明明白白，萧华雍也能懂。

他的心已痛到麻木。

沈羲和看到这样的萧华雍，没有丝毫愧疚与不自在的表情，明亮的双眸不闪不躲地与萧华雍沉痛的双眸对上："殿下，你我出身相同，我只问你，你我易地而处，你会信我吗？你会愿意以至亲为代价，倾尽全部去赌一个真心实意、永不变心吗？"

"我……"

萧华雍很想大声地回答她：他会！

可对上她过于参透人心的眼瞳，他无颜说出这两个字。

他们之间横着的是皇权、君臣、至高无上的尊贵帝位。

若他是沈羲和，他大概……也会如她一般，面对一个自觉难以应付之人，最好的办法就是与之正大光明一战，虽死犹荣，这也算是给予对手最大的尊重。

她不想嫁给他，是不想与他虚与委蛇，不想与他成为防备彼此最深的人，不想在他面前做戏。

"所以，你选择不负你所生长之地，不负你的父兄，不负敬重你的百姓，独独负我一人。"萧华雍勾出了一个比哭还难看的笑容。

"殿下，这是我唯一的选择。"沈羲和端端正正地福身。

"沈羲和，你可知我此刻有多恨你？"萧华雍踉跄着后退两步，单手撑着桌面才稳住自己，"我喜你沉着睿智、胸襟宽阔，可现在恨你沉着睿智、胸襟宽阔。我多想你是个普通的女郎，你天真烂漫，青春慕少艾，如此一来你是不是就能不把所有利弊分析得如此透彻，而让你自认为最真心的话，化作一把把刀，凌迟我的心？"

沈羲和坦然面对着他的斥责与痛苦。

"我更恨我自己。我为了活下去，努力让自己变强，强到无人能够再轻易对我下毒手，掌控我的命运。可我没有想到，有朝一日我心悦之人，正是因此而拒我于千里之外，呵呵呵——哈哈哈——"

萧华雍悲怆放肆地大笑，笑声中满是难以疏解的痛不欲生之情。他笑着笑着，竟然有泪水滑过脸庞，看得沈羲和愣住。

面前这个男人是何等强大，有君临天下之能，应是无坚不摧，在她看来合该是无泪之人——此刻他却哭了。

"若你不是这样的沈羲和，我又如何会对你倾心？若我没有今日之能耐，我又如何能活到现在？这就是所谓的天意弄人？"他渐渐收敛了所有情绪，黝黑的眼眸正如她初见那般，银辉凝聚，华光深藏，如渊如海。

"我要娶你为妻，你不信这世间有海枯石烂、永不变心的感情，我便证明给你看。"他锋芒毕露，强势而又坚定，"你要防着我也无妨。呦呦，你听着，我可以忍受你一生不为我所动，可以接纳你随时随地藏匕于枕下，拔刀就能要了我的命，但我绝不会允许你在我活着的时候嫁与旁人，哪怕是无情也不行。"

这才是真正的萧华雍，真正的皇太子，如此霸道强横。

"殿下何苦。"沈羲和沉沉叹息。

"苦我不怕，我怕痛，蚀骨之痛。我若见着你与谁亲密，我便杀了谁。"萧华雍面带微笑地说着凶狠的笑话，看起来格外诡异与阴郁。

"殿下，娶了我，你或许会更痛。"

一如当年娶了顾青栀的萧长卿，险些被折磨疯。

"你说你若是孤身一人，便不惧与我共赴这一趟爱河，若是输了，哪怕粉身碎骨，也是咎由自取，你认。"萧华雍眼中深藏着柔情，"我正好是孤身一人。我不怕你杀了我，谋夺天下。若我输了，我亦认。"

"殿下三思，在钦天监定下大婚之日前，还望殿下仔细思量。"沈羲和仍是劝了一句。

"我不会改变心意，娶你之心、待你之心，日月消减，此心不减。"萧华雍一字一顿地说道。

沈羲和垂下眼帘，正欲施礼告辞，他却先一步握住了她的手。她剧烈挣扎却无果，他反而强势地将她拉入怀中，脸贴上她的脸，在她的耳畔似情人般呢喃："我知你的性子,我不愿解除婚约是我之事,你会想法子,可我要提醒呦呦一句,我能为你杀了所有人。"他说完,唇还擦着她的脸挪开,脸上挂着温柔而又有些邪气的笑容,"呦呦,不管你有多少选择,最终只能选我。"

你选择谁,我就让谁消失在人世间。

沈羲和目光冷锐,萧华雍笑容邪肆,两个人四目相对,寸步不让。

"昭宁告辞。"沈羲和行了礼,转身离去。

守在外面的天圆和珍珠见到沈羲和面色冷峻地走出来,天圆贴着门跑入内,沈羲和则带着珍珠离开。

"郡主,到底发生了何事?"到现在珍珠还弄不明白,到底发生了什么事,让本来算是和和美美的太子与郡主突然间好似要决裂一般。

"他就是华富海。"沈羲和沉声说道。

珍珠的瞳孔缩了缩,他们其实担忧过这点,最怕的结果还是出现了。

其实他们都知道,郡主不希望太子殿下是华富海,最好景王殿下才是,这样郡主可以和太子殿下联合起来对付景王殿下。

太子殿下本就让郡主觉得智谋无双,如今太子殿下的势力已经如此强大,若有一日他们当真针锋相对,郡主只怕没有多少胜算可言。

"招惹了一个煞星。"沈羲和现在才后悔,这辈子最后悔的事就是当日为了搅乱京中时局,将胭脂案的证据交给了萧华雍,从而招惹了他。

若没有招惹他,她大抵也拿不到脱骨丹,死了也好,至少不会连累父兄,这一生也算认真努力活过。

现下她欠他良多,本就还不清,偏他还露出了本性。她相信他的话,她若是敢和哪个皇子走得近,这位皇子一定会和长陵公主是一样的下场。

"郡主,你还要嫁入东宫吗?"珍珠有些不确定地问。

"嫁,为何不嫁?他不是非娶我不可吗?我便让他知晓什么是求而不得!"

既然萧华雍不愿意放手,她也不想把他变成疯子,不想浪费时间纠缠于此,那就嫁吧,警醒些便是。

沈羲和回到府中,第一件事就是写了封信告诉沈岳山和沈云安萧华雍的真面目,让他们不要因为自己而对这个善于伪装、深不可测的男人误判。

珍珠看着风风火火的沈羲和,总觉得有些不对劲儿。

"珍珠姐姐,我怎么觉得郡主更像是与太子殿下闹了别扭一般?"碧玉有些不确定自己的直觉对不对,怕自己想差了。

可郡主和太子殿下真的像是那种新婚夫妻闹了别扭,张口就喊和离的模样。

珍珠哑然失笑:"郡主待太子殿下终究是不同的。"

只怕郡主自己都没有发现，因为太子殿下种种恩情的牵绊，她又是个极其有情有义之人，对太子殿下早就与旁人不同，或许谈不上深爱，但心中定然是有些许在意的。

这次得知真相，她会有此举，固然有为大局考量的因素，有她的性格使然，只怕也有对殿下欺瞒行为的在意情绪在作祟。

"那……"碧玉探头看了看四周，确定没有旁人，才低声问，"珍珠姐姐，你说日后殿下会变心吗？"

她们只要想想有这个可能就觉得难以接受，更何况是郡主。

"谁能断定？"珍珠摇头，"便是信誓旦旦的殿下，也未必能够预测将来。我不担忧殿下日后变心，殿下变心，不过是世间男儿无法免俗罢了，只盼殿下人品端方，若哪一日变了心，也莫要利用郡主，更莫要利用郡主对西北不利。"

只要殿下能够做到这点，便是变了心，郡主或许会难过，却不会恨殿下。

若殿下不再爱慕，就如爱慕时一般大大方方地说出来，有利益冲突，两个人也能光明正大地一决胜负。

"殿下都为郡主舍身冒险取雪莲了，若是仍旧会变心，这世间可真就无真情可言了。"红玉轻轻叹息。她是最支持太子殿下的，也是最希望郡主能够与太子殿下两情相悦之人，自然就是最怕太子殿下变心的人。否则，她得自刎谢罪。

虽然她鼓动不了郡主，但她们这些做丫头的人认可殿下，不是她们自抬脸面，这的确或多或少对郡主有些许影响。

"金屋藏娇多有名哪，阿娇皇后最后又是何等凄惨下场？"紫玉插了一句，"长门之恨，我可不愿郡主经历。若是如此，我宁可郡主永远不食人间烟火，不知情爱。"

"汉武帝本就不喜阿娇皇后……"红玉弱弱地反驳了一句。

"他若是不喜，何以许诺金屋藏之？"紫玉争辩，"便是说男人为了权势地位，什么鬼话都能说出，不爱也能说出金屋藏娇之言。谁知太子殿下今日……"

剩下的话，紫玉在看到沈羲和之后咽了下去，几个丫鬟迅速站起身，垂头不语。

"你们用不着避讳我。"沈羲和浅笑，"在我这里，只要不议政，你们皆可畅所欲言，紫玉说得极是。"

"郡主……"紫玉叫了一声，却不知说什么。

她现在也和王爷、世子一样，既怕自家风华绝代的郡主被骗了心、负了情，盼着郡主此生谁也不爱慕，只用好好顾惜自个儿便是，但又觉得郡主若当真这般，多孤寂啊，这一生临到头会不会后悔没有寻个知心人，不问结局，只轰轰烈烈放肆地相爱一场？

"愁什么呢？"沈羲和戳了戳紫玉的额头，"你家郡主不是无所不能之辈，却也不是庸碌无能之人，事到如今，且看且行。"

珍珠仔细觑了觑沈羲和的面色，见她似乎又恢复了前几日的随和样子，心下稍安："郡主，我们要出门吗？"

因为沈羲和换了一身衣裳，是出行的着装。

"去看看步世子。"沈羲和这几日忙着自己的事情，都是只派随阿喜和珍珠每日上门为步疏林复诊，自己一次都没有去探望过她。

当日步疏林被送回了步府，沈羲和没法留她在府上养伤。

在步府的大门口，沈羲和遇见了吃了闭门羹的崔晋百。

崔晋百见到她行礼问道："郡主，我可否与郡主同进？"

清贵的崔少卿，能够提出这种跟着旁人入府的要求，可真是难得，沈羲和却不能答应："崔少卿，我与步世子是挚友，她若不见你，我带你入府，便是不尊重她。"

崔晋百又行了一礼："是我冒犯，郡主见谅。"

沈羲和也客气地回了个礼，恰好等来金山亲自将她迎进去。

步疏林躺在榻上，一听到脚步声立刻开始呻吟："哎哟喂……我好疼哪！可怜我啊，生来就没了娘，亲爹有似没有啊，结交个朋友啊，也不把我放在心上哪！可怜我啊……"

带着沈羲和走到门口的金山深觉无颜面对沈羲和，羞愧地垂下了脑袋。

沈羲和被步疏林唱得挺溜的小曲逗乐，迈步入内，就看到步疏林一边悄悄往她这边瞥，一边更大声、更凄厉地唱着自己编的小曲。

沈羲和立在榻边，就这么静静地听着，静静地看着她。

唱了好一会儿的步疏林终究是在耐力上败给了沈羲和，佯装转头才看到沈羲和："呦呦你来了，何时来的？"

"在你唱结交个朋友，也不把你放在心上之时来的。"沈羲和毫不留情地拆穿了她。

步疏林转了转眼珠子："我说的是崔石头，白交了这个朋友，他都不来看我，好歹我也是为了救他才这样的！"

"世子，郡主在门口遇上了……被你拒之门外的崔少卿。"金山不得不一言难尽地提醒。

步疏林瞪了他一眼，才堆起笑容对沈羲和说："嘿嘿嘿……那啥……呦呦，我还没恭喜你，听闻陛下给你和太子殿下赐婚了，你也算得偿所愿。"

"算是吧。"沈羲和不欲多言。她不会将萧华雍的势力暴露给步疏林，转而问道："你为何不见崔少卿？"

"见什么啊，两个大男人，就应该早些划清界限。"步疏林说得理直气壮。

沈羲和："……"

步疏林不由得解释道："我这一生想要恢复女儿身，只能指着你了。"

等皇太子登基，看在沈羲和的情面上，放她一马，让她恢复自由身。

沈羲和闻言挑眉："你决定了？"

步疏林这不是一句玩笑之言，而是投诚之意，是明确表示，要投向沈羲和和萧华雍。

"我不想与你为敌，且你是唯一能够让我全身而退之人。"步疏林只想相信沈羲和，其他人便是真的登上大宝，要拿这事来威胁她做文章，易如反掌，"既然你选择他，我与你同气连枝。"

本就扛着西北和父兄的命运的沈羲和，肩上又压上了步疏林和蜀南的命运。她知道若没有步拓海的允许，步疏林不会说出此言，顿时觉得肩上的担子更重了："阿林，若是我选错了呢？"

曾经沈羲和是不惧的，是那样的自信，总觉得她和萧华雍最后便是对上了，胜算也在五五之数，现在却没有这份信心了。

"发生了何事？"步疏林敏锐地察觉到沈羲和对萧华雍的态度变了，不再如以往从容，"太子殿下做了什么有负你之事？"

她直觉是萧华雍对不起沈羲和，才让沈羲和的神色变得这般凝重。

"殿下并未行对我不利之事。"沈羲和斟酌后说道，"我只是越来越觉得太子殿下深不可测，日后若是与他针锋相对，胜算不大。"

"你为何要与他针锋相对？"步疏林皱眉，"呦呦，你是对你的美一无所知吗？你就从未想过征服他，让他一生都对你如痴如狂吗？"

"你要我以色事人？"沈羲和面色微沉。

她最恨以色事人，为何女人就只能靠出卖美色去获得所求？

"你误会了，呦……"步疏林慌忙解释，不慎牵扯到伤口，面色微白，"我并非此意，且似太子殿下这般经天纬地之人，美色于他而言并无魅力。太子殿下喜欢你，定是你身上有让他迷恋之处，你发挥所长便是。"

"然后余生，我都要钻研如何让自己变成一个更令男人恋恋不舍的女人？"沈羲和嗤笑，"阿林，你是真把自己当儿郎了。我不会为了去讨好一个男人而改变自己，更不会为了一个男人而活。我宁可与他正大光明地一决生死，也绝不会这般屈辱求存。"

"呦呦，我亦非此意。"步疏林有些慌乱，不知该如何表达自己内心的想法，"我只是觉得太子殿下对你有情，你不如也以情相待，你们并肩而立，做一对真正的神仙眷侣。你将他变成如你父兄一般的人，也让他将你视作如此重要的人，如此他便会事事以你为先，自不会行伤你之举。"

沈羲和面色稍缓："阿林，在我看来，情应当是自然流露，是水到渠成，有就是有，无便是无，不能因为有所图，而装作情深义重。是真心是假意，谁也不傻。"

最开始她是想吸引萧华雍,以达到嫁入东宫的目的。但这份吸引,不包含假装爱慕萧华雍,她只不过是向萧华雍展露自己的优势,传达自己的意思,让萧华雍如她一般,觉得她是最适合的选择。

"我没让你假装……"

"可我对他无情。"沈羲和截断了步疏林的话。

步疏林惊愕:"无情你为何要嫁他?"

"这世间几人因有情而嫁?"沈羲和反问。

步疏林哑然。

是啊,父母之命、媒妁之言,体谅的人家相看一眼,宽容的人家成婚前让说说话,让兄弟姊妹邀约踏春游乐,时常见个面,便是极致。

苛刻的人家,掀盖头之前男女双方都不知要相守一生之人是美是丑、是胖是瘦。

如同她们生来尊贵的女郎,婚嫁上更是莫要谈情,一个不清醒陷入情关,或许就是一族全灭的结局。

"呦呦,你这般,太子殿下他知晓吗?"步疏林担忧。

"知晓,我对他没有丝毫隐瞒。"沈羲和颔首。

步疏林睁大双目:"他知晓,还要娶你?他日后若是不甘,若是因爱生恨,你如何是好?"

"与我何干?"沈羲和满不在乎,"我还能阻止他吗?我原是想与他相敬如宾的,可他不要。他非要强求,求而不得是知难而退还是面目狰狞,就看他的品行了。我今日告知你这些,是让你重新掂量一番再作抉择,这关乎你们步家人的生死。

"若你仍选择与我共同进退,日后对太子殿下如何拿捏分寸,自行思量。"

她必须说清楚,否则步疏林误以为她与萧华雍多恩爱,对萧华雍不设防……要是因此害了蜀南和步家,她会愧疚一生。

"你是觉得……"听了沈羲和的话,步疏林更担忧,"太子殿下娶你目的不纯,是借你在谋夺帝位之前将西北拉入自己的阵营,少了一个极大的隐忧,专心应付朝堂?"

"也不能如此定论。"沈羲和觉得这般说对萧华雍不公,"陛下当年在西北落难之际,我相信他对我祖父和阿爹定是真心感激。"

步疏林领悟:"人心易变,太子殿下或许现在是真心实意,可谁也无法预料日后,他登上大宝,不再是皇太子,而是一国之君,所思所想是否会因为身份改变而变。"

这是常事,祐宁帝还是落难皇子的时候,感激沈家冒着被先皇记恨的风险帮扶。他做了皇帝,所考虑的问题又不同了。他们也不能说他忘恩负义,毕竟他登基二十年,给予沈氏的荣耀也有二十年,大抵在帝王看来,当年的恩情也算还清了。

他现在不是落难皇子，而是要做统一山河的皇！

"呦呦，谢你提点我。"若非沈羲和提点，她只怕不会这般深思熟虑。

"仔细养伤。"沈羲和说道，"你与崔少卿最好把话说明白，这样纠纠缠缠，于你于他都不好。"

沈羲和是干脆果决的性子，不喜欢这种逃避和欲断不断的行事之风。不过这到底是步疏林和崔晋百之事，她只是随意提一下自己的意见，采不采纳都取决于步疏林自己。

步疏林是听得进去沈羲和的劝导之言的："好，明日他再来，我见他，把话说清楚。"说着，见沈羲和站起身欲走，步疏林连忙说道，"呦呦，你厚此薄彼，太子受伤你就给做吃食。"

沈羲和打量了她几眼："他即将是我的枕边人，你凭什么与他攀比？"

步疏林捂着心口翻白眼："可怜的人儿哪，我真是个可怜的人儿哪……"

沈羲和憋着笑转身离开，步疏林更委屈了，展开双臂，表情生无可恋地躺在榻上，呻吟着喊："金山……"

无人应答。

"银山……"

依旧无人应答。

"宝山……"

没有一个人回应，步疏林转头看去，屋内一个人影也无。她自榻上撑起了身子，走到门口，也是静悄悄的，连个活物都没有。

初春的风吹来，一片鲜嫩的叶儿飘落在她的面前，又打着旋随风而去，步疏林顿觉一片凄凉，气呼呼地转过身又躺回去，因着伤口不宜多翻身，只能直愣愣地盯着榻顶发呆。

不知道过了多久，醇香的膏糜气息拂过鼻尖，步疏林转头就看到金山端着食案进来，立时坐起身，动作过猛又牵动伤口，脸扭曲了片刻，就被越发浓郁的香气勾了魂。

"快，快，快，磨磨蹭蹭，一会儿凉了，味道就不鲜美了。"步疏林催促。

金山迅速给她置好案桌，将食案放下去。

步疏林先狠狠吸了一口香气，才拿起汤匙食用，吃了一口就知晓这是她熟悉又迷恋的味道，美美地啜囔道："嘴硬心软，哼。"

吃了两口，都没有见到沈羲和回来，步疏林才问："郡主呢？"

"郡主走了，说……"金山顿了顿才说道，"说不想被世子借伤行骗。"

"借伤行骗！"步疏林顿时觉得美味的吃食也降低了口感。不过伤感情绪只在眨眼间就消失，她又欢欢快快地低头用食了。

接下来几日都有人给她送吃食，最开始两日是沈羲和亲自做的，后来味道变了，但依然美味，步疏林只当是郡主府的厨子所做。

对沈羲和这种只送吃食不来看她的举动，她表示非常不满，一打听知晓沈羲和整日与薛瑾乔腻在一处，愤愤地说道："我就知晓，她是被乔乔这个小妖精给缠上了！"

步疏林决定亲自等在门口，等郡主府的下人来送吃食时严词拒绝，等到下人回去传话，沈羲和就会反思对她过于冷淡。

猫在大门后的步疏林如被雷劈地看着崔晋百拎着一个食盒递给了府中的下人，立刻跳出去："你们这些吃里爬外的狗东西，谁送的东西都敢往府里递，也不怕你们主子我被毒死！"

气死她了！气死她了！

步疏林觉得愈合的伤口又崩裂了。她都养了些什么东西？这帮人竟然敢背着她接不相干之人送的吃食，要是东西有毒，是不是她现在尸体都腐烂了？

下人战战兢兢，是金山侍卫吩咐，若是崔少卿亲自送东西来就接，还不是世子受了伤就矫情起来，挑剔得府中的厨子都差点儿引咎自尽了，觉得自己做不出世子想吃的味道，唯恐耽误世子恢复身子，不如早早以死谢罪，请世子另聘庖人。

"你莫要为难他们，是我请他们隐瞒你的。"崔晋百温声解释，"你受了伤，若不进食，伤势不易复原……"

"我复不复原，与你何干？"步疏林烦躁地打断崔晋百的话，"你也别因我救你而心存感激。是你助我在先，我救你只是不愿欠你人情，你我互不相欠，早已断剑绝义，何故再有往来？"

崔晋百面色微白，捏着食盒的指尖用力到血色全无，想到那日自己的举动，懊悔不已："我……"

步疏林看不得他这副模样，想着答应沈羲和要与他说个清楚明白，都拖这么几日了，要是沈羲和知晓此事，指不定会误以为自己敷衍她，不将她的话放在心上。

也不能怪步疏林，是沈羲和走后，崔晋百就没有再求见，步疏林自然不会主动去见人："你进来，我们把话说清楚。"

崔晋百紧绷着脸，拎着食盒入内，步疏林将他带到了待客的挟屋："当日是我不对，不应为避开娶公主而拖你下水。不过以你之能，若非有好处，你也不会顺着我胡闹。当我厚颜，我们俩便互不相欠。此次承蒙你出手相助，我为你挡下飞镖是应为之事，也算两不相欠。

"如今五公主和亲突厥，我听闻吐蕃已上奏求娶三公主，六公主有婚约在身，我日后定不会再缠着你，日子久了，便无人会想着你我之间那点儿荒唐传言。你可另娶高门贵女，若对方心存芥蒂，你可寻我去解说……"

49

"你要对我说的话便是这些？"崔晋百一把抓住她的手腕，目光沉沉地盯着她。

"这不是你想要的结果吗？"步疏林反问。

崔晋百十分懊恼："那日……那日是我冲动。我向你赔礼，我……"

"断剑绝义，只是一时冲动？"步疏林轻"呵"了一声，"若你那日一时失智，岂不是要给我一剑？我可不敢再纠缠你，你太难捉摸。"

步疏林一把就挣开了崔晋百的手——她已经恢复得差不多了——转身欲走。

崔晋百却从背后将她抱住："我当日是不能接受自己对你动心！"

步疏林的力气恢复得差不多了，可伤口在腰与胸上，刚刚结痂的伤不能用力过猛，否则会崩裂，一时间她竟然被崔晋百给钳制住了。

"我自幼饱读诗书，崔氏家训，凡崔氏子女，须谨饬、谦下、勤苦；礼义廉耻，三纲五常……刻入我们的骨子里，你何其惊世骇俗与违背纲常？我痛苦、自厌、焦躁、畏惧，你却对我说，换作任何人你都会如此。你说你喜欢我，不过是酒后之言，我当时只觉你残忍至极，我的撕心裂肺，竟被你轻描淡写一言带过，荒唐可笑且可悲，一时气急，才会冲动地断剑绝义。我亦以为，如此自己便能挣脱泥沼，做回原来那个意气风发、不为所动的我。

"可我做不到。那日之后，醒也是你，梦也是你；所见之物，皆被你的身影缠绕，挥之不去。你就似给我下了蛊，我满心满眼、满脑子都是你。

"我不想挣扎了，放弃抵抗，弃械投降。

"你听着，我倾心于你，爱慕你，想与你共结连理，不在乎你是何身份。"

步疏林僵直了身体，脑子里一片"嗡嗡嗡"的声音，有些惊恐地睁大了双目。她从沈羲和那处知晓崔晋百在不知她是女儿身的情况下就对她动了心思，就觉着不可思议。

她对沈羲和之言深信不疑，故而想着自己竟然将好好一个儿郎折腾到这等地步，实属罪过。且自己是女儿身的事，是不可能向崔晋百坦言的，也不知这一生能否等到自由之日，怎好轻易允诺，让这样芝兰玉树的男儿蹉跎一生，只为等她的一个遥遥无期？

故而她顺着他，远离他，不去招惹他，就似他们从未有过交集。

然而天意弄人，偏上元节那日他是第一个奔来助她之人。在那样拥挤的情况下，第一时间发现她的沈羲和派来墨玉，墨玉都挤不过来，只能说明崔晋百不是偶然出现的。

他或许早就跟着她，才能及时相救。

这些事就足够让步疏林逃避、不敢深思，没有想到他竟然……竟然真的对她表明心意！

"你是不是疯了？！"步疏林顾不得伤口，用了内劲挣开崔晋百的桎梏。剧烈的疼痛从胸口传来，她脸色大变，皱着眉捂住了胸口。

"你的伤……"崔晋百慌忙上前。

步疏林迅速后退，伸手一挡："你别过来。"

崔晋百手足无措地僵在原地，满目担忧与愧疚之色，想上前却又不敢上前。

缓了好一会儿，步疏林才觉得没那么痛了："你想过世俗吗？这不是我们先前真真假假的打闹儿戏。我缠着你，我放浪形骸，他们都习以为常，半信半疑当看个热闹。我们俩若真……你的仕途就毁了！"

"我不在意。"崔晋百小小迈出一步，深情地凝视着她，"我知晓，你现在放不下蜀南，没关系，我可以等你，等大局已定，我们再归隐山林。只有你和我，没有俗世纷扰，没有闲言碎语。你若是嫌深山无趣，我们也可以结伴游历江湖，不在任何一个地方停留，便没有人用异样的目光看待你。"

步疏林被吓得面色比疼痛时都白，这人……这人这段时日怕是都在琢磨这个，什么都想明白了。步疏林握紧拳头，让指甲陷入肉里来强迫自己冷静："你崔家枝繁叶茂，我步家唯我一根独苗，我不能如此……你冷静些，我为我先前利用你赔礼……"

"我不要你赔礼。"崔晋百神色淡淡地看着步疏林，"你说你为我挡下暗器是不想欠我，你在说谎。你莫要忘了我是大理寺少卿，我见过无数犯人，懂人在危急情况之下的所作所为意味着什么。你对我亦有情，我不逼你此时便接纳我，但我不是一厢情愿，这一生你都休想逃脱。"

说完，崔晋百将食盒放在桌子上，收敛了上一刻的强硬气势，温声叮嘱："趁热食用，我还有公务在身，晚些时候再来看你。"

他打开食盒，自顾自地将里面的吃食取出摆好。

见他这一副主人家的姿态，若非有伤在身，步疏林一定会气得跳脚："你搞清楚，这里是我的府邸，你一个世家公子，你的礼教呢？"

"礼教是对外人的。"崔晋百摆好东西，用一种宠溺的目光望着她。

步疏林忍不住后退两步："你……你是不是被什么不干净之物附体了？"

这个人太不正常了，太邪门了。

"我不是被附体，是被你勾走了魂儿。"崔晋百的笑容越发纵容、温柔，他道。

"你快滚，现在就滚！"步疏林被吓得只能抱着旁边的廊柱，防备地盯着崔晋百。

崔晋百挂着那人畜无害、温柔至极的笑容走到她面前，宽大的手掌摸了摸她的头顶，轻声又吩咐了一遍："记得用食。"

完了他还冲着她微微一笑，这才心情愉悦地大步离去。

崔晋百都走了许久之后，步疏林还维持着原来的姿势，呆呆地贴在廊柱上。

她被崔晋百吓得不轻，哪里敢吃崔晋百送来之物，大步跑出步府，冲向了郡主府。

沈羲和刚好陪着薛瑾乔买了些花草回来，说是要亲自给薛瑾乔调制胭脂水粉。

"呦呦，呦呦，你得救我。"步疏林上前就要抓沈羲和的手腕，薛瑾乔一个手刀砍了下去。

薛瑾乔不明白步疏林这个浪荡子为何一点儿不知礼，总是对阿姐动手动脚的，丝毫不懂男女有别。

沈羲和从来不反抗步疏林的亲近之举被薛瑾乔解读为沈羲和柔弱，反应不够敏捷，才会被步疏林占便宜。至于沈羲和的下人，则是碍于步疏林的世子身份，总之薛瑾乔有自己的解读。

"小魔头，我今日不想与你动手，你别招惹我。"步疏林烦着呢，往日还逗着薛瑾乔，时不时与薛瑾乔拳脚相向。对此，沈羲和从不阻止，这画面太熟悉，她在家里的时候也是如此。

"你不准随意触碰阿姐。"薛瑾乔挡在沈羲和面前。

沈羲和见步疏林实在是眉宇间都是愁绪，拍了拍薛瑾乔的肩膀，等薛瑾乔让开之后，才问："你遇上了何事，如此惊慌失措？"

"我……"步疏林正要说，看到薛瑾乔后又将话咽了下去。

沈羲和只得转身对薛瑾乔说道："乔乔，我改日将东西做好了，请你来府中挑选。"

薛瑾乔倒没有因为沈羲和支开她而不开心。每个人都有秘密，就像她的病情，沈羲和不会对其他人言一样，步疏林或许也有什么事不可对人言。

薛瑾乔点了点头之后，又恶狠狠地瞪了步疏林一眼："你守规矩些，否则我放点点咬你！"

步疏林没有心思和薛瑾乔斗嘴，薛瑾乔很快就被打发走了，步疏林这才拉着沈羲和说道："崔晋百他……他疯了！"

沈羲和投以困惑的目光："疯了？"

"对，疯了。"步疏林心有余悸，"他竟然来府中向我吐露爱慕之情，还言之凿凿我对他也有情，在我府中一副当家主母的架势！"

沈羲和也一脸惊悚的样子，甚至用质疑的目光看着步疏林，怀疑是步疏林在说胡话。

清雅端正、芝兰玉树般的崔少卿做出这样的事，颠覆了沈羲和的认知，挑战了沈羲和的接受力。

"是不是，是不是疯了？"步疏林完全不觉得沈羲和这样的反应不对劲儿，因为她自己也是这样的反应。

沈羲和确定步疏林不是在说胡话，只得点头："是有些不大正常。"

"呦呦，你说我该怎么办？"步疏林拽着沈羲和低声问。

沈羲和露出爱莫能助的表情："我也不知。"

其他事，她或许主意不少；可这种事，她一点儿法子也没有。

"崔晋百是太子的人。"沈羲和倒是可以透露这信息给步疏林。

步疏林惊愕了："那他……他……"

他知不知自己是女儿身有什么区别？皇太子知道她是女儿身哪，他是太子的人，这隐瞒和不隐瞒有什么差别？

"呦呦，你的意思是，让我向他坦白女儿身的事？"步疏林不确定地问。

沈羲和微微摇头："这是你自个儿的事，太子没有告诉他真相，也不会告诉他。愿不愿告知他，你自个儿拿主意；如何应对他，你自个儿做主，此事莫要问我，我没有主意。"

"你是如何应对太子殿下的？"步疏林也六神无主啊，只得取经。

"我不应对他，该说的话我都与他说清楚了。"沈羲和弯唇笑了笑。

步疏林撇嘴歪头，一脸丧气的表情："我这是造孽啊。"

"对，你就是自作孽不可活。"沈羲和还补刀。

步疏林愤然道："你得管我！当日可是你让我去缠着他的！"

"我只是让你借他躲祸，你自个儿把握不住分寸，真把人给惹了，与我无关。"沈羲和淡淡地瞥了她一眼，"你要是非赖上我，我便告知他你是女儿身。兴许他觉得被你欺骗，伤心之余就斩断情丝，你便重获自由？"

步疏林生无可恋地盯着沈羲和，这是在帮她？这分明是在害她！崔晋百在以为她是男人的时候都能自我说服地接纳她，要是知晓她是女儿身，她这辈子怕是都挣脱不了他了！

沈羲和看着步疏林的眼睛："阿林，你扪心自问，当真对他没有一丝情意吗？"

步疏林动了动嘴，沉默不言。

"你有心，为何不与他说一说？"沈羲和继续说道，"我知你心中所想，这条路我们不知要走多长，你们都已经不再是十几岁的少年，你怕前路漫漫，就此耽误他一生。"

"这只是其一。"步疏林低声说道，"我不知何时会暴露身份，亦不知陛下何时会按捺不住对步家下手……我不想牵连他。"

上元节对她动手之人，现在都未被查出来，步疏林身边危机四伏，不想拉崔晋百蹚这浑水。

"愿不愿，你说与他听，由他自己抉择，日后悔与不悔，都是他自个儿受着。"沈羲和不赞同步疏林一厢情愿地替崔晋百着想，擅自替崔晋百做决定。

默然片刻后，步疏林才说道："呦呦，我不如你理智，亦不如你自制。你明知嫁与太子殿下是一步险棋，仍不退缩。我知你是自信自己不会为情所困，不会因情而失控，可我不同。我对他诚然有心，却怕我日后为了他而不管不顾，忘了自己的身份。"

沈羲和闻言一时也不知该如何说。步疏林每一步都如履薄冰，一个人与另一个人是不是有情，眉梢眼角都能流露出来，心思细腻之人，只要看到两个人同一处出现就能察觉。

步疏林这些年完完全全将自己是男儿的认知刻入了骨髓，若是告知崔晋百真相，两个人当真郎情妾意，只怕她很快就会暴露自己是女儿身的事实。人在不经意间流露出的姿态和下意识的反应最为致命，很可能她自己都还未察觉已经暴露，旁人便已看透了一切。

沈羲和理解，这就看要不要放纵自己的心。步疏林只要一日不放纵自己的心，不承认自己的情，哪怕仍会关怀崔晋百，也不会流露出自己是女儿身的一丝作态。

但她若是坦白了，与崔晋百两情相悦了，一旦做个陷入爱河的女郎，一举一动就危险至极。

就好比那日在陶府，步疏林便受沈羲和影响，险些给陶家长辈行了肃礼一个道理。

"只得苦了崔少卿，你也莫要太伤人。"沈羲和语气有些戏谑。

步疏林白了她一眼："我哪里敢伤他？你是没见着他今日阴阳怪气的模样，我看着就像见鬼——我躲着他还来不及。这两日你不用派阿喜过来给我看诊了，我每日自个儿过来。"

以往她还得顾忌点儿，隔三岔五才来一次；现在沈羲和都被赐婚了，只要太子殿下不说什么，她便光明正大地从早腻到晚。

正好还能在郡主府里蹭吃蹭喝，她美滋滋地想着。

可惜她想得很美，崔晋百却从来不是坐以待毙之人。他乐意让她欺负的时候，自然她处于上风；他不乐意被她欺负的时候，十个步疏林都不是崔晋百的对手。

连着两日崔晋百去步府都得知步疏林去了郡主府，且都是蹭了夕食才归，便明白那人是在躲自己。第三日步疏林正陪着沈羲和用朝食，大理寺差役拿着公文来了。

"郡主，衙门有人状告步世子，小人奉命来请步世子去大理寺配合调查。"

步疏林夹着一块胡饼的手僵在半空中。

沈羲和忍着笑意说道："快去吧，拒捕可是大罪。"

大理寺出了公文，这就是正规的手续，皇亲国戚都得配合去接受调查，不能推拒、不能置之不理，否则要么是妨碍公务，要么是藐视律例，若是敢跑那就是拒捕的重罪！

步疏林就这样不情不愿地将胡饼强塞到嘴里，拉长着脸去了大理寺。

大理寺既然能出公文，那此事肯定不是作假，还真有人状告步疏林，无非是她以前那些烂事，什么调戏好人家的姑娘，什么她伙同一群纨绔子弟吃喝之后不付账，什么她无缘无故地抢别人的蝈蝈和斗鸡……

每日都有人状告她，每日她都被崔晋百请到大理寺，每日崔晋百都是先处理旁人的案子，磨到最后快下衙了才处理她的事。

这些事都是他干的，除了他谁能翻出她那么多的陈年旧案？谁能说动这些人来告状？

"你到底要如何？"步疏林被磨得没了脾气。

"只想每日见到你。"崔晋百抬眼，目光温柔。

步疏林："……"

这对话好熟悉，好似那段时日她整天缠着崔晋百，崔晋百被她磨得没了法子，问她到底要如何，她就冲崔晋百抛媚眼，说只想每日见到他。

报应哪，如果她罪不可赦，直接一道雷劈死她好了，不要这样折腾她啊，呜呜呜……

"崔知鹤，崔晋百，崔少卿……"步疏林苦着脸，"我知错了，你饶了我吧，你放过我吧。"

"我放过你，何人放过我？"崔晋百依然轻声细语地问，"当初我不也烦你、恼你？但我现在也心悦你，你现在烦我、恼我也无妨，过段时日，必也会如我一般。"

从来都是她吊儿郎当，不是把人气走就是把人恶心走。现在，她根本不敢对崔晋百说些不着调的话。她觉得她要是敢说一句想睡了他，崔晋百只怕立马要在她面前宽衣解带。

现在是她怕崔晋百！

"你要是不放我走，我就绝食！"步疏林威胁道。

"待你饿得无法反抗之后，我哺食于你。"崔晋百淡定自若地说道。

"你要是再每日将我传到大理寺，我就把大理寺闹得翻天覆地！"她换了威胁方式。

"你想闹便闹就是，"崔晋百极其纵容，"闹小了我都能压住，闹大了陛下正愁没有由头治你的罪。你若被治了死罪，我便为你殉情，生不能同眠，死则要同棺。我虽有阿爹在世，阿爹尚有阿弟养老送终，只是可怜了王爷……"

"崔晋百！"步疏林要崩溃了，"你是要逼疯我吗？"

崔晋百幽幽地盯着她："疯了我也不弃你，或许你能更乖巧些。"

步疏林："……"

她这一生从未这般后悔过。早知今日，她就应该尚公主！大不了，她就是把公主气得和她各过各的,也好过现在惹了这么一个疯子!

步疏林被压制得死死的,决定收敛情绪,以沉默和无视崔晋百来对抗他。崔晋百也不在乎她的冷漠反应,每日照样有的是法子将她给弄到大理寺,两个人相顾无言一整日,比一比耐力。

崔晋百与步疏林是双方面僵持着,而沈羲和与萧华雍则是萧华雍单方面僵持着。

他如往日一般给郡主府送吃食,沈羲和照单全收,不退回也不回赠。

不过自那日起,沈羲和再也没有去过东宫。明明已经开春,偶尔艳阳天,阳光明媚,天圆却觉得东宫越发寒凉。

海东青被派出去了两个多月,取回来了一匣子北珠。萧华雍一手托着匣子,一手拈起一颗珠子,举着出神半晌,无人知他心中所想。

天圆更是不敢吱声,生怕惹怒了萧华雍,倒霉的还是自个儿。

"天圆哪,孤想她了。"萧华雍像是没有回过神般呢喃。他已经有好几日没有见着她了。

"殿下,郡主心如磐石。"天圆为自家殿下感到不值,殿下待郡主多好呀。

萧华雍倏地回神,斥责道:"胡说,她不是铁石心肠,只是身负太多责任。"

他信沈羲和那日句句出自肺腑,没有半字敷衍与欺骗。她说她若是孤身一人,定会及时行乐,与他共赴爱河,不问将来,不问因果。

这说明她是曾为他心动过的,哪怕只是一瞬。若是她没有背负这般多的责任,或许就不会时刻警醒。

天圆老实地低下头,不着痕迹地扇了自己一巴掌。

让你多嘴,让你脑子发蒙,敢在殿下面前诋毁郡主。

萧华雍又出神了片刻,才问道:"王政这几日如何?"

"王公如殿下所料,防备了几日,属下故意去调查了几位殿下,误导他以为殿下您猜疑上元节那日之事是其他几位殿下所为。"天圆正色回道,"现下他已经放松戒备。"

"过两日击鞠,给王公送一份大礼。"萧华雍说着将手上的北珠放入匣子,手搭在合上的匣子上,摩挲着上面雕刻的平仲叶花纹,"便能见见她。"

"诺。"天圆应道,该如何布置,早就已经吩咐过。

每年使节来京都朝贺,都会有一场开春的击鞠大赛,分为使节队和天朝队。若是使节担心天朝的人配合默契,也可以抽签分队。

这是一场送别会,击鞠之后,使节就会陆陆续续离京归国。

沈羲和抬眼看着枝头抽了新芽的树枝:"击鞠就要开始了,阳陵公主那边可以动手了。"

"婢子这就给宫里传话。"珍珠应道。

恰好这个时候齐培上门，前来支取一百金。他要离京，明年今日定会为沈羲和赚足一千金。

沈羲和带着他去见了谢韫怀，复诊了一番。谢韫怀说他恢复得不错，可以远行，沈羲和也就没有阻拦，不过还是派了两个护卫送他回去。

等她回来，珍珠也回来了，并且带来了一个消息："太后娘娘要准备春日宴，明儿请郡主入宫，还有些贵女，大抵是让女郎们集思广益，为春日宴增添趣味。郡主要去吗？"

太后只是邀请，不是下口谕，沈羲和想不去也是可以的。

"去，我不躲他。"沈羲和含笑应下。

她该如何便如何，绝不会刻意回避萧华雍。

无论这是不是太后刻意为她与萧华雍制造机会，她都会去。

春日宴早就有了传闻，从宫里传出来的消息，就绝对没有虚假之言，没有上位者默许，谁敢胡乱传宫中是非？宫里不过是早早放出消息，让各家都有时间将远在地方上的女郎接回来。

春日宴是为了给皇家宗室相看，这可是飞上枝头的大好机会，由不得这些人不铆足劲儿准备。

太后并未请太多人来给意见，都是功勋之后或者家中有三品官员的重臣之女。这些人大概就是太后看好的孙媳妇或者侄孙媳妇，等到春日宴再来的人不出意外都是陪衬。

令沈羲和没有想到的是太后把沈璎嫇也叫来了。看到陪在太后身边的三公主，沈羲和眯了眯眼。沈璎嫇坐在三公主的下方，始终保持着温婉娴雅的浅笑。

"昭宁，春日宴由你来操办可好？"太后忽地问道。

太后的话音一落，众人齐刷刷地看向沈羲和，坐在太后下方的荣贵妃依然笑容得体。

只不过看向她们二人的目光各异。

宫里的宴会只有宫里的人才有资格去操持，是万万不能越过掌管六宫之人的。

祐宁帝当年为了稳定人心，让这些本是追随谦王的功臣名将安心，不会因为登基的不是他们死心塌地追随之人就卸磨杀驴，便借助为救他而亡的发妻，册封刚出生的萧华雍为太子，立誓不再立后。

这样一则是让文武大臣看到他的重情重义；二是为了确保东宫之位不可动摇，没有继后就不会再有嫡子。

因此后宫二十年，早先是太后打理，自萧华雍八岁离宫，太后陪同，宫权就交给了荣贵妃，整整一个轮回。

没有姨娘当家的道理，寻常家里若是主母去世，家主不再续娶，要么是长辈当家，要么是嫡媳当家，要么是嫡女当家。

但帝王家又不一样，荣贵妃虽不是嫡妻，却也是长辈，又有两个儿子是亲王，没道理让她日后在晚辈手中讨生活。所以无论是荣贵妃掌宫权，还是沈羲和掌宫权，都算是合乎情理的。

太后突然这么问，明显是要按照祖宗规矩，重嫡重长，借春日宴给荣贵妃一个心理准备。

"太后抬爱，昭宁从未操持过这等大宴，还需多看多学。"沈羲和委婉拒绝。

该是她的东西，她绝不会拱手让人，但此刻她和萧华雍尚未大婚，这就不是她该做的事。在其位谋其政，她一向分得清清楚楚。

太后和蔼地笑着："也是，春日宴还是交由贵妃辛苦一番，等日后昭宁和七郎大婚后，贵妃就能多陪陪老婆子享享清福。"

"能陪伴太后，妾求之不得。"荣贵妃恭顺地对太后说完，又转头看向沈羲和："郡主日后若有不知晓的地方，尽可来寻我，我定不藏私。"

沈羲和站起身对荣贵妃端正地行了个礼。

没有看到想象中的唇枪舌剑，在座的一些女郎还是有些失望的。

太后抬眼看到站在门口探头的天圆，无奈地笑着摇了摇头："这人哪，我这老婆子想多留会儿都不成。昭宁还不快去，我可不想待你走后被七郎埋怨。"

太后带头打趣，众人都忍不住笑了，有大胆的女郎直接用暧昧的目光看向沈羲和。

沈羲和大大方方地给太后行了个礼，就退出了大殿。

与其和这些人在一起，她还不如去见萧华雍。

她到了东宫，就见到披着厚重狐边斗篷的萧华雍正站在东宫门口翘首以盼。

还是那个位置、那个人，只不过人是物已非，那两棵红枫依然红艳，却没有了秋日初见那种火一般旺盛的生命力，反而沉寂了不少。

"你来了，我以为你不来了……"

他对她说了同样的话，那日他的语气里是委屈，是对她可能爽约的担忧。

今日他的语气是欣喜中又藏着一丝忐忑，还有一丝她可能不来的畏惧。

"殿下相邀，昭宁自会来。"沈羲和盈盈施礼。

"这几日，我都想见你，却又不敢相邀，怕你会推拒。"萧华雍目光微敛，眼里散落着点点星光。

只要她不提与他分开，他在她面前永远是温软的，是小心翼翼的。

他的底线就是她离他而去。

"殿下，昭宁不是个逃避之人。"沈羲和明确地告知他，"昭宁是个极其适应任何境地之人，事事不能尽如人意，若是不能改变，只能顺其自然之时寻到最大的自在方式。"

"所以，嫁我是不能更改之事，呦呦要如何自在？"萧华雍笑着问。

"昭宁与殿下说过，昭宁会是个合格的妻子。"沈羲和含笑而答。

"举案齐眉？相敬如宾？"萧华雍从胸腔里发出一阵愉悦的笑声。

沈羲和的反应比他料想的要好很多很多，原来一切的原点不过是她依然守着本分，做好她想要做的太子妃，对他的那一丝松动消失不见。他不怕这个，能打动她一次，就能打动她第二次，只不过这次她对他的防备之心可能更重了。

"是。"沈羲和不知他为何突然这么喜悦，却也不想去琢磨他的心思。

"我也对呦呦说过，我不满足于此。"萧华雍整个人都和煦起来。

天圆暗自松了一口气，心里欢呼：雨过天晴，雨过天晴，阿弥陀佛！

"殿下不满足于此。殿下谋殿下所谋，昭宁行昭宁应行之事。"沈羲和肃容道。

萧华雍大步上前，拉近了和沈羲和的距离，渊海一般的双眸里星辉凝聚，目光灼灼地盯着沈羲和："呦呦，你真是一个谜一样的女郎，正是因此，才令我如此着迷。"

他以为她会闹、会怨、会厌恶他，但她永远出乎他的意料。她总是这样冷静自持，不会因自己无力改变事实而怨恨旁人强横狠毒。

这世间怎会有这样的女子，这样可爱而不自知，迷人而不自迷？

"多谢殿下赞誉，我需要与殿下互夸客套一句吗？"沈羲和反问。

"哈哈哈……"萧华雍忍不住爽朗地笑出声来。

第三章　盼卿之心似我心

萧华雍的笑声盘旋于东宫之上，传出甚远，他似恨不能整个宫里的人都知道他此刻有多开怀。

沈羲和静默而立，看着他喜上眉梢。

开心够了，萧华雍才深深地凝视着沈羲和说道："呦呦，你永远不知，你的一举一动于我而言多么可人。"

"殿下，你这放肆而又中气十足的笑声不适合在东宫出现。"沈羲和忍不住提醒了一句。

萧华雍立刻收敛了笑容，虚握拳头抵唇咳嗽起来，转过身冲着沈羲和眨了眨眼："我都听你的。"

沈羲和不为所动。

萧华雍也不在意，径直执起了沈羲和的手，不理会她的挣扎动作，将她牵入东宫。

他像毛头小子一般，牵着她小跑起来，把宫人们远远甩掉："这个院子我都腾出来了，我们大婚后就住这个院子。"

他带着她来看他们日后要久居之地，没有问她要如何布置，知道问了沈羲和也不会说。他会按照他的喜好以及对她的了解来布置，带着她入了空荡荡的寝殿："这扇窗推开，这两棵平仲树尽收眼底，这里置长榻，榻上置案，你日后可于此处用食看书，抬眼便是你最爱的景……

"这里隔成小书房，小书房旁边还余一间小屋，为你做香室，以香木置具，你可以在这里调香抚琴。小屋有扇窗，窗外是花圃，夏时百花盛开，你可就地取材……

"此处是我们的寝殿相连之地，我命人挖了汤池，墙上设壁炉，冬暖夏凉……"

他兴高采烈地说着规划和陈设，大到如何摆放配色，小到每件家具用什么材料、雕刻什么花纹，说这些话时，他的眼里分明有着向往与期待的光。

　　大半日被萧华雍带着规划日后所居的寝殿，沈羲和也不是委屈自己的人，萧华雍若问及，该提的意见她还是会提，有商有量，大概这世间也没有几对未婚男女能够做到如此。

　　商议完毕，沈羲和坐了片刻就离开了东宫。萧华雍一如既往地送她离开，久久凝望着她的背影消失的方向。

　　沈羲和回到太后所居的永安殿时，听闻太后赐了宴后，女郎们已自行离去。沈羲和还是去给太后行了礼才离开永安殿，一路行来也确实看到不少女郎，看来她们也才刚散去。

　　女郎们正三三两两地结伴而行，沈羲和远远就看到了走在前方的沈璎婼。沈璎婼身侧有两个她眼熟的女郎，是平遥侯府的余桑梓与余桑宁。

　　这对姐妹自从上次献舞之后，就孟不离焦，好得跟双生花一般。

　　沈羲和没打算理会沈璎婼与谁往来，不过是抬头看了一眼，恰好看到罢了。正待收回视线，沈羲和就看到三公主安陵怒气冲冲地从正前方疾步而来，直冲向沈璎婼。

　　在众人都没有反应过来的情况下，安陵公主一巴掌甩在了沈璎婼的脸上。

　　沈羲和停下脚步，双眸眯了眯。

　　其他女郎也是被惊吓得立在原地。

　　"你好大的胆子，竟然敢坑害我！"安陵公主道，她看着沈璎婼的目光似浸了毒。

　　她这段日子一直打探不到吐蕃的动向，今儿才知道吐蕃王子已经向陛下求赐婚，赐婚的对象不是她推出去的沈璎婼，而是她自己！

　　她特意抓了个懂吐蕃语的翰林学士去问清缘由，才知道是沈璎婼做的手脚。

　　沈璎婼长这么大没有被人这么打过巴掌，安陵公主气急，力道极大，沈璎婼的耳朵"嗡嗡"响。不过对方是公主，是她的表姐，她只能忍："公主因何事恼怒？淮阳何处惹怒公主？"

　　"你做了什么好事自己不知吗？"安陵公主咬牙切齿。

　　"淮阳不知，还请公主明示。"沈璎婼捂着脸说道。

　　"你陷害我和亲吐蕃，心思可真够歹毒！"安陵公主厉声指责。

　　"五公主和亲突厥，吐蕃若求和亲，陛下当不能厚此薄彼，六公主已有婚约，三公主和亲是不二人选，淮阳为何要陷害公主？"沈璎婼有理有据地反驳。

　　要说现在京中贵女们最喜欢谁，那必然是阳陵公主。因为阳陵公主，她们都不用和亲了，因为她们的身份不够，有阳陵公主这个正儿八经的公主要和亲突厥在前，那去吐蕃的也必须是陛下的亲生女儿，可不能随意选个大臣之女糊弄吐蕃。

所以，沈璎婼所言合情合理。

有那聪明之人看安陵公主的眼神都变了。

安陵公主是明摆着要和亲的不二人选，沈璎婼就算恨她，也不会在这个时候掺和这件既定的事。如果沈璎婼真的掺和了，那一定是有人逼她不成，聪明反被聪明误。

"你……"

安陵公主恼羞成怒，抬手又是一巴掌要朝着沈璎婼扇下去。她是公主，就是刁蛮又如何？她都要和亲吐蕃了，也不在乎名声和脸面，就想出了这口气。她就不信沈璎婼敢反抗。

只可惜这一巴掌没有落下来，她的手腕被人钳制住了。安陵公主转头看向沈羲和，面色更冷："昭宁，你想如何？"

沈羲和轻笑一声，目光发冷，反手就是一巴掌甩在了安陵公主的脸上。这一巴掌沈羲和用足了力，将安陵公主扇得身子一转就跌倒在地。

安陵公主的内侍尖着嗓子高喊："你放肆——"

沈羲和没有理会安陵公主，一把抓住沈璎婼的手腕，拖着沈璎婼就往外走。所有人都以为沈羲和是要带着沈璎婼逃走，沈璎婼自己也如此认为，因此并不配合沈羲和："这事因我而起，我自己去请罪。"

沈羲和抬手也给了沈璎婼的脸一巴掌，只不过这一巴掌没怎么用力："闭嘴。"

沈羲和没有用力，可打的是安陵公主打的地方，不知为何沈璎婼却觉得那里更加火辣辣的。沈璎婼被打蒙了，双眸噙着泪水，任由沈羲和拽着走，等回过神来时，二人已经到了明政殿。

她拉着沈璎婼不请内侍通传，"扑通"一声就跪在了明政殿的大门口，吓得内侍腿一软，拔腿就跑去通知刘三指。

这位祖宗绝对是他们内侍最怕之人，又来了，又来了，还是这么大阵仗！

跪在沈羲和旁边的沈璎婼觉得自己的脸越来越火辣辣的。她小心翼翼地看了一眼沈羲和，就见沈羲和脊梁笔直，面无表情，容色端肃。

"哎哟喂，郡主，地下寒凉，您先起来，有何事进去与陛下说，陛下宣您。"刘三指小跑而来，对沈羲和也头疼。

沈羲和却依然跪着："烦刘侍监传话，昭宁携幼妹前来请罪。昭宁见安陵公主辱打幼妹，一时气急，对公主动了手。"

刘三指这才看向了旁边的沈璎婼，这一看不由得倒吸一口凉气。沈璎婼半边脸都肿起来了，五根手指印出现了青紫瘀肿的情况，本来清丽的脸现在看起来十分瘆人，这得是下了多重的手？

他知道这绝对不是小事，只得去通报祐宁帝，祐宁帝这才走了出来。他刚走出来，安陵公主也追了过来，见到祐宁帝就哭着扑跪过去："陛下要为儿做主，昭宁以下犯上，竟然敢掌掴儿！她目无君上，横行无忌！"

祐宁帝看着哭得梨花带雨的女儿的脸上也有红印子，不过和沈璎婼对比起来真是不值一提，沈璎婼脸上的那巴掌印真是触目惊心。

便是公主，也不能这样打重臣之女，更何况沈璎婼还是她的堂妹。

不论沈羲和与沈璎婼关系如何，人家到底同姓沈，安陵公主这一巴掌打的是沈家的颜面。

"是你先掌掴淮阳，还是昭宁先掌掴你？"祐宁帝沉声问安陵公主。

安陵公主抽泣声微微一滞："儿与淮阳闹了些别扭，儿心中气不过，这才打了淮阳一巴掌。儿是公主，打她一巴掌，她也应当受着，昭宁竟然为此打儿！昭宁压根儿不把陛下放在眼里！"

正常情况下，若是安陵公主只是打了沈璎婼一巴掌，确实无伤大雅，就像寻常兄弟姐妹之间闹了矛盾还争执打架，可沈璎婼顶着那样一张脸，祐宁帝想和稀泥说是姐妹失和、沈羲和小题大做都不成。

"你自个儿看看淮阳的脸！"祐宁帝指着沈璎婼说道。

安陵公主这才越过沈羲和看向沈璎婼，自己都被吓了一跳："陛下，这不是儿打的，儿只是轻轻打了一巴掌……"

说着，似是反应过来，她指着沈羲和："是昭宁！是昭宁陷害儿！"

"如何陷害你？"

沈璎婼的脸上只有一个巴掌印，清晰可见，沈羲和再有本事，还能几巴掌都打在一个位置？

沈羲和确实打了沈璎婼一巴掌，不过和拍拍脸没有区别，目的就是将手上的香粉抹在沈璎婼的脸上。这种香粉会刺激皮肤，受过伤的地方较为敏感，更容易起反应，这才让安陵公主这个巴掌印更明显。

安陵公主被问得哑口无言。他们其实是一直追着沈羲和过来，沈羲和在转角处给了沈璎婼一巴掌不过是片刻之事，他们追上来时，看到的就是沈羲和拽着沈璎婼直奔这边来。

按理说沈羲和没有办法再给沈璎婼加重伤势，而且位置这样不偏不倚。

安陵公主支支吾吾，祐宁帝看着跪得笔直的沈羲和，知道沈羲和明着是请罪，实则是威胁。

他要是不给做主，沈羲和就会以伤了公主请罪为由带着沈璎婼跪在这里，这要是让朝臣和使节看到，必然丢尽皇室颜面。

"身为公主，命妇之表率，你更应当严于律己。你德容有失，便因些许争执不睦,对姊妹下此重手,朕罚你抄《女训》百遍,给淮阳赔礼,你可服气?"

"陛下,儿……"安陵公主泪珠滚落。

明明委屈的是她。她先打了沈璎婼没错,沈羲和也还了她一巴掌,狠狠一巴掌!现在她还要给沈璎婼赔礼!

"你不服?"祐宁帝问。

"儿遵旨。"安陵公主哽咽着应道。

祐宁帝又安抚了沈璎婼和沈羲和好一阵,才把二人给打发走。

"陛下,县主的伤有些蹊跷。"等人都走了,刘三指给祐宁帝上茶时开口道。

要打出那样的巴掌印,只有男儿才能有这么大的力气做到,安陵公主没有那个力道。

"有蹊跷?宣太医能查出?"祐宁帝问,"昭宁敢带着人跪在明政殿前,就是有底气。"

事后祐宁帝也的确宣了太医给沈璎婼明着治伤,实际上是检查,但并没有发现任何异样。至于沈璎婼脸上残留的香料,太医并未深想。女郎脸上敷香粉是常见之事,香料那么多,他只闻到有香气,一时间也辨别不出是什么香、有些什么香料配比。

祐宁帝也想给自己的女儿做主,但做得了主吗?

无论是安陵还是阳陵都不是昭宁的对手,对上昭宁,她们都得受罪。

"陛下,长陵公主……"刘三指点到为止地提醒道。

"长陵之事,不是昭宁所为。"这一点祐宁帝是肯定的。

沈羲和第一次去狩猎场,在那里什么人都没有,她做不到如此滴水不漏。

事发之前,太子又毒发吐了血。除非他事先就知此事,假装吐血。可吐血之事祐宁帝让三个太医诊脉,没有作假之处。若太子当真预料到了此事,便不是假装吐血等着惩治长陵,而是及早让昭宁避开这桩祸事。

最有嫌疑能为沈羲和出头的太子也被排除在外,祐宁帝实在没有想通此事还能是何人所为……

除非长陵是真的被什么事刺激到,才做出如此让人难以理解之举。

长陵之死,过于诡异,兼之狩猎场出了巨蛇,令祐宁帝对狩猎场有些忌讳。

"多谢长姐。"与沈羲和出了宫后,沈璎婼对沈羲和行礼致谢。

沈羲和用眼神示意珍珠,珍珠从马车上取下一盒药膏递给了谭氏。

沈羲和说道:"带回去,擦两日,你脸上的瘀肿便会消除,不会影响你的容貌。"

说完,沈羲和就上了马车:"你不用谢我,你姓沈罢了。"

没有人可以当着她的面一再侮辱沈家的人,这欺辱的不是沈璎婼一个人,是她整个沈家的脸面,沈羲和绝对不会纵容这种行为。

安陵公主打一巴掌也就算了，安陵的身份是公主，沈璎婼自己也不知反抗，可安陵还想再打，就得问一问她沈羲和同不同意！

沈璎婼看着沈羲和的马车渐渐地远去，愣愣地出神。

被谭氏扶上马车后，沈璎婼有些伤感地低下头："乳娘，我要是嫡母的女儿该多好。"

那样她是不是就有父兄疼爱，还有这样厉害的姐姐保护？

谭氏揽住沈璎婼，轻轻叹了一声。

她清楚地看到了沈璎婼对沈羲和的崇拜之情，那样风华无双、所向无敌的郡主，的确很容易让人钦佩和折服。

只可惜，不是人人都入得了她的眼。郡主出手相助，也的的确确只是为了沈家的颜面，正如当日王爷与郡主承诺的那样，绝不会允许县主被人所欺，哪怕对方是皇室公主也不行。

沈羲和却不知因她这一举动被不少贵女目睹，贵女们回去之后绘声绘色地讲给家中姐妹兄弟听，原本只觉得沈羲和跋扈张扬的人倒是对她心生钦佩之意，又对沈璎婼艳羡不已。

有些心思浮动的人倒是想到了沈璎婼也快要及笄，到了适婚之龄。

奈何沈岳山父子不在京都，沈羲和又是个根本无法请动之人，想要旁敲侧击地打探沈璎婼的婚事的人也苦于无门。

对这些事，沈羲和都不曾理会，只关心她的计划。

击鞠的前一日，阳陵公主跑去奚落安陵公主。当初阳陵公主吃了沈羲和的亏，安陵公主不帮她，这下子安陵公主也终于尝到了被沈羲和折腾的滋味，她怎能不开心呢？

两姐妹就此发生了争执，安陵公主失手将阳陵公主推倒导致阳陵公主昏迷。

这事惊动了后宫，荣贵妃请了太医来给阳陵公主诊脉，却诊出了喜脉！

"陛下，阳陵她……"荣贵妃也只能硬着头皮来寻祐宁帝。

祐宁帝听闻两个女儿推搡吵闹，就不想理会她们的事了。

"朕不是说了，此事由你做主。"祐宁帝有些不耐烦地说道。

"公主有喜，妾不敢做主。"荣贵妃谨慎地说道。

"有喜？"祐宁帝冷了面色。他一直拖着突厥，到现在还没有允婚，结果这个时候阳陵竟然有喜了？！

"是有喜了，且她已有两个月身孕。"荣贵妃最后半句话说得极小声。

祐宁帝霍然站起了身，有些不相信自己的耳朵："你说多久？"

荣贵妃垂首："两个月。"

"砰！"祐宁帝气得拂袖，掀倒了旁边的花瓶。

花瓶砸碎的声音让包括荣贵妃在内的所有人都吓得跪下了，大气不敢出。

阳陵公主和穆努哈之事才一个月，她却已有两个月的身孕！

祐宁帝来回踱步，问荣贵妃："太医确诊了？"

"三位太医都确诊了，有两个月的身孕。"若非如此，她也不敢来将此事报给陛下。

兹事体大，阳陵公主有了两个月身孕的事若是被突厥王子知晓，就是他们理亏。

"让太医署开药。"祐宁帝冷声叮嘱，"宫里封锁消息。"

"诺。"荣贵妃应声退下去处理此事。

沈羲和在郡主府等着消息。难得今日崔晋百被调出城办差，步疏林有了片刻的松快时间，立即来寻沈羲和。

"郡主，阳陵公主堕胎了。"珍珠前来禀报。

"堕胎？"没个正形地半躺半靠在美人靠上的步疏林坐直了身子，"她这胎如何堕？"

阳陵公主都没有怀孕哪，喝下药去哪里能够有胎儿流产？

"两个月前就给她下了药，影响了她的月事，堕胎的药正好能够让她疼得死去活来又来月事。"沈羲和微笑。

步疏林倏地抱紧了廊柱："呦呦，你……"

你真的好可怕！

这话她不敢说出来。

"我如何？"沈羲和抬眉笑问。

"你……你真是睿智无双、娉婷秀雅、知书达礼、仪态万千、清新脱俗……"步疏林搜肠刮肚地将她的肚子里那点儿墨水全都倒了出来，然后眼睛无比真诚地看着沈羲和。

珍珠等人都被步疏林给逗乐了。

见沈羲和收起了那危险的笑容，步疏林这才如释重负："不过，阳陵公主都'堕胎'了，如何引得穆努哈对她下杀手？"

"只要陛下知晓有这么回事就成。"沈羲和早就猜到陛下会第一时间掩盖这事让阳陵堕胎，这也恰好为沈羲和遮掩了证据，药过两日就会失效，不过"堕胎"后就没事了。

太医署的人之后就算察觉到阳陵公主的脉象不似堕胎后的症状，也不敢多言，说他们误判，这不是自己把脑袋往陛下的铡刀下送？

这注定是一场将错就错的局，等到穆努哈知晓这事，冲动之下"杀"了阳陵公主，太医署的人就更不敢说了。他们若这个时候说，不是自个儿掉脑袋，是一家子陪葬。

每一步，她都给阳陵公主算好了。

阳陵公主怀了旁人的孩子这事在陛下那里有了定论，就有了穆努哈杀公主的充分理由，更何况还不只堕胎这一件事，穆努哈还会知晓，阳陵公主让他成了个与太监无异的男人，这下动杀心的理由就更充分了。

"现在就是让穆努哈知晓他不举的时候了。"沈羲和笑眯眯地看着步疏林。

步疏林立刻站直了身体："包在我身上。"

不就是找几个狐朋狗友约穆努哈逛花楼吗？

男人风流是正常的事，穆努哈最近也在为陛下迟迟不肯给他和阳陵公主许婚的事情恼怒。

本朝虽然不是将贞洁看得超过性命，但女人的贞洁也是很重要的，穆努哈和阳陵公主的事有那么多人在场看到，她不嫁给穆努哈，谁愿意娶她？这和娶寡妇是两回事。

所以当有人再三邀请穆努哈去逛花楼时，穆努哈就盛情难却地去了。

只是万万没有想到，他竟然不行了！

"哎，我其实蛮想去看看立不起来的男人是什么模样。"步疏林在另一个房间里喝着酒，对金山说，"你说世子我要去偷窥吗？"

结果她转头就看到了金山背后的崔晋百，含在嘴里的酒一下子就喷了出来，呛得她不住咳嗽。

崔晋百目光幽深，上前温柔地给她顺背。感受到他温热的手掌，步疏林忍不住一阵发毛。

果然下一秒她就听到崔晋百语气温柔地问："你想看什么？"

"喀喀喀……"崔晋百的话让步疏林呛得更厉害，她连连摆手，好一会儿才缓过来，咳得胸口的伤都疼了，捂着胸口说道，"不用，不用……我看我自己就成。"

崔晋百没再说话，只是用那双乌黑的眼直勾勾地看着她。

步疏林有种毛骨悚然的畏惧感，结结巴巴地问："你……你因何来此？"

"寻你。"崔晋百简洁作答。

自从这个男人疯了之后，步疏林就总觉得自己每次与他谈话都是鸡同鸭讲。她叹了一口气，直接忽视他，背着手迈出了花楼，反正目的已经达到。

崔晋百一直跟着她。

步疏林去郡主府给沈羲和报了信。为了让这家伙不再次寻人状告她来逼迫她，她很快就从郡主府离开，回到了自己的府邸里——崔晋百也跟着。

两个人相顾无言，崔晋百就眼睛一眨不眨地看着她。步疏林无奈地由着他看，自己做自己的事情。

隔日是击鞠，场面十分盛大，不仅陛下和太后来了，王孙贵族都来了。击鞠是本朝最受喜爱的活动，无论男女都喜爱，又是宫中举办的赛事，与使节比拼，自然是人人都来看热闹了。

沈羲和也来了。好在她的身份够，坐在单独的小隔间里，不然这么杂乱的气味，她实在是难以忍受。

坐到属于自己的位置后，沈羲和环视一圈，竟然没有看到萧华雍。诸位皇子都在，有的在看台之上，有的换了装束在赛场上。

沈羲和又看向了赛场。作为同样热爱马上游乐之事的穆努哈自然不会错过击鞠，只是在赛场上表现得格外心不在焉，见此沈羲和微扬嘴角。

鸿胪客馆人多而杂，虽有重兵把守，要制造些混乱场面不易，但要打听消息极其简单。昨日穆努哈秘密请了不少郎中，据闻还发了大火，惊扰到了契丹使节，两者差点儿发生冲突。

今日击鞠，宫里大半人出宫来到了赛场上，阳陵公主在宫中坐小月子，是宫中防卫最容易出疏漏的时候。

"你打算今日动手？"步疏林偷偷跑到沈羲和的小棚里来，四周人声鼎沸，她们俩可以肆无忌惮地聊天。

"嗯。"沈羲和颔首。

"你要如何动手？有用得上我之处，你尽管吩咐。"步疏林目光盯着赛场，不知道的人还以为她在和沈羲和议论击鞠比赛。

"在这件事情上，你已经物尽其用。"沈羲和毫不客气。

步疏林拉着脸瞥了沈羲和一眼，嘟囔道："又嫌我！"

沈羲和没有接她的话，嘴角浮现一丝笑痕。

步疏林看了会儿比赛。这场比赛十分精彩，要不是她意外受伤，必然有她上场的机会——她可喜欢击鞠了。

她忍不住遗憾地摸了摸身上的伤，脸上有掩不住的落寞神色。

沈羲和瞥了她一眼："鱼龙混杂，你日后少参与这些热闹。"

还不知是什么人要她的命呢，上元节的事肯定不是祐宁帝的手笔，一则陛下不会为了除掉步疏林而让上元节出意外，二则陛下出手不会这样小打小闹。

"我不得憋死。"她生性好动。让她像沈羲和那样，她一天就能疯掉。

"你能活到现在，实属难得。"沈羲和微微摇头。

与步疏林完全不同，沈羲和是个会规避风险之人，任何事都会提前算好风险，风险过大就尽量规避，或者直接放弃。

"哎，哎，哎，你看那是契丹的王子，骁勇善战，打得一手好击鞠。"步疏林指着赛场上一个高大的人影说道。她是纯粹欣赏有能力的人，不论是谁，只要打得好她都赞扬。

国人也一样，心胸疏朗，并未因为赛场上本朝实力被压制就气氛低迷。因为赛前双方就说过，这只是一场表示友好的比赛。

　　契丹人擅长打马球，本朝一度被碾压，祐宁帝依然面色从容。使节那边看到这个架势，都以契丹王子为首，听从他的指挥，一下子勇猛非常，小小的球在他们的手中宛如活了一般。

　　精彩的进球就连祐宁帝也喝彩，大家没有顾忌，全身心放在球赛之中。

　　本朝这边因为夺球，几匹马撞在一起，有两个人从马身上滚了下来，要换人上场。

　　萧长赢突然自荐："陛下，儿也技痒，请陛下准儿与五哥上场。"

　　一身素白的华服、银色头冠束发的萧长卿突然被弟弟拉下水，淡淡地瞥了萧长赢一眼，却没有拆台。

　　祐宁帝扫了他们兄弟二人一眼："去吧，玩乐为首。"

　　他从不觉得一场击鞠的输赢意味着什么，手中的江山是否繁荣与强盛不需要用这个来展示。比起输赢，他更愿意看到一场酣畅淋漓的精彩比赛。

　　"信王与烈王上场了。"步疏林眼睛发亮。她和这二人都玩过击鞠，这兄弟二人击鞠技术奇高，偏还十分默契。

　　沈羲和依然兴致勃勃地看着比赛，矫健的英姿、刁钻的控球以及默契的传球技术、狂奔的身影……看起来让人血液沸腾、牵动情绪，意外的进球更是令人忍不住击掌相庆。

　　"穆努哈退场了，你打算怎么做？"步疏林突然说道。

　　穆努哈今日魂不守舍，好几次连累队友，最后惹了众怒，被撵下场。

　　"将他引到宫里？"步疏林接着又问。

　　沈羲和再次用看傻子的目光看了她一眼："宫中就算再没有人，再方便穆努哈下手，他去宫里杀人，就是最大的疑点。"

　　就算是被自己不能人道的事刺激，穆努哈也不可能失智到堂而皇之地去宫里杀人，这谁会信？

　　"信不信有什么干系？"步疏林不以为意，"只要做得干净，他就甭想逃脱。"

　　"是，陛下会站在我们这边，公主之死必须是也只能是穆努哈所为。"沈羲和转过头继续看球赛，"但陛下心中有疑，事后必然要深查，也会忌惮有人借此事挑拨两方关系，必然是留有后手，等着两国开战。因此，他便不会轻易与突厥决裂，顺了做局人之心。"

　　陛下最擅隐忍，这一点上萧华雍像极了祐宁帝。

　　蛰伏八年除宦官，隐忍十九年瓦解世家，平突厥、灭吐蕃，他再等十年又何妨？

他最想的不是开疆扩土，是集中兵权，天下兵马都掌握在他一人手中，他才会开始攻城略地。
　　"原来如此。"步疏林恍然，"不将他引入宫，就要将公主引出宫。公主在坐小月子，如何出宫？"
　　"陛下和贵妃都在宫外，她想出宫谁能阻拦？"沈羲和弯了弯嘴角，"她有没有怀孕两个月她自己最清楚，这会儿正是有苦难言之时，若是有人让她知晓有一种药能使人假孕，你说她会不会跑出宫来寻药以证清白？"
　　阳陵公主现在有多冤、有多恨，只有她自己的心里清楚。偏偏太医都诊断她怀了两个月的身孕，还被强行堕胎，她肯定又急又怒。
　　让她知晓自己是被太医误诊，是被人陷害，肯定要找证据证明自己的清白，否则她水性杨花、寡廉鲜耻的污名洗不清，必然招致陛下厌恶。
　　"在下佩服。"步疏林抱拳。
　　沈羲和没有理会她，转头给守在场外的莫远使了个眼色。
　　此时赛场上爆发出了空前的喝彩声，沈羲和被吸引过去，看到的是皇子所带的队已经进球。
　　之前无往不利的使节团在萧长卿与萧长赢的默契配合下竟然被压制得无法反击。
　　两个人不愧是亲兄弟，一个眼神就能够让对方明白自己在想什么。
　　萧华雍不知何时来了，沈羲和并没有注意到，萧华雍却根本没有心思看比赛。他微微侧坐着，双眸看向沈羲和，唇边浮现浅浅一丝笑纹，像是怎么看都看不够。
　　看久了他就发现沈羲和好似被比赛给吸引了，顺着沈羲和的目光看向赛场，经过几番反复确定，确定沈羲和的目光是追随着萧长卿两兄弟，脸一下子就沉了下来。
　　他不悦地动了动唇，转头看见天圆也看得兴致勃勃，便凉凉地问："球赛很好看？"
　　"好看……"天圆本能地应答完后，下意识地觉得不对劲儿，扭头果然对上了萧华雍笑意阴沉的脸。天圆脑子飞速旋转，不经意间就瞥见了旁边看得兴致勃勃的沈羲和。天圆蓦然醒悟，连忙找补："属下是许久未见，故而看得有些起兴，其实也就寻常。想来郡主在西北定没有见过这样热闹的球赛，才会如属下一般看得入神。"
　　自觉解释得完美，应该能将主子的毛撸顺的天圆，听到萧华雍轻斥道："呦呦喜静，怎会似你一般没见识？她何时看入神了？"
　　天圆："属下知错，不该妄自揣测郡主。"
　　天圆垂头认错，心里却祈祷：郡主哪，您快别看了，看看我们殿下吧，不然我都不知如何安抚殿下了。
　　沈羲和自然听不到天圆的祈祷。事实上她只是目光跟着球走，只不过这个球被萧长卿兄弟二人控制得太紧，几乎没有脱开这二人的手，萧华雍没头没脑地自个儿吃醋罢了。

等到又进一球,就连步疏林都忍不住高喝叫好,沈羲和依然面色淡然。她端起茶杯的时候,似有所感地看向了萧华雍的位置,正好和萧华雍似有些幽怨的目光对上。

沈羲和微微皱眉。她何时又招惹这人了?

想不出,沈羲和也不深思,淡淡颔首致意,就转头又看向了赛场。

萧华雍面色更难看了:"孤也想上场。"

这有什么?不就是打马球吗?他若上场,这些人都是班门弄斧!

"殿下,您别……"天圆快哭了。

太子殿下能上场吗?自然不能,这要是让人察觉他的身手,他不就完全暴露了?

太子殿下就算借故离席,扮作其他人,若在赛场上力压群雄,引起陛下注意,被陛下招到面前问话……天圆只要一想到那个场面,就觉天塌地陷。

不等萧华雍再开口,为了打消萧华雍的念头,天圆连忙说道:"郡主今儿要动手,殿下可不得助郡主一臂之力?"

萧华雍的念头到底被按捺住了,他幽幽地看了沈羲和一眼,表情有些落寞:"她可用不着我相助。"

天圆觉得有戏,连忙继续说道:"郡主用不着是郡主有能耐,可殿下愿意相帮是殿下的心意。"

到底是把天圆的话听进去了,萧华雍不再言语。

天圆长长地吐了一口气。

坐了片刻,萧华雍又觉得无聊,瞥见面前的果盘,便拿起柑橘将之去皮,用了个干净的盘子,一瓣一瓣将果肉摆好,递给天圆,挑眉示意。

天圆立刻接住盘子,送到沈羲和面前。沈羲和正看比赛看得起劲儿,冷不防见天圆递来了一盘柑橘。她转头看向萧华雍,萧华雍正对着她春风一笑。

沈羲和脸上挂着浅浅的笑容,依然颔首致意,留下了柑橘。

"我……我还是先走吧。"步疏林见到这架势,总觉得她坐在这里或许碍了太子殿下的眼。为着小命着想,她还是早点儿溜之大吉为好。

沈羲和也没有阻拦她。萧华雍送来的柑橘,沈羲和真想吃时也会食用一两瓣。

送完柑橘后,萧华雍又送点心、送茶水,还送了些外面买来的小食,总之就是一刻都没有停。

萧华雍殷勤的举动引起了所有人的注意,众人都看得出太子殿下将昭宁郡主捧在掌心里一般呵护。有些贵女看着虽然面色苍白但俊美无双的萧华雍,忍不住羡慕沈羲和。

家里人都说太子不长命，不许她们对东宫有心思，可这样的儿郎，便是只被他这样目光专注、殷勤备至地陪伴三四年，也足够一生回味。

被萧华雍影响的不只有这些怀春少女，还有在球场上的萧长赢。萧长赢甚至因为不经意间看到萧华雍对着沈羲和笑得柔情蜜意而失了手，引来了一阵惋惜声。

萧华雍转头看到这一幕，冷哼了一声："贼心不死。"

自从上次他拿了萧长卿的把柄给他们兄弟，他们兄弟倒是乖了不少。眼见萧长赢也没有一门心思地想要往沈羲和面前凑，萧华雍也省得再费力将萧长赢指派出去。

忽地他想到一个可能："天圆，你说孤的这些兄弟中，有没有盼着孤死了，觊觎呦呦者？"

天圆被吓得哆嗦了一下，太子殿下不长寿是举朝皆知之事。

这些皇子可一直盼着殿下薨逝之后争夺东宫和天下，这下子又多了个争夺郡主。

"孤只要一想到有人做此打算……"萧华雍华光深藏的双眸突然阴郁起来，他说，"孤就想……把他们全都杀了。"

天圆的背脊都开始发寒，他深知殿下绝对不是在说笑，连忙说道："殿下，您要信郡主，郡主绝非这等人。"

事实上，郡主不仅不是这等人，就连初婚都不想。若是可以，只怕郡主更愿意陪着西北王和世子孤独终老；郡主若是守寡，只怕也会守一辈子。

萧华雍面色稍霁，沉默不语，无人知晓他在想什么。

赛场上热热闹闹的，此刻阳陵公主已经从宫里出来。她面色阴沉，脑子里全是方才听到的话。她根本没有做任何出格之事，和穆努哈也是遭了沈羲和的暗算。

无缘无故她就怀了孕，还被陛下强制堕胎，偏偏喝了药的确见了红。她这段日子都在想到底是哪里出了错，直到此刻才知晓，自己或许又被沈羲和算计了。

沈羲和的目的就是让自己没有办法脱离她的掌控。如果这件事情被穆努哈知晓，穆努哈定会推说当日是自己算计他，他或许不会再娶自己，而自己和穆努哈之事该知道的人都知道了，自己不嫁给穆努哈，能嫁给什么人家？

门第不显之人根本护不住她，沈羲和连梁昭容都杀了！

她一定要找到沈羲和暗害她的证据，在陛下面前揭露沈羲和的真面目，这才是她唯一的活路！

她揪住了误诊的太医，从他的口中套出了这种药在何处能够买到。她也想派人来办这件事，却害怕身边的人被沈羲和收买，尤其是上次她和穆努哈的事情就是因为沈羲和收买了她身边的人。

不过那宫女已经自尽，她也无法。她派人去查宫女的原籍，才知宫女家中出了事，沈羲和让宫女选择，一命换一命。

有了这个先例，她不敢再使唤人。她不认为太医敢骗她，因为自己抓住了他误诊的把柄！太医要是敢骗她，她就把证据递给陛下！事关性命，太医绝不敢蒙蔽她。

只是阳陵公主万万没有想到，这一趟出宫就再也回不去了。

她进入沈羲和安排好的医馆后没多久，穆努哈也进来了。

穆努哈被迫下场，心情极差，偏身边的人还聒噪不已，他的病又不能让这些人知晓，否则他们不会再跟随自己，一个不能有继承人的王子连争夺王位的资格都不具备。

命令所有人不得跟着他后，穆努哈一个人游荡在街道上，正在努力回忆他是什么时候被人暗算的，又是何人对他使出了这等阴损的招数，就听到有游方郎中在和人嘀嘀咕咕。

原来这郎中是在卖壮阳之药，穆努哈正要迈步，听到买药之人遮遮掩掩地问有没有让立不起的男人重新立起来的药。

接下来游方郎中戏谑了几句，又狮子大开口地讨要了一笔银钱，这才神神秘秘地将人往一个方向带。穆努哈鬼使神差地就跟了上去，亲眼看到他们进了个医馆。

他犹豫了片刻也入了医馆。面对郎中的询问，他实在是说不出不举之事。郎中以为他是不懂汉人语言，就说去寻个懂的译员让他稍等，被他拦住了。这事情他不想闹大。

两个人僵持着，郎中以为他是来捣乱的，正要把他给轰出去，之前和游方郎中神神秘秘地进来的人满脸喜色地拿着药走了，他立刻指着那人说："我要与他一样的药。"

郎中这才露出恍然大悟的笑容，视线还朝着他的身下扫了扫，然后在他要发怒之前将他往屋内请："客人请到屋内看诊，药不能乱开，便是一样的症状，也未必是同一种病引起。"

穆努哈随着郎中进了屋，郎中说让穆努哈稍坐片刻，他去请专治此病的郎中。

穆努哈坐在卧房里，一旁的香炉里香烟缭绕，他的心思都在对能够治好病的期待上，甚至觉得这香气格外清甜怡人，忍不住深吸了一口气。

很快他就觉得浑身乏力，惊觉自己又被人暗算了，立刻站起身，摸出身上的哨子，捏着哨子的手却无力地下垂，来不及将哨子放到嘴边，就一头栽倒了下去。

昏迷前他想到自己两次遭到暗算都是因为香……

"郡主说此香药效不久，须给他灌些迷药。"莫远吩咐后，郎中就将准备好的迷药给穆努哈灌了下去。

"将军放心，药量比寻常人重上些许，他应该半个时辰左右才会苏醒。"郎中灌完药之后说道。

"按郡主吩咐行事。"莫远颔首，就将穆努哈扛了起来。他扛着人接到后门守卫的暗号，确定无人后，才迅速从后面离开，跟在他身后的人扛着阳陵公主。

击鞠比赛接近尾声的时候，有人脸色苍白地匆匆跑来在刘三指的耳旁说了些什么，刘三指面色凝重，小心翼翼地去寻了祐宁帝。听他说完后，祐宁帝面色冷沉，霍然站起身来。

就在这时，赛场上的王二郎被几番挤着到了正对着萧华雍的位置，祐宁帝站起身引起了所有人的注目，祐宁帝阴沉的面色也让球赛停了下来。

好似有人没有注意到，还在传球，将球直接传给了王二郎。王二郎面对飞来的球，下意识地顺手一挥杆，球就朝着萧华雍飞击而去，人群立刻惊呼起来。

都要离开的祐宁帝脚步一转，看过去的目光陡然一寒，沈羲和也情不自禁地站起身来。

那个球在逼近萧华雍的面门的时候被天圆一掌劈开了，还不等众人松一口气，炸开的球扑出一些白粉，撒在了萧华雍的脸上，萧华雍当下就晕了过去。

"他又晕了……"沈羲和面无表情。

她突然发现，萧华雍晕倒，和她每次用香一样，准没好事，他定是在使坏算计旁人。

她的视线顺着球飞来的方向看向"扑通"一下从马匹上摔下来之人。

那人看着有点儿眼生，沈羲和便问珍珠："这是何人？"

无关紧要的人用不着她去记，身边自有人记，珍珠和碧玉就是负责这些事的，一个负责记住京都王孙公子，一个负责记住京都名门贵女。

"王家二郎，门下省王侍中的嫡长孙。"珍珠回。

"我明白了。"

萧华雍这是要对王政下死手了。前段时日萧华雍还没打算彻底动王政，王政都已经有办事不力的污点了，想要接替薛衡已然不行……

萧华雍不会无缘无故地又对王政下手。

王政到底是祐宁帝的心腹，萧华雍这么早就对王政下手，会引得祐宁帝猜疑。

萧华雍绝非如此行事不周密之人。他会提前对王政下手，必然是因为即便掐死了王政，也有办法让祐宁帝怀疑不到他的身上。

除非……

"王政先对他动了手！"

只有这个可能，王政有前科，萧华雍有把握让王政哑巴吃黄连——有苦说不出，让祐宁帝都相信这绝非他做局。

本来已经要离场的祐宁帝又大步折了回来，高喝："太医，传太医！"

接下来就是一阵兵荒马乱，一下子发生了两件大事，那就是有人撞见突厥王子行凶杀了人，等到京兆尹带着人赶去，发现突厥王子杀的还不是寻常人，竟然是当朝公主！

另外一件大事则是太子殿下在击鞠赛场上公然被袭，球中竟然藏着毒粉！

"太子如何了？"祐宁帝一直等着结果。

太医令与两位太医丞对视一眼，太医令上前一步回道："回陛下，幸得殿下未曾吸入或者食入毒粉，否则……无力回天。"

祐宁帝听了这话脸色难看得吓人。

"太子殿下虽未曾吸入，可毒粉撒在了太子殿下的眼里，恐……"太医丞暗骂太医令狡猾，把最重要也是最可能引起陛下怒火的话留给他，"殿下恐会失明。"

祐宁帝眼底闪过犹如实质的杀意："刘三指，将人下狱，给朕严刑拷打，朕要知道主谋！"

"诺。"刘三指立刻应声退下。

祐宁帝心焦地等了片刻。萧华雍迟迟未醒，祐宁帝只能派人留下来守着，自己去处理另一桩事。

诸位皇子与沈羲和都在外面等着，看到陛下脸色阴沉，毫不掩饰怒容地大步走出来，都没有给他们一个眼风就离去了。

沈羲和见陛下走了，就入内去探望萧华雍。于情于理她都应该去。

太子殿下娇贵，其余几个皇子可不敢凑上去招惹。瞧瞧往太子殿下面前凑的，除了沈羲和以外，哪个人有好下场？

几位皇子相继离去，留在最后的是萧长卿与萧长赢，萧长卿对萧长赢说道："王政……废了。"

"阿兄，太子他……他竟然直接对王政下手！"萧长赢以往对萧华雍只是提防和认可，这一刻是真的感到了震撼。

那是陛下的心腹啊！太子都敢这么明目张胆地对付，甚至一点儿也不避嫌，把自己都牵涉进去了，就这么有把握陛下不会猜疑到他身上吗？

"因而，他是皇太子。"萧长卿意味深长地笑了笑，抬脚离去。

他在想曾经他是多么天真，以为有陛下栽培，那帝位必然是他的囊中之物。

此刻他方知，皇位未必是陛下想给谁就能落到谁手上的。

祐宁帝带走了两个太医丞，太医令留下守着。看到沈羲和，天圆与太医令自觉地退了出来，珍珠陪着沈羲和入内。"昏迷的"萧华雍倏地睁开了眼，双眸银辉凝聚，精神奕奕。

"殿下装晕，可越发娴熟了。"沈羲和淡淡地说道。

"呦呦来了，我便是真晕也得醒。"萧华雍双手垫到脑后，依然躺在榻上望着沈羲和。

"殿下这又是唱的哪出？"沈羲和问。

"我不信呦呦不知。"萧华雍含笑说道。

"殿下如此做，不担心陛下猜疑吗？"沈羲和寻了个位置坐下，斜坐着面向萧华雍。

"陛下不会猜疑。"萧华雍笃定地说，"因为他马上就会知晓我被毒粉伤了眼睛，不辨五色。"

沈羲和目光微凝。

储君怎能残疾？萧华雍分不清颜色了，这是足够被废黜的理由。

陛下如何会相信萧华雍用这样的代价去对付王政？要是一辈子治不好眼睛，萧华雍岂不是与帝位无缘？且这个把柄落在祐宁帝的手上，他随时可以废黜萧华雍。

"殿下手段高明。"沈羲和都忍不住喝彩。

在此刻的局势下，陛下并不想废太子，让朝臣早早盯上东宫储位，各自谋算离心。陛下还想对付蜀南和西北，所以萧华雍只是不辨五色不是失明，陛下就不会废黜萧华雍。

一则，与当年立太子的时候一样，陛下需要萧华雍现在是太子。

二则，这事是王政所为，祐宁帝更不会顺着大臣的心，让他们爬到自己头上做主。

三则，萧华雍将这个把柄递到祐宁帝的手上，祐宁帝才对他生出的那一丝猜疑就会彻底打消。

四则，陛下不会相信萧华雍会为了陷害王政付出生命或者一双眼睛的代价，这样就会深信这是王政所为。只要陛下证实了萧华雍真的看不见色彩，就再不会对他有丝毫猜疑，不会相信这是他自导自演陷害王政。

五则……

"殿下距离痊愈之日应该不远了。"沈羲和打量着萧华雍。

自发现萧华雍的身份后，沈羲和就没有问过随阿喜萧华雍的病情了。

"等到殿下痊愈，日后殿下与陛下反目，陛下以此来废太子，就是自打脸面，展露不容人之心，从而让群臣觉得陛下开始力不从心、日薄西山，故而疑心渐起，猜忌太子强盛。"沈羲和嘴角的笑意扩大，她继续说，"离间君臣之心，让他们要么摇摆不定，不知是追随殿下还是陛下；要么保持中立，谁也不得罪。"

萧华雍满眼浓情蜜意："能猜中我的全部用意的人只有呦呦你。"

便是萧长卿等人也未必能够想到第五点，因为这计划太长远。

"殿下谬赞。"沈羲和神色淡淡的，"我若不多思多虑，怎敢与殿下相伴？"

这样心思深到极致的男人，是这世间最危险的男人。

只因他弹指间就能要任何人的命。

"呦呦无须如此，我的心……早已落在你身上。"

沈羲和闻言微微一笑，不反驳也不再说人心易变之言，站起身来："殿下无碍，昭宁就告辞了。"

她此刻对萧华雍没有信任也没有不信任，不否定他也不认可他。

"呦呦……"萧华雍明显不想让她走，"陪我坐坐可好？"

沈羲和思忖了片刻又坐了下去，却没有言语。他希望她陪着他坐坐，那她就坐坐。

她不开口，萧华雍便主动："呦呦说我心思深沉，呦呦也不遑多让。阳陵和穆努哈之局，呦呦布局精妙，环环相扣，我是真心佩服不已。"

沈羲和与他的行事作风不同。

他行事喜欢一箭数雕，物尽其用，将利益最大化、最长远化。

沈羲和却是力求稳妥，不会节外生枝，也不会将一件事拉长，却不出手则已，一出手绝无让猎物挣脱的可能。

萧华雍不得不承认，幸亏沈羲和选择的是他，否则面对沈羲和这样的对手，他都得万分谨慎。若是沈羲和真对他下手了，他也未必挣脱得了。

"比不得殿下高瞻远瞩。"沈羲和也不是谦虚。

"其实，我与呦呦才是天作之合。"萧华雍唇畔的笑意更浓了，他道，"呦呦细心缜密，我深猷远计，你我二人联手，无往不利。"

"我自然希望能与殿下携手一生。"沈羲和说得真心实意。

只要萧华雍不对西北不利……

哪怕日后萧华雍对她一个人无情疏远，他们都能一生相伴。

萧华雍知晓沈羲和的意思，不过笑得格外容光焕发："我只听出呦呦对我的爱慕。"

"若是如此殿下能喜悦，便是对殿下的爱慕。"沈羲和不介意萧华雍如何解读。

"既要携手一生，我受伤卧榻不起，呦呦不得疼疼我？"萧华雍立刻摆出一脸孱弱需要关怀的可怜模样。

沈羲和："殿下，别装了。"

他有没有受伤，他们都心知肚明，他是那种会为了陷害旁人就给自己施苦肉计的人？

若非他提前就伤了眼睛，还能真拿眼睛去做事？不过他的眼睛的伤……

沈羲和悟了，太子殿下就是要让她忆起他的眼睛是因何而伤，还不是为了她的雪莲。奈何雪莲她已经用了，也不能还给他了，只得认命："殿下想要什么？"

目的达到，管是不是挟恩图报呢，萧华雍眼睛里泛起奇异的光："要什么都成吗？"

"殿下且说说看。"沈羲和猜到他心里想的肯定不是什么好事。

"呦呦……你抱抱我，让我在你怀中安睡可好？"萧华雍厚着脸皮说道。

沈羲和露出一言难尽的表情。他是如何做到用如此一本正经的语气说出如此孟浪之言的？

"待我们大婚之后，殿下再如此要求，我定会应你。"沈羲和浅笑着拒绝。

她的行事准则：在其位谋其政。

她一日不是太子妃，就不可能对萧华雍如此亲密而无所顾忌。

正如她一日是沈羲和，就一日要为父兄和西北着想一个道理。

"待我们大婚之后，我可不会满足于此。"萧华雍用暧昧的目光由上至下地打量了沈羲和一遍。

自从被沈羲和揭露之后，他就彻底露出了本来面目，什么清雅知礼、雍容华贵，那都是端起架子、戴上面具给旁人看的。

在沈羲和面前，他的身份永远不是皇太子，而是她的男人！

"萧北辰！"沈羲和隐含警告意味地唤了他一声。

"呦呦，你可知从茫茫雪山之巅落下的滋味？可晓天地之间全是黑、白、灰三色的煎熬？"萧华雍抛开脸面，总之怎么能磨得她心软怎么来，"唉……若是呦呦觉着我是自个儿要去，非你所求，我也认。谁让我舍不得你受半点儿伤……"

沈羲和觉得自己应该立刻站起身头也不回地离去。事实上，她也的确站起身了。萧华雍见她突然冷着脸站起身，面色僵了僵，眼神一瞬间有些慌乱，立时收敛了嬉笑之色。

这样的反应落在沈羲和的眼里，她饶是铁石心肠，也迈不动脚步了。

她犹豫挣扎了片刻，吩咐道："珍珠，你退下。"

珍珠应声行礼退下。

沈羲和在萧华雍有些小心翼翼的模样下上前，坐在了床榻边。

萧华雍的目光立时软和了下去，然后不用沈羲和多言，他就挪了身子枕在她的双腿上，抬眼目光似星辉如烟火炸开般璀璨，不敢多言，识趣地乖乖闭上眼。

上扬的嘴角昭示着他到底有多么欢喜，其实他是故意这样说话的，也是故意在那一瞬间露出那样的神色，就是想要试探一下她对自己的底线。

结果喜人，她对自己的包容度比他设想的要深。

他深爱的人儿哪，永远不知晓她是个多么重情重义之人，他清楚地知晓她此刻对他并非男女之情，是两个原因导致她这样包容他：一是她知恩感恩，二是她坚定地要嫁给他。

两者缺一不可，以她的性格，若无前者她不可能这么做；以她的教养，若无后者她也不可能这么做。

她身上有一股奇怪的香气，冰冰凉凉却又不冷，令人醒神又舒服。萧华雍原以为自己会睡不着，可枕着她的双腿过于让他安心，安心得放下了全部防备心。

这些年，无论他强到什么程度，最初形成的警惕习惯依然如影随形，从未有人能够让他这么全身心地放松，让他这么快就进入香甜的梦乡。

沈羲和也以为萧华雍是要歪缠她，或者再说些不着调的话撩拨她，已经做好他再得寸进尺就把他推下去的准备，却没有想到只是几个眨眼间，他就睡熟了。

他毫无防备的安然绵长的呼吸让沈羲和微微怔了怔。

他们都是生在复杂的环境中的人，如他们这般警惕之人，是不可能如此全身心地去信任一个人的，哪怕这人是自己的心腹也不行。

萧华雍却放心以性命相托，她觉得她此刻若是扣动腕上的机关，轻而易举就能结果萧华雍。

原本打算将他轻轻挪开走人的沈羲和，却在低着头看了他片刻后垂下了手："终究待你与旁人不同。"

萧华雍原来以为他醒来的时候，沈羲和必然已经不在了，或是被她挪动时醒来，却没有想到他醒来睁开眼，看到的是捧着书倚在榻边静静阅览的沈羲和。

华灯初上，屋子里烛光摇曳，洒落在她的身上，将她衬得娴雅又温柔。从他的角度他恰好能够透过执书的手看到她自然眨动的双眼，微垂的眼睑半覆盖着明眸，黑曜石般灵性明亮的眼瞳没有了寻常时候的淡然与朦胧，唯有令人眷恋向往的平和与淡泊。

他竟然能够在一个人的眼里看到岁月静好、盛世安稳的宁和。

凝神看书的沈羲和正欲翻页，瞥见一双黝黑的眼，便放下了书："殿下，请起身。"

萧华雍是真的还想赖一会儿，可屋子里都点了烛火了，只能说明天色已暗，沈羲和定是还未用夕食。他正想起身，突然想到了什么，做出一副起不来、虚弱的模样："睡软了，起不来。"

沈羲和幽幽地凝视着他。

萧华雍厚着脸皮，伸出手："不如呦呦拉我一下……"

"砰！"不等他说完，沈羲和双手一推，毫无防备的萧华雍就滚了下去，砸在了床榻下的地毯上。

幸得床榻不过二十来寸高，萧华雍摔下去，趴在了地毯上，还有点儿没回过神来。

沈羲和缓缓站起了身，腿有些麻。她立着适应了片刻，便说道："睡软了不打紧，滚一滚自然就有力气了。"

听了她的话，萧华雍翻了个身面朝上，就躺在地毯上，单手支着脑袋，笑得似冰雪消融般春风得意："我心欢喜。"

沈羲和充耳不闻，觉得自己的腿不再麻软后，看都不再看他一眼，就迈步打算离开。

她刚绕开他，萧华雍就从她身后弹起来，自身后将她拥着，铁臂压住她的两条胳膊，不理会她的挣扎动作，紧紧抱着她，在她的耳旁柔情缱绻地呢喃："呦呦，我心欢喜，从未这般欢喜。"

"萧北辰，你松开。"沈羲和挣扎不开，低声呵斥。

"我不。我就想抱抱你，容我抱一抱可好，呦呦？"萧华雍低声似恳求又似无赖地说着。

沈羲和是一个将规矩和礼教刻入骨子里的人，哪里容得下这般亲密的举动？今日一时心软都已经让她有些懊恼，偏萧华雍还不知收敛，气急的她抬脚在萧华雍的脚背上狠狠踩了一下。

萧华雍疼得龇牙咧嘴，双手微微松了力道，沈羲和这才一下挣开他，将他狠狠推开："萧北辰，再有下次，我便放毒针！"

她气急败坏、恼羞成怒的样子，都让萧华雍觉得可人至极。他一边吃痛着一边忍不住温柔地笑着，模样倒有几分滑稽，不过自个儿倒也不在意："这可如何是好？我日后定然时时刻刻缠着你，恨不能与你融为一体……"

他话语暧昧，语气轻佻，沈羲和看到旁边挂着宝剑，抬手就将剑拔了出来。

"呦呦息怒，呦呦息怒，是我唐突，是我不好，莫要生气，莫要生气。"萧华雍知道自己这个闯荡江湖染上的不拘小节的习惯彻底激怒了端正文雅的沈羲和，连忙告罪。

他小心翼翼地靠近沈羲和，从她的手中取下剑，插回剑鞘，又冲着沈羲和讨好地笑了笑，这才对外喊："天圆，准备些吃食……"

"不用。"沈羲和冷冷地甩下两个字，就大步离去。

望着她走远的萧华雍摸了摸鼻子，并未阻拦。等她的身影彻底消失在自己的视线范围内之后，他转身一跃到了榻上，闭上眼睛，鼻间仿佛还萦绕着她身上清凉的香气，忍不住抱着被子打了个滚。

等他翻滚回来，恰好与进来的天圆视线对个正着，天圆连忙低下头，做出一副他什么都没看到的模样。

萧华雍瞬间收敛笑容，又恢复了雍容优雅的样子，坐起身问道："何事？"

"穆努哈不见了。"天圆回。

"不见了？"萧华雍皱眉。

"是，今日有人目睹穆努哈杀了阳陵公主，被京兆府锁拿，人本已被关入京兆府大牢，但陛下派人提审他之时，章府尹才发现人不见了。诡异的是，京兆府无人得知人因何不见。"天圆面色凝重。

萧华雍闻言，站起身就要往外冲，被天圆死死地抱住了腿："殿下，您不能出去，否则今日之局便是作茧自缚！"

"滚开。"萧华雍沉声喝道。

天圆却死也不肯松手，萧华雍抬起另一只脚踢在天圆的肩膀上，将之踢开就冲了出去，到了大门口，就碰上了去而复返的沈羲和。

看到她，萧华雍这才松了一口气，眼底的惊恐与担忧之色都散去。

他的神色都落在了沈羲和的眼里，方才对萧华雍的气恼情绪又消失殆尽，她知道，他紧张自己是真紧张，可轻浮也是真的轻浮。

沈羲和缓缓地说道："昭宁已知晓穆努哈潜逃之事，以他的智慧，便是无人向他点明这是昭宁做的局，只怕他也能够猜到。殿下莫要担忧，昭宁身边自有人，他若敢来，必是自投罗网。"

她和天圆刚好错开，天圆也是刚得到消息，她走到门口时也听珍珠说了此事。

她的第一反应竟然是若是萧华雍听到这消息，必然会不管不顾地奔来寻她，怕穆努哈伤了她。

原来不知不觉，她竟然被萧华雍影响到已经相信萧华雍会为了她冲动行事。

他此刻正是双目"受伤"之际，如此跑出去，要如何向陛下解释？便是他眼前能圆过去，只怕祐宁帝对他的猜疑会不消反增，前面的种种布局都将付之东流。

犹豫了片刻，她还是折了回来，亲自安抚他。

看着站起身，肩膀明显不适的天圆，沈羲和吩咐："珍珠，让阿喜给天圆看看伤。"

萧华雍被沈羲和这样一提醒，也有些愧疚。他担忧沈羲和过甚，一时间失了理智，连忙对天圆歉意地说道："方才是我……"

"殿下莫要折杀属下。"天圆连忙要跪下，却被萧华雍先一步拦住。天圆是真的不介怀，真心实意地说道："殿下只是忧心郡主。这些年殿下待属下等人一直亲如手足，属下对殿下只有敬谢之心。"

天圆确实不会责怪太子殿下，若没有太子殿下，他们兄弟早就和父母一起葬身乱石岗，也不能习武学文有今日。他们兄弟二人跟着太子十数年，太子对他们兄弟与其说是主仆不如说是至亲。

这个时候他当然要帮太子殿下说话，好叫郡主知晓太子殿下将她视得何等重要。

"快去看看伤势。"沈羲和好似没有听懂天圆的暗示。

天圆只得跟着珍珠下去寻随阿喜，屋子里又只剩下了萧华雍和沈羲和，沈羲和开口道："殿下对昭宁之心，昭宁知晓，还请殿下关怀之余莫要看轻了昭宁。"

萧华雍静默片刻后说道："是我心急了。"

他知晓沈羲和能够得知消息第一时间折回来就是领了他的情，并非故意要刺他，只是不喜他方才冲动行事，会打乱计划，又伤了忠仆。

她是理智的,所以不喜没有理智之人。她希望他能够不为爱而疯魔,而变得面目全非。

沈羲和的确对萧华雍方才的行为颇有微词。珍珠她们跟在她身边,除了吃穿用度,旁的不比官家女郎差。只要她们不犯错,她也绝不会轻易责罚;她们随着性子胡闹,她都纵着。

她不喜欢对下人动辄责罚,对心腹轻易就下得了手之人。

但一想到天圆之言,萧华雍到底还是为了她,沈羲和便放软了态度:"殿下可要一道进食?"

萧华雍的目光一亮,方才他邀请她一道进食,可是被她拒绝了:"要,要,要,恰好有了饥饿之感。"

萧华雍是在赛场上受了伤,为了及早诊治,自然不可能被抬回宫中。他们现在就在赛场边的休息殿阁内,因为阳陵公主之死,所有人的注意力都被转到了阳陵公主与穆努哈身上。

只有王政焦急地派人想要盯着萧华雍,只不过外面既有沈羲和的人,又有萧华雍的人,王政的人根本靠近不得。沈羲和吩咐墨玉去郡主府提了食盒。

"殿下可知是何人放走了穆努哈?"等待的过程中,沈羲和与萧华雍坐在案几旁,沈羲和问。

"天圆定会去彻查。"

方才天圆没有报,说明现在他们也不知是何人。

"我倒觉得王公嫌疑极大。"沈羲和说出了自己心中的猜测,"此刻王家最需要的便是转移陛下的视线,让陛下一心扑在阳陵公主与穆努哈之事上,才能腾出更多时间来破殿下之局。"

顿了顿,沈羲和又说道:"我与殿下已有婚约,王公将穆努哈放走,穆努哈若是知晓他落得今日下场为我所害,必会寻我复仇,殿下定不会坐视不理,若是运作得好,还能反将殿下一军。"

萧华雍听了这话沉默了片刻,才开口:"呦呦所言合情合理,王政也并非没有这个能耐。只是王政如何笃定阳陵公主与穆努哈是被陷害,且是被呦呦陷害?"

王政在宫中定然没有可用之人,便是知晓沈羲和与阳陵公主有几次摩擦,也不会想到这么远。他不知阳陵公主对沈羲和做过什么,亦不知沈羲和的性子,在他心中沈羲和没有要除掉阳陵的动机。

另外便是他当真将沈羲和想得心胸狭隘,或是沈羲和故意要和陛下作对才会对阳陵下杀手,那他也不应当利用穆努哈。穆努哈伏击沈岳山之事,整个京都只有萧华雍与沈羲和知晓。

突厥在西北之外,沈羲和如此做,不是给父兄引来大战?于情于理这都说不通。

"无须知晓是我设局，"沈羲和说道，"只要他的目的是殿下，他就能让穆努哈对我起疑。"

"确有此可能。"萧华雍认同，却依然有所保留，"可我更担心是阳陵背后的人将穆努哈救走，目的是你。穆努哈轻易不会被人蒙蔽，王政便是救了他，也拿不出充足的证据。若是王政救了他，更可能直接将对穆努哈做局的人说成是我。"

沈羲和闻言笑了："盖因世间男子轻视女子。"

哪怕明知道将这事扣在萧华雍身上，穆努哈也不好寻到住在东宫的皇太子，推到她身上，才有可能让萧华雍着急，王政也不会这般做。不是王政有多高洁，完全只是因为在王政的眼里，沈羲和做不到这一步。连他自己都不信这点，如何能够为了对付萧华雍去取信穆努哈呢？

"轻视女郎，是他们短视。"萧华雍淡淡地评价道。

他去过很多地方，见过很多人，遇到过很多事，早就领悟到一个事实——看似循规蹈矩、相夫教子，好似逆来顺受、永远以丈夫为先的女郎，一旦谋算起来，多是男儿死无葬身之地。

萧华雍对女子的认可和尊重，这一点沈羲和从未怀疑过，却没有想到他竟然是将女子和男子放在一个高度并论，这世间没有几个男子会有这样的想法。

"故而，现下有两个可疑之人，一个是王政，一个是阳陵背后之人。"沈羲和总结道。

若是京兆府查不出线索，她便要通过这两个线索逆推。只不过王政倒好查，阳陵背后的人实在是诡异莫测，她到现在都想不透，那么惜命的阳陵为何明知她不好惹，还不肯说出背后之人。

这个人到底多可怕，以至阳陵对他的畏惧超过了杀了梁昭容的自己？

萧华雍忽地失笑。

他低低的笑声让沈羲和忍不住抬头看向了他，她想不明白何事又让他如此开怀。他眼底星光流转，仿佛满天星辰都落入了他的眼底。

触及沈羲和困惑不解的目光，萧华雍这才收敛了些许笑意，开口道："我忧心是阳陵背后之人，是因我担忧呦呦；呦呦忧心是王政，是否意味着呦呦之心似我之心，最先担忧的是我呢？"

这个认知让萧华雍似喝了一罐蜜，从嘴里甜到心口。

沈羲和就那样平静地看着他，既不反驳也不多言，淡然的面容，极具说服力地表明了态度。

"我觉着是。"萧华雍可不管，就觉得是。

沈羲和微微颔首，一副"你说是便是"的无所谓模样，都懒得费唇舌与他争辩。

正好墨玉取了食盒来，沈羲和在屋内陪着萧华雍用了吃食。

"我送你回府。"吃饱喝足之后,萧华雍说道。

"殿下……"

"就让天圆说我已苏醒,只是眼睛极为不适。我要回宫,顺道送你归府。"萧华雍做了决定,"并非轻视呦呦之能,是不亲眼见到呦呦回府,我心难安。"

既然他已安排好,沈羲和也不和他争执了。萧华雍带着皇帝留下的人浩浩荡荡地回宫,经过沈羲和的郡主府,亲自将沈羲和送到了家门口。看到管家沈庆和莫远将她接入府,萧华雍才回宫。

"这些日子,要谨慎些。"沈羲和回府的过程之中叮嘱道。

不论是她所猜想的情况,还是萧华雍所想,对她不利的可能性都极大。

"郡主,夜里婢子与郡主同睡。"墨玉说道。

沈羲和没有托大,点了点头,不但让墨玉在她的床榻前置了寝榻,还把短命抱到了房间里。短命夜间的警醒力更甚墨玉和莫远等人。

"医馆那边的人都撤了吗?"沈羲和又问。

她骗阳陵公主和穆努哈进去的医馆是一个月前买来的,原来的东家因为不擅医道,导致医馆没有高明的医师,只能售卖些药材而入不敷出,谁若想买,很容易就能从他手中买下来。

只不过这些年他一直守着祖业,没有主动将医馆挂牌兜售,才导致医馆无人问津。

"太子殿下之事给了他们充足的时间,人都已经出城了,官府追查也查不到。"珍珠回话。

买卖药铺需要过户落契,须得用上户籍和路引,而这份路引和户籍的拥有者也是他们的人。他一个月前确实来买了医馆,却不曾开门营业,而是早早回了原籍,在那边有人证,证明这段时日他没有待在京都。

另外就是医馆早就关门半个多月,这半个多月根本没有开门,那日又是击鞠赛,有空闲的百姓都去观赛了,没有空闲的百姓则不大可能从偏远的医馆路过。

莫远等人也是极其小心,应是没有人见到医馆开门,便是穆努哈落网,提到医馆也对不上,只能证明他在说谎,更进一步证实他杀了阳陵公主。

"鸿胪客馆的突厥使节都被陛下派人看守起来了。"珍珠又补充了一句。

尽管穆努哈现在有在逃的嫌疑,但事情没有调查出最后的结果,祐宁帝还给予了使节一分尊重,只是将使节软禁在鸿胪客馆里,没有直接将他们下狱。

"郡主,穆努哈为何要逃走?"碧玉想不明白,"他这一逃岂不是坐实了杀人潜逃的罪名?"

"以他的敏锐嗅觉,在中了我的香料昏厥之时,他就应该想到这个局不是他想挣脱就能挣脱的了。"沈羲和一边缓缓往自己的院子走一边说道,"他醒来就被人目睹杀了阳陵公主，已是百口莫辩，留下来只能坐以待毙。有人助他，他定是要逃的，逃了后这就是悬案。"

"突厥那边死咬着穆努哈是被祐宁帝杀了，才说人不见了，这件事谁是谁非就定论不了了。如此一来，极有可能免了两国之战，双方就默认一命赔一命。"

"陛下怎会接受这样一命赔一命的结果？"

自己的女儿死了，突厥王子这个嫌犯跑了，还要让人认为自己已经报了仇，祐宁帝这不是吃了大亏？

"不然呢？"沈羲和扬唇笑了笑，"人在案发时就毫不抵抗地被捉拿了，随后在京兆府失踪。人在京都不见踪影，便是确定了穆努哈是杀人真凶，祐宁帝将人杀了也应该把尸体还给突厥才是。"

如此一来，不但让穆努哈成功脱身，还让陛下不占理。

如此一想，沈羲和倒是不担心穆努哈现在会寻上她了。

他一现身就意味着他是自己潜逃的。他若是聪明人，就应该咽下这口气，想尽办法出城，离开京都。

只不过从此以后他必须是个"死人"，便是逃回了突厥也得活在阴暗里，不然祐宁帝一旦发现他的踪迹，就有权让突厥交人。

就看穆努哈甘不甘心了，想到此，沈羲和吩咐道："盯紧城门口。"

如果穆努哈选择隐忍，就会越快出城越好。

不只沈羲和想到了这一点，冷静下来的萧华雍也想到了这一点。他回宫后双眼就被蒙上了，太医说他不可视物，具体能不能好要等这几日清理了毒素再下定论。

"七郎，你放心，朕会为你做主。"祐宁帝第一时间来探望萧华雍。

"陛下，儿听闻五妹……咳咳咳……"萧华雍语气有些悲伤，"儿之事可缓缓，不能让五妹枉死……"

祐宁帝也是心烦不已，近来不顺心的事真是一桩接着一桩：儿子被人毒得可能双目失明，女儿在宫外枉死，凶徒还不知所终。

"阳陵之事，朕已让绣衣使去办。"祐宁帝说道，"你无须担心，仔细将养。太医令说你的眼睛还有救，你莫要灰心。"

蒙着双眼的萧华雍苍白的脸上露出一丝淡笑："儿无碍，便是当真失明，日后少出府便是。"

他说的是少出府而不是少出东宫，表情很平和，仿佛逆来顺受一般丝毫不计较，平心静气得令人心疼。祐宁帝只能又说道："仔细将养，定会无碍。"

"陛下，穆努哈因何要对阳陵下杀手？"萧华雍好似转移话题般问道，"这其中可有误会？"

"在阳陵的宫中搜到些药，她给穆努哈下了药……"祐宁帝到底没有说是何药。

有些线索只要祐宁帝想查是一定能查到的，尽管穆努哈的事引起了祐宁帝对萧华雍的猜疑，但在这件事情上，祐宁帝不认为是萧华雍为了灭穆努哈的口所为。

萧华雍不可能绕个圈子搭上阳陵公主的一条命来把穆努哈套住。萧华雍若对穆努哈动手，定会直接寻穆努哈，尽管无毒不丈夫，可这样的手法也过于不够血性和男人了，不像是他的皇子的行事作风，祐宁帝从不怀疑这种直觉。

"阳陵为何出宫？"萧华雍又问。

"是穆努哈约她出去的。应是穆努哈发现了阳陵给她下药，才将她约出了宫。"祐宁帝微微皱眉。

上次穆努哈给阳陵公主递信约见，就露了笔迹和惯用的纸张给沈羲和，沈羲和仿造了一份，在阳陵公主出宫后，随着那瓶药放入了阳陵公主的宫里。

此事的脉络便是：阳陵公主怀有两个月的身孕，不知为何想要给孩子找个爹，原本是想要借助代王妃的生辰宴随便找个郎君顶上，阴错阳差下这人成了穆努哈。

两个人一个有心娶公主想要逃避追责，一个顺水推舟允嫁。不过阳陵公主或许是担心到了突厥地位不保，以为自己的孩子能够瞒天过海，也或许是两个人中途又发生了什么不愉快的事，总之阳陵公主就给穆努哈下了让他不举的药。

最后一封信明显写了穆努哈抓住了阳陵公主的把柄，阳陵公主这才冒着坐小月子受寒的风险，躲开宫里的人偷跑出去和穆努哈见面。

应是穆努哈知晓阳陵公主给他下了药，二人起了争执，穆努哈才会一时失手杀了阳陵公主。

至于穆努哈竟然这么冲动连公主都不顾忌，是否有些说不过去，任何一个男人都觉得能够理解这种冲动。换作任何一个男人设身处地，面对一个将自己变成伪太监的女人，只怕都毫无理智可言。

"恕儿直言，此事仍有些蹊跷……"萧华雍轻声开口，轻咳了两声后又说道，"若当真是穆努哈失手杀了阳陵，儿想他定会……想方设法地逃出城，如此才能保全其他使节……"

"朕已派人盯着城门，即日起戒严。"祐宁帝拍了拍他的肩膀，"你莫要忧心他们，好生养着身子。"

"陛下……"萧华雍感觉到祐宁帝站起身要走，突然出声唤住祐宁帝。

祐宁帝侧首看看萧华雍，萧华雍却突然低下头，耳朵泛红地说道："陛下，儿想见昭宁，不知这几日可否让祖母宣昭宁入宫来相伴？"

宫里人的心或许不都在他的掌控下，但宫里人的一举一动都在他的眼皮子底下。穆努哈只要一日没有落网，萧华雍就还是担心沈羲和，想要将她接到宫里，这样更安全些。

祐宁帝难得笑了一下："你求你祖母便是。"

· 86 ·

只要萧华雍开口，太后哪里有不应的道理？

"儿想求陛下。"萧华雍展露了自己对陛下的尊重。

这让祐宁帝的面色也柔和了下来，他说："朕着人去传口谕，明日宣昭宁入宫，让她陪伴太后几日。"

"儿叩谢陛下……"

萧华雍还没有行礼，祐宁帝就搀扶住了他："好生歇息，朕改日再来看你。"

沈羲和一夜好眠，一早起来，刚用完朝食，宫中就有内侍来传口谕。沈羲和看着跟着内侍来的天圆，有些无奈。

陛下的口谕谁敢违抗？

沈羲和只得收拾些东西，带着珍珠、红玉与墨玉入宫，临走前不由得叮嘱碧玉等人："你们要当心，虽则我猜想穆努哈不敢轻易露面，但他也是个喜欢冒险之人。若当真怀疑这局是我所为，奈何不了我，他或许会对你们下手，借此来泄愤，警告我一番。"

碧玉等人感动地说道："郡主安心，我们几日不出门也无妨。"

沈羲和又叮嘱了莫远一番，想了想补充道："二娘子那边也派人去盯着。"

她可不希望因她的事牵连沈璎婼，对沈璎婼造成亏欠。

"诺。"莫远应下。

郡主入了宫，他可以拨一半的人去沈府，只要沈璎婼不随意出门，定然没有危险。

沈羲和也想到了这一点，修书一封，就写了一句话，叮嘱沈璎婼近日若非必要，不要出府。

沈羲和入了宫自然直奔太后的永安殿，到了那里就看到萧华雍已经蹲坐着在等候她，只不过他的双眼绑着白色的布，布束缚着一些草药，看起来鼓鼓的，药味极重。

"我这老婆子也不碍你们的眼，去歇会儿。"太后对沈羲和说了几句话，就起身离开，只留下萧华雍和沈羲和。

"殿下，你的眼睛……？"

"一些有助双目的草药，呦呦改日要试一试吗？"萧华雍轻声问道。

这是令狐拯给他准备的敷眼睛的药，可明眸、可解乏、可养眼，寻常人都能敷。

"多谢殿下好意。"沈羲和婉拒。她的香薰蒸之法一样对眼睛有益，味道这么重的药贴在眼睛上，她觉得自己无法忍受。

萧华雍笑了笑，才小声问："你……你可有恼我？"

沉默了片刻，沈羲和才反应过来萧华雍这话是问他擅自做决定，将她请入宫中，她有没有因此而恼怒他。

"若殿下能让我在宫中清净，我便不恼你。"她只要安安静静，无人打扰，换个地方也无妨。

至于萧华雍没有事先与她商量就将她弄到宫里来的事，沈羲和并没有什么想法。

她的郡主府可不是沈府，沈府她没有费心思，萧长赢才能潜入，郡主府萧长赢则甭想潜入，除非穆努哈的武力在萧华雍之上，且还要懂阵法，才能悄无声息地进入她的闺房。

"那……你恼我吧。"萧华雍果断放弃。

他想方设法地把人弄到宫里，固然是想要保护她，更多的还是想要多和她待在一起。人都近在咫尺了，还要让他克制自己？他才不要这样。

沈羲和："既如此，殿下你还问什么？"

沈羲和无语至极。

"我只是……不想欺瞒你。"萧华雍为自己辩解，"可要我不见你，我可做不到。"

原本不生气的沈羲和现在却有点儿生气了。这人是如何将要行惹人心烦之事说得如此理直气壮的？

"殿下，你是仗着我们有婚约，仗着我没有另选旁人，故而有恃无恐吗？"

之前他没有被拆穿真面目之前，至少还会装出个人样，现在是连个人样都没有了！沈羲和都不知自己拆穿他的真面目是不是错了。

"自然。"萧华雍义正词严，"有婚约，我便是你的未婚夫婿，便是有了名分之人。有了名分，我不应当享受权益吗？正如夫妻成了亲，妻子能享受丈夫的疼爱，丈夫能得到妻子的温柔照顾，这不都是理所应当的？我有了名分，为何不有恃无恐？

"我就要你迁就我，谁让你不允我纵容你？你不要我待你好，那是你自个儿拒绝。我要你待我好，将我视作未婚夫婿，这是我应得的权益——我为何不要？我又不傻。"

沈羲和："……"

第四章　帝生疑心起试探

沈羲和听得心口发堵，却又觉得他说得好似也对，一时间发作不得，无可奈何地站在原地。

萧华雍看不见，却也能够感受到沈羲和周边的气氛凝滞，连忙又放软了语气说："我……我不过是想你待我好些……"

沈羲和看着情绪低落的萧华雍，在反思：眼前这人是如何做到每次都能把她衬托成一个"负心汉""薄情郎"的模样的？

偏他还有一堆歪理："我受了这般重的伤，呦呦还对我如此冷淡。以往呦呦可是总来东宫，要说呦呦待我无情，旁人是不信的。为何此次我伤重至此，呦呦却无动于衷？旁人定要疑我伤情是否属实。"

沈羲和："……"

行吧，她这算是搬起石头砸自己的脚了是吧。当初与他礼尚往来，她来往于东宫，都能成为他此刻向自个儿讨好处的理由。若非那是自个儿的意愿，沈羲和都要怀疑他那时起就在布局！

"殿下要如何？"沈羲和语气隐含警告意味地问。

听出了沈羲和语气低沉，萧华雍也不敢太过分，只得在沈羲和的包容线边缘试探："想吃呦呦做的馄饨。"

做顿吃食是吧，这在她的接受范围内，沈羲和转身才刚抬起脚，就听身后的人又说道："呦呦，永安殿的膳食间鱼龙混杂，呦呦用不用心，旁人都看得到。"

沈羲和："……"

他怕她随意给他煮个面疙瘩敷衍他是吗？

他怕是不知她对吃食的要求有多精细。人在外面她可以因条件所限而不讲究，否则出自她之手，便是一碗面疙瘩也得色香味俱全。

萧华雍没有骗沈羲和，永安殿的膳食间里的确人多，这是因为太后数年不在宫中，只不过她是太后，陛下的嫡母，不会有人算计她。太后也懒得雷厉风行地去清理，不如就让他们互相制衡，自己乐得清净，以免让人觉得她对谁不喜，又开始借此闹幺蛾子。

永安殿的膳食间里食材齐全，沈羲和到了之后，挑选出食材让内侍和宫女去清理，又吩咐本就负责面食的内侍揉面，自己则去搭配馅儿。

她自个儿也想吃馄饨，就做了二十四节气馄饨：二十四种馅儿料，二十四种花色包法。

包馄饨的时候，她那点儿闷气又都散去了。想着他费了那么多心思，无非是讨一碗吃食，想着他堂堂皇太子也挺不容易的，故而她做起来越发用心，也给太后做了一份。

宫里的厨子也会做馄饨，不过看到沈羲和手法如此娴熟，包出来的馄饨每一个都圆润可人，也是啧啧称奇。

由于永安殿人多口杂，馄饨都还没有煮好送到萧华雍面前，昭宁郡主费心为太子殿下做二十四节气馄饨的消息就插了翅膀似的飞遍了宫里的每个角落。

祐宁帝刚处理完政事，正在过问阳陵公主之事和萧华雍中毒之事的进展，也听闻了这个消息，索性将毫无头绪的事情暂且搁下，带着刘三指来了永安殿。

沈羲和带着馄饨来时，就看到祐宁帝也在。

"皇帝和我今日可是沾了七郎的光，尝一尝昭宁的手艺。"太后也打趣道。

馄饨正好有四份，沈羲和本来是担心有什么意外，果然这意外不就来了？

形态各异的馄饨，每一种馅儿料都不一样，让人吃起来也有了期待感，迫不及待地要尝尝每个馄饨到底是什么馅儿，太后和皇帝吃得赞不绝口。

太子这边吃得却有些不顺利。他看不见，服侍他的内侍和他似乎也没有默契，他要么咬不到馄饨，要么就是内侍递得太近，馄饨总是被他不慎给碰落，祐宁帝看得眉头微蹙。

沈羲和也不知萧华雍是不是故意装眼盲给皇帝看，默不作声地又吃了几个馄饨。

在萧华雍又碰掉一个馄饨时，祐宁帝终于沉着脸斥道："你们是怎么伺候的？若是连主子都伺候不好，要你们何用？"

帝王一怒，侍卫、内侍、宫女"扑通"一声齐刷刷地跪倒在地，大气都不敢出。

"陛下息怒。"还是萧华雍有些虚弱地开口道，"是儿乍然不能视物，他们尚且未适应，都是儿的过错，陛下莫要责难他们。"

萧华雍开口了，祐宁帝只得摆手让他们退下，转头似乎要挑选一个人去服侍萧华雍。

沈羲和见状站起身说道:"给我吧。"

她胃口小,吃了几个馄饨就饱了,一小碗已经吃完。

蒙着眼睛的萧华雍嘴角立刻不着痕迹地上扬,沈羲和见了,深觉他是故意的!

换了沈羲和来喂,果然萧华雍就配合得很好,一吃一个准。

太后见了就笑道:"还是昭宁会照顾人,七郎这几日,我便托付给昭宁了。"

沈羲和:"……"

所以,她接下来就得每日去东宫照顾萧华雍?总不能让一个眼盲的人往这边跑吧。

"太后信赖,昭宁不敢有负所托。"沈羲和只能应下。

转头她就看见萧华雍嘴角的笑意更浓,沉沉睨了他一眼,还是将一碗馄饨喂完了。

之后有了太后的托付,萧华雍要回东宫,就厚着脸皮要沈羲和相送。

路上天圆和内侍搀扶都不行,萧华雍不是崴脚就是踩空阶梯,看得人心惊胆战。又踉跄一下后,萧华雍便开口道:"呦呦,可否搀扶我?他们都不够细心……"

天圆:"……"

我很用心,是殿下你太有心了!

萧华雍多么明显的故意举动,就连红玉和珍珠都看出来了,两个人忍着不敢笑。

沈羲和上前搀扶他,他抓住了沈羲和的手,红润的唇边又露出了得逞的笑容。

一入东宫,沈羲和就把他给推开了,接着抬手将他覆盖眼睛的布条扯掉:"再好的良药敷久了也伤眼。"

乍然又见光的萧华雍嘴角噙着一丝笑:"呦呦莫气,我这是做戏给外人看。可不得让他们都真信了我这是刚失明吗?过几日便好了。"

说着他还觍着脸问:"我方才做戏做得好不好?"

"论做戏,这世间何人比得上殿下?"沈羲和冷笑道,"故此,我才不敢信殿下的真心。"

萧华雍闻言依然笑着:"呦呦又在说气话。戏是用眼看,真心是用心感受,呦呦……不用心感受感受?"

沈羲和是被萧华雍气得离开东宫的。她怕她再留下来会失了涵养,忍不住对这个男人动粗。

"哈哈哈……"萧华雍看着气急败坏地离开的沈羲和,愉悦地笑出声来。

天圆目光复杂地看了一眼太子殿下:"殿下,郡主气恼了。"

"我知。"萧华雍嘴角的笑意完全收敛不住,他说,"孤是有意为之。"

没错，他就是故意气沈羲和。

"殿下您……？"天圆惊了。

他就说殿下深谙察言观色之道，郡主不悦与恼怒的情绪明晃晃地摆在脸上，殿下竟然视若无睹。他还以为殿下是得意得忘了形，没想到殿下是故意的。但殿下明明很在意郡主，因何要故意惹恼郡主？

满脸问号的天圆却又不敢问，不过萧华雍心情好，一边步伐悠然地往前走，一边说道："呦呦是淡泊沉稳的心性，又出身尊贵，自幼身侧都是顺着她、娇宠着她之人，意味着宠着她、讨好她、顺着她，根本无法打动她的心。

"她已经体会到了这世间最纵容的宠爱。沈岳山和沈云安在西北都能为她的一个牢丸打架，我再如何宠着她、纵着她，最多也只能与她的父兄比肩，是不能在她的心中兴起波澜的。

"且她又是个手腕可用、样样不缺的人，所需所求便是没有我，也能凭自个儿能力取得。"

这样的沈羲和自出生起，就是最为富养之人，怎可能轻而易举地就被旁人打动？

她又是这样的品貌，想来在西北不缺人对她献殷勤，为她连命都不要的人也绝非没有。

如此一来，倒也不能说她冷漠或是纯粹顾虑大局，而是这些为她不顾一切的待遇她都拥有过，就很难让她动容。

面对天之骄女的沈羲和，这世间任何一个男儿都没有任何优势。

天圆恍然："所以，殿下要剑走偏锋。"

眼藏笑意的萧华雍赞许地瞥了天圆一眼："若是往日她身子骨不好，不能情绪起伏过大，我也不敢如此。现下她康健了，我便想让她有活人的喜怒哀乐，有了这些她自然也就有了七情六欲。"

他是故意招惹沈羲和的，都是些无伤大雅之举，她想指责他又指责不了，不指责，他又没脸没皮，做些让她无可奈何的事，让她为他牵动情绪。

大事上他自然是顺着她、护着她，小事上则闹一闹她，让他们的日子多些情趣。

他不能一直用恩情去束缚她，恩情多了就成了负累，反而会让彼此疏远。他救她，为她取雪莲；她为他取琼花，现下必然也会穷尽其法为他解毒。

两个人这样有来有往，彼此不觉得亏欠谁，只余感恩与动容，才能让两颗心渐渐靠近。

天圆虽不懂，但也觉得自从和郡主坦白后，殿下除了那几日忐忑不安、辗转反侧，后来再见到郡主，殿下就豁然开朗了，这段时日眼中的欢喜之色是掩饰都掩饰不住的。

只要殿下欢喜，他们也跟着欢喜。

和欢乐的萧华雍主仆不同，珍珠跟着沈羲和，看到面色不悦的沈羲和，有些担忧。

太子殿下太能影响郡主的情绪，郡主素来性子淡，在西北只有在王爷和世子面前才会露出娇憨之态，偶尔背着王爷和世子会有些伤春悲秋、心思敏感，但多数时候心如止水。

从未有一个人似太子殿下这般，只需要三言两语就能挑起郡主的怒气。

最让珍珠担忧的是，郡主气归气，却丝毫未想过要警告殿下或者说些伤人的话损殿下。

这种无声的纵容，郡主自己恐怕都没有察觉。

珍珠不由得心思一动："郡主，太子殿下如此得寸进尺，您若不施以颜色，只怕殿下会越发肆无忌惮。"

沈羲和闻言顿了顿，转头看着珍珠："我为何会恼怒，便是觉得他无理取闹似稚童。若这等小事我还与他计较，我岂不是与他一样幼稚？"

他就耍个赖，自己也要斤斤计较，这是多闲得慌？

珍珠闻言，便忍不住看了一眼红玉。

红玉开口道："郡主，您对步世子和太子殿下可不同。"

步疏林也是小打小闹呢，哪次不是耍赖？沈羲和虽然也依从步疏林，但该整治的时候还是整治，该嘴上不饶人的时候绝对没有手下留情。

"我与阿林亲近，自然少些生疏，多些随意。"沈羲和觉得这并没有任何不妥的地方。

"郡主……"珍珠欲言又止，对上沈羲和探究的目光，还是鼓足勇气说道，"郡主，您待殿下……可不是生疏客气，而是迁就……"

"迁就又如何？"沈羲和不解，"我们已有婚约，是诚心要结两姓之好，他行事欠妥当，我若是再与他为着鸡毛蒜皮的小事闹，日后还要过吗？"

这样只能她迁就一些、包容一些不是？

多少大事等着她筹谋，哪里能将自己的心思和时日浪费在与他拌嘴吵闹之上？

原来沈羲和是这样想的，珍珠和红玉都将信将疑。她们本来觉得郡主对太子殿下或许有些真心，才会因太子殿下胡闹而气恼。

沈羲和解释得合情合理，她们二人总觉得何处不对，却又说不上来哪里不对。

珍珠还好，没有什么反应，素来以沈羲和为主。

红玉几不可闻地微微一叹，还以为盼望成真呢。

原来沈羲和对太子殿下的态度竟然是长辈对晚辈的慈爱，像是纵使会被稚童惹生气，却不会与稚童计较的大度？

珍珠这样想着忍不住笑出了声。惹来了沈羲和狐疑的目光，珍珠连忙憋住笑低下头。

若是太子殿下知晓真相之后，珍珠不知殿下会是什么脸色，一定相当精彩。

沈羲和在永安殿住下了。太后是个很随和之人，也不会拘着沈羲和在身边陪伴。沈羲和看得出，在太后心中太子殿下很重要。太后会与沈羲和言及太子幼年时的种种趣事，更多的则是夸赞与骄傲之心。

除此以外，太后最多的就是催促沈羲和去东宫看望萧华雍。

推托不得，沈羲和只得去了东宫。这次她来东宫，内侍直接给她让了路，并且禀道："殿下吩咐，日后郡主来东宫，都无须通禀，郡主只管随意自由出入。"

东宫这些年从未有一个人来不需要通禀，便是陛下和太后来了，内侍自然不能阻拦，但陛下他们还没有迈入东宫大门，就已经有人通禀了殿下。

沈羲和是个例外，这是萧华雍对她完完全全不设防的表现。

入了内，问清楚萧华雍在何处，沈羲和直接走了过去，就听萧华雍下令道："杀了。"

他语气云淡风轻，没有她在面前，他的一举一动、一言一语都透着掌控人生死的威严气势。

既然他对她不设防，沈羲和也不避让，给珍珠使了个眼色，让珍珠留在外面，自己挽着披帛，步伐平稳地迈入屋内。

萧华雍抬眼见到她，沉着的面色转瞬间不翼而飞，站起身就大步朝着她走来："呦呦，我等你多时了，快来，我们一道用朝食。"

"昭宁已经用过了。"沈羲和还是按规矩先给萧华雍行了个礼。

明明看准了他们还有好长一段距离，可她刚刚屈了一点儿膝盖，他已经到了近前，扶住了她的手，握着她的手就不放开了。

沈羲和挣了挣："殿下，松手。"

"不松。"萧华雍硬气地说道，"这是惩罚呦呦与我生分。你日后见我若是再行礼，我便这般牵着你的手不松。"

"殿下，你可知何为礼？"沈羲和恼怒地问。

萧华雍含笑作答："礼，敬也、重也、纪纲也。"

"殿下既知，便应守礼知礼。殿下是储君，一言一行更是万民表率。"沈羲和沉声说道，"故此殿下更应当重礼法、行礼仪。"

"呦呦见了西北王与世子也会行止有度、礼仪周全吗？"萧华雍反问。

沈羲和："父女、兄妹之间，亦要守礼知礼。"

"那多无趣？"萧华雍牵着沈羲和到了食案之前，"诚如呦呦所言，我身为储君，一言一行皆为表率，故而我对着百官、百姓皆要持礼，不容半分行差踏错。可礼仪规矩最是累人，我也想有个人能让我随心所欲些，让我可以肆无忌惮些，为夫分忧，乃为妻之责。"

"我知晓呦呦恪守礼法，也将礼教融入骨子，自觉不是累赘。要让呦呦为我而改变，绝非一朝一夕之事，这才让呦呦早些适应。"

沈羲和难以置信地看着他，他竟然说他不但不改，还要日后她为他改变。

"呦呦，我盼着我们日后能有一个家。"萧华雍不等沈羲和开口，便拉着她坐下来，松开她的手坐在她旁边，"何为家？讲爱不讲理，容情不容法，随心自在，其乐融融。

"风光也好，落魄也罢，两个人相依相伴，朝夕不离。

"免我孤苦，免我忧虑，免我疲累，免我作假。

"一个归宿，有你便是我心安之处。"

他的声音轻柔缱绻、情真意切，沈羲和听着竟然不由得浮想联翩，一些温馨向往的想法涌入了脑海里，交织成画面，令人憧憬与期待。

"呦呦定然在永安殿用了朝食，便随意对付两口，权当是让我开心开心。"萧华雍将双箸递给沈羲和。

沈羲和也不知是不是被他方才的话触动，看他歪着身子，有些慵懒的坐姿，也懒得出言劝诫，接了双箸真是随意地吃了两口。

"我方才入内，听到殿下下令杀人。"沈羲和不是要试探，也不是好奇，只是把自己听到的内容告诉萧华雍。

萧华雍微弯嘴角："我下令让杀了王家二郎。"

"你杀他……"沈羲和略一想就明白了。

王二郎将球击向萧华雍本就是无心的，球内为何藏毒是个谜，有些东西深查下去根本查不出什么头绪，因为一切都是萧华雍做的局。

萧华雍只能让王二郎死在牢里，若是能够做出王二郎畏罪自尽的样子，仵作查不出是他杀，王家想要洗清嫌疑不啻痴人说梦。

"王家只有这么一个嫡出之子，是王政寄予厚望之人。"萧华雍低声说道，"他的死会彻底激化王家内部的矛盾，王政也会被激怒，定会再寻时机对我动手，报仇雪恨。"

若是其他皇子，王政或许不敢这么激进，但萧华雍明显在步步紧逼，王政已经有了一种萧华雍不倒，整个王家都不能安生的紧迫感，会穷尽法子在陛下面前揭露萧华雍。

下一次出手，王政就是自掘坟墓。

对萧华雍的行事风格和对付敌人的方式，沈羲和不予置评，也不掺和其中。她看着萧华雍的眼睛，他那深沉的黑眸里银辉凝聚："陛下每日都会来探望殿下，殿下还是当心些。"

知她关心自己，萧华雍笑得眸底华光流转："陛下还未入东宫，我便知他会不会来。"

既然他如此自信，沈羲和也不再多言。

萧华雍却取出三个纸卷放在托盘里推到沈羲和面前，有些期待又有些腼腆地说道："这是钦天监择出来的日子，呦呦不妨挑一挑。"

看着艳红色的纸卷，沈羲和不用猜，也知道这定然是钦天监拿了她和萧华雍的八字合算出来的大婚日子，把婚期定下，相应的纳彩、纳吉、纳征等流程就可以陆陆续续安排了。

沈羲和也没有迟疑，既然萧华雍拿来问她了，她也就仔细斟酌斟酌，心里却再一次叹服萧华雍的势力。钦天监算的日子他都能先陛下一步拿到手里，既然拿来给她挑选，也就是笃定她选的日子必然也会被陛下选定。

三个日子，最快的一个是半年之后，其次是年关，另一个是来年三月。

"半年难免有些仓促，年关事多，且殿下畏寒，不如来年开春吧。"沈羲和不是故意选择最远的一个，既然决定要嫁，不在意早晚几个月，而是实事求是。

太子大婚，绝对不是半年就能把全部事情妥妥当当地安排好的。

"我觉得半年完全来得及。"萧华雍为自己争取，"我保证婚礼风风光光，应有的东西一样不缺。"

"七八月之际，正是西北最繁忙之时，我不想父兄那时离开西北为我送嫁。"沈羲和将自己的缘由说了出来。

看得出这是沈羲和心中所虑，萧华雍只得让步："我恨不能明日就将呦呦娶入东宫……"

他一边说着，一边拿暗示意味极深的目光扫向她。

沈羲和无动于衷，静待他的下文。

"可怜我还要熬一年……"萧华雍唉声叹气，"长夜漫漫，孤枕难眠，衾寒露重……"

又开始了，他又开始一叹三转，活像个深闺怨妇。

"殿下，你是要与我谈条件？"沈羲和忽然淡淡地说道，"我若不予殿下好处，殿下就让婚期不如我愿？"

"哪儿能呢？我岂敢威胁呦呦？"萧华雍笑意浅浅，"我不过是想呦呦知晓我欲娶呦呦之心。自然……若是呦呦知晓我心中期盼煎熬，能疼一疼我，我自是喜不自禁；呦呦不愿意，我亦甘之如饴，明年便明年吧。"

他以退为进，反倒让沈羲和觉得自己有些不通情理。她不想被他得寸进尺，便佯装没有听明白。

"呦呦可要时常入宫来见我，以慰我的相思之苦。"萧华雍冲着沈羲和眨着满是笑意的眼。

"殿下，你本不是如此轻浮之人，为何总要做出如此不着调的模样？"沈羲和费解。

萧华雍低笑出声："呦呦你错了，你心中所想的我，是人人可见清雅秉正的我，而此刻在你面前的我，才是真正的我。我对你所言的每一句话，都发自肺腑，出自真心。"

沈羲和静静地看了他好一会儿，才颔首道："昭宁明了了。"

他这是要她学会对他的本来面目淡然处之。

萧华雍抿唇勾出一丝笑意，知晓沈羲和心中所想，起身道："听闻呦呦擅画，此时杏花吐蕊，绿柳抽芽，大好春光，邀呦呦一道作画？"

"昭宁并不擅作画，"沈羲和更正后也没有拒绝，"正好向殿下讨教。"

总比她留在这里听着他总是说故意撩拨她的话来得好。

东宫是个奇花异草、树木繁多之处，撇开其他不言，她对东宫的精巧布置很是喜欢。此时早已经有内侍放置好画具。

沈羲和见状，不由得觉得萧华雍这么笃定她会应下，说不准是故意拿那些话来硌硬她："殿下这是笃定陛下今日不会来探望？"

要是让祐宁帝知晓他作画，他这眼瞎怕是装不了了。

"陛下今日没空。"萧华雍神秘地笑了笑。

祐宁帝今日的确没空。他批完奏折正准备来东宫看一看萧华雍，却接到了王二郎在狱中触墙自尽的消息。

"自尽？大理寺是如何看人的？！"祐宁帝怒喝道。

大理寺卿薛呈跪在地上不敢吭声。他的确命人严加看管，甚至派了人单独守着，人也是束缚得严严实实的，嘴上绑了布，就是担心人不明不白地死了。

"他可有招供？"祐宁帝问。

"回陛下，能上的刑微臣都上了，他一口咬定不知。"薛呈见过千百种犯人，似王二郎这样的要么是城府极深，极能吃苦隐忍；要么就是真的被冤枉的。

王二郎并未受过特训——王家嫡长孙，身娇肉贵，何曾受过这等折磨？薛呈偏向于王二郎是被冤枉的。

这下人死了，还满身动了刑的伤痕，尸体交还给王家，只怕不好交代。王二郎一看就像是受不了严刑拷打而自尽的。

就在此时王政似乎闻讯而来，在外求见。祐宁帝不是个逃避之人，将人叫了进来，又令薛呈退下。

王政进来跪在祐宁帝面前："陛下，二郎绝无谋害殿下之心，微臣已经询问过当日赛场上之人，无论是我朝的儿郎，还是使节，皆言这中空之球若其中藏了药粉，打起来定会有所察觉。

"微臣也特意寻了些药粉，不论是球内只藏药粉，抑或是用油纸布料包裹药粉，皆与寻常球不同。故此，微臣斗胆推断，球内必无药粉。"

王政说着，就让人将他特意赶制出来的击鞠球呈上来。

祐宁帝拿起球看了几眼，便问道："依你之言，这毒不是藏在球里，又为何撒了太子满脸？"

王政沉默了片刻才回道："只能是球离了二郎之手后，触碰之人做了手脚。"

祐宁帝听完笑了："球从王二郎手中脱手，直奔太子，被太子的护卫击碎，你的意思是太子的护卫借着破球之际，将毒撒了太子一脸？"

王政就是这个意思，但不敢说，只能跪着沉默不言。

祐宁帝被他的态度弄得轻"呵"了一声："曹天圆是东宫率卫首领，若要对太子不利，何须用此举？他与你王家二郎乃至你王家人无冤无仇，故而这么做并非他本意。若他被旁人收买，要杀太子之法不计其数，断不会用此法。

"只剩下他受命于太子的可能。当日大朝会两国使节险些拔刀相向，你便暗示朕是太子所为，朕当日尚且信你几分。今日你要对朕说，太子视你为眼中钉、肉中刺，及至可以不顾性命，自残双眸，王政，你未免太高看自己。"

这也是王政想不通之处。太子想要除掉他的心已经很明显，从纵马冲撞，到朝会使节冲突，还有上元节他设局要逼迫太子原形毕露的事，或许太子已然知晓。

可太子纵使要除掉自己，也用不着付出这等代价，现在人人都知太子极有可能双目失明，远在皇陵的四皇子和二皇子都已经开始蠢蠢欲动。

"陛下，微臣不敢高估自己，可微臣忠于陛下，总是会碍了某些人的眼。"王政斟酌着说道，"陛下您且看，微臣与突厥王子都怀疑太子殿下深藏不露，微臣与突厥王子都没有好下场……"

"你是觉得，阳陵之死是太子所为，意在嫁祸穆努哈？"祐宁帝冷笑道，"此事与你王家之事一并发生，你倒是告诉朕，太子已然手眼通天到此等地步，还用得着暗中铲除你？"

王政一时语塞。尽管他想什么事都推到太子身上，可阳陵公主之事确实不可能是太子所为，只能说道："陛下，自太子归京，宣平侯府、康王府、巽王、户部尚书董必权……"

这些都是陛下的人呢。这些人往日多么风头无限，全部死于萧华雍回来的这不到一年间，难道这不值得深思吗？

祐宁帝听了这话之后面色不太好："王政，你觉得若这些人的死都是太子所为，朕此时还能站在你面前？"

这也是王政解释不通之处，这些事情或许有一两件是太子所为，但绝不可能全是太子所为，否则太子已经有足够的势力对陛下暗下杀手，名正言顺地登基了。

"陛下，此次击鞠球投毒一事，绝非二郎所为。"王政只得先摘清自己的孙子。

"王二郎在牢里撞墙自尽了。"祐宁帝淡淡地说道，"你王家是世家清流，最重名声，此事尚未定论，他便自尽，你要朕如何作想？"

如何作想？王二郎除了是一死了之，自封其口，还能如何？

要知道他这样一死，就是死无对证，这件事情就再也无法彻查下去。

"陛下，二郎绝不会自尽！"王政不信。

"朕允你去寻最好的仵作、郎中，去拿出证据来，告诉朕王二郎不是自尽。"祐宁帝索性将此事交给了王政，而后让刘三指拿了一份信函令其递给了王政，"王政，你好生看看。"

王政接过信打开之后，面色大变。这竟然是一份上元节混乱场面制造情况的推论，合情合理的推论，矛头直指他。王政镇定地说道："陛下，臣不知为何有如此谬论！"

这只是一份推论，不是实质证据。

"是与不是，朕也不追究，追查下去也未必查得到证据。"祐宁帝的语气听不出喜怒，他道，"旁人暗指你便是谬论，你暗指太子便要朕无凭无据地信你之言。王政，你不是顾兆。"

顾兆，一个帝王的禁忌，帝王杀了又为之平反之人，对这个人陛下是又爱又恨的吧。

两个人少时相识，当年陛下被送到西北，顾兆千里相送。

后来先帝越发荒唐，顾家那时发生了内斗，有人主张掀翻萧氏另立新君，顾兆则是主张接回陛下和谦王，深信萧氏皇族气数未尽。

顾家可以说是在这种情况下开始凋零，及至顾兆获胜，年纪轻轻执掌顾家，最终的结果证明顾兆判断精准，虽然登基的不是谦王，可结果也没超出意料太多。

在宦官横行的那几年，陛下和顾兆可谓君臣一心，他们的分歧是在朝内党羽被肃清之后出现的。陛下要大力提拔寒门，连着特开恩科两年，一茬接一茬的寒门子弟被重用。

明明才华、实力更甚的世家子弟被打压，陛下要扼制世家之心日重。顾兆身为世家之首的大家主，当年也是他联合世家对陛下鼎力支持，如今陛下却过河拆桥，顾兆得给世家一个交代。

这便有了之后陛下和顾兆的种种冲突，顾兆露出了尖锐的獠牙，最刚毅的时候直接勒令三省，让陛下的旨意无法盖玺。

当时王政还不过是王家不受重视的嫡次子。他永远忘不了祐宁帝当日的脸色。

一个帝王，被重臣逼迫得要他如何就得如何！

这一场君王博弈之中，双方没有对错，只是各自的权益冲突。

陛下在幼时就经历了种种波折，登基之初四面楚歌，自然要大力扶持自己的亲信，培植属于自己的人，让帝位更巩固。

可顾兆身为世家的领军人，保全世家的利益，让世家的权势不被人瓜分也是他的责任。

祐宁帝愿意为顾兆平反，有信王妃做局之故，也有他心中对顾兆的认可。

但祐宁帝无疑是极其忌讳顾兆的。从祐宁六年到祐宁十七年，整整十一年，朝堂上顾兆一人独揽大权，祐宁帝避其锋芒十一年，才一举灭掉顾家。

"陛下恕罪，微臣惶恐。"王政深深叩首。

"退下。"祐宁帝沉声道。

王政不敢再多言，只能乖乖退下。

"陛下，消消气。"刘三指立刻捧了一杯热茶递给祐宁帝。

祐宁帝最信任的人莫过于刘三指，接过茶碗之后问："你说，此事是否太子所为？"

刘三指哪里敢胡言乱语："陛下，此事是否太子所为，端看殿下的眼睛是真伤还是假伤。"

祐宁帝端着茶碗若有所思："你去请虚清大师入宫，便说朕忧心太子双目，请他来看一看。"

虚清是出家人。出家人不打诳语，且虚清颇懂医理。

太子自幼在道观里长大，佛、道是两家，素来多有针锋相对的时候，虚清无论如何都不可能帮着太子欺瞒一国之主。

"陛下，虚清大师重铸佛像，佛香是由昭宁郡主调配。"刘三指不得不提醒一句。

"无妨，虚清德高望重，不会为此欺瞒朕。"祐宁帝让虚清做相国寺的大师，便是看重他人品贵重，又是潜心修行之人。

刘三指亲自去请人。

东宫里，萧华雍勾勒完最后一笔，搁下笔请了沈羲和过来看："呦呦，此画赠你。"

沈羲和走过来一看，不由得微微愣了愣。

杏花微雨，曼妙少女，油纸伞下，微微伸出手，有如丝丝雨伴着花瓣飘落在她的指尖上。

画中的人面容柔和，目光含喜，显然喜欢看雨。

"殿下……"

他怎知她喜欢看雨？

沈羲和喜欢下雨天，立在窗前，看着"淅沥沥"的雨飘落，亦喜欢听雨而眠，总觉得下雨天，连吸口气都藏着一缕缕甜味。

"关于你的事，我都知，"萧华雍温柔地凝视着她，"便是此刻不知的，日后也会知。"

"多谢殿下赠画，昭宁亦将今日所作之画赠予殿下。"沈羲和将自己的画取来。

她画得简单，早就画好，此刻墨迹已干。

她画了两尾锦鲤，一黑一红，形成了太极两仪。道家养心，她想着萧华雍在道观里长大，画这样的图便是被他索要也没什么。

"这鱼儿……"萧华雍笑得极其微妙。

沈羲和直觉他未尽之言不是什么好话，等着他说出口。

萧华雍却先把画给卷起来收好，才对沈羲和笑容暧昧地说："颇有颈项相交之趣……"

"萧北辰！"

萧华雍说完，立时就抓着画轴跑了。

他怕再多留一瞬挨打是其次，被沈羲和抢回了画不赠他才是大事。

沈羲和追了两步，哪里及得上萧华雍的速度？

且她一直追下去，倒像是情人间在打情骂俏。

萧华雍总能气到她！

沈羲和气得连萧华雍送她的杏花微雨图都不要了，大步离开了东宫。

哪里知晓黄昏之际，天圆将画送来了，苦着脸哀求："郡主，卑职要是办不好差事，殿下就会罚卑职去东面挖土，郡主行行好。"

沈羲和不喜欢自己之事殃及旁人。她若真不要这幅画，也会自己亲自送回去。

见沈羲和收下画，天圆才千恩万谢，而后又说道："郡主，殿下说明日东宫热闹，郡主喜静，不如在宫里转转。"

他这是让她明日不用去东宫了。不论是萧华雍自觉心虚不敢再请她去东宫，还是真的明日东宫有事，沈羲和也确实不想去东宫了。萧华雍真是让她随时随地都能失去涵养，想对人施暴。

"宫外可有消息？"夜里盥洗完毕，沈羲和对镜散发，准备歇息之际问珍珠。

珍珠正在为沈羲和铺被褥："莫远都盯着，无论是郡主府还是沈府都没有消息。"

沈羲和派莫远去沈府守着，有担忧自己连累沈璎婼之故，也有若是穆努哈当真要对沈璎婼下手，正好可以将穆努哈擒住的缘由。

不等沈羲和继续问，珍珠又补充道："城门戒严，人应是还没有出城。不过近日使节团闹得有点儿厉害，他们都到了归国的时日。"

使节团倒也不是不体谅陛下，而是总要给他们一个准确的时日，让他们心里有个盼头，总不能一直这样被困着。穆努哈失踪，突厥使节团也觉此事蹊跷。

他们一口咬定若是穆努哈要潜逃，应该是在京兆府之人未到前就逃跑。

人被抓到应天府是事实，他们又是外族人，没可能逃得出京兆府的大牢，穆努哈一定不是畏罪潜逃。若非目睹穆努哈与阳陵公主的尸身在一起的并非一人，他们只怕要反咬一口。

"他会藏在何处？"沈羲和不想让穆努哈逃出城，这是个极大的后患。

只是她能够想到之地都埋了人，到现在已经过去三日，穆努哈就好似凭空消失了一般。

"穆努哈并未受伤，只要寻个有充足粮水之地就能潜伏。"珍珠觉得寻不到穆努哈也是常事，毕竟京都如此之大，既然有人能够将穆努哈从京兆府给救走，要藏人就更简单了。

"我觉得人极有可能已经出城。"沈羲和有种不妙的直觉。

陛下被萧华雍之事耽误了些许时间，等问清缘由再去提审穆努哈时，其间大约有半个时辰到一个时辰的时间，这段时间章府尹将穆努哈关押到了京兆府里。涉及公主被刺，他无权过问，更多的是去收集证据，等陛下提审穆努哈之时呈上。

若是她救走了穆努哈，必然猜得到陛下定要戒严城门，只有在他们还没有察觉到穆努哈被救走之前才能成功将人送走。

珍珠面色凝重，也觉得这个人放走穆努哈是冲着郡主来的。

"他有一双蓝色眼瞳，不可能蛰伏在……"沈羲和说着脑子里蓦然浮现了萧华雍双目蒙上布的身影。

穆努哈若是狼狈逃回突厥，以他那样的病情，再无可能得到重用，说不定还要为此次之事受到惩处，他的地位也会一落千丈。且他若是回到突厥之事被人发现传到京都，祐宁帝就不得不发兵，但……祐宁帝明显有自己的规划，想要先攻打吐蕃。

穆努哈通汉话，完全可以装作盲人在京都之外的某个地方潜伏下来，获取天朝的情报。如此，他依然能够得到突厥王的重用。

想到此，沈羲和站起身，披上衣服到了与寝殿相连的小书房里，让珍珠为她研墨。

她将穆努哈的模样画了出来，然后给他的眼睛画上了布，吩咐红玉明日一早将画送到萧华雍手上。

萧华雍有华富海，华富海的眼线随着他的商行遍布四海，定然能够让穆努哈无所遁形。

萧华雍清早用了朝食，就听闻红玉带着一幅画来了，还以为沈羲和是将他昨日赠的画还回来了，心里担忧自个儿昨日是否没有把握分寸，彻底惹怒了沈羲和。

不过画一入手，他就看出不是昨日用的画轴，打开看到跃然纸上的穆努哈，萧华雍的面色就沉了下去。他直接将画扔给了天圆："传给华富海，让人各地搜寻留意。"

沈羲和一句话都没有带，但萧华雍能够明白这幅画的意思，她是告诉他穆努哈很可能已经出城，甚至假扮成盲人打算潜伏成为细作。

萧华雍很不高兴，因为沈羲和画了旁的男人！

故而虚清大师来的时候，就感觉到萧华雍身上有郁气难疏。虚清大师仔细给萧华雍诊了脉，又看了萧华雍的眼睛，确定萧华雍的眼睛是受了损伤，且不是一两日，似乎被治疗过。

"虚清住持，七郎如何？"祐宁帝等虚清看完之后问。

"殿下的双眸确实因中毒而受损，"虚清很肯定地回答了祐宁帝，"还能视物，只不过不辨五色。"

虚清给萧华雍看诊之时，祐宁帝全程在旁边看着，二人是不可能串供的。且虚清前段时日离了京，是前日才归来的，京都发生了什么事虚清也不知。

虚清没有打听事情，作为一个出家人，陛下问什么就答什么。

祐宁帝听了这话后又问道："七郎的双目可能医治？"

"医治之法有，是否见成效，却不知。"虚清也没有把握。

"有劳虚清住持费心。"祐宁帝嘱托道。

"阿弥陀佛，贫僧尽力而为。"

祐宁帝没有在东宫耽误多久，离开东宫后，却并未打消全部疑虑。

刘三指是最懂帝王心思之人，便躬身问："陛下是担忧虚清大师所言不实？"

"虚清为人刚正，绝无虚言。"祐宁帝不怀疑虚清，"只是……若太子能够布下此局，身边未尝没有擅医之人，要假装中毒，也并非不能。"

祐宁帝对萧华雍的怀疑心不重，但涉及自己的心腹王政，祐宁帝非得弄得明明白白不可。

"你去尚服局寻个人，亲自去，莫要让第三人知晓。"祐宁帝突然命令道。

刘三指不知缘由，只得恭敬领命。

沈羲和这边，红玉回来禀道："殿下看了画，面色阴沉得可怕。"

沈羲和闻言不解。

便是穆努哈当真逃出了城，萧华雍也不至于如此生气才是。

珍珠仔细想了想才说道："郡主，殿下恐是呷醋。"

"呷醋？"沈羲和更困惑了，他呷哪门子的醋？

"郡主……为旁的男子作画？"珍珠感觉也有点儿一言难尽。太子殿下呷醋呷得莫名其妙，但她直觉就是这个理由。

沈羲和极少露出这样错愕的神色。看了看珍珠和红玉，二人都觉得这个理由充分，她都不知应该摆出什么表情来消化这个消息。

她那是给旁的男子作画吗？

萧华雍这都要呷醋，日后不得酸死！

她都不知画过多少人，当年与阿兄一道，画的男子她自己都数不清。

"殿下只是……过于在意郡主……"红玉干巴巴地替太子殿下说了一句话。

"呵。"沈羲和冷笑了一声，就转身去了花园。

宫里的花园逢春一片翠色，偶尔有几种早春的花点缀，别有一番生机。看着看着她也就平复了心绪，心情才刚好了些许，就碰到了不想见的人。

安陵公主自从上次被沈羲和掌掴之后，就一直恨沈羲和，但领教到了沈羲和的厉害之处，也不敢与沈羲和作对，本想掉头就走，可想到自己是公主，沈羲和不过是一个外姓郡主，自己凭什么要让她？！

她气呼呼地朝着沈羲和这边走来。道路极宽，沈羲和见到她也按礼微微屈膝行了万福礼。

之后沈羲和站起身继续看美景，压根儿当安陵公主不存在。

已经走出一段距离的安陵公主不甘心又折了回来，盯着沈羲和靠近，用只有她们俩听得见的声音说道："阳陵是被你所害！"

沈羲和缓缓抬起了眼睑，淡淡地看着她："安陵公主，一巴掌不够，我可以再赏你一巴掌。"

"你——你放肆！"安陵公主气得面红耳赤。

"安陵公主，你若再胡言乱语一句，我现在带你去寻陛下，让陛下判个是非曲直，到底阳陵公主是否为我所害。"沈羲和从容淡然。

安陵公主想到上次沈羲和拉着沈璎婼跑到陛下面前恶人先告状，自己现在没有证据，沈羲和当真去了，陛下也不信自己，届时只会惹得陛下更厌烦自己。

"阳陵死前就说过不止一次，若哪一日她被害死，定是你所为，你知晓她撺掇长陵对付你！"安陵公主不愿放弃，"沈羲和，你等着，我总会寻到证据……"

"啪——"不等安陵公主说完，沈羲和抬掌就是一巴掌掴到了安陵公主的脸上。

长这么大，安陵公主只挨过两巴掌，两巴掌都是沈羲和所赐。她怨怒到了极致："我和你拼了——"

安陵公主被珍珠一绊，摔倒在地。安陵公主只带了两个宫女，两个人都被红玉制住了。她们还没有张口高喊，就被红玉用手刀劈晕。

沈羲和原就是挑选了幽静偏僻之处，没有想到还能遇上安陵公主。

安陵公主也被捂住了嘴，吓得面无人色。沈羲和缓缓地蹲在她面前："你想闹大，今日是我先打了你，你就有理由扳回一城。"面对怒目而视的安陵公主，沈羲和轻声笑道，"你可知你闹大了也讨不到公道？"

安陵公主明显不信，沈羲和给珍珠使了个眼色，珍珠松开了安陵公主。

明明有机会高喊，不知道为何安陵公主就是发不出声。

沈羲和睨了她片刻才说道："你只要嚷嚷一嘴阳陵公主是被我所害，就能让突厥使节抓着不放。你可是公主，怎会空口白牙地说瞎话呢？你所言必然为真。突厥使团就会逼迫陛下，觉得陛下是包庇我，借此故意折损他们的王子。

"届时便不是陛下问突厥讨要说法，而是突厥要陛下给个交代。你觉得陛下要如何做？"

安陵彻底冷静了下来，面上露出后怕之色。

"陛下是会去追查我是否为真凶，苦主变成帮凶，还要面临着赔偿突厥一个王子的结果，还是将你视作得了失心疯，因为暗恨我而口不择言呢？"

安陵公主哆嗦了一下，终于收敛起了不甘与盛气凌人的神色。

沈羲和的手却在这个时候抚上了安陵公主的脸，安陵公主觉得仿佛有一条毒蛇在脸上爬，身体不住往后仰。

沈羲和欣赏着安陵公主的畏惧反应，脸上绽开一丝阴沉的浅笑："公主殿下，人若蠢，就要学会藏拙；蠢而不自知者，大多命不长，比如……长陵公主。"

把安陵公主吓得面无人色后，沈羲和才松开她，站起身带着珍珠和红玉离开。

"郡主，安陵公主……"

沈羲和抬手打断珍珠的话："我故意恐吓她，就是想看一看利用阳陵公主之人会不会再出手利用安陵公主……"

顿了顿，沈羲和自己觉得可能性不大："安陵公主不如阳陵公主聪明。"

这样的人，那个人大概是看不上的。

那人看不上也无妨，宫里死的人太多了，还是歇一歇吧。陛下有四个女儿，两个因为与她有冲突而惨死，阳陵公主的死因为有穆努哈，陛下才会丝毫没有猜疑她。

若是她刚和安陵公主有了冲突，安陵公主又死了，她无疑是最大的嫌疑人……

沈羲和想到这里，眯了眯眼："或许，可以换个法子利用安陵公主。"

这样一想，沈羲和就提着裙子转道去了东宫。

她来时，虚清大师刚走，萧华雍被黑布覆盖着双眼。明知道沈羲和来了，他也绷着脸坐在沈羲和旁边，没有了往日的殷勤和欢喜样子，把生闷气的情绪摆在脸上，一副等着被哄的模样。

沈羲和长这么大就没有哄过人，怎会去哄萧华雍？

"殿下臭脸，是因觉得我画了旁的男子？"她直接开口道，"若是如此，我不妨告知殿下,我六岁学画,十二岁就能描人,所画男子,自己都记不清。"

萧华雍猛然转头,面向沈羲和,他的双眼被黑布蒙着,沈羲和看不到他的眼神,但也能想到黑布下定是一双气怒不已的眼。

他真是越来越稚化……

得知不解风情的沈羲和根本不会哄自己,萧华雍只得自己寻台阶:"呦呦画了那么多男子,竟然没有画我!"

沈羲和幽幽地看了他半响,才说道:"我改日为殿下作一幅画如何?"

如此轻易达到目的,聪睿的萧华雍都呆了呆,有些不确信是否自己产生了幻觉:"呦呦,你是说……你要为我作画?"

"因为有所求。"沈羲和直截了当地告诉萧华雍,这不是哄他,而是一场交易。

还没有飘浮上去的心一下子落回原地,萧华雍的笑容僵了僵,转瞬又恢复如初,他明白,这才符合沈羲和的性子。他有些哭笑不得:"呦呦有何吩咐?只管道来,我为呦呦分忧,不图好处。"

"不图好处?"沈羲和轻轻笑了笑,"难道殿下所作所为不是对昭宁有所图谋?"

萧华雍闻言轻声笑了:"嗯,呦呦所言甚是有理,我图呦呦的人与心,也是图谋。"

这下他可不敢说不图好处,只得接受沈羲和给他作画:"不知何事要呦呦寻我帮忙?"

以沈羲和的能力,她能够寻上他,萧华雍其实还是有点儿好奇的。

"我想到一个好的法子,或许能够将阳陵背后之人引出来。"沈羲和将自己的法子道来,"方才我在花园里遇上了安陵公主,言语上有些冲突。这个人既然能够利用阳陵公主,对我定然怀恨在心,不达目的未必会罢休。也许他见着我与安陵公主不睦,也会转而利用安陵公主。"

"安陵?"萧华雍的第一反应与沈羲和一样,他说,"安陵不聪明。"

阳陵是有些小聪明,放在寻常人之中也绝对能够活得如鱼得水,和沈羲和相比自然就是云泥之别,但这世间能够与沈羲和比手腕和才智之人凤毛麟角。

"我最初也是这般想。"沈羲和莞尔,"但我又想到,长陵公主死前与我有冲突,阳陵公主去世前也与我有龃龉,先前我与安陵公主也因些许事情不睦。我再寻个机会,与安陵公主闹一场,闹得尽人皆知。殿下你觉得这个人会不会杀了安陵公主来嫁祸我?"

萧华雍目光微凝,沉着地想了想,觉得这种可能性极大。

安陵公主可不像阳陵那样好把控——阳陵以为自己有点儿聪明,沈羲和不敢对自己下杀手,所以死咬着不肯揭露凶徒;安陵公主一旦落到沈羲和手上,必然会把幕后主使咬出来。

故而，这个人不会放心用安陵公主对付沈羲和，但有着阳陵公主与长陵公主死前都与沈羲和不和的先例，若是沈羲和再堂而皇之地与安陵公主闹上一场……

他再将安陵公主给杀了，能够留下沈羲和难以辩驳的证据自然最好，若是不能，沈羲和也会被非议，连杀三个公主，陛下要处置她是合情合理的。

便因着证据不足，不能杀了沈羲和，陛下也要为了安抚人心，将沈羲和领府兵之权收回。

如此一来就相当于斩断了沈羲和的羽翼，莫远等人不能再正大光明地护着沈羲和，就不得不撤回西北，那人再对沈羲和下手就容易许多了，包括郡主府都不再安全。

"好一招引蛇出洞。"萧华雍赞赏道。

这个世间，只有沈羲和能够给他这样的惊艳感，让他越了解她越难以自拔。

"不，这不是引蛇出洞，这是贼喊捉贼。"沈羲和的嘴角的笑容加深，她说，"晚些时候，昭宁便去寻陛下，将今日之事告知陛下，让陛下知晓背后有这样一个人，这个人为了陷害昭宁，杀了长陵公主和阳陵公主。"

这样能彻底将她与萧华雍的嫌疑洗清。

萧华雍一阵错愕，旋即忍不住从胸腔里迸发出一阵愉悦而又爽朗的笑声："为得罪呦呦之人念一句'阿弥陀佛'。"

天圆抽了抽嘴角，这不是他的口头禅吗？

不过郡主的手段真是令人头皮发麻，幸亏她没有与殿下为敌，否则他觉得他这个第一心腹的小命很可能断送在郡主手上。

"安陵公主在宫中，这人定要在宫中动手，届时盼殿下出手相助。"沈羲和说道。

萧华雍眼底笑意浓郁："能助呦呦，是我之幸。其实，呦呦已经寻了陛下，不用我也行。"

"这人能够利用公主，身份绝对不低，极有可能与陛下的情分非同寻常。"沈羲和婉转提醒道。

她怕祐宁帝到时候为了皇室颜面或者旁的考量，将事情大事化小、小事化了。更重要的是，长陵与阳陵一个死于萧华雍之手，一个死于她之手，他们想要栽赃陷害，让对方背了这个罪，就得萧华雍出手。

"呦呦如此信我，我自不能让呦呦失望。"他比沈羲和更想知道背后是谁在暗害沈羲和。

沈羲和与萧华雍商定计划之后，萧华雍提出一个要求——让沈羲和照着他画，不能单独作画。沈羲和答应下来，才离开了东宫。

出了东宫，她直奔明政殿求见祐宁帝。祐宁帝对沈羲和来求见有些头疼。

他算是看出来了，沈羲和除了每次进宫例行请安，轻易不会来寻他，一旦来寻他必然不是小事。

人却不能无缘无故不见，让刘三指将人引进来，一番见礼后，祐宁帝问道："昭宁来寻朕，可是受了委屈，要朕给你做主？"

头几次她来见他可就是要他做主？帝王故意如此问道。

"今儿来是昭宁觉得有一事极为蹊跷，还请陛下屏退左右。"沈羲和郑重地说道。

祐宁帝有些诧异，看了看刘三指，刘三指会意地挥了挥手，就将大殿内的宫娥及内侍都遣退了，大殿内只剩下沈羲和、祐宁帝与刘三指三人。

沈羲和并没有要求刘三指也退下。刘三指忠于陛下，此事与陛下无关，自然也与刘三指无关，刘三指也是任何人都买通不了之人。

"陛下，今日昭宁在花园里偶遇安陵公主，安陵公主或许是为着之前的事，对昭宁心有怨怼，又忆起阳陵公主先前对昭宁的诬蔑之事，故而问阳陵公主是否昭宁所害。"沈羲和将事情三言两语道出，"还说定要寻出昭宁暗害阳陵公主的证据。"

祐宁帝听了这话目光一沉："昭宁便是来对朕说这些的？"

仅仅是告状，她需要让他屏退左右？

"昭宁此来，是受安陵公主启发。"沈羲和肃容道，"从卞大家开始便有宫中之人暗害昭宁，长陵公主死得极其蹊跷，阳陵公主亦是如此。昭宁怀疑两位公主之死也与这人脱不了关系，心中惶惶不安，这才来寻陛下道出。昭宁担忧，他又见着昭宁与安陵公主起了冲突，再次利用安陵公主。陛下已经折损了两位公主，若都是昭宁之故，昭宁实在良心不安。"

祐宁帝听得眼神冷了下来，竟然觉得沈羲和说得合情合理。长陵之死迷雾重重，阳陵之死固然合情合理，可他总觉得这背后有一只操纵之手。

只不过他怀疑的对象是沈羲和。就在沈羲和来前，祐宁帝还在和刘三指商议此事。无论是阳陵还是长陵死前都与沈羲和闹了不愉快，若这事真与沈羲和没半点儿关系，祐宁帝不信。

他却没有想到沈羲和带来了这样一个消息——有人在利用公主对付她，因为事情败露，故而灭了口。

这让他不由得想到了梁昭容。梁昭容私底下喜欢赏舞，时常召卞先怡去助兴，偶尔还论舞论上一整日。代王妃数年无所出，梁昭容想要给代王府开枝散叶，也考虑过卞先怡。

若卞先怡当日当真暗害了沈羲和，会不会是受梁昭容指使，而梁昭容也与长陵一样，是因为事情败露，故而被灭了口？

残害两位公主、一个嫔妃，他宫里竟然有这等胆大包天之人？

"昭宁，你是想要朕派人盯着安陵，将你口中的幕后主使揪出来？"祐宁帝问。

沈羲和犹豫了片刻，才说道："陛下，昭宁是想陛下保护安陵公主。"

"保护安陵？"祐宁帝审视着沈羲和。

"长陵公主与阳陵公主遇难之前，皆与昭宁闹得不愉快，此次阳陵公主之死若非牵扯了一个突厥王子，只怕不少人要猜疑昭宁。"沈羲和语气很轻，带有掩饰不住的无奈之意，"安陵公主才与昭宁闹了不愉快，若接着也遭毒手，昭宁必然百口莫辩。"

是，如果安陵公主也有个三长两短，哪怕没有证据，沈羲和也洗不清嫌疑了。若是她不能自证清白，祐宁帝也要对她制裁一二，这就是沈羲和不动安陵公主的缘由。

而且旁人或许会被穆努哈误导，祐宁帝绝对不会轻易就信了。祐宁帝对萧华雍所言不过是查出来的事情经过，并非其心中也如此认定。今日一来，沈羲和就发现陛下对她隐有猜疑之心。

如今有个一劳永逸的法子，她借安陵公主将背后的人引出来，让陛下和安陵公主都清楚知晓，长陵公主与阳陵公主的死都与她无关，才能杜绝安陵公主犯蠢被牵扯进来，让她不得不动手。

至于这个人就一定会动手吗？

沈羲和相信，他一定会动手！

因为他想要她的性命，之所以到如今还不成事，每每只能借助他人之手，皆是因为她身边的护卫都是西北精锐的战士。他们身手了得，将她护得滴水不漏。

若是将这些人给撤去，他就再不用借助旁人之手，还要想着善后，可以自己来除掉她。

如此千载难逢的机会，他怎么会放过？

只要他对她的杀心未消，他就必然会动手！

"你忧心安陵，朕知晓了，朕的心中有数。"祐宁帝颔首，"朕会命绣衣使暗中保护安陵。"

沈羲和闻言面色一松，对祐宁帝行礼："昭宁拜谢陛下。"

说完正事，沈羲和就不留在明政殿里耽误祐宁帝的时间了，祐宁帝也忙得很，允她告退。

等她走了，祐宁帝才转身问刘三指："你说这事有趣与否？"

他怀疑的人竟然光明正大地来寻他将自己是最可疑的人摊在明面上讲，并且还直言这是有人暗中谋害她，还担心安陵的安危。

"陛下，郡主总不能自导自演，寻个幕后凶手来自投罗网，借此洗清嫌疑。"刘三指说道。

如果沈羲和能够猜到陛下会猜疑她，那么沈羲和的心机深沉之可怕难以估量。如此，她就不会为了打消陛下的猜疑走这一步险棋，否则就是小瞧了陛下。

如果沈羲和猜不到陛下猜疑她，就没有必要多此一举。

刘三指此时是信沈羲和所言的，这背后真有这么一个人。

"朕也信。"祐宁帝开口道，"朕信有这么一个人，但长陵与阳陵之死，是否这个人所为，暂且不能下定论。"

他且看这个人被引出来之后又会给他带来多大惊喜。

"陛下……"刘三指忽地说道，"郡主很是聪慧。"

沈羲和能够来寻祐宁帝，也就是相信背后对她暗下杀手的人不是陛下。要知晓，陛下也是极有可能要她的性命之人。

"朕还没有泯灭人性到为了杀个人搭上两个女儿的地步。"

他身为帝王，便是再忌惮沈岳山，想要杀了沈羲和，也有的是法子让沈岳山敢怒不敢言，怎么会用自己的女儿去对付沈羲和？

沈羲和不怀疑到他身上只能说她不蠢。

"郡主，此法可行吗？"珍珠陪着沈羲和回永安殿时有些担忧，这件事毕竟把陛下扯进来了。

祐宁帝不是好掌控之人，抓到人会有多少变数就不好定论了。

"你以为我为何要寻太子相助？"她不就是担忧祐宁帝变数太大？

她迎着夕阳之光，缓缓走在宽阔的廊道上，有些凉意的春风吹动着她的发丝与裙裾："这是一场君王和储君的博弈，我也想看看太子能够在陛下的眼皮子底下做到何等程度。"

长陵公主与阳陵公主之死，祐宁帝最怀疑的人就是她以及一心想要娶她的萧华雍，事实也是如此。

这件事情运作好了，陛下对他们的怀疑之心就会打消，日后陛下也不会再紧盯着他们二人，还能将她一直看不见的敌人给揪出来。

为了答谢萧华雍，沈羲和次日早早就去了东宫。她不喜欢欠着人，可等她提出要作画之际，萧华雍愣是推托，一连三日，直到阳翟传来了见到潜逃的穆努哈的消息，沈羲和便说道："殿下，我明日便要出宫。"

她到宫里来，是萧华雍不放心她，担忧穆努哈会报复她。她不愿逞强，省得让萧华雍担忧暴露自己，故而才顺着萧华雍的意思入宫。现下确认穆努哈已经逃出皇城，她就没有再留在宫里的必要了，一连住了五六日也足够长了。

"呦呦今日便为我作画吧。"萧华雍终于松口了。

他选了棵杏花树，坐在树下拿出长笛吹奏。沈羲和听着悠扬的笛声，作画的心情也好了许多，脸上带着淡淡的笑意，下笔也如有神。

他的笛声没有断过，沈羲和的笔也未曾停过，不知不觉一个时辰悄然过去，收了笔的沈羲和才惊觉竟然如此快就要到用夕食的时候了。

"殿下，看看可满意？"沈羲和唤来萧华雍。

萧华雍手握着玉笛负在身后，第一眼看的不是画上的自己，而是自己旁边的留白，和他设想的一般无二，于是满意地颔首："呦呦将我画得甚是俊美。"

沈羲和笑了笑没应声，这人就是想自己顺着他的话去夸赞他本就生得俊美。

被他几次引话，沈羲和学会了含笑应答。萧华雍也不在意，他的法子多着呢，此法行不通了，下回改个法子。

沈羲和确实第二日就离了宫，原因是萧华雍已经好了。这个"好了"是指他看得见，但看不见色彩，只不过知晓的人只有祐宁帝和虚清。祐宁帝将之隐瞒下来，是因为现在不想废太子。

他无论是想对付蜀南、西北还是对付吐蕃、突厥，都需要自己所有的臣子和儿子齐心协力，一个劲儿想着如何给自己多攒一些功绩，而非谋算着如何独揽功劳或者陷害旁人，力争储位。

沈羲和刚出宫，萧华雍就开始处理皇太子应当处理的政务。好在所有人都知他体弱，压根儿没有指望他，哪怕是他几日不在，也无任何事情积压。

对使节团，祐宁帝也放行了，阳陵公主之事以全国缉拿穆努哈的结果暂时告一段落。

"陛下对突厥倒是宽容。"步疏林听了消息，在沈羲和这里一边啃着梨一边"啧啧"道。

沈羲和看着她不讲究的模样有些嫌弃："陛下只是不想对突厥用兵。"

原本这件事情她都安排好了，只要穆努哈被审问，她就能再做最后一步，逼得陛下和突厥不得不对战，沈岳山和沈云安也做好了充足准备，正好杀突厥一个措手不及。

只要能够拿下突厥，沈岳山和沈云安就能少些后顾之忧，专心提防陛下。

可惜有人从中作梗，让事情没有顺利进行，兼之陛下本就不想此时灭了突厥，若是这事换作吐蕃王子所为，陛下只怕乐意至极。

"还是要多谢呦呦。"步疏林一只手拿着一个啃了半边的梨，对着沈羲和不伦不类地抱拳，"若非有此事，陛下定会和吐蕃撕破脸。"

陛下是做好了准备和吐蕃撕破脸，然后兴兵攻打吐蕃的，只不过因为才和突厥闹了不愉快，此时对吐蕃用兵，突厥定然会觉得祐宁帝是要一统天下，阳陵公主之事说不准就是日后对他们发兵的理由，定然要在朝廷攻打吐蕃的时候竭力作乱。

故而，陛下不得不暂时放弃攻打吐蕃的念头。不过吐蕃求和亲之事，祐宁帝也推托了，理由也是阳陵公主之死尚未查明，在人人都无辜、人人都有嫌疑的情况下，他不会轻易将公主送去和亲。吐蕃倒是据理力争，最终在祐宁帝的强势坚持下无疾而终。

朝廷的很多人已经明白了祐宁帝的态度，陛下怕是要彻底断了和亲之路，这只不过是个开始。

"阿爹来信，说蜀南王送了一批龙骨到西北，我也感谢你竭力相助。"沈羲和说道。

"你要这么多龙骨做什么？"

龙骨这东西因着是很长的年岁才能形成，时间短了不是龙骨，时间长了一碰就化成灰，所以寻找起来颇为费劲儿。

"制一种止血有立竿见影之效的金疮药。"沈羲和也没有藏私。

步疏林险些从美人靠上摔下来，一把扣住了栏杆，稳住身体，有些激动地说道："如此神奇？"

"如此神奇。"沈羲和含笑点头。

步疏林搓了搓手，脸上堆起笑容："呦呦，你看我们……我们如此亲近，这等好物……"

对上步疏林暗示意味极强的眼神，沈羲和说道："我们如此亲近，也没有见你赠我精甲。"

"不是我吝惜，精甲需要一种铁，这种铁只有蜀南才有，但极少。"她也很想慷慨啊。

"龙骨之稀有程度，难道不比这种铁？"沈羲和反驳。

步疏林："要不，让王爷和我阿爹自个儿去商议？"

步疏林觉得她没办法在沈羲和这里讨到好。

"行哪，你可以将金疮药之事告知你阿爹。"沈羲和正有此意。

西北不仅缺精甲，也缺兵刃，还缺棉花，这些东西蜀南不缺，沈羲和早就想要和蜀南换了。

当然萧华雍背后有华富海，其实她也可以和萧华雍做交易，可萧华雍明摆着要让她的架势，沈羲和不欲去占萧华雍的便宜。金疮药这等好东西，她也确实要分享一些给蜀南。

两方有来有往，才能拧成一股绳，劲儿往一处使。

沈羲和绝对想不到，她刚想到的萧华雍，此刻就在东宫里将她相赠的画勾勒完最后一笔。

这幅画就再也不是沈羲和所画的萧华雍独坐杏花树下吹笛的模样，画中的萧华雍一腿伸直，一腿弯曲，此刻伸直的大腿上趴着一个面朝外、闭目含笑，好似陶醉于笛声又好似香甜入梦的少女。

这个少女模样清丽脱俗，见过沈羲和的人都能认出画中之人是她。

"她画了我，我画了她，我们二人合力画了彼此，这是多么令人称羡之事？"萧华雍仔细欣赏着画，眼底流转的笑意给他眼角的痣增添了万种风情。

天圆在一旁想：若这不是背着郡主所为，倒真是羡杀神仙眷侣，可偏是殿下你偷偷摸摸……

萧华雍不理会天圆所想，兴致勃勃地将画拿到了他准备的婚房里，寻个绝佳之地挂上。

萧华雍正在赏画之际，明政殿来人，陛下请他去明政殿。

等到萧华雍到了明政殿，发现祐宁帝并不在，内侍说陛下与大臣正在来的路上。

萧华雍才坐下连茶水都没有用，就有一条狗冲了进来。这条狗体形庞大，似乎正被追赶，直冲萧华雍奔来！萧华雍要闪躲开是轻而易举之事，但若是躲开，就暴露了他会武的秘密。

天圆等人都守在外面，大殿内的内侍见状飞扑上来，却还是晚了一步。萧华雍如同常人一般反应迟钝，幸好狗只是从萧华雍身侧飞纵过去，掀翻了茶碗，茶水洒了萧华雍一身。

这时候天圆带着人冲进来奔向萧华雍，刘三指也带着三岁的萧长鸿走了进来。萧长鸿走向狗狗，揪着它的耳朵奔拉着小脑袋站到了萧华雍面前："皇兄……"

这条狗是萧长鸿所养，他是祐宁帝十年内无子之后才降生的，是祐宁帝的老来子。祐宁帝对他素来多有偏宠，时常会召见他，与他一道共用朝夕食。

"无碍。"萧华雍对着萧长鸿温和地笑着。

"殿下，陛下和大臣们就要来了，不如您跟着奴婢入内换身衣裳？陛下前些日子正好让尚服局为殿下做了两身衣裳，正琢磨着寻个时候给殿下送去呢。"刘三指说道。

萧华雍领首应下，让天圆他们去外面候着。内殿是陛下歇息之处，寻常人不能随意进入。

刘三指取出一套圆领袍，亲自服侍萧华雍穿上，萧华雍全程展开双臂。他此刻看什么都还是黑、白、灰三色，偶尔能够看到一些色彩，却只是转瞬即逝。

刘三指替萧华雍整理好衣摆，就听到外间祐宁帝带着大臣进来的声音。

当萧华雍走出来时，几位大臣见到萧华雍身上明黄色的衣袍，面色大变。

"殿下……殿下您怎可如此目无君上？！"礼部尚书立刻指责道。

萧华雍皱眉，他们的反应让他知晓自己这身衣袍怕是有问题，图案上肯定没有任何问题，那只能是自己看不见的颜色上有文章。他猜想这定然是明黄色，唯有帝王可穿的明黄色。

在狗朝他冲来的时候，萧华雍原以为这是试探他的身手，忍住了。后来狗掀翻了茶碗，萧长鸿又出现，他并没有疑心病过重，认为这其中一定有人设局，或许就是萧长鸿没有拴住自己所养的狗。

后来刘三指请他在殿内换衣，他就知道有问题了。只是陛下要试探的地方极多，他一时也不确定陛下到底要试探什么，只能将计就计，却原来陛下不信他真不辨五色。

但凡他是装的，都不敢面不改色地将明黄色衣袍穿在身上，还堂而皇之地走出来让大臣见到。

若祐宁帝不站在他这一方，仅凭这件衣裳，就能判他有谋逆之心。

萧华雍却知晓祐宁帝一定会保他，只不过日后他们若是反目，这也可以列出来成为一条罪状罢了。

"孤何处目无君上？"萧华雍"不解"地问。

"殿下您僭越，身着明黄之衣，这是天子之服。"谴责萧华雍的礼部尚书又开口道。

萧华雍掀袍跪在祐宁帝面前："陛下恕罪，是儿有违礼制。"

祐宁帝弯腰亲自将萧华雍搀扶了起来："这是朕特意着尚服局为太子裁剪而出。"

众人面色微变，礼部尚书又说道："陛下，天地礼法，不可逾越，乱了章法，恐酿大祸。"

"七郎是储君，储君亦是君，为何不能着明黄之衣？"祐宁帝正色道，"朕说能便能！"

这件事情便这样被揭了过去，面对强势的帝王，大臣们也不敢多劝谏。这说小了也不过是帝王的一丝恩宠罢了，皇帝要偏爱自己的太子，老子偏疼儿子，他们这些下属有什么资格置喙？

只是一件衣袍显然不能让祐宁帝彻底定论萧华雍是真的不辨五色，接下来祐宁帝带着几位大臣进行了沙盘推演，复原了当年与突厥一战，两方分别将红色和蓝色的小旗子插在沙盘之上。

这些旗子在萧华雍的眼里是没有区别的，都是黑色，祐宁帝一直不着痕迹地打量着萧华雍的反应。

几位大臣讨论得激烈之时，各抒己见，碰掉了几面小旗子，旗子恰好落在萧华雍面前。

萧华雍将之拾起，祐宁帝忽地开口道："七郎，你将两面红旗给朕。"

手里的几面旗子，萧华雍根本分不清哪两面是红色的，便一道递给了祐宁帝。

祐宁帝拿了两面红色旗子，将之插回原位。

至此，祐宁帝确定了萧华雍真的不辨五色。等到大臣们都离去之后，萧华雍忽然跪下："陛下，儿已双目不辨色，身有残疾，不堪为储君，恳请陛下废黜儿。"

"七郎是在怨怪阿爹试探你？"祐宁帝亲自将萧华雍搀扶了起来。

"儿不敢……"萧华雍咳了片刻才又说道，"儿蒙阿娘福泽，忝为储君，却幼时体弱，不能长寿。难为陛下分忧……现下又目不辨色，更不配为储君。"

"朕知晓你心中委屈，当年若非你，此刻命不久矣的便是朕。"祐宁帝动容道，"击鞠一事，王政口口声声道乃是你做局诬蔑王二郎，朕定要让他心服口服，才有今日之举。

"你目不辨色之事，唯有朕与你知晓，虚清大师不会将之告知旁人，并不妨碍你认人批阅奏章。

"自你加冠之后，竭力相助于朕，三省六部对你称道不已，你是朕心中最合格的储君。"

"儿惭愧……喀喀喀……不敢担陛下如此称赞……"萧华雍低头说道，"儿……没几年光阴，想早些成婚，余下的时日多伴在发妻身侧……还望陛下成全。"

他说得情真意切，祐宁帝拍了拍他的肩膀："七郎，你无过，朕岂能废黜你？更何况废太子关乎国本，不可能随意，你莫要与阿爹置气，东宫永远属于你，也只能属于你。"

萧华雍恳求废黜太子之事被祐宁帝驳回，他才离开明政殿，恭候多时的王政就被召进去了。

"王家二郎是自尽还是被害？"祐宁帝见了王政便问。

这几日王政已经寻了好几个仵作，几个仵作都证实王二郎绝对是在没有任何外力束缚或者促使的情况下，自己撞墙自尽，才会造成这样的伤口以及大理寺牢房墙壁上鲜血飞溅的图案。

王政跪在大殿上低头不语。

"朕听闻你同意剖体，可查验到王二郎被人下毒？"祐宁帝又问。

王政只得叩首回答："未曾。"

"即是说，王二郎的确是自尽？"祐宁帝确认道。

王政再次沉默。调查出来的结果如此，然而他始终不信自己的嫡长孙会自尽。

王政的态度让祐宁帝怒极反笑，他道："你是觉得他受不了用刑而自尽，还是为了保住你自尽？"

"陛下……"王政面容悲戚，张了张嘴想说他没害太子，可上次祐宁帝给他看的关于上元节之事，他根本解释不清楚。他有害太子的前科，哪怕本意只是想逼迫太子露出马脚，并不敢生出弑杀储君之心。

然则，此刻他解释这些都过于苍白。

"王政，朕将你从嫡次子扶到家主，越过你的嫡兄，"祐宁帝面无表情地看着王政，"将你从一个九品小吏扶持到了今日三相之一的地位，朕自问对得起你。"

王政眼眶泛红，再次叩首："陛下知遇之恩，罪臣铭感肺腑，唯有赤胆之心方能回报一二。这些年，罪臣兢兢业业，不敢有半分违逆陛下之心。唯独上元节，罪臣一时心切,对太子大不敬,请陛下责罚。"

他只认上元节之事,其余事并非他所为。他从未想过有朝一日会掉入如此大的陷阱,而给他挖陷阱之人,不过刚刚弱冠之龄。

皇太子,人人都忽视之人,才是最可怕之人。

他狠到为了对付自己,不惜冒险用剧毒毁了一双眼睛。

直到此刻,无论是王政还是祐宁帝都没有想过萧华雍的眼睛是之前就受过伤。

只因萧华雍回京之时还无损,回京之后在他们的认知里,双目未曾受过损伤。

"蓟州缺个郡守,你去吧。"祐宁帝许久之后有些疲倦地下令道。

王政绝望地闭了闭眼才叩首谢恩:"陛下,太子绝非池中之物,陛下……"

"太子是朕的嫡子,朕培养五郎和八郎,是因他寿数不长。"祐宁帝打断王政的话,"若他能长寿,又堪担大任,朕何须去栽培旁人?"

"太子与陛下并非一条心……"王政又急急辩道。

祐宁帝闻言露出一丝难以读懂之笑:"朕也做过皇子,你倒是说说朕的哪个儿子与朕一条心?"

王政哑然。

举凡想做皇帝的皇子,都不可能与皇帝一条心,这一点祐宁帝从不自欺欺人。

"太子迎娶沈氏,陛下……"

祐宁帝摆了摆手:"你退下吧,早日启程。"

王家二郎在狱中自尽,王政被贬至蓟州任郡守。蓟州乃贫瘠之地,王政连降数级,这是给皇太子的交代,兵部尚书升任门下省侍中,兵部尚书一职由金吾卫大将军裴展接任。

"陛下对裴家多有信任。"沈羲和听闻此消息之后不得不重视裴家。

裴家是八皇子景王萧长彦的母族,曾经是大族,文臣武将都不缺,只不过现在人丁凋零。裴展已经年近五旬,裴展膝下三子皆已战死,唯有一个独孙裴策跟在景王身边。

据闻裴策是萧长彦的军师,文能排兵布阵,武能提刀杀敌,在安南颇有威名。

"京中早有传闻,信王与景王,是陛下看好的接替东宫之人。"步疏林开口道。

表面上一个重文,一个重武,实则两个人都是文武全才。

"你对景王知晓多少?"沈羲和问。

步疏林扬眉:"怎么?你也打算寻个人备着?"

要是太子殿下有个万一,呦呦还能有第二春?

沈羲和有时候极想将步疏林的脑子撬开看一看:"不如我将此话转给太子殿下?"

"不……不……不用。"步疏林将头摇得如拨浪鼓,"我只是说笑说笑……"

她讨好地笑了笑,才认真想了想,说:"景王是个意气风发的少年郎,未上战场之前,英勇果敢,少年老成,性子疏朗,交友甚广。"

这人上了战场之后的事,她就不知晓了。景王这一去就是四五年,又经历过血腥厮杀,谁知会变成什么模样?

见沈羲和若有所思,步疏林便说道:"你不是有太子吗?这应当是他该愁之事。"

沈羲和笑了笑,不置可否。

"别想这些,我们去外面看看,过两日就是春闱,现在外面热闹着呢。"步疏林搓着手,满眼期待之色。

"不去。"正因为热闹,所以沈羲和才排斥。人一多,气息一杂,她就不适:"你是不是忘了,王二郎一案算是结案了,崔少卿也就闲下来了……"

这段时日步疏林每日都欢快得像只自由自在的鸟儿,盖因大理寺因为王二郎自尽一事被陛下责难,一直在彻查击鞠球一事,崔晋百才腾不出手来盯着步疏林。

步疏林的笑容瞬间僵在脸上,片刻之后她小声说道:"呦呦,你可有法子将崔石头暂时调离京都,让他去外边醒醒脑?"

步疏林真的快被崔晋百折腾疯了。

以往自个儿恶心旁人的时候她只觉得快意,现在被崔晋百恶心,才知自己曾经有多么大罪过。

"真是最毒妇人心,你竟然想着让他被贬。"沈羲和轻"啧"了一声。

步疏林呆了。

她听到了什么?沈羲和说她毒?

这世上谁都能说她毒,唯独沈羲和没有资格。她就没有见过比沈羲和更毒的人。

这人敢杀公主,敢暗算王爷,连皇帝都敢算计!

可是面对沈羲和似笑非笑的模样,她不敢反驳。

恰好此时红玉走来,憋着笑看了步疏林一眼,对沈羲和禀道:"郡主,门外有大理寺差役,说是来……"

"抓我去大理寺,协助调查。"步疏林双目呆滞,生无可恋地替红玉说完了话。

红玉和珍珠等人都忍着笑低下了头。

就连趴在桌子上的短命都突然抬起一只爪子捂住了嘴巴,仿佛在偷笑。

"快去,这两日你便不用来寻我,四日后春日宴再见。"沈羲和无情地催促。

二月中,一年之计在于春,经过寒冬的沉睡,随着万物复苏,京都也热闹了起来。让京都恢复生气的第一件事自然是上元节,其次非春闱莫属。

二月春闱,三月发榜,四月殿试,这两个月京都会聚了来自天南地北的有学之士,学子们纷纷摩拳擦掌,想要借助这个机会一鸣惊人,更换门庭。

待到春闱落下帷幕，三月的第一天，太后在繁花盛开的芙蓉园里举办了春日宴，不仅王孙贵族、簪缨世家的男男女女齐聚一堂，更有才名显扬的寒门子弟经过举荐或是与皇室宗亲相交，从宫中得到了名帖。放眼望去，春日宴可比去年的赏菊宴热闹了不知凡几。

对这样的宴会沈羲和原是不用去的，已有婚约在身，自己也不喜欢这等人群密集的场合，只不过今日要做一件事，故而不得不来。

不过来了这一趟，沈羲和倒是收获满满。她可是看到了太子殿下的好几个分身：萧甫行、郭道译，还有那位……秦女郎。

秦孜颉鹤立鸡群，她的身量寻常儿郎都及不上，也因此但凡路过她身侧的人都忍不住多看她一两眼。她处之泰然地端坐着，对这些目光视若无睹。

直到她看到了沈羲和，这才带着丫鬟朝着沈羲和走过来。

"昭宁郡主。"秦孜颉主动向沈羲和行礼打招呼。

沈羲和也回了个平辈礼："秦女郎。"

"郡主，不知可否借一步说话？"秦孜颉直接开口。

沈羲和微微抬眉，猜想她是要与自己解释上次之事，便颔首答应，随着她去了一个幽静之处。秦孜颉令自己的丫鬟守着，沈羲和也给珍珠和紫玉使了个眼色。

只有秦孜颉和沈羲和二人入了月亮门，小院子还不如沈羲和的卧房大，周围情况一目了然。

"郡主，我与太子殿下并不相熟。"秦孜颉面色坦然，目光清明，"四皇子妃寿宴那日，我并不在府中，原是打算着人带来厚礼相贺，是太子殿下去了太傅府，让我阿翁应允。"

"今日我寻郡主说这些话，也是受太子殿下之命。"

秦孜颉知晓此事后如遭雷劈。她从未想过太子殿下为了亲近昭宁郡主，竟然在四皇子妃的芳辰宴上假扮自己！怪她素日里独来独往，两耳不闻窗外事，到今日才知。

秦孜颉不愧是太傅家的女郎，行事与太傅教书育人一般一板一眼。

"难为秦女郎了。"沈羲和轻声笑道。

秦孜颉眉宇间全是隐忍的怒气，估摸着对萧华雍曾经假扮她的事余怒未消，又因着君臣关系，萧华雍有吩咐，又不得不从，故而才不得不绷着脸。

不得不说，萧华雍虽然和秦孜颉不相熟，倒是把秦孜颉扮得有八分相似。

秦孜颉没承想沈羲和会如此说。都传沈羲和清高难亲近，秦孜颉已经做好了被沈羲和高高在上地冷待的准备，此刻倒觉得沈羲和也挺平易近人的，传言不可尽信。

不过秦孜颉不太喜与人往来，点了点头就行了礼离开了。

沈羲和转身看着她远去，嘴角噙了一丝笑意。

沈羲和跟在秦孜颉后面不远处，回到热闹喧嚣之地，便是人来人往的场景，几个少年郎不知为何追逐起来，与刚走上桥的郭道译等人撞了个满怀。

走在后面的郭道译扶了同伴一把，自己却刹不住力向后栽了下去。秦孜颉恰好路过，伸手抓住了郭道译的衣襟，只听到布匹裂开的声音响起——人没有抓住，衣裳倒被秦孜颉给撕下了一块。

郭道译慌乱之间却抓住了秦孜颉的手，两个人一起落入水中，"扑通"一声溅起了巨大的水花。

岸上的人都惊呼着，也有水性好的内侍立刻从远处跳下朝着二人游去。秦孜颉落水之后很快就冒了上来。她会浮水，而郭道译完全是个旱鸭子，在水里扑腾着："救……救……"

他一颗头时隐时现，一句完整的话都说不出。秦孜颉的丫鬟已经朝着她伸出了手，看着内侍和他们还有些距离，而桥上并无人跳下来搭救郭道译，她想了想，就朝着郭道译游了过去。

她刚抓住郭道译，郭道译就缠上来双手挂在她的脖子上。秦孜颉力气也不小，就这样带着一个高大的男人游了一段距离，直到相救的内侍过来，才将人交了过去。

她不用任何人相帮，独自游上了岸。丫鬟将准备好的斗篷给她裹上，她一言不发，带着自己的婢女就离开了。

郭道译则是宛如小死一回，整个人瘫着，面色煞白。

"将郭举了扶到文琅殿换身衣裳。"萧华雍带着几个皇子走过来，吩咐内侍。

萧华雍打头，诸位皇子一字排开，每个都俊美非凡、器宇轩昂，看得围过来的女郎们一个个都含羞带怯。

"参见太子殿下……"众人对着萧华雍等人行礼。

萧华雍微微抬手："春光正好，且散了吧，莫要耽误赏景。"

淡淡的一句话，就无情地将人全部遣退，他自己则大步上前走到沈羲和旁边，方才的威严气势瞬间收敛，眉目柔和，目光温软："我陪你走走？"

沈羲和看了一眼，四周全是人，也不想被这些人缠住，便颔首当先转身走了。

她这样丝毫不将皇太子当作皇太子的模样，让所有人都错愕了。

可萧华雍不但没有丝毫不悦之色，唇边反而露出了一丝喜悦的笑容，满目盛着她的身影，追着她一同离去。

这可是他下了好多功夫，才将她养得有自己在的时候随意些。他让沈羲和到宫里住的那段时日不是白费功夫，效果显而易见。

"淑人君子，雅韵至深。"余桑梓说着，目光忍不住追着萧华雍的身影。

站在她旁边的余桑宁劝道："阿姐，太子殿下……不是长寿之人。"

最后六个字只有余桑梓能够听到。

余桑梓黯然地收回目光:"谁的长寿刻在脸上?否则这世间又如何有守寡之人?"

萧华雍这是身有顽疾,众所周知不长命,可那些让人不知之人便长寿吗?

见余桑梓被迷晕了眼,余桑宁提醒道:"阿姐,你是侯府嫡女,断没有入东宫为妾的道理。"

第五章　为卿盾护卿周全

太子妃已经定下是沈羲和，余桑梓身为侯府嫡女，怎么能够成为东宫之妾？

余桑梓的身份足够匹配太子妃，只不过和沈羲和一比，她的确要略低一等，却也不能做妾。本朝妾不可被扶正，不只是朝廷重臣、平民百姓，皇室更是要做表率。

除非有朝一日太子登基广纳后宫，那么妾室身居后宫高位也就不一样了，但余桑梓不可能等到那一日。她落寞地低下头说道："我对殿下也并无多深的爱慕之情，只是艳羡极了他看昭宁郡主的目光。就好似全天下只有这么一个人，天地黯然失色，万物凋零……若有一日有人这般看着我，折寿我亦愿。"

余桑宁垂眼。她对这种儿女情长之事嗤之以鼻，当年她阿娘不就是个这样的傻女人？否则怎会有她如此悲惨的上半生？

在她看来余桑梓从小享受荣华富贵，前呼后拥，从未受过苦，才会信这些无用之物。

"走吧。"

余桑宁听到一声轻叹从另一边飘来，抬眼看去，就见烈王殿下萧长赢凝视着沈羲和远去的方向。那句话是信王萧长卿对萧长赢所言，萧长卿拍了拍弟弟的肩膀，先一步飘然而去。

信王的嫡妻去世，他再娶是续弦，余桑宁想了想自己的身份，还是有点儿低，但不是不可谋。

前提是……她看向余桑梓。余桑梓不能嫁入皇家，余家不能出两位皇子妃。

这边的暗潮涌动，沈羲和并不知。她和萧华雍到了人少之处，众人也只是远远看着，有眼力见儿之人都知晓太子殿下不想被打扰与美人独处的机会。

"赵绣使在陛下身边，萧甫行在景王跟前，我方才又看到昭王殿下颇为赏识郭举子,崔少卿又稳居朝堂,殿下可真是好手段。"沈羲和伸手拨弄着面前一枝探出头的桃枝。

"我在你身边。"萧华雍俯身靠近她,"他们都是我手中的刃,为我披荆斩棘;而我化作盾,护你一世周全。"

沈羲和真是不知如何与这人说话,他无时无刻不在撩拨她:"殿下若再如此,我们怕是又要相顾无言了。"

"好,好,好,我们不说这些。"萧华雍讨好地笑了笑,转身看向贵女聚集之地,"如何?这些女郎,你觉得哪些好相处?"

沈羲和听他如此问便反问道:"殿下要收几个人入东宫?"

萧华雍的笑容一滞,他转头看向沈羲和,看了好一会儿才轻叹一口气,说道:"我答应过你的潘杨之睦绝不会食言。今儿这场春日宴是为我这些兄弟举办的,日后你们都是妯娌,虽则你在东宫,又贵为太子妃,不用去迁就她们,可我不想有人娶了个不长眼的人闹得你心烦。"

沈羲和没有想到他竟然让她给其他皇子配妻室!

"你只管说,余下之事交给我。"萧华雍丝毫不觉得自己无良,压根儿不在乎兄弟日后娶个什么样的妻子、是否夫妻和美、双方是否已有心爱之人,只要他的太子妃开心就好。

他是皇太子,是尊贵的储君,是名师大儒教导出来的东宫,但沈羲和从未在他身上感受到霸道与蛮横的一面,今儿是首次感受到他的强势,强势到干涉兄弟们的姻缘之事,这是帝王才有的权力。

可他从不说空话,既然说出口了,自然能够兑现承诺。

"旁人之事,与我何干?"沈羲和对这些贵女也不了解,且不喜欢被人左右姻缘,也不会胡乱左右旁人的姻缘。

便是日后当真碰上了处不来的人,她就远离。别人非要往她跟前凑,她有的是法子让一个人无声无息地消失,哪怕这个人是皇子妃!

明了她心中所想,萧华雍只得遗憾地说道:"呦呦总是让我觉得自己无用武之地。"

"岂敢?殿下之能,通天达地,我求着殿下之事多着呢。"沈羲和淡淡地说道。

"西北与蜀南,互有军用物资往来,足可被定为谋反之罪。如此大事,呦呦都避开我,我实不知,还有何事能让呦呦求到我们门前。"萧华雍轻叹。

沈羲和看了他一眼:"殿下手眼通天,消息来得真快。"

她和步疏林这才商议了多久?只怕蜀南王刚和阿爹通了两封信,萧华雍便已知晓消息。

"此事我并未做主,由阿爹与蜀南王拿主意,他们若是觉得值得冒险一试,便冒险一试。"

她只是把阿爹的想法透露给步疏林，再由步疏林联络蜀南王。

"我猜的。"萧华雍低声笑道。

他只是知道蜀南王和西北王有了联系，蜀南那边有大量龙骨被运送至西北，问了谢韫怀才知龙骨是做金疮药的。这样的好东西，西北王如果愿意分享给蜀南，必然是要讨大利。

西北最缺的不就是兵刃和棉花吗？他就大胆一猜。不过他不信沈羲和不知道。他其实根本没有证据，她完全可以推脱敷衍，却选择了承认，这让他心里泛起阵阵甜意。

"殿下轻易不下定论，一旦下了定论，便是猜测也有七八分把握。明人面前不说暗话，我又何必遮掩糊弄殿下？"沈羲和看他笑得那么情意绵绵，就知他又想多了。

"我不管，呦呦就是把我当作自己人。"萧华雍沾沾自喜道。

"殿下欢喜便是。"沈羲和保持着微笑说道。

萧华雍依然笑容不变："呦呦，不如让我来护送这些东西，用商队护送最为妥当。"

"我说了此事我不做主，亦不拿主意，殿下若要参与，不如亲自与我阿爹说。"沈羲和撇清了自己。

她现在对萧华雍，既不会全身心地信任，也不会无端去猜疑。萧华雍要如何，她随他如何。

至于她的阿爹，比她更懂看人——阿爹这把年纪若是都眼拙信错了人，也是无可奈何。

用不用萧华雍，全凭阿爹做主。

"呦呦真好，变着法子让我有机会讨好泰山大人……"

"萧北辰！"沈羲和咬牙低声警告他。

他们尚未成婚，他就一口一个泰山大人！

"嘘……"萧华雍将食指竖到了唇边，"呦呦勿恼，此处人多，若是大家误以为你我公然打情骂俏，我是不在意……"

不等他说完，沈羲和便抬脚走开，留下萧华雍握拳抵唇笑着。旁人远远看着，还以为太子殿下又旧疾复发。

春日宴既然是为皇家宗室举办，相看姑娘的人品，自然也少不了展露才艺的环节。太后和几位宫妃都拿出了一些珍稀的珠钗当作彩头，设了斗画、斗舞、斗诗的局。

沈羲和在一旁看着，一直注视着安陵公主的一举一动。安陵公主今日格外安静，甚至时不时地在走神。平陵公主寻她搭话，她都是有一搭没一搭地回着，弄得平陵公主也不再打扰她。

从上次沈羲和寻陛下说有人可能对安陵公主不利已经过去半个月了，幕后之人却迟迟未动手。这个人实在是沉得住气，或许是猜到这步棋十分冒险，也或许是觉得时机不对。

沈羲和准备今日添一把火。她参加春日宴就是冲着安陵公主来的。

这个人缺少一个她对安陵公主下手的合情合理的理由，她就给这个人送过去一个，就不信他不把握时机。

宴会都快到尾声的时候，沈羲和忽然晕了过去，引得所有人看了过来，这一看都大惊失色，盖因沈羲和面色苍白、唇瓣发紫。

萧华雍也被吓得变了面色，都忘了伪装，直冲向沈羲和。关心则乱，他以为沈羲和是真的遭了暗算。

珍珠给沈羲和诊了脉："郡主中了毒，快去唤阿喜来。"

紫玉立刻去寻阿喜，这个时候太医也赶来了，给沈羲和诊了脉，症状确实像中毒，不过又有一丝怪异。对怪异在何处他还来不及仔细辨别，外面聚集的人便在早就得到沈羲和的暗示的薛瑾乔刻意推搡的动作下，将安陵公主挤倒了。

安陵公主的贴身侍女为了保护公主而自己垫在了公主身下，倒下时身上滚落出一个药瓶。

"公主可有伤着？"薛瑾乔连忙奔上前，仿佛没有看到药瓶，踢了药瓶一脚，跑到安陵公主身边将之搀扶了起来。

安陵公主不知会摔倒都是薛瑾乔所为，对薛瑾乔感激地笑了笑，不过一想到她是西北王世子的未婚妻，就难免想到沈羲和，笑容瞬间就敛了去。

"公主，此物乃是从这位宫人身上掉落的。"这时候余桑宁捡起了被薛瑾乔踢远的药瓶，走上前来交给安陵公主。

安陵公主的宫女看到药瓶立刻说道："女郎看错了，这不是奴婢之物。"

这确实不是她的东西，她也没有看到这药瓶是从她身上掉落的。

太后听了这话之后，又看了看被萧华雍一把抱起来往殿阁去的沈羲和："去把药瓶取来。"

太后身边的女史过来取走了药瓶，让太医检验。太医检验出来的结果令他的额头冒汗，他道："太后，此乃毒药，人中此毒的症状与郡主的状况有几分相似。"

本来太医还在分辨沈羲和中了什么毒，可见这东西出现，恍然大悟。

"太后，安陵绝无毒害昭宁之心！"安陵公主闻言立时跪到了太后面前。

"有与无，容陛下定论。"太后让长史带着药瓶和安陵公主去见祐宁帝。

祐宁帝此时在宫中。春日宴这种宴会无须他出面，春闱刚刚结束，他对春闱十分上心。这些年他能够分化士族，能够有今日，离不开他大力提拔寒门子弟的举措。

当然这些寒门子弟也立得住，在世家的打压之下愣是逆境生长，折损的不计，能够走到今日的都是手腕了得之人。

春闱的录取人数也从先帝在时的三四十人扩大到现在的一百余人，此举还刺激了寒门子弟的向学之心。他更重视各地的教育，登基以来设立的学馆已经较之先帝在时多了数倍。

就在他召见礼部侍郎询问今年春闱考生的情况之际，安陵公主被太后的长史带来，长史将此事告知了祐宁帝。祐宁帝看了一眼无助又慌乱的女儿。众目睽睽之下给沈羲和投毒，他的四个女儿中，换其他哪个公主做这种事，祐宁帝都会有两分怀疑，而安陵，他直觉她没有这个胆量。

略一思量，祐宁帝便说道："此事恐有误会，朕亲自去看一看昭宁。"

他路过安陵身旁时又说道："你随朕一道去。"

而此时沈羲和歇息的偏殿里，萧华雍没有让太医进来，是随阿喜和珍珠守着。随阿喜几针下去，沈羲和就恢复了红润的面色，守在一旁的萧华雍紧绷的脊梁才放松下来。

"呦呦，你这是为何？"萧华雍一想到方才她的样子，他的心都仿佛不会跳动了，那种前所未有的恐慌感觉令他此刻心有余悸。

"嫁祸安陵公主。"沈羲和睁着眼睛，依然躺着看着萧华雍，"那人迟迟不动手，定是觉得突然将安陵公主之死嫁祸到我身上，立不住脚。我今日就让人人都知晓安陵公主对我下过毒。若是公主有个三长两短，只怕没有人不会怀疑事情是我所为。"

毕竟好好的公主，谁敢轻易对付？且安陵公主被养在深宫中，除了沈羲和这个敌人，似乎也没与谁有深仇大恨。

而安陵公主会想到，长陵公主、阳陵公主死前可都是与沈羲和不对付过。

"你当真服了毒？"萧华雍仔仔细细地看着她的脸，又握住她的手，感觉没有方才那么冰凉了。

"我只是让阿喜对我施了针，看着像中毒而已。"

安陵公主就值得她上演苦肉计？

这几针下去不仅让她看起来有中毒之症状，还能通行经络，对身子大有裨益。

萧华雍这才彻底放心："你日后若再如此行事，须得先知会我一声。"

方才的情况险些没把他吓得魂飞魄散，若非沈羲和要紧，他都要直接对安陵发作了。

"我以为我与殿下都了解彼此。"沈羲和说道，"我们都是不吃亏之人。"

正如萧华雍对付王政不会真的赔上眼睛，沈羲和又怎么会真的去服毒，哪怕毒解得了。

"我是……关心则乱。"萧华雍深深地凝望着她。

他不是不知她多聪慧，不是不知没有人能够轻易暗算她，尤其是这样拙劣的局，更何况她嗅觉敏锐，为人又谨慎，任何人都不可能轻易给她投毒。

　　他都知道，却还是会慌乱，是因面对有关她之事，他毫无理智。

　　"殿下……"

　　沈羲和正待说些什么，外面传来了轻咳声。这意味着有人来了，她立时闭上了眼。

　　萧华雍也会意地起身，与随阿喜一道走出去，刚走出内殿就迎面碰上了祐宁帝，自然又是一番见礼。

　　"昭宁如何了？"祐宁帝问。

　　萧华雍看了一眼随阿喜，随阿喜连忙躬身回道："回陛下，郡主无碍，毒已解，养上几日便能痊愈。"

　　祐宁帝点了点头，从刘三指手中接过药瓶："昭宁中的是此毒？"

　　随阿喜依然低眉顺眼地回道："回禀陛下，郡主所中之毒乃马钱子，草民不知药瓶中的是何毒。"

　　祐宁帝将药瓶递给随阿喜。祐宁帝进来前已经遇上了给沈羲和诊治的太医，太医也说中的毒似是马钱子，而药瓶里的毒药确实是马钱子。

　　随阿喜双手恭敬地接过药瓶，将其打开仔细辨别后回道："瓶子内的毒药的确是马钱子。"

　　"此药是从安陵的宫女身上落下的？"祐宁帝问。

　　"儿……并未看到……"萧华雍实话实说。他当时冲到了沈羲和面前，后面围了不少人。

　　"陛下，是小女所见。"薛瑾乔上前行礼道，"小女见公主跌倒，宫女搀扶，药瓶从宫女身上掉落，上面的磕痕便是由此而来。不只小女见到了，平遥侯府的二娘子也见到了。"

　　药瓶是余桑宁捡了递给安陵公主的侍女的。余桑宁长袖善舞，自从得了余桑梓的青睐，出入都被余桑梓带在身边，也和京都贵女打成了一片。但是她能够结交的身份最高的人也就是公侯府邸的女郎，似公主、郡主这些有爵位的女郎，她是无法结识的。

　　好不容易有个机会，她没有想到这药瓶里面的东西是毒药，还以为是公主身边的宫女随身携带的香药或是凉药之类的东西，就主动送了上去。

　　当陛下传召她问话的时候，她只得如此回道："回禀陛下，小女方才只见着药瓶是从安陵公主的宫女那边滚来的，便误以为这是公主身边的宫女之物，并未亲眼见着此物从公主的宫女身上落下。"

　　如此既能解释她为何直接将药瓶送过去，又不得罪安陵公主。

沈羲和原就没打算对付安陵公主，他们如何说、陛下如何判都无妨。陛下越维护安陵，越能成为她心有不甘乃至欲杀公主泄愤的动机。

果然，祐宁帝问了一圈，便以此物来源存疑，不能妄断是安陵公主下毒为由草草了结了此事。众人都以为强势惯了的沈羲和会闹，当初她对上长陵公主和阳陵公主可是很强势的，上次掌掴安陵公主也是如此。

安陵公主被陛下维护，得意地仰了仰下巴。

唯有萧华雍站出来说道："陛下，此事……可否交由儿来调查？郡主中毒属实……不能因证据不足……便置之不理。"

安陵闻言，很是防备地看着萧华雍，担心自己又被栽赃陷害。

祐宁帝思索片刻便下令道："此事便交由太子彻查。"

安陵欲言又止，最终还是被祐宁帝给带走了。发生了投毒之事，春日宴自然是举行不下去了，好在宴会本来就到了尾声，该做的事都已经做完，众人满怀期待地离开。

萧华雍亲自将沈羲和送回了郡主府，便以照拂她为由赖在郡主府里。

"殿下要留到何时？"沈羲和看着一到她的府中就自在得宛如主人家一般，寻了她的蕉叶胡椅舒舒服服地半躺上去的萧华雍。他姿态惬意，浑身透着一股子慵懒气息。

"呦呦中了毒，人人皆知我爱重呦呦，我若是不陪伴到日落黄昏，如何显得我情深？"萧华雍道，脸上还挂着让沈羲和想对他动粗的笑容。

"殿下不是揽了差事，要为我查下毒之人？"沈羲和就差直接下逐客令了，"殿下再不济也应当做做样子。"

"我自然是要做样子的，不过不急于一时。"萧华雍优哉游哉地开口，"呦呦总要让我有顿吃食才是待客之道。"

沈羲和："你有做客人的自觉？"

"自是……没有，"萧华雍笑容更欠揍，眼神又暧昧起来，"我想做主人。"

"那你就饿着吧。"沈羲和扔下这句话后，转身回了自己的屋子。

不一会儿萧华雍追了过来，沈羲和不理他，他又晃荡了一会儿。就在沈羲和觉得他估摸着又要死缠烂打之际，他竟然突然转了性子："唉，呦呦不待见我，我走便是。"

沈羲和狐疑地看着他，他说了要留到日落黄昏，沈羲和可不觉得他是在说笑。他无缘无故突然改了主意，由不得沈羲和不多想。

萧华雍一脸落寞表情地道："我改日再来看呦呦。"

眼见着萧华雍离开，等了片刻也没有回来的动静，沈羲和走到门口问守在门口的珍珠："真走了？"

珍珠立刻去问前院的人，确定萧华雍是真出了郡主府的大门："真走了。"

沈羲和觉得不对劲儿："他今儿怎会如此……正常？"

郡主的形容词让珍珠低头忍笑，合着太子殿下往日在郡主眼里是不正常的？

沈羲和琢磨了片刻，觉得事出反常必有妖，萧华雍肯定又在琢磨着什么幺蛾子。

她等了许久，等到用夕食时萧华雍也没有折回来，并且宫里传来消息，萧华雍是真回东宫了。

"难道是我以小人之心度君子之腹了？"沈羲和不由得产生了自我怀疑。

这种怀疑想法直到她盥洗完准备睡下之时，瞥了一眼她的针线篓子，才被彻底粉碎了。

她大步走到那边去，翻了翻，发现少了块手绢。

那一块绣了仙人绦的手绢不见了！

那本来就是她和珍珠她们打发时间随手做的，绣好之后她将其浆洗、晾晒、熏香后就一直放在这里，没打算用，就随意放着，往日每天都能见着，偏今日不见了！

她心里已经隐隐有了猜测，却还是不愿意将堂堂皇太子想成小贼。

"红玉，我屋子里的那块绣了仙人绦的帕子，你最后是何时见到的？"红玉负责在沈羲和屋内伺候，沈羲和直接唤来红玉询问。

"今日郡主出门去芙蓉园之前，婢子还见着过。"红玉对此印象很深，因为每日都见着，"不见了吗？无人敢闯郡主的屋子，会不会是短命弄走了？"

短命："喵？"

不怪红玉会如此想，迄今为止也就萧华雍一个人闯沈羲和郡主府闺房成功过，寻常人哪里躲得开暗卫？

郡主府的人基本都是沈羲和从西北带来的，完全可信，不可能来偷盗郡主的一块手帕，且那块手帕也没有落款，就算谁偷走赠予男子，也诬蔑不了沈羲和的名声。

她们都知道萧华雍今日来过沈羲和的屋子，可那是皇太子，风猷昭茂、德才兼备的储君，怎么可能行窃呢？！

沈羲和也不信，可事实就是萧华雍今日之所以乖乖离开郡主府，就是在她的房间里发现了这一条手帕，顺手牵羊，怕被她发现，故而早早溜之大吉！

"行了，你们都退下，早些歇息。"沈羲和挥退她们，自己躺上了床榻。

最初她躺着真是被气得不知如何形容自己心里的郁结情绪，想着想着，又不知为何竟然被气笑了。他也不怕日后自己成为帝王，这事被旁人知晓了，将其载入史册，丢人吗？

月倚西楼，沈羲和摇了摇头，甩开这些思绪，这才安稳入眠。

东宫里的萧华雍可睡不着，仔细摩挲着帕子："天圆，孤今儿发现呦呦的一个秘密。"

有点儿打哈欠的天圆，强撑着不让自己表现出来。太子爷从郡主府回来后就处于一种异常兴奋的状态，两只眼晶亮得堪比金星，令他们都不敢直视。

"定是好事。"天圆只得附和。

殿下不要一个疑问多的下属，只需要一个懂得倾听的下属。

"你看。"萧华雍将帕子展现给天圆看，就让看了一眼，立刻收了起来，生怕天圆多看两眼给看出个洞来。

天圆："……"

他隐隐约约好似看到了一个熟悉的图案，这个图案……

天圆灵光一闪，瞌睡都没有了："是仙人绦！"

杏林园是天圆陪着萧华雍去的。当时天圆也易了容，在那里见到了仙人绦。

"对，是仙人绦。"萧华雍的笑容充满柔情蜜意，他道，"呦呦把它绣在手绢上，你说这是何意？"

何意？

若是按照一般女郎来讲，定然是特别喜爱或者别有深意，事关情郎之物女郎才会绣在手绢上。

但郡主不是一般女郎，不能按照一般女郎揣度，可太子殿下如此含情脉脉，就是想要郡主是一般女郎。

天圆只得哄着自家主子："殿下，仙人绦于郡主而言定是非比寻常的。"

"仙人绦是孤赠予她之物。"萧华雍满意了，笑得更舒心、甜蜜了。

天圆只敢在心里说：或许这帕子绣好之时，郡主并不知您就是华富海。

如此一来，郡主其实压根儿不知谁是华富海，也不在意谁是，绣这帕子或许就是心血来潮，随手而为？

这话他要是说出口，只怕太子殿下要连夜将他踢出宫，扔给他一身旧衣裳，让他去和地方上换。

虽然在宫里殿下日渐不正常，但也仅限于碰上郡主之事才会显得有那么一点儿昏庸，大多时候还是原来的模样，宫里好吃好喝好住，还不用风吹日晒，他不想和地方上换。

"呦呦定是早就对我有心意，只是恼我骗她，故而不愿对我袒露。"太子殿下得出如此结论。

天圆微微仰头望天，不，望屋顶。他用他还算有点儿智慧的小脑袋瓜儿想了想，怎么也想不出太子殿下是如何推论出郡主对太子殿下早有心意的……

于是天圆夸着胆子问了一句："殿下，手绢是郡主赠予殿下的吗？"

手绢若是郡主特意相赠，太子殿下倒也勉勉强强能够得出此结论。

萧华雍笑容滞了滞："天圆，时候不早了，你且退下吧。"

天圆真的困了，如蒙大赦："殿下也早些歇息。"

行了礼，天圆就开开心心地走了。走出大殿，关上房门，一阵夜风吹来，天圆才从可以歇息的喜悦情绪中醒来。

他方才好像问了个问题，就被太子殿下给打发出来了。按照太子殿下的性子，手绢若是郡主所赠，殿下必然好一番得意扬扬、喜上眉梢，绝不会避而不谈。

故而，那条帕子……是他们英明神武、德才兼备、高风亮节的太子殿下……偷来的！

得出这个结论后，天圆整个人都不好了，露出了比哭还难看的笑容，僵硬地回到自己的房间里，挺尸一般躺在床榻上。

"太子殿下再也不是怀瑾握瑜的太子殿下了……"

萧华雍可不知道天圆因为他的堕落而多么伤神。此刻他抱着他偷来的手绢，枕着他最爱的枕头，美美地进入了梦乡。

沈羲和第二日已经将手绢的事情忘了，一心琢磨着要害她的人会如何对安陵公主出手。

"宫里戒备森严，行事难以全身而退，且若是在宫里行事，嫁祸于我也显得立不住脚。"沈羲和想了想之后唤来莫远，吩咐道，"你去盯着孟尝。"

孟尝是赶考的举子，刚刚春闱考完正等着放榜，也是安陵公主一见倾心之人，两个人互有往来。自从要利用安陵公主将人引出来，沈羲和就详查过孟尝。

沈羲和易地而处，将自己想成要杀安陵公主嫁祸自己的人，觉着利用孟尝是最好的法子，不但不会暴露自己，且轻易就能将安陵公主约到宫外。这与阳陵公主之死何其相似？

如此一来就更加能证明阳陵公主和安陵公主死于一人之手，两个人死前共同的仇人可不就是沈羲和？

这一点萧华雍也想到了，他几乎是与沈羲和一道派人隐藏在暗处盯着孟尝。

两日过后，果然安陵公主出宫去见了孟尝，但是这两日孟尝并没有与身份不明之人接触。

守在外面的莫远算着时间，觉得安陵公主入内已经有一刻钟了。这简陋的住宅，就算谈话的声音不会清晰地传出，按理说他们习武之人也应该听得到有声音才是。

他觉得不对劲儿，顾不得会不会暴露就冲了进去，冲进去就看到孟尝勒住了安陵公主的脖子，两个人背对着背，安陵公主发不出声音，脚也蹬不到任何物事。

莫远冲上前抓住孟尝的手一拧，就让孟尝松了力道，一脚将人踢开，将喘不上气的安陵公主松开。

此时倒地的孟尝吐出了鲜血："公主……是……昭宁郡主……要我害你……"

安陵公主的喉咙火辣辣地疼，她看着翩翩少年郎面容扭曲、口吐黑血地倒在她面前，到死都要说是沈羲和害她。可孟尝不认识莫远，她是见过莫远的，莫远是沈羲和的护卫首领。

若是沈羲和指使孟尝杀自己，莫远又为何来救自己？为的是让自己感激她？安陵公主虽然不承认，心里却清楚，沈羲和不需要自己感激她，也不惧怕自己怀疑她。

这时候赵正颢已经开始在屋外搜索。他其实是和莫远一起察觉不对劲儿的，只不过看莫远冲了进去，立刻环视四周，看一看有没有人潜伏，却发现并没有人。

莫远将安陵公主交给了赵正颢。尽管安陵公主看起来没有信孟尝的话，然而莫远觉得安陵公主应该更信任陛下派来的赵正颢。莫远去大理寺寻了崔晋百来勘查现场。

"还是晚了一步。"沈羲和接到消息，不由得叹了一口气，原以为这次能够把人给抓住，没有想到对方是按照她的设想动了手，却没有按照她的设想暴露。

幕后之人谨慎至极，令她都叹服。

"白费了这么大劲儿。"步疏林有些惋惜。

"也不算白费，"沈羲和倒也乐观，"我行此举，固然是以引蛇出洞为目的，但还有其他缘由——让陛下不再就长陵公主与阳陵公主之死猜疑我，坐实了背后有人利用公主暗害我的事。经此一事，安陵公主也会警醒，日后不会再被人利用与我为敌，还有一直没有被他出手的平陵公主。"

"他怕是不敢将手伸向平陵公主。"步疏林说道。

平陵公主有个打理后宫的阿娘，有两个文武双全的哥哥，若说陛下的几个公主当中谁最幸福，绝对是平陵公主，她才像真正的公主。

"这事，你就打算这么罢休了？"步疏林又问。

沈羲和正在修剪抽了嫩芽的平仲叶盆景："孟尝，我的人、太子殿下的人、陛下的人都在查，我觉得他既然选择了孟尝，就是做好了全身而退的准备，我们顺着孟尝什么都查不到。"

步疏林闻言啧啧称奇："你到底如何得罪了如此了得的对手？"说着，她摸着下巴沉思，"能做到这一步的人其实不多，无非是诸位皇子，便是深宫里的娘娘也未必有这个本事，你觉得会是谁？"

沈羲和也猜想幕后之人可能是某位皇子："昭王如何？"

"他为何要对你不利？"步疏林又觉得每位皇子其实都没有嫌疑。

只有烈王殿下萧长赢与太子殿下对沈羲和有意，烈王也不像因爱生恨、手段如此卑劣之人。且他要对沈羲和下手应该在赐婚之前，这说明幕后之人不太可能是萧长赢。

"他想娶沈家二娘子。"沈羲和筛选了一遍，觉得只有昭王萧长旻才有这个动机。

"这倒是一个合理的理由。"步疏林颔首。

"这次我派人盯着昭王的一举一动,却不似他。"沈羲和一边诱敌,一边着重关注自己的怀疑对象。敌人的确行动了,却和她的猜想并非同一人,不知是她疏漏,昭王隐藏之能高强,还是她的确怀疑错了方向。

"管他是不是,你们终究是对手,不如直接……"步疏林眼露凶光。

沈羲和不赞同地看了她一眼:"一码归一码,我不能毫无证据就随意杀人。"

"若他真是幕后之人,你这次不杀了他,下次他再出手,可能就是要你的命。"步疏林十分担忧沈羲和的安全,这个幕后之人善于隐藏,令人防不胜防。

他一旦抓住机会,就必然会对沈羲和下杀手。

"若他不是呢?"沈羲和反问。

步疏林却觉得没什么:"昭王的野心,他自以为掩藏得极好,实则路人皆知,早晚他都会死在你们夫妻手上的。"

"不,阿林,为人处世,不可如此。"沈羲和郑重地说道,"我不确定这些事是他所为,便不能妄动杀念。杀对了固然可喜,杀错了却会放纵自己的恶念,有些恶举未曾迈出那一步,人便会永远心存敬畏和警醒之心,一旦迈出去了,再遇上同样的事情就会变得不再顾忌,直至麻木。我不允许自己成为一个顺我者昌、逆我者亡之人。"

见步疏林欲言又止,沈羲和继续说道:"刚断独裁,终有一日我会面目全非,也许连至亲以及挚友也不再放在心上。这世间活着的人若是心上没有一丝柔软和善念,必将是为祸苍生之徒。

"至于你说的日后我们与他会在争夺皇权的路上狭路相逢,届时阴谋阳谋各凭本事。"

一日不确定幕后之人是谁,沈羲和就一日不会动手。还有一点沈羲和没有告诉步疏林:

现下她不确定幕后之人是否为昭王,没有对昭王下手,就会永远保持着一份有人随时会暗中害她的警惕心。一旦她真的把昭王当作真凶给杀了,这份警惕心也就会消失。

到时候如果真凶另有其人,她一个寻常的小疏漏,也许就会真正致命。

"若他是,你今日又放了他。下一次你中了他的计,因此丢了性命……"步疏林不得不提醒沈羲和还有一个可能。

"技不如人,自作自受。"沈羲和回道。

"唉。"步疏林长长地叹了一口气,"呦呦,你这般不适合做上位之人。"

"上位之人便要疑心重?看谁都像暗害自己之人,不分青红皂白就对其下杀手?"沈羲和轻笑着摇头,"如此固然能够体现威仪,却并不可取。误杀的人不多时,至多成为孤家寡人,再无人敢对你说句真话;杀孽一旦过重,误杀的人过多,便会众叛亲离，最后死于自己的疑心。"

步疏林想了想又觉得沈羲和所言也对："你总是想得极其长远，而且我发现你是在严于律己上想得长远，对待旁人你倒是极其宽容。"

"人无远虑必有近忧，这是我最喜的一句话。"沈羲和莞尔，"你错了，我对旁人并不是宽容，而是旁人之事与我何干？妨害不到我，我为何要去点评与苛责？"

她从不对陌路人宽容，只是对他们不放在心上罢了，他们的好与歹，那是他们之事。

"呦呦，我若是早遇上你，或许……"

"或许你活不到现在。"沈羲和截了她的话。

步疏林："……"

若非多了顾青柷的一世记忆，沈羲和是不会有这般宽广的胸襟的。

步疏林当日去绑来玲珑，目的是引得康王府对沈羲和警惕，出手对付沈羲和，步疏林自己好置身事外看一看沈羲和的能耐，再决定要如何解决沈羲和这个知晓自己的一个致命秘密的人。

沈羲和能够想到这一点，尚未经历大风大浪的步疏林则不会想得太长远。沈羲和和步疏林从一见面或许就成了仇敌，步疏林未必是沈羲和的对手，沈羲和对付起人来，比顾青柷有过之而无不及，只不过不会像现在这样老练与干净利落，也许会引得阿爹和蜀南王之间生出嫌隙。

"我阿爹传信来了，说是太子殿下要参与蜀南与西北之间的事情。"步疏林向沈羲和求证，"你觉得如何？"

"我阿爹也传信了，对太子殿下能参与其中并无异议。"

总之从沈羲和与萧华雍被赐婚那一刻起，沈家就和东宫绑在一起了。他们须得全力相助萧华雍登基称帝，等萧华雍登基，这事在萧华雍那里过了明路反而更好，也省得日后萧华雍猜疑蜀南和西北勾结。

步疏林的女儿身的秘密萧华雍知晓，便是没有沈羲和这条纽带，步疏林想要活命，步家也只能暂时信萧华雍。只不过没有沈羲和，他们步家会防备得更严，以免萧华雍过河拆桥。

有了沈羲和，他们虽然也不能全依赖萧华雍，但至少心中能多几分期盼之情。

"对了，呦呦，崔石头说他要搬到步府借住！"步疏林想到一件糟心事，祈求地看着沈羲和，"你给我想个法子，我怎么能让他跑到我府上借住？"

"喀喀喀……"沈羲和正抿了口茶水入嘴，听了步疏林的话，险些没有将茶水喷出来，好在她的教养让她强行将茶水吞了下去，于是岔了气，珍珠立马上前为她顺气。

沈羲和咳得嗓子都疼了，含了珍珠递来的润嗓子的梨膏，舒适了些才抬起头看向一脸担忧又有自责之色的步疏林："去你府上借住，他为何要借住？"

崔氏家族家大业大，怎么可能没有崔晋百这个崔氏年轻一辈中最有为之人的住所？

"好似他幼弟近来总是哭闹和不顺，他的继母请了个高人指点，说今年崔石头与她的幼子相冲，他的继母要带着儿女回娘家暂避崔晋百。"步疏林打听到缘由后，也是气得不行。

什么暂避，他的继母这分明是在威胁，有他们母子，就没有崔晋百。

"崔少卿的父亲和族人如何说？"

这么大的事，怎么可能由着一个妇人胡闹。

"崔石头的父亲倒是让他们母子回娘家避，族人那边各有支持。"步疏林对此事知晓得很清楚，"但崔石头自个儿要家和万事兴，说为了让家中和乐，他搬出去住一年……"

听完这话，沈羲和抿嘴笑了。崔晋百可是神童，二十出头就坐上了大理寺少卿的位置，放眼整个朝堂，就没有一个比他更年轻有为的后生。

他的心智和手腕，岂是常人能够比的？如果不是有步疏林这个可以让他求之不得地借住步府之人，他有无数办法让崔家人偏向他。这次他之所以要"委曲求全"地展现他的大度，无非是这件事情正中他的下怀。

沈羲和都有点儿怀疑，什么高人指点，什么相冲，或许都是他一手策划的。

瞧见沈羲和乐了，步疏林更郁愤："呦呦，崔石头真的疯了。我和他说我步家就我一根独苗，他竟然说让我寻个女郎生个儿子，抱给我阿爹，算是全了我身为人子的责任，日后我就全部都属于他了！"

当时听到这话，步疏林都被吓傻了，彻底感受到了崔晋百有多疯狂。

"他能为你让到这个地步，对你之心，可真是再难寻其二。"沈羲和感叹。

"呦呦，你就别说这些有的没的了，快给我想个法子。"步疏林头疼。

"我猜想他要借住到你府上，亲近你是其一，向你证实他不惧流言蜚语是其二。"沈羲和正色道，"崔少卿执着于你，我便是为你想了法子，他也会有旁的法子，你总不能让我一直为你与崔少卿相斗。办法要你自个儿去想，这是你们二人之事，我不想掺和。"

"呦呦……"步疏林生无可恋。

红玉来说薛瑾乔到了，沈羲和就把步疏林给强行打发了。

沈羲和将阿兄寄来叮嘱要给薛瑾乔的礼交给了薛瑾乔，薛瑾乔很高兴，每次都是当着沈羲和的面打开，有些不懂是何物的就问沈羲和。

孟尝那边一如沈羲和所料，根本查不下去，没有一点儿证据。

三月初五这日，谢韫怀登门来向她辞行，说他想去西域一趟。

沈羲和亲自将他送出了城门，谢韫怀走后三日，便传出了谢戡要纳妾的消息。

不过这件事情并没有引起多少人关注，谢戡膝下空虚，谢韫怀又与他不睦，谢戡纳个妾延续香火，实属平常事。

三月十二日春闱放榜，京都大街小巷上的传报声、庆贺声、敲锣打鼓声交织出了一片喜悦之景，只是这份喜悦并没有延续两日，便有考生到京兆府击鼓状告有人提前拿到考题，考场舞弊，新科会元是个才疏学浅之徒，一石激起千层浪。

科举是本朝才兴盛起来的，舞弊之事从未有闻。万般皆下品，唯有读书高，大家对读书人自有敬意，寻常人都不敢去玷污。

"告状之人是不是郭道译？"沈羲和问珍珠。

珍珠颔首："正是。"

沈羲和想到了之前萧华雍说要为陶专宪开路，争夺薛衡退下来的中书令之位，说礼部尚书他另有打算。这次会试出题之人就是礼部尚书，监考之人是礼部侍郎。

若是春闱舞弊一事坐实，礼部尚书轻则官位不保，重则要掉脑袋。

原本沈羲和以为这只是为了针对礼部尚书设的一个局，可第二日这件事情一发不可收拾，春闱第一名不仅才疏学浅，且就连举人都是花钱得来的……

这些骇人听闻的传言传得有鼻子有眼，使人不信都不行。

"会试第一名是谁？"沈羲和昨日没有过多关注。

"姓何，梧州人，说是国子监祭酒的远房亲戚……"珍珠将那人的基本信息告知了沈羲和。

"去东宫。"沈羲和听了之后面色凝重。

这不是萧华雍临时下的一盘棋，应该是酝酿已久的大局，牵扯之人从京官到地方官员，一个不慎只怕要将朝廷的半数官员换掉。

"呦呦来寻我，为何不早知会一声？我好多备些呦呦喜爱之物。"萧华雍端了一盘樱桃递过来。

春果第一枝，樱桃是京都最受追捧的果子，新科进士放榜都要举办"樱桃宴"，此物金贵稀少，每人至多赏下一小碟。

娇嫩欲滴、晶莹剔透、红润光泽的樱桃盛放在五光十色的琉璃盏里，看起来极其美味诱人。

"殿下您……"沈羲和怔了怔。

若是她没有记错，萧华雍是因为一碗酪樱桃才导致体内毒素积存了十二年。她以为他会痛恨甚至忌讳樱桃，却没有想到他如此大大方方地将樱桃递到了她的面前。

萧华雍一眼看穿她心中所想："呦呦以为我忌讳它？"

萧华雍擦了手，拈起一颗樱桃，小心地去了樱桃梗，又十分熟练、不流一滴果汁地将之掰开，去掉了里面的核，将之放到另外一个琉璃盏里，推到了沈羲和面前。

"遇到你之前,我不允许我有软肋。"他的确曾经对樱桃深恶痛绝,当他决定站起来的时候,第一件事就是吃樱桃,吃到对樱桃再无任何不适感,才练就了他如此娴熟的手法。

没有任何人、任何物能够令他畏惧和迟疑,直到他遇上了沈羲和。

他想这世间人人都应该有柔软的一处,沈羲和就是他丢失多年、不可拒绝的软肋。

"尝尝,这是东宫后花园里栽种的樱桃。"萧华雍在东宫栽种了很多果树,每一种都是两棵,原是觉得一棵不甚美观,现在倒觉得两棵成双成对,早有寓意,"再过段时日,还有枇杷。"

沈羲和对萧华雍如此坦然面对樱桃有些敬佩,没有拒绝,拿起双箸尝了尝樱桃:"甜醇可口,柔润绵长。"

这是樱桃中的极品。沈羲和往日在临川吃过樱桃,西北没有此物,临川的樱桃并没这么可口多汁,令人吃了还想吃。

"这两棵樱桃树在东宫栽种了七年,初时果子又酸又涩,我去寻了许多种樱桃的老农取经,这才花了三四年的工夫,让它结了甜果。"萧华雍看沈羲和喜欢,就继续为她去梗去核,"明儿起,我让天圆每日给你送一盘。"

樱桃要长在树上才新鲜,亦不能多食,他每日给沈羲和送去一盘最佳。

"此物金贵,太后与陛下……"

"这是我之物,祖母和陛下尽尽孝心便是,祖母不能多食,易腹胀。"萧华雍打断沈羲和的话,"我还知晓几道以樱桃为食材做的吃食,改日邀呦呦来共享。"

"定然赴约。"沈羲和想着到时候自己也带些其他吃食来,又想到萧华雍竟然还去寻老农取经,尤为难得,"殿下去过很多次乡间吗?"

"嗯。"萧华雍说道,"当日我问太傅,如何才能成为一个君主。太傅说,我若能看懂百姓,看懂商户,看懂民与官,看懂贫与富,就能成为一个君主。"

那时他只是想要成为主宰生杀大权之人,太傅看出了他眼底的不甘与怨恨情绪,所以让他去看这些,看多了他自然就会放开心胸,知道的东西多了自然就会成为一个不怨天尤人之人。

"这个天下,没有我看不懂的人。"萧华雍垂下眼帘,手上的动作未停,"我知呦呦今日来是为着科举舞弊案之事,这是我三年前就开始谋划的局。"

"殿下的目的,仅仅是要更换一批朝臣,培养自己的势力吗?"沈羲和其实就是看不明白萧华雍此举的全部含义,这才来东宫直接问他。

"这只是顺带的。"萧华雍对沈羲和知无不言,"你可知我曾化名参加过科考?陛下为了打压士族,尝到了扶持寒门的甜头,此举的确对朝廷、对家国大有裨益,可凡事欲速则不达。"

当年清除宦官之后，陛下连续两年开恩科，迅速培养了一批寒门子弟，之后每年大量录取有才之士，以此来瓦解世家，却不知他重视寒门之子，让多少寒门子弟为了一朝鲤鱼跃龙门而铤而走险。

有商贾之子重金请人代考；有富庶之家千金买通考官；更有人使钱买通搜查之人，夹带东西入考场。这些都不是最恶劣的事情，最恶劣的事情是萧华雍亲身经历的，他的考卷在考场内被人替换了。

"替换？！"沈羲和惊愕。

"替换，正是在梧州。"故而这次他拿梧州开刀，"阅卷考官将我的考卷之名堂而皇之地换成了旁人的，我去官府讨要说法，被视作扰乱公堂的刁民投入了大牢。"

当时萧华雍隐忍不发，是因为知晓他能够在这里肃一肃风气，却不能威慑其他地方。

要想让这些人知晓他们的举措是多么天理不容，日后再不敢心生歹念，他就只能来一场腥风血雨的扫荡行动，至少十年内，人人都谈之色变，才能让真正的有志者脱颖而出。

"原来如此。"沈羲和对萧华雍越发敬佩。

或许是所处的位置不同，所经历之事不同，萧华雍比陛下更清醒和周全，太傅让萧华雍学到的东西，是旁的皇子一辈子都达不到的高度。

萧华雍日后若是为君，只怕没有人能够在任何事情上糊弄他。

二人聊着，不知不觉萧华雍就将一盘樱桃去了梗与核，沈羲和也将之吃完了。萧华雍抬头对上沈羲和钦佩、赞叹的目光，笑容忽地又变得多了一丝不明意味："呦呦若是再这般瞧着我，我可就要克制不住自己……"

沈羲和真是又气又不知该怎么面对这人，明明他前一瞬还一本正经，运筹帷幄令人折服，下一瞬就变得让人无所适从，恨不能对他动粗那样轻浮！

"呦呦，与你在一处，我惬意自在，所言所行皆是我的本性，"萧华雍唇边泛着笑意，"好叫你婚前便知晓，以免你我大婚后你觉得我变了。"

"我该多谢殿下吗？"沈羲和反问。

"你我之间何须言谢？再则我只是对呦呦坦诚而已。"萧华雍笑着摇头，"舞弊案一事，呦呦便看个热闹。呦呦不如挑一挑你我的婚服……"

说着萧华雍就拿起一个册子，是尚服局送来的册子，上面是成套的婚服。

她是太子妃，自然不似其他女郎出嫁，要自己制婚服，不擅女红之人也得象征性地绣上几针，她和萧华雍的婚服乃是尚服局准备，一应大婚之礼，都是六局二十四司领内侍省、太常寺领礼部操持。她甚至连嫁妆都可以自己不备，皇家有一副太子妃的嫁妆。

大婚礼服，自然也用不着她来准备。本朝喜艳丽色彩，婚服常为绛红与青绿颜色,女子婚服为绿,男子婚服为红。皇太子的婚服花样繁复,沈羲和翻阅了几套,觉得都大同小异。

她喜欢淡雅之色,穿过的最艳丽的颜色便是紫色,青、绿、红的衣服她都没有。

正当她意兴阑珊,要随意指一套时,下一页上的竟然是浅云色婚服,以金丝绲边绣出精美的图纹,沈羲和一眼就喜欢上了,却有所顾虑:"浅云色是否不大好?"

"有何不好?你我大婚,又不是旁人大婚,你开心便是。"萧华雍是故意的,他的呦呦太过于守礼知礼,他就要一点点击破这些礼教对她的束缚。

她可以是个仪态万千的女郎,是个知书达礼的太子妃,但对他必须是随心所欲的妻子。

只有到了这一步,他们才能真正毫无顾忌,坦然面对彼此。

"言官、礼部、儒士……"沈羲和只要想一想这些人的口诛笔伐就头疼。

她实在是不觉得应该为一时之享乐,去和这些人浪费时日。

"并无律法规定,大婚非得穿红着绿。"萧华雍莞尔,"白亦为先祖崇尚,魏晋之时以白为美,本朝亦不忌讳着白衣,你我大婚,白色婚服有何不可?"

沈羲和看着萧华雍信誓旦旦。她其实是担忧这是萧华雍为着她的喜好定制的,为了让她达成所愿,又要费心去筹谋,堵住那些人的嘴。

"这一生,你我就这一次大婚,我能娶你为妻,便是此生之幸,我之喜在你。"萧华雍情真意切地说道,"你与我不同,嫁与我未必有意外之喜,我只愿你在婚事上多些顺心之事,大婚那日,能在你的眼里看到喜色与欢乐。"

原来一套大婚礼服,之于她是能让她欣喜或是不厌,于他而言竟然拥有这般多的含义。

这一生就这一次,这话触动了沈羲和,她选择了遵从自己的内心:"那便这套。"

萧华雍露出了愉悦的笑容。这套婚服配上他让海东青收集而来的北珠打造出来的花冠,大婚那日,他定要她的美惊艳世人。

沈羲和在东宫里用了夕食才回府。自那日起,萧华雍真的每日着人送了一盘樱桃来,每一粒樱桃都饱满莹润,仿佛经过精挑细选。

天圆自然要为主子邀功:"樱桃都是殿下亲自摘下来,亲自挑选、清洗的。"

长得不好看、红得不够均匀的樱桃,都被殿下挑出来给了他们这些下属。

"你让殿下把筛选过后的樱桃也给我送来,我给他做些吃食。"沈羲和投桃报李。

也不知萧华雍为了挑选出这样均匀漂亮的一盘樱桃,糟蹋了多少。樱桃如此金贵,浪费了可不好。

天圆连忙应允。这一盘樱桃是太子殿下从一筐樱桃里挑选出来的,那么多樱桃吃得他快闻到味道就恨不得逃走了。

沈羲和次日就得了很多不是很好看,其实只是和萧华雍挑选出来的比较不那么好看的樱桃。她做了樱桃汤羹，春暖花开，有时晌午有些热气，最适合喝上一碗樱桃汤羹解渴。

她还做了樱桃花糕，给萧华雍当茶点。她将多余的樱桃处理好，打算试试看能不能酿成樱桃果子酒。

她在府中忙着做吃食，朝堂上却风起云涌。祐宁帝命中书令亲自给会试头名会元复试，重新出了一个题目，让会元一人解题，结果字还是那一手好字，但这会元写出来的东西真是不知所云，气得祐宁帝当场将镇纸砸在了礼部尚书的脑袋上。

这次礼部尚书之所以泄题，是被自己的孙儿所累，其实是萧华雍使的坏。

早在两年前，礼部尚书的孙子就在一场文会上偶然拿出了他捡到的一首诗，当时被人赞不绝口。他从未被如此赞誉过，虚荣心高涨，头脑发热之下冒认了这是他所作。

之后受到各种邀约，他不想被人知晓他冒认旁人的文采，机缘巧合下就寻到了这个人。得知这个人家贫之后，他以钱财、权势威胁，让这个人成为他背后的人，从此他的诗、画、文章遍地开花，他受到了不少人追捧，连他仰慕的女郎也对他青睐有加。自此，他更是泥足深陷。

就在会试前夕，这位会元撞破了他的龌龊事，以要将此事宣扬出去令他身败名裂为由，威胁他为自己套出会试题目。今年会试因着他不下场，所以由他祖父出题。

他最了解自己的祖父，竟然将祖父灌醉之后套出了题目，将题目告诉了会元。

这位会元自己做不来题目，又不敢大肆宣扬，以免暴露，在被"好心人"无意间点拨后，就想起了自己和国子监祭酒何家沾亲带故，以向学为由，讨得了何家人的欢心。

何家长子胸有锦绣文章，不过其祖父今年去世，何家长子守孝未满一年，今年不得参加科举考试，故而这位会元将题目拿去给何家长子为他破题，之后将其完整地背了下来，果然考题没有偏差。

这位会元盗用了何家长子的文章，一跃成了会元。

这件事情远不只如此，这位会元的举人头衔竟然也是盗窃了旁人的文章而得。

没错，他就是三年前盗用萧华雍的文章成为解元之人。萧华雍使了点儿手段，让他三年前没能参加当年的春闱，就是为了今日。

梧州当年的郡守，现在的刺史，包括当年的主考官，一个都跑不掉。祐宁帝派了特使去彻查，京都这边，礼部尚书泄题被革职，其孙被斩首。礼部侍郎本只有监考不力之过，奈何他事后发现会元是草包竟然选择了包庇，也被革职。

国子监祭酒家原本是被利用，但放榜之后题目已经公之于众，会元的文章更是被张贴了出来供人阅览，何家人明知这个远房亲戚盗了题目，却因为知晓牵连甚广而沉默。

国子监祭酒也被革职，其子被撸夺功名，终身不得出仕。

这仅仅是这位何姓会元的事牵连出来的官员，祐宁帝见微知著，不相信此等事情只此一例，派了绣衣使分散到各地，要将这件事情一查到底。至于他要办多少人，就看事情到底牵扯多广了。

胭脂案的时候，萧华雍空手套白狼，给了涉案人逃跑的时间，又让自己的人盯着这些人，等到陛下追查的时候，让自己的人将这些人抓回来立了大功，他自己的人都在地方上得到了重用。

上任后他的人就开始为春闱之事做准备，故而当绣衣使到了当地后，他的人都迅速把陈年老案的可疑之处递上，其配合的态度、办事的效率，有了其他地方之人对比，他的人又被祐宁帝大加赞赏。

"京都的天，要变了。"萧长卿立在长亭之下，望着清明将至时常阴云覆盖的天。

"二哥和四哥上蹿下跳，借此不知安插了多少人，阿兄为何无动于衷？"萧长嬴站在他的旁边，兄弟俩身量一样高。

便是他们无心争夺帝位，可也不能受制于人，这两位哥哥一个阴沉一个疯狂，都不是好人，日后势大，必然会拿他们兄弟开刀。

"这个局是太子殿下布的，他们安插多少人，都是给太子殿下做遮掩。"萧长卿说完，嘴角浮现了一丝不易察觉的嘲弄之色，"他们此刻动得越多，他们的人就暴露得越发明了。"

太子此局，意在换掉朝堂上的蛀虫，打乱局势，也借此看清楚哪些人是谁的。老二和老四操之过急，已经几乎将自己的全部势力暴露在了太子的眼中。

"阿兄怎知是太子做局？"萧长嬴也没有天真到觉得如此一发不可收拾的舞弊案没有任何人推波助澜，也隐隐猜到可能是太子所为，却没有证据。

"何会元那篇夺得解元的文章，三年前我见到过。"萧长卿说道。

那时候他还有心思想要做天下之主，想要他的妻子成为天下最尊贵的人，甚至自欺欺人地想，若是顾家和皇家一直这样制衡下去，等到他登基为帝，他就能够放顾家一条生路。

故而他会关注各地的人才，寒门子弟是最容易笼络的——他们没有根基，没有错综复杂的联姻关系。

"当时我便觉得文章字字珠玑，不落窠臼；胸有丘壑，纵横捭阖。"萧长卿说着忍不住失神地笑了笑，"我察觉文章已有收敛，更觉此子懂分寸，难能可贵。今日方知，所谓的收敛，只不过是假扮的身份所需。"

何会元的文章到底是谁所作，现在成了一个谜，因为绣衣使查到当时参考的秀才竟然在三年前秋闱之前就去世了，也就是说他根本不可能参加秋闱并且写出那篇文章。

"梧州距离洛阳甚远……"萧长嬴觉得萧华雍跑到梧州冒名参加科举不太合理。

"太子殿下这些年当真在洛阳？"萧长卿笑问。

这些年萧华雍瞒过了所有人的眼睛，以短寿为遮掩，让每个皇子都想不起他，陛下忙于家国大事，又知晓太后陪伴在萧华雍身侧，只是逢年过节派人去慰问一番，送些珍贵的物件。

在无人得知之时，他长成了深不可测的皇太子。

"凭这些，就能断定此事是太子所为？"

萧长卿说道："他的文章和他如今的行事之风，极为相似……"

一个人的文章是很容易暴露一个人的性格和内心所需所求的，再结合此次舞弊案的惊天动地景象，萧长卿觉得除了皇太子绝无第二人能够做到这个地步。

萧长卿知道，此时此刻自己必然要按捺住自己的心，不为眼前这块肥肉所动。一旦他的人动了，就都让萧华雍看清了。

"殿下，唯有信王殿下和烈王殿下没有动静。"天圆在东宫向萧华雍禀报。

"陛下看人的眼光毋庸置疑，老五有君王之才。"萧华雍对萧长卿是认可的，"把老二和老四的人都记下来，日后有事就把他们推上去顶罪，有他们开路，我们的人才能慢慢爬上来。"

这些年来他从来不急着在朝中安排人，沈羲和以为他的人很多，其实就只有赵正颢和崔晋百，其余的包括萧甫行都是胭脂案后才收入麾下的。

不是他不想安排，也不是他不敢安排人，而是时机尚未成熟。陛下正值盛年，他安排得太早只会让陛下猜忌，成为各方势力角逐的牺牲品，现在再安排才是最佳时机。

他的确安插了很多人入朝堂，只不过都是名不见经传的八九品小官，连七品都只有一个。

只有这样一步步爬上去的人，到了陛下年迈之后，陛下才会信任他们是纯臣。

"殿下，您原本的计划并非如此……"天圆欲言又止。

春闱这一步棋计划了三年，是要拉下来一大把人的，而殿下从一开始并不是要在最不显眼的地方安排人，而是应该强势地捞取要职。

"原本只是一盘随意之局。"萧华雍抬眼看着墙壁上的画，画上有他也有她。

那时候他没有想过能长寿，便在活着之时陪他们玩一玩，打发他无聊的余下时日罢了。

"现下我要为她多想想。"

十年，是这些人羽翼丰满之时，若他当真有个万一，便如她所愿，让她有足够之力成为这座皇城最尊贵的人。

他不确定自己是否能够迈过四年后的大坎儿。这样的他其实不应该去招惹她，不应该强行娶她，而应该给她寻个更妥当、能够伴她更长久之人。

但他是如此自私，根本做不到笑着去成全她。

为了自己这一点儿可耻的私心，他只能尽力去补偿她。她在意西北，想要主宰自己的命运，若是他不能为她开辟出这条路，那便尽他所能地为她铺好每一步路。

哪怕日后自己不在她的身侧，她也能够顺遂如意。

皇太后也好，女帝也罢，这是他能够倾注全部心血给予她的最多东西了。

科举实行以来的第一次舞弊案，牵连的不只是这一批考生，还有已经为官的上一批、上上批，再这样查下去，必然要引起朝廷动荡，人人自危。

更有人趁机作妖，为了脱罪、为了获利，把这水搅得越来越浑，祐宁帝无奈只得停下来，不再明着调查下去。这一场大案，有三位刺史被革职抄家，五位郡守、地方官员十余人、京中官员十余人、有功名者上百人被处置！

消息一出，天下哗然。

这次朝会，祐宁帝气得坐不住，来回走动着数落朝臣，令大臣们纷纷伏地不敢起。好一通发作后，祐宁帝才叫了他们起身，坐回了龙椅上，一手握着扶手，面色冷沉。

先有盗墓案，现有舞弊案，两者相隔不到半年，无疑都是在质疑他为君不明。

就在人人缄默之时，吏部尚书薛彻站了出来："陛下，科举舞弊案要追溯到三年前，微臣昨夜翻查卷宗，发现这些人大部分是顾公门生。"

薛彻的话说得十分委婉，在场的所有人却都明白他的用意——把脏水往死人身上泼。

顾家这才倒下不到一年，在这之前顾氏一族有多权势滔天，尽人皆知。顾氏最昌盛之际，三省直接架空了皇权，且的确很多涉案之人与顾家有过来往，科举舞弊案找顾兆做替死鬼最适合不过。

薛彻话音一落，原本一脸漠然、宛如神游太虚的萧长卿倏地看了过去，漆黑幽深的眼中仿佛闪烁着穿透人心的锋芒。

尚书令崔征对此未表态，中书令薛衡对这个侄儿失望透顶。薛彻想走王政的路子，获得陛下倚重，却以为陛下只要媚臣。王政媚上不着痕迹，且手腕过人，薛彻却从来不揽镜自照，看看自己的丑态，也从不掂量自己有几斤几两。

科举为何大兴，众人心里都有一杆秤，就是陛下用来对付顾兆的，若非如此，现在哪里有陛下一言九鼎的局面？

这个时候科举出了纰漏，就把罪名往被大兴科举制度害得家破人亡之人身上推，吃相未免太难看。

知道真相的人自然觉得薛彻吃相难看，不明真相的人自然有糊弄过去的法子，此时就有人站出来附和薛彻："陛下，薛尚书此言倒是令微臣想到，昔年顾公一再对推行科举多加阻拦，后多对科举出身的寒门子弟刁难，顾公对科举由来不赞成，如今深查科举舞弊案，舞弊竟然亦有六年甚至更久，舞弊之人又半数与顾公往来密切，或许顾公早已布局，为的便是破坏、遏制科举。"

可以想一想，若今日顾兆还没有死，爆发出这等大案，只怕他要强势停了科举，再一次让世家垄断朝堂。

有寒门出身的脾气刚直、忠于陛下、与世家子弟多有龃龉的朝臣立刻附和。

众臣七嘴八舌，根据薛侗的暗示，最后直接定论这或许就是顾兆死前筹谋已久的阴谋，若非陛下圣明，早早收服了顾家，今日恐怕朝堂危矣。

没有人站出来为顾兆说话，不是他们心里不清楚，也不是没有受过顾兆恩惠者，而是这件事情必须有人承担最大的责任，不是顾兆就是陛下。

陛下是他们的君主，面上无光也是他们朝臣之过错。再者，他们不知道陛下的态度，若是贸然出头，触怒龙颜，倒霉的就是他们自己一家老小。

"陛下——"就在形势一边倒之际，已经许久未曾在朝会上主动开口的信王萧长卿站了出来，"诸公言之凿凿，宛若亲身参与，委实叫儿心惊不已。科举选拔官吏为朝廷效力，造重学之风，实乃利国利民之佳策。儿才疏学浅，比不得诸公十年寒窗、学富五车，却也知为官者当修德养德，岂能不知'死者为大'？

"凡指控、顶罪皆要讲究证据，今儿诸位大臣红口白牙，横加辱没逝者，儿耻与这等人为伍。"

萧长卿将一个个朝臣说得抬不起头，众人才蓦然想起，这位沉寂了快一年的信王殿下可是十五岁就舌战国子监大儒且获胜之人。

萧长卿扫了一眼方才诋毁顾兆的人，转过身对祐宁帝躬身道："陛下，顾家本是受人陷害枉死，已然蒙冤一次，难道还要重蹈覆辙？顾氏无人，儿仍是顾氏女婿，有人辱没仙逝泰山，儿恳请陛下为顾氏做主，还儿一个公道。"

一句"顾氏女婿"，让所有人都倒吸一口冷气，陛下和顾兆那笔糊涂账是算不清、扯不明的。

没有顾兆，陛下或许成不了帝王；没有顾兆，陛下也不会成为十多年的傀儡之君。

陛下对顾兆到底是怎样的心思，没有人能够琢磨清楚，这是帝王的忌讳。顾家是不是被构陷枉死，只可意会不可言传，大家心里都门儿清，说冤也不冤，说不冤也冤。

陛下能为顾家平反，是碍于局势而不得不妥协，还是心中念及旧情，无人能断。但萧长卿公然提到先前顾家是被害，这无疑是将陛下的颜面往脚下踩。

有些事情不过是君王尚有一丝仁义而退让，萧长卿将之翻出来，不啻磨灭情分，得寸进尺。

祐宁帝面无表情，目光不辨喜怒地看着低头躬身地立在大殿之中的萧长卿。

每个人都沉默无言，萧长赢想要站出来说话，被萧长卿一个眼神制止了。

祐宁帝沉默了许久才说道："科举之事一直是朕极力推行的，意在使国有人可用，使民识文知礼。此次舞弊之案，是朕疏忽，任人失察。科举由前朝制定，本朝推行，疏漏之处定要实施之后方能体察。

"着三省六部协商，就如何能严明科考，避免出现舞弊现象拟定一个章程，上奏于朕。今日朝会，诸卿若无奏禀，退朝吧。"

诸人对视一眼，立刻恭送陛下。

朝会散去，朝堂上的事情也就传到了沈羲和的耳里。对薛侗带头要把舞弊案的脏水往已经故去的顾兆身上泼，沈羲和是恼怒的。

当日她的身体坠入河中，若无顾青栀这个怪力乱神的机缘，她已经香消玉殒。

对顾青栀，她心怀感恩。不知是否得了顾青栀的平生经历的缘故，她对与顾青栀相关的一切事情都会有些偏袒。

她侧首看着正在逗弄短命的薛瑾乔，眸色晦暗，似在出神。

"阿姐，你怎么了？"薛瑾乔很敏感，立时察觉沈羲和有些神色不对。

"乔乔，你与你阿爹……"

"我没有阿爹。"不等沈羲和说完，薛瑾乔就冷着脸截断了沈羲和的话，说完以后又有些不自在地改口，"现下……现下我没有阿爹。"

她不喜欢薛侗，薛侗将她利用得彻彻底底，她欠薛侗的生恩这些年都已经还清了。

她喜欢沈羲和的阿爹，自从她与沈云安定亲之后，西北王每每给沈羲和带来礼物，都不会落下她的。从未有一个人这般时时刻刻惦记着她，她被养在叔祖父和叔祖母身边后，也从未与他们长时分离。

故而西北王和沈云安是第一个任何节日都会给她带来礼物，得了新鲜、珍贵之物会想着她的人。这种被人时时刻刻记在心里的感觉真好，她越来越喜欢阿姐和阿姐的家人，恨不能明日就及笄，这样能早点儿成为沈家的人。

想到成为沈家人，薛瑾乔又问："阿姐，我与你阿兄成婚后，我能留在京都陪你吗？"

"你不是要去西北替我照顾他吗？"沈羲和不知薛瑾乔为何又想留在京都了。

"我想与阿姐在一起……也想时常收到礼物。"薛瑾乔后面一句话说得很小声。

沈羲和还是听清楚了她的话，莞尔道："我来年便要成婚，成婚之后要住在东宫里，轻易不能离宫，每日都召你入宫也不成，你留在郡主府太孤单，我会担心你。等你去了西北，我也会时常给你捎去礼物，你也可以回赠礼物给我。"

薛瑾乔想了想好像觉得这样更好了，于是笑着点头，忍不住托腮："真想快些成婚。"

见她一脸憧憬的模样，沈羲和忍不住笑了。

"乔乔，阿姐可能要对付你阿……薛尚书。"沈羲和改了口。她不想伤及自己和薛瑾乔的情分，便提前知会薛瑾乔一声，以免薛瑾乔左右为难。

"真的吗？"薛瑾乔双眸灿若星辰，"阿姐，你要如何对付他？让他丢官还是让他被砍头？"

沈羲和："……"

薛瑾乔这副兴致勃勃、跃跃欲试，想要参与其中的期待模样，让沈羲和哭笑不得。

"丢官吧。"沈羲和无奈地说道，"他若被砍头，你就得守孝，就不能早些嫁给我阿兄了。"

薛瑾乔虽已被过继，但薛伺生养了她，这是无法被抹去的事实。薛伺若是死了，薛瑾乔不说要守孝三年，至少也得守孝一年全了孝道。

"那不能让他死。"薛瑾乔连忙说道。

她才不想给薛伺守孝。等薛伺她嫁了人再死，她就不用守孝了！

她恨薛伺，恨不得亲手杀了他。

当年她被那样对待，他没有为自己做主，还利用此事从族里讨要好处，拿了好处，就不允许她对此事耿耿于怀，免得叫旁人说他贪心、不重诺。

为了让她不再为那件事情发疯，他管她、责骂她，还给她断食！

她只要想想这些事情，就恨不能与他同归于尽！若非遇上了叔祖母，她一定要杀父自裁。

"乔乔。"

薛瑾乔突然情绪就不对劲儿了，眼睛深沉而又阴暗，浑身透着浓郁的戾气。

沈羲和将她揽入怀中："没事，没事，有阿姐。他欺负你的地方，阿姐为你讨回来。"

在沈羲和温声细语的安抚之中，薛瑾乔终于平静下来，脆弱而又可怜地抱着沈羲和，靠在她的怀里，眼睛一眨不眨地看着一个地方，像只受惊的小兔子。沈羲和的怀抱就是她避风的港湾。

沈羲和有些懊恼，看来薛伺之于薛瑾乔，还有很多自己调查都调查不出来的恩怨。沈羲和也不能开口询问，这是揭露薛瑾乔的伤疤，只得日后注意些，不在薛瑾乔的面前提及这个人。

薛瑾乔这样的反应倒是让沈羲和心里有底了。对薛伺这个人，她不用心慈手软。

薛伺在吏部尚书的位置上坐了有五年了。这五年他没少受贿，也没有少铨选无能之人。

他自以为做得滴水不漏，只不过是他背靠薛家，又没出大纰漏，自然没人与他作对。

沈羲和很快就在地方上查到了一个贪官，这个贪官就是贿赂了薛伺，才会年年考评优等，短短六年就成了一方郡守，哪怕只是一个下等郡的郡守。

她安排事情，是没办法逃过时时刻刻关注她的萧华雍的那双眼睛的。萧华雍察觉她要对薛倜动手，很是费解，薛倜可是薛瑾乔的生父。

不知缘由，萧华雍索性请了人来东宫，开门见山地问："呦呦为何要对薛倜设局？"

沈羲和垂眼，沉默了半响才说道："我与已故信王妃是信友，我能有今日，多亏她从旁指点。"

早在入京之时她便知晓，碰上与顾家相关之事，不太能视若无睹，总需要一个合情合理地出手的理由。

"你是为信王妃？"萧华雍还是有些疑惑，"因为薛倜对顾公不敬，你便因感念信王妃而要对薛倜出手？"

他认识的沈羲和是个极其果断、冷漠之人，便是事关步疏林，只要步疏林没有求上门，沈羲和都未必会主动干预。当然这也有可能是她觉得步疏林能应付，但也有她冷淡的性格之因。

信王妃已故，她觉得无人给顾兆出头，哪怕最后顾兆并没有被薛倜推出来顶罪成功，可还是咽不下这口气。

以她这样的性子，信王妃顾氏于她而言该是何等重要，她才能如此为顾氏出头？

"殿下，已故信王妃于我而言算是有再造之恩。"沈羲和只能说这么多。

萧华雍见此便不再深究："呦呦要对薛倜如何？"

"他是七娘的生父，我不想取他的性命，便让他丢官，余生庸碌。"

这或许比要了薛倜的性命还要严重，因为薛倜是个极其在意仕途之人，功名之心尤重。

"呦呦恐怕不知，信王也动手了——他要薛倜的命。"萧华雍说道。

她忘了萧长卿的存在。萧长卿在朝会上就维护了顾兆，又是个睚眦必报之人，定然不会放过薛倜。

"信王殿下准备如何对付薛倜？"沈羲和忘了萧长卿会对付薛倜，这段时日都在着手准备给薛倜设局，故而压根儿不知萧长卿会如何动手。

"四年前，安南之战，有人谎报军情，才导致裴家损兵折将，这其中有薛倜横插一脚。"萧华雍对沈羲和说道，"老五都不用亲自动手，只需要把手上的证据递到兵部尚书裴展手上，薛倜必死无疑。"

沈羲和闻言忽然发问："殿下，若是你当年掌握证据，会留着以备后用，还是将这等人绳之以法？"

"延误军情，折损多少赤胆儿郎？若证据在我的手中，薛倜四年前就会付出代价。"萧华雍肃容说道。

　　他不是为了讨沈羲和欢心，知她是将门之女、重军士，才如此作答。他亦不是多么光明磊落，有些人的把柄落在他的手上，他也会不急于一时，比如萧长卿炸皇陵，若非萧长赢救了沈羲和一命，这个证据他会留到有用之时再拿出来。

　　类似于这等置家国安危不顾、性命攸关的大罪的证据落到他的手中，就没有被压下的道理。

　　"我是储君，与他着眼不同。我不知若我是亲王，是否也会如此。"萧华雍没有要贬低萧长卿的意思，大家所处位置不同，所思所量则不同。

　　"殿下，我也是手上沾满鲜血之人，但还是盼着殿下日后都能有所为有所不为。"沈羲和轻声说道。

　　"呦呦是不打算保住薛徊的命了？"沈羲和反问他，不是不赞同萧长卿所为，而是婉转告诉他，薛徊的罪名是如此十恶不赦，她不赞同萧长卿为一己之私，让薛徊逍遥法外如此之久，自然自己也不会为一己之私再救薛徊。

　　因为在得知薛徊包庇谎报军情的人后，在沈羲和眼里，薛徊就已经是个死人了。

　　沈羲和笑而不语。她要表达的意思萧华雍都明白。

　　"薛徊此刻倒下也好。"原本看在薛衡和沈羲和的情面上，萧华雍是没打算动薛徊的，既然薛徊自己要急着送死，那就只能自食其果。

　　"薛徊虽然是罪有应得，但薛衡劳苦功高，在陛下眼里，薛衡即将致仕，薛家如果退出朝堂，崔家独大……陛下不希望再出现一个顾公。"所以陛下需要制衡，沈羲和便说道，"大理寺卿薛呈是接替薛徊的最好人选。"

　　薛呈是薛家的旁支，与嫡支本就不够亲密，但嫡支没了薛徊和薛衡，薛家又不得不拉拢薛呈。如此一来薛呈可以借助薛家和崔家制衡，但又不会如往日那般牢不可破。

　　陛下又瓦解一个世家，薛家终究是唇亡齿寒，在顾家倒下之后，也免不了落败。

　　"薛呈若是升任兵部尚书，大理寺卿的位置，殿下要让崔少卿坐上去吗？"

　　"知鹤若是此刻便成为大理寺卿，用不了几年，陛下就会防备他，他再立下功劳，就得往六部三省挪，且他任大理寺少卿的时间也不过两年，资历尚浅。"萧华雍轻轻摇头。

　　说着他眉眼含笑："你小舅上次在临川郡盗墓案中功劳不小……"

　　他完全可以把陶成调回来，接管大理寺。

　　"不。"沈羲和拒绝，"殿下一心为我筹谋，我甚是感激，可我小舅不喜京官牙牌。"

　　陶成是个桀骜不驯的洒脱人，在地方会更安乐。京都形势复杂，对他而言是一种束缚，她在临川郡的时候，陶成就说过此话。

　　"是吗？"萧华雍没有想到陶成竟然是个志不在京都之人，"他若不调回京都，日后你再有表哥成婚,你岂不是还要去一次?"

萧华雍一想到要再和沈羲和分隔两地,就觉得心里不自在。

"你我明年就大婚,我成了太子妃,难道还能如现在这般随意离京?"沈羲和没好气地质问。

萧华雍小声说道:"这还有一年呢,谁知今年他有没有儿子成亲?"

沈羲和真是被萧华雍气乐了:"我去参加三表兄的婚宴,是原本在未接到要上京的消息之前就应下了,其余表兄我并未应承。且我亦不只是为了兑现承诺,还有顺带寻琼花。"

萧华雍顿时眉开眼笑:"呦呦,原来你上次离京是为我。"

沈羲和:"……"

"顺带"二字,这位睿智的殿下是如何选择忽视的?

刹那间,沈羲和又悟了,这家伙换招式了!他是故意引着她把琼花之事说出来!

天哪,她上辈子是造了什么孽,这辈子才要被这样一个心眼多成筛子的人折磨?

"呦呦给我做的樱桃糕,软糯可口、香甜不腻,我今日也想吃。"萧华雍笑得眉飞色舞。

她看着他的模样,莫名其妙地就觉得和讨好她、蹭她的短命重合。

这种诡异的联想吓了沈羲和一跳,她站起身来:"我去给你做。"

萧华雍撑着线条流畅的下颌,看着沈羲和远去的背影,笑容更深。

他转头看向低眉顺眼地站在一旁的天圆时,笑容瞬间收敛,变脸之快,让天圆噤若寒蝉。

东宫惠风和畅,春暖花香,一片融融祥和景象。

信王萧长卿刚把手上的证据递给了兵部尚书裴展。裴展固然知晓萧长卿是利用自己对付薛侗,不让陛下怀疑他的报复心极重,却拒绝不了,因为他的父兄惨死!

若非景王殿下挺身而出,裴家或许早已含恨覆灭。

满意裴展的无法拒绝,萧长卿回到信王府就听到了一件事:"昭宁郡主派人去了华阴郡?"

"回禀殿下,是。"属下低头回道,"昭宁郡主是要动华阴郡郡守。华阴郡郡守与沈府素无往来,其人是薛侗贪墨在考评上作假,才能成为郡守。"

"你的意思是,昭宁郡主是为了对付薛侗才把手伸向华阴郡郡守?"萧长卿极少有如此困惑之时,"她为何突然要对薛侗动手?"

薛侗是薛瑾乔的生父,薛瑾乔与西北王世子已经定下婚约,这是姻亲关系。

第六章　孤便是如此霸道

甭管里面有没有什么龃龉，大局上他们就是一路人，如此主动损害姻亲利益，若无合情合理的动机，沈羲和就不怕让跟随她之人畏惧防备？

且她即将嫁入东宫，日后也代表着东宫，如此行事，不怕自己被人猜忌，也不怕连累东宫被人疏远？

他虽然与沈羲和接触不多，可也能看出沈羲和沉稳聪睿，绝非这等冒失之人。且她独来独往，就是不喜与人深交，这等人既不喜欢被人牵连，也不喜欢牵连旁人。

此举会影响东宫的威信，不是沈羲和该行之事，什么缘由让她将这些都抛到了一边？

现在是一个相当敏感的时候，她早不出手晚不出手，偏偏这个时候出手，薛徊怎么突然就得罪了她？

沈羲和是个从不主动枉害他人之人。若非薛徊犯了她的大忌，她为何会突然不顾两家的姻亲关系，就直接对付薛徊？

那么薛徊又是犯了她的什么忌讳？

直觉告诉他，这事或许和顾家有关，但理智告诉他，这个直觉荒诞而又可笑。

沈羲和是多么冷漠之人，与顾家非亲非故，若说她为了伸张正义……不是他贬低沈羲和，相反他欣赏、赞扬沈羲和，但一个大格局不输儿郎、想要借太子执掌天下的女郎，是不会有这样的冲动作风和可笑的正义感的。

他们这样生来不凡之人，心都是冷的。除了认可之人，旁人生死冤屈与否，与他们没有丝毫干系。这事若非和顾家有关，换个死者，他也会视若无睹。

心中有了猜疑，萧长卿离了王府，骑马出了城，去了一座寺庙。他从寺庙的后门上了山，山上有一座隐蔽的庄子，庄子幽静雅致的小院里盛放着一簇簇绣球花。

他推开小院，一抹纤细窈窕的身影正静默伫立在绣球花前。开门声惊动了她，她转过头看到他时嫣然一笑，一袭玉色襦裙，青碧色的披帛，清丽而又不失娇俏。

青丝堆云髻，额前垂鬓唇；眉心一点赤，笑靥双颊粉。

"姐夫。"少女走到萧长卿的面前，柔声轻唤道。

这个人不是旁人，正是顾家唯一存活的血脉，顾青栀的庶妹——顾青姝。

顾青姝幼时丧母，七岁之前也是在顾夫人膝下养大，与顾青栀相伴成长，是顾青栀唯一另眼相待的亲人。

当日他察觉陛下的意图，已经开始着手安排偷梁换柱。他接手监斩之事也是为了便宜行事。他可以换下顾兆，可顾兆不愿配合他，耽误了最佳时机，他只救出了顾青姝。

顾家被平反了，可他监斩之时私自置换死囚是重罪，顾青姝也不能现于世人面前。萧长卿没有打算让她这样藏一辈子，原是计划着此次春闱选上一两个踏实之人，为顾青姝择一门好亲事，让她远嫁，离了京都，无人识得，便天高地阔，再无隐忧。

春闱出了岔子，此事不了了之，顾青姝也已经年方十六，他不能再耽误了。

"随我走走。"萧长卿带着顾青姝离开了庄子，也就是围绕着山路散散步，"你阿姐可与昭宁郡主有过交情？"

顾青姝垂下眼睑，捏着香扇的手不由得紧了紧："阿姝对阿姐的事知之不多，皆已告知姐夫。"

他救她是因为阿姐。他救下她后只来看过她三回：第一次她刚醒来，第二次他来问她一些关于阿姐的过去的事，今日他又是来问阿姐。

阿姐从未倾心过他，可他依旧痴心不改，看不到旁人。

萧长卿闻言停下了脚步，有些怅然地望着前方的葱郁茂林："是我知她不深。"

他留给他们之间的时间太少了，他对她太急了，他们都太年少了。

若是现在才遇上她，他是不是会更耐心一些？

山林幽静，清风轻盈，没有人回答他。

"今日来，是要告知你，我已经安排好人送你去江南，到了那边你会有新的身份……"

"姐夫！"顾青姝忽地高声喊道，惊觉自己失礼，又低头说道，"阿姝不想离开京都。"

"不离开京都，你就一辈子只能藏身于此。且你藏身于此也不安全，少年少女踏春，也未必不会来此。"萧长卿耐心解释道。

"姐夫，你带我回王府后宅可好？阿姝只想留在你身边。"顾青姝急切地说道。

萧长卿倏地后退一步，拉开了两个人之间的距离，面上再无丝毫温色："信王府不会再添新人。"

顾青姝瞪大了眼睛："姐夫你……"

他竟然要为阿姐守一辈子！

"回去。"萧长卿冷声吐出两个字，将人送回了庄子，"你收拾收拾，后日我便派人送你离开。"

走了两步，萧长卿顿住："我如此待你，只因你姐姐的情分。你若安分，我自然待你如平陵；你若动了小心思，我不怕多愧对你姐姐一次。"

萧长卿心情极差，原是为了问些事情，结果却察觉顾青姝对他有心思，于是冷着脸打马回程。他快要到皇城的时候，恰好沈羲和坐着马车从宫里出来，风掀起车帘，惊鸿一瞥间，他莫名其妙地心口一紧。

他竟然鬼使神差地去拦了沈羲和的马车，等到沈羲和再次掀起车帘，他看到的人有着一张完全陌生，甚至连一丝气息都不似的脸。

"信王殿下，有事吗？"沈羲和问。

回过神的萧长卿说不出地怅然若失："可否请郡主茶楼一叙？小王有些问题欲请郡主解惑。"

"与何事何人相关？"沈羲和问。

"薛侗。"萧长卿也干脆。

沈羲和明白了，萧长卿既然对薛侗动手了，必然是要彻查薛侗的，看看还有没有比包庇谎报军情者更严重的罪名，所以他的人应该也去了华阴郡，知道她也走了这一步棋。

他不解自己为何突然对薛侗动手，又恰好是薛侗得罪顾家的当口。

关于她与顾家女郎互有通信之事，沈羲和不打算误导萧长卿，不是担忧萧长卿察觉这是个谎言，而是没有必要如此。

"昭宁只是为我沈家人出头罢了。"沈羲和淡淡地说道。

沈家人，自然不是西北王和世子或者她自己与沈璎婼，那就只能是薛瑾乔。

薛瑾乔的事情萧长卿并不知道多少，大家族里子女与爹娘和兄弟姊妹不睦是常有的事情，不睦到了什么程度，除非是费了心思去追查的人，否则知晓得都不详尽。

"郡主只是为了替将来的兄嫂撑腰，未免太过……"萧长卿不是指责沈羲和，而是觉得薛瑾乔尚未嫁入沈家，仅仅为了薛瑾乔与薛侗之间往年的纠葛，沈羲和就要为薛瑾乔讨回公道，这实在不似她的行事作风。

"信王殿下是要谴责昭宁？"沈羲和故作不懂萧长卿的猜疑，"比起信王殿下，我只不过是略施小惩，信王殿下可是要人的性命。"

萧长卿目光微深，不过看到她背后的皇城，想到她是从宫里出来的，必然见过萧华雍，对她如此之快就知晓自己为何对薛侗下手也就释然了："郡主既知，却无施以援手之意。"

"殿下，是否施以援手，昭宁无须向殿下解释。"沈羲和放下了车帘，吩咐车夫前行。

萧长卿看着沈羲和的马车远去，目光深沉，无人知晓他在想什么。

次日朝会，裴展果然当场对薛侗发难，打了薛侗个措手不及。薛侗除了面色苍白地喊冤，别无他法。祐宁帝将薛侗羁押，没有让大理寺协助调查此事，因为大理寺卿薛呈也是薛家人。

祐宁帝将此事交给了刑部和御史台联手调查，薛家开始为了薛侗而奔走。

薛瑾乔这几日再也没有来郡主府，就是不想牵连沈羲和。薛瑾乔的母亲万氏却还是带着幼子薛集寻上门，沈羲和拒见，万氏就立在门口，最后竟然晕了过去。

"晕了过去？"沈羲和撒着鱼饵，听到紫玉满脸不高兴地禀报。

"珍珠姐姐已经赶去，婢子觉得这人一准儿是装晕。"紫玉哼了一声。

捏着鱼食的手停在半空中，沈羲和默然片刻，才松了细长的指尖，零碎的鱼饵在湖面荡起阵阵涟漪。她转身搁下盛着鱼饵的瓷盘，挽着披帛朝着大门走去。

"听说啊，是薛家尚书大人得罪了人，被人坑害。沈府不是和薛家定亲了吗？薛家就想求郡主帮把手。"

"沈家不乐意，就不顾两家有婚约，对薛家人闭门不见，薛夫人这才被晒晕了过去。"

"怎么能这样？到底是姻亲，一点儿情分也不顾。"

"这些富贵人家，眼里只有一个利、一个权，哪里有情？"

…………

沈羲和出来的时候，外面围了不少人。郡主府不在繁华的街道上，所出之处寻常时候也极少有人路过，今儿倒是人不少。

她看了一眼珍珠，珍珠对她微微摇头，意思很明显：万氏没事，是故意装晕。

沈羲和让开了路，憋着气的莫远提着一桶恶臭难忍的液体奔了出来，高喊道："让开——"

其实不用他大喊，就凭这股味道，围着的人就纷纷退开，只有躺在地上的万氏还来不及反应，就被兜头淋了一身，"嗷"的一声跳了起来。

"郡主，你怎可用污秽之物辱及家母？！"薛集看到母亲身上恶臭的液体，面红耳赤，却又忍不住嫌恶地用衣袖捂住了口鼻。

沈羲和站在石阶之上，紧接着紫玉又拎了一桶香汤朝着下方泼开，令人舒适的芬芳味道掩盖住了恶臭，在四周弥漫开来。

"我家珍珠姐姐懂岐黄之术，薛夫人是燥热而昏厥，在西北，这样的病就是用马尿泼一泼，自然就解了。薛夫人暑气上脑，若是不及早医治可是会丧命的，郡主这是在救人。"紫玉拎着空了的木桶，"你们看，薛夫人这不是醒了？"

"马……马……尿！"万氏受不得刺激又晕了过去。

薛集下意识地退开，让她摔了个结实。

随阿喜上前，给万氏扎了两针，万氏醒了但不愿意面对如此狼狈丢人的局面，便继续装昏迷。

紫玉见状侧身对莫远说道："莫将军，看来一桶马尿不够，劳烦莫将军再去……"

不等紫玉说完，万氏就惨白着脸睁开眼，抖着嘴说道："五郎……五郎，我们回……回府！"

薛集给下人使了个眼色，令他们搀扶万氏，自己先大步走了。

"莫远，你护送薛夫人和薛五郎回府，"沈羲和吩咐，"带我的话问薛家，薛家是担心薛尚书一人太孤单吗？"

若是薛尚书太孤单，她不介意再多送几个薛家人去陪薛侗！

这件事情有刑部和御史台联手调查，薛家既然能够缠上她，肯定还会缠上陶家，她不想外祖父因此遭薛家人死缠烂打，不如好好警告一番。

他们要是不信，大可以试试她有没有这个能耐！

看明白了沈羲和的态度，薛家人不敢再纠缠，很快薛侗的事情就有了定论。其实萧长卿出手，基本都是铁证，根本没有任何疏漏之处，御史台和刑部迅速核实了证据，抓住了人证，得到了口供，便递交给了祐宁帝。

祐宁帝拿到口供之后，面色平常，无人能够揣摩透帝王的心思。

紧接着祐宁帝就收到了景王萧长彦的陈情书，目的就是为他的外祖喊冤。

而此时薛府内，薛衡见到了萧华雍："殿下此来，是有何吩咐？"

萧华雍是乔装而来，薛衡也闹不明白萧华雍的意图。

"薛公的身子可还好？"萧华雍坐下之后宛如普通寒暄。

"劳殿下记挂，微臣尚且能够撑些时候。"薛衡把自己的身子情况透露给了沈岳山，沈岳山既然要把女儿嫁入东宫，告知萧华雍也理所当然，薛衡并不意外。

"薛公，薛夫人平生可有憾事？"萧华雍又问。

薛衡没想到萧华雍有此一问，微微愣神，又想到了发妻，想到了她的一些遗憾："内人在世时，便想去看一看西北的草原、漠北的黄沙、天山的雪、烟山的雾……"

"薛夫人如此多憾事，薛公为何不带着她了却心愿？"萧华雍又问道。

"微臣这一生无愧朝廷，无愧家族，无愧于己，唯独愧对内子。想明白之际，她已不在……"薛衡双目通红，涌现泪光。

"人不在，更是遗憾，薛公不如去看看，日后见着薛夫人，也好与她说说。"萧华雍说道。

薛衡双目一空，刚才还心中压着石头一般沉甸甸的，现在仿佛石头被戳穿，有

153

一道光照入，令他的心里渐渐明朗起来。

是啊，他应该带着她的念想去看一看她曾经念叨的山川河流、四时美景。泉下相遇，他也好说与她听。

豁然开朗的薛衡对着萧华雍深深一拜："殿下点拨，微臣醍醐灌顶。"

"眼下是个好时机。"萧华雍自然而然地绕到了正题上来，"薛公既然已有离意，不如趁此机会辞官，尚且能够保全薛侗一命。"

"殿下为何要苦心保全薛侗？"薛衡不解。

他做了这么多年的官，能够坐到中书令，谋略、才智自非等闲。萧华雍是冲着保薛侗一命而来，薛侗不堪大用，萧华雍应是看不上才是。

"有人不愿他死——此人于我而言胜过万里河山。凡她所欲，穷我之力，皆能如意。"萧华雍嘴角如盛开的花轻柔而又缱绻地舒展，令天地为之一明，眼中如有万千星辰，温柔而又璀璨到让人不敢直视，恐溺于其中。

薛衡与妻子少时情深，妻子因独子早夭郁郁而终，他懂什么是情深。他到了这把年纪，便是自己没有经历过，该看的也都看过，太子殿下如此绸缪之貌，正是情根深种之态。

此时此刻，还有谁能够让太子只是提起来，连声音都不自觉地温柔？

这个人还牵扯到薛侗，必然是沈羲和。沈羲和不想薛侗死，大抵是为了不耽误七娘的婚事，如今更是一劳永逸，连他都被劝出了生的欲望，更是能够确保七娘与西北王世子的婚事如期举行。

"殿下，您胸有丘壑、腹有乾坤，若能为君，是万民之幸。"薛衡知道不该说这句话，但还是忍不住提了一嘴，"君主若是太重情，会被情所累。"

"薛公此言差矣。"萧华雍不认同，"君主若无情或是薄情，其仁德亦不会深厚。我原是淡漠如水之人，是非、善恶、正邪，于我别无二致。我的心因她而变，她心中有仁义，目中有百姓，我心向她，向她之所向。"

是因为遇见了沈羲和，他想成为沈羲和倾慕的人，才会改变自己一些漠然的脾性。

薛衡听了这话之后不再多言，只是诚心说道："微臣预祝殿下与郡主，同心相守，长情久伴。"

"同心相守，长情久伴"，这八个字刻入了萧华雍的心底，他觉得这世间再没有比这八个字更深刻、更令他动容的词："今日薛公吉言，他日孤定会照拂薛氏。"

原以为已经体会到萧华雍到底有多重视沈羲和的薛衡，因为这句话更是心神一震。

在太子殿下心里，郡主的分量果然胜过万里河山，只是一句祝贺之言，得了他的欢喜，他便能因此而宽容惠及薛氏族人。

萧华雍离开薛府后，薛衡去见了陛下。不知君臣二人说了什么，在信王萧长卿和景王萧长彦联合紧逼的情况下，祐宁帝并没有斩杀薛侗。

薛侗不是主谋，亦不是从犯，只是收受贿赂包藏祸心，这个罪名说大也大，说小也小，端看帝王的态度。祐宁帝只是将薛侗革职了。

就在群臣不服，要上奏之时，薛衡称病不能上早朝，两日之后以重病为由辞官。这下朝臣都明白陛下为何放薛侗一条命了——一个中书令换了薛侗一条命。至此，他们也不敢再上奏了。

"呦呦欢喜吗？"东宫里，萧华雍等来了沈羲和，眉目温柔如三月的暖阳。

"殿下……"沈羲和不知说些什么。她只是随口说了一句不想薛侗死，萧华雍就能将时局运用得如此巧妙，让薛侗捡回一命。

薛衡其实根本拖不了多久，只是陛下不知。陛下一直以为薛衡是要等薛瑾乔和沈云安大婚之后才正常辞官，这里面有太多变数，尤其是在薛侗又折了的情况下，薛氏已经式微，陛下也不好过于咄咄逼人。

这哪里及得上薛衡现在就挪出位置来得实在？为此留薛侗一条命，于陛下而言百利而无一害。

"呦呦，你对我说的每一句话、每一个字，我都会牢牢记在心里。故而，日后呦呦少说些让我心伤之言，当真是心中所想，也莫要宣之于口。"萧华雍趁机讨好处，然后装模作样地咳了一阵才说道，"我虽体弱，凡你所需，却都能尽数捧到你面前。"

本来心里五味杂陈、很是动容的沈羲和，因为他这样一番举动，顿时有些啼笑皆非。

萧华雍忽地伸出手，沈羲和本能地想要闪躲，却不知为何愣是克制住了自己。他的指尖轻轻落在她的发梢上，将她发间飘落的一片花瓣拂去了，而后他道："呦呦，我不要你动容，我要的是你动心。"

动容她有，动心却无。

此时此刻，沈羲和都觉得萧华雍碰上自己这样的女郎，实在是不值得如此掏心掏肺。

"殿下，我会做个好妻子。"

这是她现在能够给他的最大的承诺。

曾经她对他说，她会是个合格的妻子，但现在她不会仅限于合格，会做个好妻子。

萧华雍的心一阵颤动，仅仅是这样轻声细语的一个承诺，就让他宛如喝了蜜一般满足而又心口泛着甜意。他实在是克制不住自己，将她拉入了怀中，紧紧抱着她。

沈羲和的身子僵了僵，随后她却渐渐放松下来。自七岁之后，她第一次如此柔顺地依偎在一个男人的怀里，幼时只如此依偎过父兄。

她仿佛听到了他胸膛内的心在她的耳畔犹如擂鼓般跳动。

他很贪恋她在自己怀中的馨香与美好的感觉，却还是悄悄亲了亲她的发顶，然后将她松开。他能够感受到她在强迫自己适应，这对她而言太过于陌生，会让她害怕。

他有耐心，一步步让她习惯自己。

"明日陛下就会下旨，让陶御史接替中书令。"萧华雍又告诉沈羲和一个喜讯。

"陛下已经定了？"沈羲和觉得事情是不是太顺利？

"薛佴之事，陶御史在审查核实之际立了大功。"萧华雍莞尔。

陶专宪无非是核实萧长卿给裴展的证据，能够有多大的功劳？

"殿下，你给外祖父递了什么功？"沈羲和不认为这个时候祐宁帝能够直接提拔陶专宪。

"四年前，安南与文单国一战，安南接连失陷，是文单国发现了一条捷径，偷渡强兵入内，才杀了安南个措手不及。"是他做的事，他当然不会不让她知晓，"后才有了当地官员不愿被追责，欲将责任推诿到裴家军身上。小八夺回城池，固守安南，也有一部分原因是没有寻到当年文单国之兵是如何悄无声息地潜入的。"

很多人猜测安南有一条密道，才能致使文单国天降奇兵，只是这么多年一直没有搞清楚缘由。

"殿下知晓他们是如何潜入的，且将之借外祖之手敬献给了陛下。"

若是如此，祐宁帝想不重赏陶专宪都不行，这可是解决了陛下的一个心头大患。

"如今薛氏名存实亡，崔氏独大，陛下已经决定升薛呈为兵部尚书。陶御史虽是呦呦的外祖，然则在陛下的眼中，我是个命不长之人，且这些年我并未在朝中安插势力，多个中书令的妻族，也算是为皇太子大婚抬脸，他并不忌惮。"萧华雍负着手，杏花在他头上自然舒展，天地浩茫，他云淡风轻之间，乾坤在手。

萧华雍活不了几年，陶家也没有多少根基，便是这几年当真坐大，没有了萧华雍，也于事无补。

祐宁帝提拔陶专宪，也会给人造成一种他在维护储君地位和权力的错觉，让这些人盯着萧华雍，总比他一人盯着要好。

祐宁帝对朝廷的掌控远比所有人设想的要深，这些年萧华雍一直按兵不动，是为了让陛下觉得他孤立无援，他身侧没有臣子也没有兄弟，正是因此，陶专宪此次凭功劳上位才容易。

沈羲和感激萧华雍为她筹谋，但感谢之言说多了，萧华雍反而不高兴。她在东宫留了很久，本是要用了夕食才打算离开，没想到萧华雍主动提道："宫外有一家食肆，今儿带呦呦去尝一尝。"

他们出了宫到了萧华雍提前订好的食肆，这家食肆的东家是个美娇娘，吃食竟然是花馔。

每一道菜都有一种花为料，雅致味美，食客络绎不绝。

沈羲和觉得新鲜，吃了不少，饭后他们迎着夕阳之光，从花馔楼走回了郡主府。

"殿下可要吃盏茶再回宫？"沈羲和极少邀请萧华雍。

萧华雍很是意动，不过抬头看了看天色，还有事要办："今儿不便，不过呦呦这回相邀我记下了，改日再寻呦呦兑现。"

说着他冲沈羲和笑了笑，转身径直走了。

莫名其妙就欠下一个约定的沈羲和："……"

红玉忍不住笑出声来，沈羲和扫了个眼风过去："笑甚？"

知晓沈羲和没有生气，红玉便回道："婢子想起珍珠姐姐说当日郡主在茶楼对步世子之事。"

沈羲和一想也忍不住莞尔，当日步疏林不也是在她这里莫名其妙地欠了人情和人命？

这样看来，她和萧华雍偶尔的行事作风倒还有些类似。

薛衡辞官，就挂出来一块"肥肉"，这块"肥肉"人人都眼馋，自然没有人揪着薛侗不放，除了萧长卿没有人心中不悦，包括裴家。因为发现了当年文单国的兵马是如何潜入安南之后，裴家那些心思也不在薛侗身上了。

"阿兄，此事暂且作罢吧。"萧长赢得知萧长卿要暗杀薛侗，连忙来制止。

陛下刚放了人，转头薛侗就被暗杀，这是打陛下的脸，更何况萧长卿还打算嫁祸陛下，让所有人都觉得陛下是当面一套背后一套的卑鄙小人——前头刚得了薛衡的官位，转头就暗杀了薛侗。

"作罢，绝无可能。"在萧长卿心中顾家就是逆鳞，薛侗敢提就得付出惨痛的代价，免得日后什么阿猫阿狗也敢拿顾家做筏子。

她和她的家人都已经死了，为何这些人还不肯放过他们？

"阿兄，太子殿下私下见了薛衡，才有薛衡提前致仕保全薛侗之举，这意味着太子不想薛侗死，你此刻杀了薛侗，得罪的不只是陛下，还有太子。"萧长赢苦口婆心地劝说着。

他们应付一方或许游刃有余，可若是太子和陛下一起得罪，那就是腹背受敌。

"你放心，我会做好……"

"王爷，太子殿下来了。"不等萧长卿说完，信王府的长史便来禀报。

兄弟俩对视一眼，自然要急忙出去恭迎。

一番见礼后，萧华雍开门见山地说道："薛侗，孤不准他死。"

"太子未免霸道。"萧长卿冷笑道。

"孤便是如此霸道，你又能如何？"萧华雍淡淡地睨着他，"孤亲自上门知会于你已是恩赐，全你颜面。"

"太子当真以为你就没有把柄在我的手中？"萧长卿寸步不让。

"孤有多少把柄在你的手中，你尽管撒出去，看孤能不能力挽狂澜。"萧华雍依旧从容自若，目光微沉，语调重而缓，"就不知顾氏女若被送到陛下面前，会是何等下场？私换死囚，五兄可真是胆大包天。"

萧长卿目光冷厉如刀，死死地盯着萧华雍。

萧长赢也是惊了一下，难以置信地看着萧长卿，片刻之后又觉得合情合理，阿兄那么在意五嫂，当日未必没有推托监斩一事的能力，却毫不犹豫地接了下来，只怕从一开始就打定了偷梁换柱的主意。

"她在何处？"萧长卿冷声问。

"一命换一命，五兄换吗？"萧华雍声音淡淡地问道。

这何止是一命换一命，顾青姝被送到陛下面前，朝臣都会攻讦萧长卿，这是死罪。

不过萧华雍并不想要萧长卿的命，萧长卿活着才更有趣。

日后若他……有萧长卿制衡陛下和其他人，沈羲和才能坐收渔利，蛰伏壮大。

萧长卿沉默了许久才开口道："还请太子将人送到信王府。"

萧华雍脸上挂着满足的笑容离开了信王府。

"阿兄，你当真替换死囚？"萧长赢又惊又怒。

这是什么把柄？除非顾青姝死了，否则这罪名一辈子都掩盖不了，阿兄随时会受制于人！

萧长卿望着萧华雍消失的方向沉声说道："是我大意了。"

前几日不该因为好奇沈羲和与顾青姝是否有往来而去见顾青姝，他现在已经是萧华雍紧盯之人，任何风吹草动都会引起萧华雍的怀疑和探究。

"你要如何处置顾家女？"萧长赢更在乎的是这个。

"你放心，我有法子永绝后患。"萧长卿目光沉着。

萧长赢有些狐疑，萧长卿想通了要杀顾青姝？

事实上，萧长赢太天真，顾青姝被萧华雍的人秘密送到信王府后，次日一早，萧长卿就带着顾青姝入了宫，跪在祐宁帝面前自首："儿替换死囚，罪不容恕，请陛下严惩。"

祐宁帝抬眼看了两个人一眼，就低头继续批阅奏折，一批就是一个时辰。

"一年了，才想起来向朕坦承？"祐宁帝喝了一口茶，语气平淡地问。

萧长卿低头不语。祐宁帝是聪明人，萧长卿也是。祐宁帝这话明显是在问萧长卿，被谁抓住了把柄，事情兜不住了才知道来自首。

萧华雍昨日陪着沈羲和出了宫，行程基本在祐宁帝的掌控之中，只不过后来坐着马车从郡主府回到宫里的并不是萧华雍本人。萧华雍去了信王府，只有萧长卿兄弟俩和信王府长史知道。

萧华雍也不怕萧长卿将之捅出去，因为有法子让萧长卿说什么都只是诬蔑，是罪加一等糊弄陛下。

萧长卿如何能不知萧华雍既然敢明目张胆地登门，就定然有恃无恐，只能说道："顾氏一族被斩，儿痛失发妻，心有怨怼。"

因为心里痛恨着，所以他不想将人带到陛下面前，现在把人带来是因为自己想明白了，并非被人拆穿才以退为进。

自从顾氏死了，萧长卿就梗着脖子恨着祐宁帝，这一点祐宁帝一直知晓，今儿萧长卿算是低头服软。祐宁帝看向旁边的顾青姝，女子二八年华，薄施粉黛，亭亭玉立。

他想到了顾青柩，亲姐妹，眉宇间有一两分相似，却是云泥之别。

"对顾家……朕亦有愧。既然你冒死也要救下她，朕将她赏赐给你做侧妃。"

一个庶女，是没有资格做亲王继妃的。

祐宁帝这是不打算追究萧长卿替换死囚之罪了，萧长卿其实算到了这一点，陛下要他活着，制衡老八，或许现在还制衡着太子。顾家若没有被平反，他万不敢如此；顾家已经被平反，陛下顺势饶了顾青姝，也算是安抚他。

顾青姝喜不自胜，从未想过她竟然能够正大光明地伴在他身侧。

"陛下，阿姝于儿是妻妹，儿丧妻未满一年，不愿续弦纳妾。"萧长卿恭敬地拜下。

顾青姝霎时面色发白，眼底浮现泪花，迅速低头不让自己显得狼狈。

祐宁帝打量了萧长卿半晌，没有发怒也没有勉强："也罢，朕成全你。"

萧长卿带着顾氏女去面见陛下，自呈其罪，陛下不但没有追责，反而将顾家的一些家业还给了顾青姝，且封了她做县主，让她回到了顾家。

这个消息一出，京都许多人一头雾水，看不透陛下的用意。

沈羲和听到这个消息之后难得走神，步疏林说了几句话都没有得到回应，转头就看到沈羲和盯着一处在发呆。

她伸手在沈羲和眼前晃了晃，把沈羲和晃回神才问道："我与你说话，你可听到了？"

"你说信王救了顾家女郎之事。"沈羲和接上了话。

"是啊，信王好大的胆子，竟然敢替换死囚。我听闻已经有人要借此奏请陛下严查去年顾氏一案，或许顾公也未死。"步疏林神秘兮兮地说道。

"不会。"沈羲和笃定地说道。

步疏林一时间没有理解"不会"二字到底指的是什么："是陛下不会同意这些人

的奏请，还是顾公不会没有死？"

"都不会。"沈羲和又补充道，"陛下清楚顾……顾公已死。"

"顾青姝都出来了，陛下就丁点儿不怀疑吗？"步疏林觉得换了自己都会猜疑。

"陛下……其实比很多人了解顾公。"沈羲和转头，看向郁郁葱葱的草地，"他们若是可以选择，是不愿为敌的。"

陛下清楚，没有顾兆自己做不了皇帝，扳不倒宦官，稳定不了局势。

顾兆也明白，没有陛下，我朝不会中兴，不会再现繁荣盛世。

然而，他们只有在还有外敌的时候才能联手御敌。

前朝之前，千百年来世家都凌驾于皇帝之上，前朝的科举问世才对世家造成了冲击，再经历本朝才有了世家逐渐衰落、手中权力渐渐流逝的局面。

顾兆想退出这个政治舞台是不可能的。他不能让顾氏一族成为罪人，只能被世家推着一步步和皇权敌对，不可能带着世家向皇权低头。

身为帝王，祐宁帝更不可能成为傀儡。祐宁帝想要成为一个有作为的帝王，就必须限制世家。顾家和皇家必有一战，这一战之中顾家必败，因为顾兆说过，陛下是有为之君。

顾兆不能背弃生养他的家族，不能让顾氏百年之后背负上骂名，所以选择了抵抗到底，却又处处对祐宁帝留有余地，选择了成为失败者。

这就是为何顾青柯一开始就看到了顾家的结局，却从未利用信王妃的身份搅动时局。

顾兆和祐宁帝之间是一场君臣博弈，是一对生死之交互相成全。若非如此，仅凭顾青柯死前设下的局，也不可能让祐宁帝大方地为顾家平反。

若是顾兆生于寒门，或许他与祐宁帝会君臣相辅，共治天下。

所以，哪怕萧长卿真的要偷梁换柱救下顾兆，顾兆也不会同意。

他太累了，想要永远歇息。

这也是顾青柯冷眼看世间的原因。她很早就知道，疼爱她的阿爹心里有家国、有君王、有黎民，最后才是他们这些家人。他可以用家族的存亡去全天下，为祐宁帝击碎世家奉献出最有力的一击。

幸好她的阿爹不是这样。沈岳山是个血性男儿，心有安宁百姓，更看重的却是他的小家。陛下是不可能放他归隐山林的，只要他活着振臂一呼，就能扰乱军心。

沈岳山也没有顾兆的大义，不会以死来报君王，哪怕最后依然会被正名。

他深知他得活着，他的一双儿女才能永远光鲜，那些随着他出生入死的兄弟才能永远受人爱戴，挺胸抬头地立于天地之间。

"顾公竟然是……"步疏林难以置信。她一直以为顾家灭亡是君臣博弈的结果，完全没有想到背后竟然如此复杂！

"人心本就复杂。"沈羲和淡淡地笑了笑。

"顾公太……大义。"步疏林竟然找不到形容词来形容顾兆这个人。

如果作为百姓,她肯定是要心怀感激的,毕竟两虎相争,受损的就是无法掌控自己命运的无辜百姓。

但如果是作为世家后裔,她肯定要骂顾兆媚上,骂顾兆叛徒。

"阿林,你可知若是他不走这一步棋,就没有今日薛氏的全身而退,也不会再有崔氏的风光。他如果带着世家全力以赴,必将两败俱伤,到时候……"

到时候死的人会更多,顾家的人也未必能够被保全。而在他们争斗的过程中,刚刚被平定的外族四夷会伺机而动,内忧外患再起,又将有多少家庭支离破碎?

顾兆明白这一切,且他心中的权欲并不重。因着先帝荒淫,他少时就看到过山河破碎、满目疮痍的景象。他出身显贵,受百姓拥戴,只想尽全力为这天下做些什么。

祐宁八年到祐宁十九年,这十一年他压得陛下喘不过气,陛下当年有多恨他,现在估计会更恨他,只不过……

陛下应该也感念他。

"我爹就说不能读太多书,读多了会坏脑子。"步疏林心有余悸。她佩服顾兆这样的人,却不想自己的阿爹成为这样的人。她可不想无端被牺牲。

"真是可怜了信王妃那样风华绝代的美人,你没有见过,不知她有多耀眼……"步疏林说着轻咳了一声,才又说道,"不过在我心里,呦呦最耀眼。信王妃像个活死人……呸呸呸,我不该对死者不敬。不过我真觉得她活着就好似目空一切,不是傲,而是……而是对人世间宛如没有半分眷恋。如今想来,她那么睿智的一个人,只怕早看出了顾公的打算,故而才会……"

这般想着,步疏林心里其实还有些愧疚。往年,他们这些纨绔背后也没少议论过京中女郎。在顾青梔没有和谢韫怀退婚之前,他们都蛮同情谢韫怀有这么一个好像活着就是受罪的未婚妻。

后来谢韫怀退婚,顾青梔嫁给萧长卿,他们同情可怜的又是萧长卿。可不就应验了?萧长卿婚后就越来越暴躁与阴沉,倒是丧妻之后又恢复了婚前几分从容不迫的样子。

这会儿步疏林才明白她要是生在顾青梔那样的家里,又么么早就明白自己的阿爹的打算,只怕要么疯了,要么早死了,哪里能像顾青梔一样做到无悲无喜,淡然度日,坐等死期?

"你阿爹不是书读得少,是所处位置不同。"沈羲和轻轻摇头,"顾公只是明白皇权的时代来临,世家该退出这个他们玩弄了千百年的政治舞台,他以牺牲最小的代价,让其他人全身而退,这是他身为世家家主不愧对族人与士族的拥戴的做法。

"顾公用了十多年来验证陛下是爱民勤政之君，选择退一步，也是全了君臣之义。"

"可结果呢？世家并不感激他，只当他没用，不能让他们如前朝一般掌君王之权。"步疏林没有那么大义凛然，不赞同顾兆的做法，她的格局不允许她赞同，"陛下呢？若没有信王妃临死做局，陛下会顺势为顾家平反吗？

"不会，陛下便是明白了顾兆的牺牲，也不会轻易松口。他会松口，是因他还有一点儿良心，这点儿良心还是信王妃母子用性命做局递上的梯子才打动的。

"百姓呢？百姓什么都不知。朝廷说顾公是谋逆之臣，百姓就认为顾公是谋逆之臣；朝廷平反，百姓也就不痛不痒地知道罢了！他们会记着他们现在安居乐业有他的牺牲吗？

"至于史书……"

步疏林嗤笑了一声，没有多言。寄希望于史书更是可笑至极，史书历来是胜者书写。

"阿林，每个人所欲所求不同。我和你一样，我们都是私心极重之人。我们更希望战到最后一刻，哪怕死也要死得明明白白。"沈羲和莞尔。

至于这场对战，受到牵连的无辜人，她只能抱歉，时局如此。她能保证不主动利用、坑害无辜之人，却不能为了不牵连他们，就奉上自己和至亲的性命。

她不评判顾兆，那样的品格她没有，她就没有资格去评判他。

"对，就该如此！"步疏林就是因此喜欢沈羲和，她们是一样要为自己拼到生命的最后一刻的，"这天下明明是陛下的，一定要有一方退让，为何不能是陛下退让？"

凭什么要他们退让，他们做错了什么？他们错在朝廷大乱之际，奋勇杀敌，稳定天下？错在论功行赏之后，他们体贴百姓，为管辖之地的百姓谋福，得到百姓爱戴？

他们什么错都没有，没有理由不为自己抗争。

两个人不谋而合，相视一笑。红玉走过来低声禀道："郡主，薛公来了。"

薛衡辞了官之后一直闭门不出，现在薛家的人因为薛衡为了保全薛佃而辞官，一边赞叹薛衡大义，一边恨薛佃不争气，火力全开地盯着薛佃，薛佃的日子生不如死。

"殿下劝我为内子做些事，我想先去一趟西北，也带七娘子去西北适应适应，郡主可有物事需我带去西北？"薛衡是为了这事上门，一是交代自己的行程，二是辞别，三是为沈羲和带东西。

沈羲和有自己的护卫，东西都是让护卫随同镖局送到西北的。不过薛衡如此有心，沈羲和还是将准备好尚未送出去的东西交给了薛衡。

"等你到了西北，记得给我来信，我给你寄礼物。"沈羲和见薛瑾乔快快不乐，就想起了自己先前与她的约定。

薛瑾乔立刻高兴了。

沈羲和又叮嘱:"要帮我照顾阿兄。"

希望他们能够早日互通心意。

沈羲和亲自送了薛衡和薛瑾乔出城,看着他们远去。步疏林也来凑热闹,等他们走了之后,说道:"薛公看着与往日不一样了。"

薛衡没有辞官之前,看着也硬朗,但浑身透着股暮气,这会儿看起来和蔼了不少,眼中也多了一丝光亮,身上透着的是生气。

"是太子殿下之功。"沈羲和嘴角轻扬。

薛衡本就是有心结,生无可恋才会日渐衰弱,若是重新燃起了活着的希望,必然就会很快调理过来。

沈羲和觉得萧华雍是希望薛衡如他当年一般,多去看看、多去走走,也许就能放下心中的郁结情绪。

如此一来,不但薛衡不会有事,薛㑆也保住了性命,薛瑾乔不出意外能够及笄之后就和沈云安成婚。

有个自己信得过的人照顾父兄,沈羲和心里会少许多担忧。

步疏林闻言侧首,暧昧的目光上上下下打量了沈羲和一番:"你变了,近来总是提到太子,每次提及都嘴角含笑、眼底有光。"

沈羲和之前都没有意识到,转头问珍珠:"是吗?"

珍珠点头如捣蒜。

郡主在薛公这件事情之后,对太子的态度就大不一样了,提到的次数明显大增,语气和态度也不同了。她觉得郡主是在意起殿下了,也许还没有到可以为殿下赴汤蹈火的地步,但若是殿下此刻受些伤或是生场病,郡主定是会惦念担忧的,绝不会只冷冰冰地询问太医一番。

得到肯定的答复后,沈羲和仔细想了想,自己并不排斥这种改变。

她清醒,不意味着就要强制性去杜绝这样的感情。她向来不委屈自己,萧华雍凭本事让她对他改变,她顺着自己的心,转身就上马回城。

"哎,哎,等等我呀,你要去哪儿?"步疏林连忙也翻身上马喊着。

沈羲和转头冲着她扬眉:"去东宫。"

步疏林立刻勒紧了缰绳,看着沈羲和疾驰而去。沈羲和经过沈岳山的亲自指点,现在骑马的技能十分娴熟,纵马的身姿说不出地洒脱与赏心悦目。

看着看着,步疏林的心底生出一股子骄傲感,毕竟是她最先教沈羲和骑术的。

"人都消失了,还看。"

冷冷的声音自身后响起,步疏林转头就看到了拎着包袱的崔晋百,看了看身后是城门外，便笑道："崔少卿回来了？"

前几日有个任务将崔晋百委派了出去，步疏林恨不得崔晋百天天外出公干，最好是直接被调到地方上去做大官，自己就自由了。

崔晋百目光幽幽地盯着她，不言不语。

崔晋百有病，不许她和沈羲和亲近，总是觉得她对沈羲和有心思，就如同当初她猜疑崔晋百一样。步疏林懒得解释："你的人和马呢？"

他是办差回来，肯定骑了马，方才步疏林也听到了马蹄声，只是感觉不是冲着自己来的，就没有搭理。

崔晋百这才走过来，将手伸向了步疏林。

他这是要步疏林拉他上马，与他共骑的意思。步疏林用行动表示拒绝，掉转马头准备闪人，崔晋百似乎早就预料到她的举动，先一步抓住马鞍，一个借力就翻了上去。

感觉身后一具火热的身躯贴上来，步疏林冷了脸："下去，不然我就把你推下去。"

"你推。"崔晋百丝毫不惧。

这就惹怒了步疏林。步疏林控制着马向后仰，要把崔晋百给颠下去，眼看着崔晋百要滑下去了，他竟然不抱紧步疏林，反而这个时候松了手。

步疏林被吓了一跳，转头就看到他半个身子被甩了下去。

那他不得后脑勺磕在地上？

她慌忙一手抓住缰绳，一手将他拽起来，双腿控制住马。

马前蹄平稳落地，崔晋百立刻贴了上来，双手环住步疏林的腰，笑声愉悦，趴在她的肩膀上："你舍不得我受伤。"

"我只是不想谋害朝廷命官！"步疏林气怒不已。

崔晋百却不管，钳制住她就双腿用力驱着马往前走，路过城门口时，直接亮出大理寺的腰牌，就与步疏林堂而皇之地纵马共骑入内，引得不少人注目议论。

薛衡辞官，这些人还没来得及筹谋中书令的位置，祐宁帝就已经下旨让御史大夫陶专宪顶替。

论资历，陶专宪在京中为官十余年；论功绩，不说往年他协助办下的几个大案，就说这次发现了当年文单国人是如何潜入安南的就是大功一件；论职位，他仅次于六部之下，六部几位尚书基本都是新上任，再升也不恰当。

兼之众人都知晓皇太子即将大婚，太子母族已经凋零，只得在妻族身上做面子。

这让那些之前只想着太子命不长，不允许家中女郎肖想太子之人扼腕叹息，怪自己短视。

陶专宪一跃成为中书令很顺利，薛呈从大理寺卿变成吏部尚书也没有多少人反对，现在大家就只能盯着御史大夫和大理寺卿的位置。

御史大夫由原本的御史中丞接任，大理寺卿按理也应该由大理寺少卿接任，奈何朝廷为此吵得不可开交，有人当即指出崔晋百当街纵马与步疏林共骑，有碍风化。

说崔晋百与步疏林来往过密，难道你们少时就没有与同窗好友抵足而眠？还不许人家结交个知己好友？

总之两边的人吵得不可开交，最终祐宁帝只能把崔晋百叫出来："崔少卿如何看待此事？"

"回禀陛下，微臣与步世子心中坦荡，不惧流言，微臣还欲在步世子府上借住。"崔晋百直接在朝堂上用一张正直的脸义正词严地说道，"微臣年少、资历浅，仍需磨砺。大理寺卿位高权重，微臣恐有负陛下所托，还请陛下另择贤能，微臣定当竭力辅佐。"

崔晋百自己都推辞了，维护他的人自然就不再多言。祐宁帝从地方上调回了一个祐宁六年的状元——在外为官十四载的刺史入京接任大理寺卿。

在明政殿过了明路，待朝会散了崔晋百就折回家中，收拾包袱拎着便往步府去。

"崔晋百，你做什么？"步疏林还在当值，是被金山给喊回来的。

一回到府邸，她就看到崔晋百正在支使着自己的下人往里面搬东西，气得面色发青。

"我因你，连大理寺卿都丢了。"崔晋百面无表情地回道，"我在明政殿与陛下说过，要在步府借住，若不来岂不是欺君？"

步疏林："……"

欺君还能这样用？

最后步疏林就眼睁睁地看着崔晋百将自己的家什都搬了进来。幸好他还有点儿分寸，没有直接搬到她的房间内，不然步疏林一定拿着大刀将他的东西全部扔出来。

步府这么大的动静，自然吸引了不少目光，很多人好奇崔少卿为何要搬到步府，一打听才知晓崔少卿家中的猫腻。他们一听即觉得崔少卿的继母不是个好人，对崔晋百投以同情的目光，反而淡化了他和步疏林之间的桃色纠葛。

沈羲和听闻之后，都不得不暗赞一声崔晋百好算计，既如愿赖到步府里，来个近水楼台先得月，又不着痕迹地抹黑了继母和幼弟。

"呦呦，你没心。"看到沈羲和笑，步疏林更气恼，"我都落到这步田地了，你还乐。"

沈羲和怜悯地看了步疏林一眼，真想对步疏林说，与她共骑一马入城，估摸着崔晋百是故意为之。太子不想崔晋百这么早就成为大理寺卿，偏他劳苦功高、洁身自好，没有丝毫可供人攻讦的把柄，除了太年轻，就没有人比他更适合做大理寺卿了。

他为了给人一个由头，也是千辛万苦，当然心里肯定乐开花，既能和心爱之人亲密，又能不着痕迹地落选大理寺卿，紧接着还能以此为借口堂而皇之地搬入步府。

果然哪，有其主必有其仆，崔晋百这心眼子就和萧华雍一样多。

"阿林哪，其实太子殿下不想让崔少卿升得太快。"沈羲和忍了又忍还是忍不住促狭地将这个事实告知了步疏林。

步疏林听了这话反应了片刻，就怒不可遏地站起身来："好一个崔晋百，竟然敢利用我，得了便宜还卖乖，还敢说是因我耽误他升官发财！"

气呼呼的步疏林转头就离开了郡主府，杀回府邸去找崔晋百算账。

沈羲和等步疏林走了，就拎着自己做好的百花糕去了宫里。

看着萧华雍享受着自己做的吃食，沈羲和不由得心思一动："殿下为何不告知崔少卿步世子是女儿身？"

"他只是我的下属，自个儿蠢笨看不出，我为何要点拨？"萧华雍笑得有些不怀好意，"呦呦不觉得……看他如此模样，也是一大乐事？"

天圆望天，祈祷日后自个儿莫要喜欢上一个女扮男装、自己还认不出的女郎，不然自个儿也要成为殿下的乐趣。

阿弥陀佛，可怜的崔少卿。

"我也觉得……"沈羲和头一回附和萧华雍的话，并且对他说，"方才我进宫之前，把殿下不想让崔少卿升任的消息告诉了阿林。"

萧华雍闻言立刻爆发出愉悦的笑声："哈哈哈……"

她还是头一次在他面前露出如此狡黠的模样。原来她也是会捉弄人的，这让萧华雍心里更高兴了。他们果然心有灵犀，捉弄的人都是同一对。

沈羲和拈起一块百花糕就塞在萧华雍的嘴里："都说了，让你不要在东宫笑得如此中气十足。"

萧华雍的眼中依然星光流转，他将百花糕一点点嚼碎吞下，末了还舔了舔唇："呦呦的话，我记在心里，可见着你就忍不住开怀。

"我原以为这世间没有什么情绪是我不能伪装和克制的。遇见了你，我才知情不自禁为何物。"

为你倾心是情不自禁，与你在一起的喜怒哀乐都是情不自禁。

又被他撩拨了，沈羲和缓缓移开目光，不与他对视，看似不急不缓地整理着自己的发丝，实则透露出了她的无所适从。

萧华雍眼底的笑意就像盈满的水要溢出来一般，他知道，她对自己的态度大有转变，至少面对情意绵绵的自己，她不再似以往一般无动于衷。

这样的她像枝头含苞待放的花骨朵，令他欢喜又忍不住小心呵护。他反而没有像往常一样逮着她不放，而是主动转移了话题："桃杏争艳，春光明媚，最是一年好时节，我邀呦呦踏春可好？"

踏春是京都少男少女最喜爱的娱乐活动，特别是上巳节，更是京都空城，原因就是男女老少都出去踏春游宴了。

"好。"沈羲和没有一丝犹豫就应承下来，"殿下要带我去何处？"

"曲江人满为患，我带你去个清幽雅致又少有人至之地。"萧华雍温声道。

往年还有进士游宴，奈何今年科举舞弊案掀出诸多丑闻，祐宁帝派人彻查之下，竟然拔出萝卜带出泥，一发不可收拾，导致重试都搁置，今年的春闱推迟到明年，自然也就没有了进士游宴。

宫中，钦天监给出了皇太子大婚的日子，祐宁帝拿着与太后商议后定在来年开春。

恰好这个时候诸位皇子除了太子和三岁的萧长鸿之外，都被太后召来了，当着祐宁帝的面，太后说道："你们都是老大不小的人了，我也不让你们的母亲给你们拿主意，春日宴各家女郎都露了脸，人老了只盼着你们都寻个可心之人，你们心仪哪家女郎，只管告知我与你们阿爹。"

几个人面面相觑，三皇子代王萧长瑱先站出来："祖母，孙儿有妻室，不想纳妃。"

太后抬了抬眼皮，慢悠悠地搁下手中的茶杯："三郎，祖母不是非要你开枝散叶，萧家儿郎诸多，你便是无子也绝不了后，可祖母是过来人，须得说句讨嫌之话，有些人焐了十多年也焐不热，大抵是没心，执着下去，伤己伤人……"

说着，太后意味深长地看了一眼低眉顺眼的萧长卿。

"祖母告诫，孙儿铭记于心。"萧长瑱恭恭敬敬地回答。

"铭记于心，却不打算付诸行动。"太后笑了笑。

萧长瑱跪下，低头不语。

太后轻轻摇了摇头："罢了，我亦不是非要拆人姻缘，你这般模样，我还担忧将好人家的女郎嫁与你受了委屈。"

"孙儿愧对祖母的拳拳之心。"萧长瑱愧疚道。

"起来吧，太后叫你们来只是寻常问话。"祐宁帝开口道，"男大当婚女大当嫁，你们一个个都不小了，朕素来不催你们成婚，但也容不得皇家儿郎个个清心寡欲。"

祐宁帝说完，诸位皇子都低下了头。

太后见此便说道："既然你们都不愿说，就莫怪我与陛下乱点鸳鸯谱了。"

"太后，孙儿暂不愿续弦。"萧长卿表态。

太后看了看他，沉沉地叹了一口气："你打算何时续弦？你可是亲王。"

"五年，五年内孙儿不愿续弦，五年后任凭太后做主。"萧长卿回。

"荒唐！"太后怒斥，"你除了为人夫，亦为人子，更是皇家的儿郎，是亲王！你如此，将你阿娘置于何地？堂堂男儿，你可想过你肩负的责任？！"

"太后息怒，阿娘还有九弟。"萧长卿"扑通"一声跪下了，"太后若觉得孙儿不堪为王，恳请陛下革了儿的爵位。正如太后所言，孙儿如此，好人家的女郎嫁给孙儿也是委屈。"

"你——"

"五郎！"见太后气得说不出话来，祐宁帝沉着脸开口，"殿外跪着去。"

萧长卿一言不发地跪在了永安殿门口，杀鸡儆猴之后，祐宁帝又问其他几位皇子："你们呢？"

萧长赢也很想说他年纪尚幼，不想成亲，但这无疑是雪上加霜，不只会让兄长被罚得更狠，还会连累阿娘，于是张了张嘴最终保持了沉默。

终究他这辈子也是要娶妻的，除了那个人，娶谁不是娶呢？

见其他人不语，太后便说道："既如此，就由陛下指婚，都散了吧。"

太后明显有些不悦，萧长赢还是说了一句："祖母，给孙儿赐婚前可否告知孙儿是哪家女郎？孙儿有些话要在赐婚前与她说明白。"

他心里有一个人，不想遮掩，需要提前说与她知晓，她若仍旧愿意嫁给他，日后就莫要寻着这事与他闹，不想家宅不宁；她若是不愿，那就不是他不愿娶。

萧长赢的态度让太后面色稍缓，她道："都会告知你们，免得成就的都是怨偶。"

诸位皇子离开永安殿后，萧长卿被罚跪永安殿的事情就传到了东宫里。

天圆也没有避着沈羲和，沈羲和自然知晓萧长卿是不愿娶妻，顶撞了太后才被罚跪。

"太后……为何一定要给诸位殿下赐婚呢？"沈羲和不解地看着萧华雍。

沈羲和正在与萧华雍下棋，这次是光明正大地下棋，听了天圆的话，觉得太后略显强势的态度与她给人的随和感觉有所不同。

"我只是与祖母提了一嘴，兄弟们都到了适婚之龄，独乐乐不如众乐乐。"萧华雍落下一子，坦白道。

本朝不似从前，皇子非得成了婚才能参政握权，开府就会给王府配置各种随从包括侍卫，加起来上百人。皇子十四岁就能办差，只要差事办得好，就能培养自己的门客和谋士。

男子早的十六岁到十八岁成婚，普遍加冠前后会成家，加冠之后还不成家的极少。

"殿下为何要让他们都成婚？"沈羲和想到春日宴，他让她给他的兄弟选嫡妻的事，他似乎对此有些执着。

"省得有人惦记你。"萧华雍也不隐瞒。

沈羲和微微一怔，旋即就知道萧长赢的事情萧华雍定然是知晓了，不由得有些好笑："殿下，我若是能被惦记走，殿下也不用如此煞费苦心了。"

168

"你不为所动，与他们心思不正是两回事。"萧华雍就是不想自己的女人被旁人惦记。

"殿下，这事急不得，时间久了自然也就淡了。"沈羲和觉得没必要，一个人若是惦记另外一个人，与成不成婚干系不大，只有放得下才能真正释怀。

"他们成了婚，自然有旁人盯着他们。"顿了顿，萧华雍又正色说道，"他们早些成婚，早些划分势力，也省得有些人用正妃的位置钓鱼。"

听出萧华雍意有所指，她是不是能猜想，是有皇子左右逢源，以正妃的位置吊着可能不止两股势力？

既然这有助于他的正事，沈羲和也就不再多说什么了。

两个人下完一盘棋，以沈羲和赢了三子告终。她知晓萧华雍有意让着她，只是他让得不明显，她也懒得指出来。天圆又来报，说是溧阳县主也跪到了永安殿前替萧长卿求情。

溧阳县主就是顾青姝。

"老五若是不早些看清这个女人的真面目，迟早要栽大跟头。"萧华雍听后哂笑。

沈羲和扬眉。因为顾青栀，对顾青姝沈羲和是没有恶感的，不过萧华雍对顾青姝似乎有些成见——他极少去评价一个女郎。

"你可知我为何让老五放过薛偭？"看出沈羲和的疑惑，萧华雍问。

沈羲和原本不知，还以为是萧华雍暗中保护了薛偭，才没有让萧长卿得手。不过这会儿他先提到顾青姝，又提到此事，八成这事就与顾青姝脱不了关系："殿下知晓了顾女郎的下落，以此来逼得信王殿下退步。"

信王很明显是被逼得没法子了才去坦白，以此来永绝后患。这是着险棋，若陛下追责，必然要严惩信王，否则信王不会等到这个时候才让顾青姝正大光明地立于人前。

至于信王为什么要妥协后才去坦白，自然是人不在他手上。他也不能让陛下知晓他是被逼无奈才自首，被人揭发和坦白是两种概念，若真让萧华雍去揭发他，他别想全身而退。

"呦呦所言不错。"萧华雍颔首，"不过老五藏人藏得极其巧妙，是人自己撞到我的人手上，而非我从老五那里追查到这个人。"

顾青姝从山上跑下来，完全不担心自己若是落到旁人的手中萧长卿会如何。也或许，她笃定萧长卿能救下她，正好借此活在阳光下。

沈羲和闻言神色变得复杂，她的印象中的顾青姝是个灵透娇俏的女郎。

萧华雍没有把她当成外人，才会如此随意地在她面前说出他对顾青姝的判断，并不是要在背后论人是非，而是担心同为女郎，日后若有交集，她没有看清顾青姝的真面目。

是因为她说过顾青栀于她而言有再造之恩,他才会担心她因此而宽待顾青姝。

"殿下的眼睛近来可好些了?"沈羲和关心道。

萧华雍缓缓笑了笑:"偶尔还是能够看到一些艳丽的颜色,不过时间不长,阿喜说急不得。"

"我翻阅一些古籍,寻到了一些明目利眼的药膳,今儿正好做了给殿下尝尝。"沈羲和站起身往膳食间走去,东宫的膳食间她已经很熟悉了。

药膳要长期食用才能有些效果,沈羲和特意问了珍珠和随阿喜,确定没有相克的问题,这才做给萧华雍食用。她还仔细将药膳的做法教给了九章,现在才知晓萧华雍手下有四员大将。

跟随在萧华雍身侧的是天圆;负责萧华雍的饮食起居的内侍,也是东宫第一内侍的是九章;负责地方情报的地方,是天圆的同母弟弟;负责萧华雍的地下势力以及赏罚下属的是律令。

"天圆地方,律令九章"是一句道家词,萧华雍不愧是在道观长大的。

她也在东宫用了夕食才离开,回到府中提笔给兄长写了封信后才歇下。

三月三的上巳节已过,今年的上巳节由于舞弊案,百姓都没有大肆热闹。不过桃花绽放的季节,到处是戴着幂篱的女郎或者穿着男装的女郎与少年郎结伴游玩。

曲江两侧杏园花开,人来人往,川流不息,沈羲和坐在马车上,看着丝毫不逊色于上巳节的盛景。

就在这时,一株兰草缀着一朵洁白的小花从马车边缘探出脑袋,惊了沈羲和一下,旋即出现的就是萧华雍放大的俊脸,他说:"上巳节都有给心仪女郎赠兰草之俗,今年上巳节没有邀请呦呦去踏春游宴,已是抱憾,今儿补上一株兰草。"

沈羲和看着兰草,伸手接过,萧华雍却趁机占便宜,松开时指尖滑过她的手背,惹得沈羲和怒瞪他。

哪怕她愿意顺着心不去抗拒他,也不喜欢他总是这么轻浮,但……

她说了,他也不改。

萧华雍也不知为何,就是喜欢看她怒瞪自己,她都不知她嗔怒的样子多么可爱。

皮糙肉厚的太子殿下不但没有收敛,还越来越眉开眼笑。沈羲和一把打下帘子坐正身子,低头看着手边的兰草,将之扔在旁边的案几上。

"喵!"短命看到主人扔了朵花,立刻扑上去,张嘴还没有叼住,花就被沈羲和一把夺走了。短命扭头瞪着圆眼睛看着沈羲和,仿佛满眼困惑。

沈羲和拎起它的脖颈,将它扔到珍珠的怀里,然后将兰草佩带在了自己身上。

红玉见状冲着珍珠挤眉弄眼,珍珠瞪了红玉一眼,红玉也不知何时被太子殿下蒙了心,恨不得郡主立刻就嫁到东宫去,她好每日都能看到郡主与太子殿下和和美美的场景。

萧华雍带着沈羲和到了山涧边，这里也有溪水"潺潺"流动，两旁开着两排桃花，花瓣落于水面上，顺水而下，芬芳清幽，翠绿的树叶间偶尔有拖着长尾的鸟儿掠过，蓝天丽影，美不胜收。

"到了。"萧华雍让马车停在路旁，命人看顾着，带着沈羲和到了溪边草地之上，瞥见她身上的兰草，眉眼都温柔如天上舒卷的白云。

上巳节儿郎赠女郎兰草，女郎若有心才会将之佩带在身上。

"你喜欢放风筝吗？"萧华雍将准备好的风筝取了出来。

他记得上次重阳节便是因为和沈云安去登高，沈云安想给她买风筝，才让她险些遭了荣府暗算。

"我没放过风筝。"沈羲和有些新奇。

放风筝需要奔跑，也是个体力活儿，她的身子骨根本无法玩这些，且西北风沙大，放风筝的活动也不盛行，她只是偶尔能够见到一些女郎玩乐。

"我教你。"萧华雍笑着让天圆拿着风筝跑远。将线轴放在沈羲和的手上后，他自己从身后自然地伸出双臂将沈羲和圈在怀里，然后指导着："这样拉线，加力的时候放线，慢一点儿放……"

已经松开风筝的天圆，远远地看着借机将郡主圈在怀里的太子殿下，想到为了今日，太子殿下在东宫放坏了不知道多少个风筝……

放风筝这等女郎喜爱之事，太子殿下哪里会？太子殿下自幼就没有接触过，为了郡主这才临时学的。如今能够占郡主的便宜，想来殿下是心满意足的。

沈羲和满眼都是风筝，看着自己将风筝放飞起来，便手忙脚乱想要稳住它，就怕它掉下来。这种迟来的乐趣和满足感，让她完全忽略掉一直圈着她的萧华雍。

直到她因为随着风筝挪位，感觉到萧华雍挡了她的道路，这才用手肘推了推萧华雍："你让开，别挡着我放风筝！"

她完全没有意识到，自己的语气理直气壮中带着一点儿娇嗔之意，萧华雍低低地笑了笑，如她所愿地退后。他退到距离她五步远的位置，双手环胸，带着温柔如水的笑容，看着她喜笑颜开的模样，心柔软得一塌糊涂。

桃花掩映，映衬着她如玉般的娇颜，人比花娇，明艳夺目。

"郡主，又变了……"珍珠远远地站着，红玉走到她身边，她不由得轻叹一声。

郡主在西北的时候很少笑，眉宇间其实有一股子愁绪。经历玲珑之事后，她刚强了起来，只有在世子和王爷面前还是以前那个有些强势刁蛮的小女孩。

用完脱骨丹之后她的性子也明媚起来，现在的郡主却仿佛多了一丝俏丽生动的气息。

"郡主现在才快活。"红玉就喜欢看到这样笑容满面的郡主。看到郡主这样，她也忍不住开心："她不是西北的郡主，不是西北王府的女主子，不用为旁人操劳思虑。因为太子殿下出现，将她宠成了一个真正的少女。"

跟着沈羲和十多年，这个时候她们才真正在沈羲和身上看到了少女该有的模样。

放完风筝，萧华雍又带着沈羲和去打猎。阳春三月，猎物并不肥美，但万物复苏，撒欢的野兔极为常见，早在来前，萧华雍就让律令带人清理过一遍，这里没有大型野兽。

"挽弓时头要偏向瞄准的猎物，拉弓的手臂要与双目等高，举弓的高度也要与双眼持平……"萧华雍骑在自己的马上，手把手地教着沈羲和射箭。

沈羲和是第一次拉弓，萧华雍早有准备，准备的是一把比较轻巧、适合女郎的弓。

萧华雍拉开自己的弓，耳朵突然动了动，沈羲和只听到草丛中仿佛有微风拂过的微弱声响，余光便扫到一道残影迅速飞射了出去，是萧华雍射出的箭矢。

天圆立刻跑到草丛里，找回了箭，同时拎出了一只小腿流着血的灰兔子。

好精准的箭法，沈羲和双眼赞叹地看着萧华雍。她都没有感觉到有猎物，萧华雍已经出手射中了猎物。

被心仪之人用这样的目光看着，萧华雍都有种他射到的不是一只兔子，而是一只大虫那般的成就感。

"殿下，这只兔子要如何处置？"天圆拎着兔子上前问。

一边是在挣扎的兔子，一边是沈羲和赞扬的目光，萧华雍总觉得小兔子配不上沈羲和如此赞扬的目光，笑容瞬间就消失不见："交给紫玉姑娘，看紫玉姑娘如何处置。"

天圆明显觉得主子又在阴阳怪气了，垂着头赶紧拎着兔子去找紫玉。

天圆自然不知道太子殿下在郡主的目光下，属于男人的虚荣心爆棚，已经约等于觉得自己是猎了一只虎。奈何天圆没眼力见儿，拎着兔子跑过来打破了太子殿下的幻想，让他清醒地意识到沈羲和用这样的目光看他不是因为他多么厉害，只是因为她对此道一窍不通。

沈羲和以前是不关心萧华雍，但不代表她感觉不到他的情绪变化，有点儿摸不清地问："殿下怎么了？"

萧华雍这才反应过来自己的态度变化太大，担心沈羲和误会，连忙又不着调起来："天圆一个下属，我对他笑做什么？我只对着你开怀。"

沈羲和缓缓地深吸一口气，不去搭理他，一夹马腹驱着马往前进入了林子里。她也想体验一下打猎的快乐，只是从来没有练过臂力和射箭准头，最初拉弓，箭根本射不远。

她好不容易掌握了力道，知道怎么将箭射出去，却又射不准。这激起了她的好胜心，她就想要射到一个猎物。萧华雍跟在她的身后，偶尔看到猎物，会用箭将之逼到沈羲和身边。

奈何沈羲和在这方面实在是天赋欠缺或者是手生的缘故，奔跑了一个多时辰，都一无所获，而萧华雍在辅助沈羲和的过程中不慎又射到一些。

沈羲和依然兴致高昂，只不过饥肠辘辘："我们回去吃些食物，再来。"

难得她这么有兴致，一直没有猎到猎物仍旧斗志昂扬，丝毫不气馁，萧华雍自然奉陪到底："好。我在东宫设个练武所，我们成婚后，我教你骑射。"

"好。"沈羲和也点头应下。

两人驱马往回赶，路过一片小湖的时候竟然看到一只梅花鹿在低头喝水。它低着头竖着耳朵，细长的身体与蓝天一起倒映在镜面一般的湖面上，身侧是翠绿的树与草。

这画面看起来宁静而又美好，沈羲和忍不住看得会心一笑。就在此时，萧华雍拉开了弓箭，对准了梅花鹿的方向，沈羲和还来不及张口，"嗖"的一声，利箭飞射而出，直射向梅花鹿脚边。

梅花鹿被惊得跳了一下，而利箭将一条毒蛇钉在了地上，蛇不断扭动，沈羲和才看到了它。

它身上有与地面颜色相差不多的色彩，沈羲和眼里只有梅花鹿，完全没有注意到这东西。

"它其实未必会咬鹿，"萧华雍收了弓箭，"不过若是咬上一口，这头小鹿定会死。既然你喜欢这头小鹿，我自然要护上一二。"

沈羲和转头，沉静地看向萧华雍。

萧华雍对着她温柔地笑了笑："你所在意的东西，便是我所守护的。"

沈羲和何等聪明，如何能够听不懂萧华雍的意有所指？他是告诉她，因为她，他也会极力守护西北。

"殿下的话，我记下了。"沈羲和说完，粉润柔软的双唇边荡开了浅笑。

萧华雍也笑了。她没有拒绝他，也没有质疑他，更没有如先前一般说，信他此刻是真心。她这是告诉他，愿意给他一个机会来证明他今日所言。

沈羲和脸上挂着浅浅的笑容先一步骑马前行，萧华雍跟在她的身后。

他们回来时，熟食的香气弥漫开来，是紫玉的手艺。大家踏春游玩时，一般都是在外用食。东宫一下子走太多人不便宜，沈羲和早早就说她会带紫玉一起来。

烤兔、鱼汤、鱼羹、炙鸡，还有从府中带来的精美糕点，沈羲和与萧华雍一处，珍珠他们一处，沈羲和看到珍珠和随阿喜一起采了不少药材。

用完吃食，沈羲和与萧华雍在溪边沿着溪流而下，消消食之后，又开始打猎。

这一天沈羲和一无所获，却玩得格外开心。

接下来的整个春季，萧华雍三不五时就邀请她出去游玩狩猎，沈羲和也欣然应允。她在府邸里也开始练习射箭,练了一个月,又在萧华雍的帮助下,总算是射到了猎物——一只从湖面上掠过的锦鸠。

因为锦鸠没有什么肉,但紫玉又想让沈羲和开心,就将之去骨剁碎,熬出了一碗肉糜粥。

"给殿下,这段时日吃了不少殿下所猎之物,今儿回赠殿下。"沈羲和吩咐紫玉。

紫玉顿时不乐意了,早知道要给殿下吃,随手烤了得了,哪里需要费这么多心思?

萧华雍看出来了,沈羲和的几个丫鬟对他态度不一:红玉对他极其殷勤,当然这份殷勤略逊于对沈羲和;珍珠和碧玉对他只有恭敬;唯独这个紫玉,对他极其不待见。

若非这是个丫头,萧华雍都要怀疑她看自己的眼神与看情敌没有区别了,好似自己夺走了她的心爱之人。

对紫玉而言,萧华雍可不就是和情敌差不多?她的郡主冷静自持,如牡丹傲视群芳,她总感觉郡主就是被萧华雍给沾染了俗气,都不似以往那样洒脱了。

"紫玉姑娘辛苦为呦呦熬出来的肉糜粥,呦呦莫要辜负紫玉姑娘的一番心意。"萧华雍看出紫玉不乐意,便开口道。

沈羲和这才注意到紫玉不乐意,面色微沉地亲自从紫玉的手中接过粥碗,递给了萧华雍:"殿下莫要嫌弃。"

萧华雍这才接过粥碗。紫玉有些不知所措,沈羲和没有斥责她,但接下来出门再也没有带过紫玉。紫玉知晓自己做错了,不得不乖乖地寻沈羲和认错。

她在房门口跪了一个时辰,沈羲和才见她:"紫玉,我宠着你是因你是我的婢女,不是我宠着你,你就能不把旁人放在眼里。他是太子殿下,是一国储君,还要看你的脸色?"

紫玉面色煞白:"郡主恕罪,是婢子无状,婢子日后再也不敢了。"

"你降为三等,日后就负责厨房里的差事。"沈羲和有意敲打紫玉。

萧华雍知道这件事后,再见到沈羲和时眉眼含笑:"我并不恼她无礼,她是你的丫头,与你相关之人我都能包容。可我还是要你知道,她仗着你的势,对我无礼,我想知晓你会不会为了我惩治她。"

他不能和她的父兄相提并论,总不能连她身边的丫头的地位都比不上吧?

明白萧华雍幼稚的含义,沈羲和真是哭笑不得:"殿下,我身边的人必须知礼、守礼,她冒犯殿下,我知晓了就必然会惩罚她。"

这只是我对仆人不满,而不是维护你!

沈羲和并不是要强调什么或是故意对萧华雍泼冷水,而是陈述一个事实。

萧华雍怏怏不乐地"哦"了一声:"原来是呦呦的规矩不能坏。"

以前她觉得他这样低落的语气多半是装的，这会儿听着却总觉得有些不自在，甚至有点儿过意不去，于是便说道："殿下与我是要同舟共济之人，不应自降身份与婢女比较。"

萧华雍有一点儿舒心，又开始嘴上逗沈羲和："我不喜同舟共济这个词，我喜……同床共枕……"

沈羲和霎地脸上一热，羞恼得恨不得将手中的马鞭往萧华雍身上抽去。

他……他为何总是这般轻浮？！

眼见着沈羲和僵着身子坐在马背上，双颊浮起两抹红晕，萧华雍忍不住愉悦而又爽朗地爆发出笑声："哈哈哈……"

他还笑！

沈羲和气恼之下，一扬马鞭纵马前行，不想再看到他。

萧华雍收敛不住愉悦的笑意，连忙驱马追上去。为了转移沈羲和的怒气，萧华雍说道："吐蕃要送公主来京和亲。"

吐蕃是铁了心要和亲，不和亲他们好似心中不安定。祐宁帝拒绝了将公主嫁到吐蕃，经过几次商议后，仅决定接纳吐蕃送来的公主。

"陛下要将公主纳入后宫？"沈羲和问。

后宫每年其实都会象征性地收纳一两个人，但祐宁帝早过了年少冲动的年纪，对男女之事也不热衷，后宫都极少去，沈羲和觉得他不大可能将吐蕃公主纳入后宫。

果然，萧华雍微微摇头："要么是我那些兄弟，要么是宗亲重臣。"

"怎么就不能是你？"沈羲和瞧不得萧华雍一脸看好戏的幸灾乐祸的模样。

萧华雍张口就说道："我有你了呀。"

他总是这样不正经，沈羲和气得牙痒痒："若是吐蕃公主非君不嫁，殿下你可还有这番心思看热闹？"

"她若当真慧眼如炬，发现了我这块宝玉，"萧华雍若有所思，瞥见沈羲和面色不变，有些挫败，"我呢，就当着她的面吐一回血，总能把她吓退。"

沈羲和又被他像煞有介事的模样逗乐了，不是昏厥就是吐血，他就怕世人忘记了他身娇体弱，不能招惹。

她不得不怀疑，萧华雍总是用这样的招数，其实不只是因为这些招数有效，更重要的是能令人人都记得皇太子是短寿之命。恐怕也正是因此，朝中上下才没有人怀疑他。

"不过……呦呦倒是提醒我了，我得做些事，防患于未然。"萧华雍忽地认真地说道。

他银辉凝聚的双眸幽暗如深渊，没有人知晓他在想什么。

沈羲和正要开口说话，忽地一阵风吹来，一股奇异的香气拂过沈羲和的鼻间，沈羲和蓦然变了脸色："殿下，快走！"

这是一种引诱猛兽的香气，不知何人在这里埋了这种香，只要这山林内有猛兽，很快就会被引来。当初她对付黄中寺便是如此，让其死于猛兽撕咬之中，死无对证。

就不知这是冲着她还是冲萧华雍来的。

沈羲和喊了一声，就立时掉转了马头，马似乎也感受到了危险气息，仰着脖子嘶鸣起来。

萧华雍双眸微沉，面上的情绪全部收敛，护在沈羲和身后，身后果然传来了呼啸之声。随着沈羲和对狩猎之事日益感兴趣，萧华雍便换了地方，再美丽之处也不能回回都去。

这边群山绵延，萧华雍便是有心派人清理场地也清理不了这么广泛之地。这两个月来，他总是陪在沈羲和身侧，他们从不深入任何一片山林，几乎都是在外围活动，包括此刻也没有深入，是不应当会遇上大虫的。

他没想到有人处心积虑要对付他们。那人定然是摸透了这两个月他们外出游玩的规律，早早在这里设伏。每一次出游都是萧华雍拟订计划寻找去向，对方要想事先设伏，必然是自己身边有细作冒头。

寻常时候萧华雍倒不惧，偏今日沈羲和与他在一起。

萧华雍取出骨哨吹响，一是为了唤来海东青，二是为了通知没有跟着他们的天圆。

几乎是一声哨响落下，凶猛的庞大身躯就迅速朝着他们这边飞扑而来。

不是一只大虫，而是三只，从三个方向包围了他和沈羲和。

这些大虫很明显有些暴躁，显然是受了香气的刺激，幸亏他们没有进入藏香料之地，身上没有染上香气。

大虫喘着粗气，对他们虎视眈眈，马因为畏惧而烦躁不安。沈羲和面色镇定，萧华雍下颌紧绷，两个人对视了一眼，沈羲和用眼神对萧华雍透露了她的意思：后面那只交给我。

萧华雍顺着她的视线看过去，又看了看随时会朝着他们飞扑而来的三只大虫，不着痕迹地对沈羲和点了点头。

就在这时，夹击萧华雍的两只大虫一左一右朝着他扑了过来，萧华雍一掌拍在马儿的背上，借力一跃而起，马也横冲了出去。他于半空之中身子一拧，落下时一脚踏在扑空落地的一只大虫的后背上，足尖一点就纵身飞到了极远之地。

沈羲和这边是先发制人，将身上一个香包扔了出去。因为要到深山野林之中，她也担心可能会遇上这些庞然大物，故而每次都带了令这些猛兽不喜会自行绕道的香。她将香包扔出去后，对上她的大虫就灵敏地避开了。

本想借机扣动扳手朝着大虫射去一针，然而从未与大虫交锋过的她终究还是低估了大虫的速度，伸出手还没来得及扣动扳手，大虫已经扑到了近前。恰好此时一道残影掠过，撞开了她的马，同时在大虫的脑袋上留下了深深的几道血痕，将大虫硬生生撞开了。

沈羲和的马不受控制地往前狂奔，她转过头就看到要追击她的猛虎又被折身飞掠而来的海东青给缠住了。萧华雍已经飞掠到了树梢之上，对准一只猛虎拉开了弓箭，沈羲和看到他的手臂上有血痕，定然是被猛虎给抓伤了。

作为森林之王，大虫的力量、速度、敏捷度超乎了人的想象与估算。

沈羲和勒紧了马，没有离开，但也没有掉头回战圈。她靠太近只会成为萧华雍的累赘，她的双目盯着战局，准备伺机而动。既然海东青来了，那么天圆也肯定在赶来的路上。

萧华雍的箭法何其凌厉与精准，这两个月沈羲和深有体会，但是他射出的箭竟然被大虫给躲开了，这着实让沈羲和看得心惊肉跳。

一只很暴躁的大虫狂怒地撞击着萧华雍落脚的大树的树干，力量之大让树迅速摇晃起来，沈羲和的一颗心提了起来，看着树上的萧华雍一个踉跄险些掉下来，沈羲和十分担心。

最让沈羲和惊惧的是，因为树木摇晃萧华雍无法再挽弓射击，而躲开了萧华雍那凌厉一箭的大虫竟然一跃而上，爬上了树干，冲着萧华雍嘶吼，跳跃的幅度极大，动作迅猛。

眼看着树枝摇晃对上树的大虫毫无影响，却让萧华雍寸步难行，而下方有不断撞击树干的大虫守着，萧华雍就算跳下来，也躲不开这只大虫的攻击，沈羲和迅速看了一眼旁边的路，看到了萧华雍的马。她驱马朝着萧华雍的马奔去，她的马根本不行，方才在大虫的包围下险些腿软，萧华雍的马却是名驹。

她从自己的马身上跳下，抓住萧华雍的马一跃而上。也许是萧华雍带着她骑过几次，萧华雍的马并不排斥沈羲和，沈羲和骑上去后，对准了萧华雍的方向一扬马鞭就冲过去。

单手抓紧树枝稳住自己的萧华雍，看到大虫不断逼近，却因为树枝变得纤细而不敢朝他扑来，这时传出了树枝断裂的声音，他的身子也往下坠了坠，大虫还在嘶吼着不断试探着靠近他。

"萧北辰——"

就在此时，一道清脆的声音响起。

萧华雍几乎是想都没有想，也没有往后看一眼，就松开了手上的树枝。

沈羲和冲过来之际，惊动了下方撞击树干的大虫。她绷着神经与萧华雍无畏的马匹直冲过去，大虫已经俯下身，目光锁住了她的身影。

沈羲和单手对准了发动攻击的大虫，连续两次扣动扳手，细针射入了大虫的身体里，但它果然没有立刻毒发，只不过被射中导致它的反应迟缓了片刻。沈羲和身子朝着另外一边偏去，它锋利的爪子还是擦过了沈羲和的大腿，给沈羲和留下了火辣辣的一片刺痛感。

萧华雍准确地落在沈羲和身后，与沈羲和背贴着背。为了不被颠簸下来，他不得不往后仰，压得沈羲和俯下了身。被沈羲和射中毒针的大虫落地低吼了一声就站立不稳，撑了两次最终倒地不起。

而萧华雍落下后，树上的大虫也几下就跳落在地上，纵身朝着他们追来。马儿哪里有大虫速度快，只是几个起落之间就被追上，萧华雍早预料到此种情形，将三支箭掉转角度，朝大虫射了过去。

大虫躲开了两支箭，一支箭射在了它的前肢上，减缓了它的速度，但受到香料刺激又受伤的大虫丝毫没有想要放弃，海东青一直被另一只大虫缠着，萧华雍的箭囊里已经没有箭了。

沈羲和没有看到后面的情形，却也猜到了大概情况，对着萧华雍高声喊道："换位！"

大虫虽然受了伤，速度大幅度减缓，却不断缩短距离，紧追不舍，势要将他们撕裂，见此情形萧华雍将手从她的腰下伸了过去："缰绳！"

沈羲和十分信任地将缰绳递给了萧华雍，萧华雍捏紧缰绳，一手扣住沈羲和的腰，沈羲和的指尖按在了手镯的机关上。

她不知道萧华雍是如何运力的，总之她的身子一轻，就迅速在半空中旋转了半圈，然后与萧华雍调换了位置。萧华雍面对着马前方，她成了背对着萧华雍，面向着飞扑而来的大虫的姿势。她立时扣动扳手，毒针射入了大虫的脖子，它受阻而落下，没有扑到沈羲和。

也许是一根毒针的威力不够，它并没有似方才那只中了两根毒针的大虫那样跟跄几下就倒下。它落下只是一瞬，又四肢在地面上一踏，就朝着沈羲和扑了过来。

三枚毒针都已射出，沈羲和瞳孔微缩，就在这时萧华雍控制着马一个大转弯，再一次让大虫扑了个空。在大虫又飞扑而来时，萧华雍拔出了沈羲和的发髻中的那枚藏剑簪，飞扑下去，撞开了大虫。

第七章　唯愿你有福无祸

"萧北辰——"沈羲和没有了萧华雍支撑，身子从奔跑的马身上跌落，不过下方是草丛，并没有摔疼，只是摔下去的一瞬间，看到萧华雍和大虫缠在一起砸在地上。

她迅速抓住一切能够抓住的东西，制止自己滚下去，然后拼命爬上去，就看到大虫将萧华雍压在身下，两者呈现叠加状态，一动不动。她顿时被吓得面无人色。

她还能听到老虎的粗喘声，所以……

她慌乱得六神无主，想要去寻个称手的武器飞扑上去，才想起今日戴了萧华雍送她的藏剑簪。她一把从头发上将藏剑簪拔下来，急切得都没有发现她拔下来的是个空壳子，里面压根儿没有剑。

她握着这么个木壳子就冲上去，朝着大虫的后背刺了下去。

"喀喀喀……"

传来的痛吟声竟然是属于萧华雍的，大虫的身体还是温热的，并且沈羲和也能够感觉到它的身体在微微抽动，但它似乎没有反抗之力，自己的一剑竟然没有扎透它的身躯。

沈羲和这才回过神来，愣愣地看着手上的木簪。

"呦呦……你再不拉我出去，我没被大虫撕碎而死，反而要被它压死了……"

萧华雍的声音从最下方传来。

沈羲和这才发现她为了和大虫拼了，还用力扑上去，她……也压在了大虫身上。

她连忙起身，与萧华雍合力将大虫推开，才看到满身鲜血的萧华雍。而倒下去的大虫的脖子上有两片乌黑的平仲叶，整个剑身都没入了它的脖子。

它还睁着眼，鲜血还在流，腹部还在起伏，却动弹不得。

"萧北辰，你没事吧？"沈羲和搀扶起萧华雍。

萧华雍看着慌乱的沈羲和，看着她狼狈的样子，看着她眼底深深的关切与担忧之色，看着她腿上的伤，也不顾自己一身血污，一把将她揽入怀中紧紧抱着。

　　这时候马蹄声、流矢声密集地响起，是天圆他们从山脚赶来了。

　　珍珠和随阿喜立刻飞奔过来，顾不得萧华雍和沈羲和相拥，珍珠连忙开口道："郡主，让婢子看看您身上的伤。"

　　萧华雍松开了沈羲和，两个人一个跟着随阿喜避开去处理伤势，一个由珍珠仔细检查身子。

　　剩下的一只大虫也因为天圆他们到来选择了逃离。

　　沈羲和只有腿上有几道深深的抓痕，比不得萧华雍被两虎夹击，为了上树而被抓伤手臂，伤口几乎深可见骨。

　　萧华雍身上有多处划伤，珍珠给沈羲和包扎好之后，又去帮助随阿喜给萧华雍处理伤势。

　　简单处理完伤势，一行人迅速折回城内，先去了郡主府，萧华雍也在郡主府里重新整理了仪容。

　　等到沈羲和盥洗穿戴一新后，他才来见她，十分歉疚与自责："是我没有安排妥当，让你遇险，若非有你，只怕我今日难以脱身。"

　　幸好沈羲和还未到埋伏圈里就闻到了香气，并且辨别出这香气的用意，否则等他们不知不觉地跑到香气萦绕的圈子里时，只怕就是掉入了猛兽窝，绝不只是三只大虫对他们穷追不舍。

　　"你这是何话？"沈羲和打量了他一圈。

　　他穿戴整齐，所有的伤都已被干净的衣裳遮掩，他的模样又是如此平静，只怕没有人会猜到他身上带伤。

　　兼之他常年服药，身上药味本就浓郁，些许金疮药的气息被掩盖得无影无踪。

　　"我说过，选择你，便会与你祸福同在。"

　　更何况这样的危机让人防不胜防，他们聪明，不意味着旁人就蠢笨。萧华雍现在已经有些暴露真实实力，不少人渐渐猜疑，想要试探萧华雍的深浅的人数不胜数。

　　今日之事不过是个开始，未来他们将会面对更多的阴谋诡计。

　　萧华雍握住她的手："我只想你与我在一起，享福无祸，今日却没有做到这点，是我还不够令人畏惧。"

　　"陛下是九五之尊，不也有人谋刺？你不必如此耿耿于怀，我们将主使者寻出来，好好回敬他便是。"沈羲和转移着萧华雍的注意力。

　　萧华雍眸色微深："你放心，我定会将这人抓出来。"

　　他还有正事，就没有在郡主府久留，也不想耽误沈羲和歇息，离了郡主府径直回了东宫。

"郡主,您日后可得多当心。"珍珠等萧华雍走了之后才出声叮嘱。

天知道方才看到沈羲和满身是血的模样,她被吓得魂都没有了,幸好沈羲和只是受了轻伤。

同时他们也极其懊恼,不应该为了让太子殿下与郡主独处就大意。

"这事怨不得你们,你们莫要自责。"沈羲和扫了一眼珍珠和墨玉几个,轻声安抚道,"是我们这两个月太惬意,导致疏忽大意了。"

自三月到如今五月,萧华雍带她出去游玩了十次有余,每次都开心不已,以至他们都沉浸在这种放松悠闲的时光之中,差点儿忘了他们一个是西北王的女儿,一个是当朝储君,多少人恨不得要了他们的命。

不过能够想到这样的法子的人,倒也是心思诡谲。

要做到这一步,必然是萧华雍那边出了岔子,有人很早以前就在萧华雍身边安插了人。就不知这个人知晓多少萧华雍的事情,想来应该不多,否则这人也不会用这样的法子。

"殿下,是地方手下的人泄了密。"萧华雍一回到东宫里,先回东宫的天圆就将事情查清楚了。

萧华雍要带沈羲和出游,自然要选山清水秀之所,前面都是由地方派人去查探地方,这次也不例外,只是这次被派去查探今日游玩之地的人提前将消息泄露给了外人。

山上有一条路开满杜鹃花,甚是美观,提前来过这里的人就会猜到萧华雍带着沈羲和定不会错过这样的美景,故而早早在杜鹃花海之后设下了埋伏。

幸亏这人不重要,只当地方是个神秘组织,东宫也是从地方那里买消息,并不知他们的什么事。

"人呢?"萧华雍面无表情地问。

"人已经自尽。"天圆低着头跪在萧华雍的面前。

"去查,我要知道消息泄露给了谁,是谁设下了今日之局。"萧华雍眼神微沉,"罚地方去擒三只猛虎关起来,等把人查出来,便将那人扔去喂虎。"

发生了虎袭这件事,萧华雍便不再打算带沈羲和出去游玩了:一则过两日就是端午节;二则临近端午京已经十分炎热,极难寻到个阴凉爽利的天日;三则端午日忙,他又要追查虎袭之事是谁主谋,兼之有必要的政务缠身,实在是分身乏术。

沈羲和不畏寒,但是惧热。在西北唯一的好处就是夏短,也没有高热的时候,京都这才五月,便有热浪好似在空中浮动,沈羲和整个人都懒洋洋的。

高门大户都还没有开始用冰,沈羲和已经每日堆出冰室了,步疏林来得更勤。

"谁还不是个娇女郎?为何我要受风吹日晒,你却能冰凉清爽?"步疏林捧着一碗苏合山,一边吃得欢实,一边看着沈羲和垂足斜坐在铺了寒玉的榻上,背靠着舒适的隐囊，忌妒得面目全非。

同是异姓王之女，瞧瞧沈羲和，奢靡无度，轻纱无汗，她步疏林则连冰都不敢用，因为冰贵，谁敢大量购置，都得被弹劾。

沈羲和不一样！她不为官，有封地，有独活楼！她自个儿赚钱自个儿享乐，想买多少冰就买多少冰。

高门大户有庶子经商，有内眷经商，但像沈羲和这样赚钱的不多，关键是沈羲和赚钱只用养活自己，就连她的护卫都是领朝廷的俸禄，而高门大户的人是要养活一大家子人的。

有些有钱财的人家，旁人都还未用冰也不敢做出头鸟，就怕引了忌妒又被人惦记遭背后捅刀子。

而皇子公主们，陛下都还没有赐冰、用冰。陛下都忍得，他们自然也得跟着忍着。

"珍珠，给步世子取一面镜子来。"沈羲和抬起头吩咐道。

珍珠取了一面花瓣形镀银铜镜递给步疏林，步疏林还以为她将苏合山吃到脸上了不雅，仔细照了照，却发现没有，便挪开镜子不解地看向沈羲和。

沈羲和将编好的五彩缕收了尾，抬起头看着她说："没看到你贪心不足的嘴脸？"

步疏林："……"

原来呦呦是要骂自己，好气啊！

沈羲和总是这样，骂人从不带脏字，但刺得人心窝疼。

"往年没有我在京都，你不也活到了今日？现下有了我在京都，你还能光明正大地跑到我这儿来蹭冰、蹭苏合山，岂不比你往年舒适不知多少？"沈羲和端起一碗乌梅浆浅饮了一口。

她身子骨才恢复，无论是珍珠和随阿喜还是特意来信叮嘱的谢韫怀，都要她忌口寒凉之物，她只得喝些乌梅浆解渴。

搁下茶碗，沈羲和继续说道："可你想着的不是日子比往年舒坦，而是你过得不如我，你说你是不是贪心不足？"

步疏林眨了眨眼，好似当真如此。

她赶紧又吃了两口苏合山醒醒脑，这才说道："我怀念陶公做御使大夫的那些年。"

陶专宪做御使大夫的时候，御史台也三不五时弹劾她，但都是无关痛痒的问题，说是弹劾，更多的其实是希望她能正视自己的错误并且纠正，言辞上也不怎么咄咄逼人。

新上任的御史大夫原本是陶专宪的政敌，这下一遭被扶正，新官上任三把火，奈何这是京都，没有一个皇子重臣他惹得起，他就逮着她不放，天天弹劾她。

沈羲和没搭理她，又抽出彩绳继续编五彩缕。

"不过今儿他总算转移了目标，矛头指向了扬州刺史，"步疏林幸灾乐祸地说道，"弹劾江东靡费过甚，危害农事。"

沈羲和抬眸飞快地瞥了她一眼："这事不简单？"

若是寻常朝堂之事，除非她主动相询，否则步疏林基本不会拿这些事与她详谈——步疏林压根儿对朝堂之事不感兴趣。

"崔石头说，扬州竞渡比京都与洛阳还盛大，这些其实不是大过错，乡人竞渡正好体现我朝国泰民安……只是扬州那一带在里面玩出了新花样，借竞渡之名大捞钱财，暗中操控胜出者，又以竞渡胜出的由头，官府特殊优待……"

步疏林说得很隐晦，沈羲和却听得很明白。无非是官商或者官官勾结，借助端午竞渡之事，撤了遮羞布，光明正大地你来我往，有些人看出来了，却也说不出个是非黑白来。

"扬州去年才出了胭脂案，今年又出这样的大事，可真是想不出名都不行。"沈羲和仔细回忆了一番，去年闹得轰轰烈烈的胭脂案，扬州刺史竟然没有被波及其中。

胭脂案的风声都还没有过，他也不收敛些，是嫌官运过于亨通？

沈羲和对这些事情听听就算了，没有多发表意见。她要思虑的东西不少，与她不相干之人，她都没有放在心上。

她却没有想到刚在这里听到了关于扬州刺史之事，隔日趁着阴天来了一趟东宫，给萧华雍送了一些她亲自包的粽子，又在萧华雍这里听到了"扬州刺史"的字眼。

"这扬州刺史怎么了？"沈羲和入内放下食盒，不由得问了一句。

"查到了之前对我们下手之人。"萧华雍搁下笔，朝着她走过来。

"与扬州刺史有关？"沈羲和不解，脑子里又过了一遍有关这个扬州刺史的信息，似乎与他们都没有恩怨，难道这是哪一方势力潜藏的人？

"不，扬州司马护送扬州贡礼而来，船至洛阳救了个人。"萧华雍神色微冷，"此人自称受匪徒迫害，双眸失明，无处可去，却颇有身手，得了司马的青睐，一路随行入了城内。"

逢年过节，各地要给陛下敬献贡礼，会派遣下属为敬献使，从扬州上船行水路入邗沟，转淮水，一直到洛阳，由洛阳继续走水路却不好入关中，基本到这里会转陆路入潼关。

当初沈羲和就是如此，故而敬献使会带着贡礼四月初出发，四月底抵达京都，而她和萧华雍刚好是五月的第一日遇险的。

双眸失明，颇有身手，沈羲和倏地想到了这人是谁："穆努哈！"

这个突厥王子好大的胆子，竟然敢潜伏回来，躲在京都，直接对萧华雍和她一起下毒手!

放眼整个天下,只怕没有人比穆努哈更恨沈羲和与萧华雍,并且是两个人同时恨。

"他一个人,有这样的本事?"不是沈羲和小看穆努哈,他一个人不可能做到这一步。

"自然有人与他狼狈为奸,在京都为他打点好一切。"萧华雍肃容道,"至于是何人帮他,把他抓住了,从他的嘴里撬出来。"

"我以为他会潜伏起来,大有图谋。"沈羲和觉得穆努哈已经到了这个地步,怎么都应该蛰伏,然后凭一己之力,给朝廷带来致命一击。

只有这样,他才有可能重新在突厥换来一席之地。她万万没想到他竟然会这么快潜伏回来,就是为了报复她和萧华雍。

"他自然是想潜伏的,只不过我没给他这个机会。"萧华雍淡淡地扬起嘴角。

自从接到沈羲和的画,萧华雍就调动了一半的力量搜寻穆努哈,只不过救走穆努哈的人一早就给他安排好了路,每次一有消息,他都能够逃脱,萧华雍的人好几次堵住了他,但有人阻拦了萧华雍的人。

穆努哈逃出京都之后,就没有歇一口气。他清楚地知道再这么下去,他的下场只会是死于追杀他的人手中,这才施了计策弄了个人引走萧华雍的人。在萧华雍的人还没有察觉之前,他躲入敬献使的队伍中,堂而皇之地入了城,险些还真让他谋害萧华雍二人成功。

"幕后之人救他的目的……"沈羲和霍然抬起头,有些担忧地说道,"或许便是利用他试探你的实力。"

穆努哈逃了这么大一圈,萧华雍不知道多少人脉暴露在幕后之人的眼里。

"不用担心。"萧华雍握住沈羲和的手,"能够做到这一步,非一人之力,我派人追杀穆努哈的时候,就知道许多人参与进来,都是想借助穆努哈探一探我的底。"

势力混杂了,也就乱了,幕后之人也不知道哪些是属于他的,哪些是在搅浑水。

且萧华雍意识到这一点后,也立刻做了调整,好几日都是发现穆努哈之后,引得其他势力先暴露,反过来试探这些人的势力。

"穆努哈在何处?"沈羲和眯起了眼。

"交给我。"萧华雍轻轻笑了笑,转头看着放在案几上的食盒,"呦呦是给我送粽子来了?"

"不好克化,每日一个。"沈羲和叮嘱。

萧华雍特别爱吃她做的吃食,每次她做的吃食,萧华雍都会敞开肚皮吃。粽子是糯食,他吃多了对身子不好。

萧华雍心头微暖,不过打开食盒仔细看了之后,似是寻找了一番,然后有些蔫蔫地问:"没有旁的了?"

沈羲和状似困惑地问:"还有什么?"

萧华雍心口郁闷。他应该张口问她要的,以往又不是没有厚着脸皮问她讨要过,话到嘴边不知为何自己又将其咽了下去。他有些生闷气,不是气她不解风情,她一向如此。

他是气自己越发矫情,好似察觉她对他态度稍微缓和一些,就情不自禁地得寸进尺。譬如此次,他是多么盼着她能够主动想起他,她也的确想起他了,主动送了粽子。

可粽子这东西就和以往逢年过节她给他送的物事没有区别,不过是礼节上往来。

沈羲和本来只是想逗一逗他就把五色缕取出来,可看见他明明很气,却又不敢使性子,脸色都有点儿扭曲了,不知为何这会儿又不想将五色缕拿出来了,就看着他都气得暗自抿唇了,仍旧想知晓他会不会问她讨要。

沈羲和伪装得很成功:"殿下似有些不悦?"

"没……没事。"萧华雍违心地开口,"东宫近来有一些烦心事,兼之天气燥热,难免有些燥意。"

天圆看了萧华雍一眼,迅速低下了头。

东宫能有什么烦心事?谁敢给太子爷整出烦心事?燥意就更不可能了,殿下身体里的毒唯一的好处就是夏凉。

指不定太子殿下是又何处没在郡主那里得到安抚。太子殿下自从认识郡主之后就变得莫名其妙,和郡主有了婚约之后,就不只莫名其妙了,还时常阴阳怪气。

沈羲和点了点头,只字不提五色缕,在东宫用了夕食。宫里快要宵禁了,有凉风相伴,沈羲和才离开东宫。

萧华雍将沈羲和送到东宫门口时,还忍不住暗示:"明日就是端午节。"

"我知晓。"沈羲和颔首,"明日要去看龙舟,我不会去迟。"

皇家会准备专门的竞渡比赛,都是官宦人家参与,平民百姓可围观。纵观历朝历代,再没有如本朝一般,百姓可入皇家的花园内参观竞渡比赛,皇家的赛事京都百姓也可以呐喊助威。

京都百姓见到天子是寻常之事,因为天子常常出皇城去芙蓉园或是教武场。

萧华雍见她还未懂自己的暗示,又抿了抿唇,眼神都有点儿幽怨了:"我……"

他想说"我想要你为我编的五色缕",但不知为何这次就是不想主动讨要。他有点儿气自己得了她的一丝温软态度就傲起来了,但不知为何终究是没有主动讨要。

"殿下还有话?"沈羲和问。

"早些歇息,明儿见。"萧华雍闷声开口。

沈羲和微微施了一礼,就带着珍珠走了。

萧华雍看着她的背影在黄昏的微光之中消失不见，要多哀怨有多哀怨。

天圆垂着头，安静如鸡，生怕引火烧身。

"郡主，您……"珍珠上了马车，有些忍不住，但想到紫玉的前车之鉴，又不敢笑。

太子殿下就像个讨要不到零嘴吃的孩子，浑身上下都透着股郁气，她都感受到了。自然，她也笃定郡主看出来了。

"你可觉得，太子殿下方才的模样……"沈羲和不在意珍珠笑——只要珍珠不是打心底不尊重萧华雍，她又不是暴君，哪里有么苛责手下的人？关键在于，她自个儿也觉得好笑："像个稚童？"

"郡主，您不是常说太子殿下越来越稚化？"珍珠以前没有体会到，今儿算是看得彻底，可竟然觉得太子殿下方才的模样怎么看怎么讨喜，让人心软那种讨喜。

珍珠转眼就瞥见沈羲和脸上浮现了淡淡的笑容，这种笑容虽然淡，眼底却透着一丝兴味的光。

珍珠心思一动，说道："以往郡主提到殿下稚化，可是无奈又……有一点儿不适应，今儿却起了心思逗弄殿下，好似对殿下的这般模样心喜。"

沈羲和没有逃避，也没有敷衍，而是大方承认："不顺眼时和顺眼时的区别。"

对萧华雍看不顺眼的时候，纯粹是想要和他建立互惠互利的关系，沈羲和对他的包容、欣赏以及耐心自然都有限；现在她看萧华雍顺眼了，就觉得他使小性子都……可人。

珍珠听了这话后低头笑了笑："郡主准备何时送殿下五色缕？"

五色缕又叫延年缕，据说人戴上可以驱邪避灾、延年益寿。

郡主和太子殿下之间其实有个心结，那就是太子殿下的身子状况。当初，郡主是打着要独揽大权的主意，才选择了据闻寿数有限的太子殿下。

太子殿下起初没有想到这一点，但后来知道了。尽管他还是不愿意放弃郡主，郡主也穷尽全力开始为太子殿下解毒，只怕太子殿下的心中还是有所介怀，故而一向在郡主面前死缠烂打的太子殿下，才会始终不肯开口讨要五色缕。

太子殿下自己都未必真正清楚为何开不了口，讨来的东西又有什么意义呢？并不是她真心给的，也非她真心期盼，换作旁的物事，只怕太子殿下早就张口了。

"明儿才是端午，不急。"沈羲和唇边牵着一丝浅笑。

给还是要给的，她早就为他编好了五色缕，只是今儿看到萧华雍那想要又不愿意张口要的挣扎模样，觉得十分有趣罢了。

五月初五，端午节，江边早几日就搭起了彩楼、席棚和帐子，延绵两岸数十里，锦衣华服的少男少女穿插其中，候在此地等着观赛。

赛前还有人捧着牌子到达官显贵这边小心翼翼地问可有参与押注的贵人。

这是为了让龙舟比赛多些趣味性,是由朝廷和商户联合操办,商户通过合法的途径拿到了今日的一些营生权,譬如外面的摊贩也是经过重重筛选才能有机会来赚今日这笔横财。

　　今日下的赌资是朝廷作保,断不会石沉大海,想来扬州也是利用了这一点来控制赛事的输赢,借此大捞钱财。

　　在京都押注是有金额限制的,小赌怡情,每人不得超过十金。

　　不过也有人打了擦边球,就是带了诸多人来,一人押十金,加起来就有上百金了。

　　对此只要不闹出大事,朝廷是睁一只眼闭一只眼,热热闹闹过节才是最重要的。

　　当人问到沈羲和这里来之后,沈羲和看到了龙舟上的步疏林。作为纨绔子弟的代表,步疏林怎么可能不参加这样的盛会?

　　让她做事她不行,吃喝玩乐她绝对是当之无愧的首领。

　　沈羲和就拿出了十金买了步疏林赢。

　　看了一眼为了防止衣衫被溅湿而在衣衫上涂满桐油、在阳光下油光闪闪的步疏林,沈羲和无奈地摇头笑了笑,转头看向另一边。果然崔晋百黑着脸,一副生人勿近的模样,把他的侍从都吓得站得老远。

　　步疏林站在一群儿郎当中,还乐呵呵地接着从上面扔下来的五色缕,时不时对岸上的美人飞个媚眼,逗得美人"咻咻"发笑。

　　沈羲和总觉得步疏林这是在玩火自焚,不过也没法子提醒。

　　只不过看到五色缕,沈羲和就想到了萧华雍,低头看了看自己手上的五色缕,转头看向不远处的彩楼上的萧华雍。他端坐在那里,紧绷着一张惨白的脸,活像有人欠了他几万金。

　　他在的位置恰好有太阳斜照过去,天圆要给他撑伞,被他一把拂开了。

　　"无人在意,晒晕又何妨?"萧华雍赌气说道。

　　天圆:"……"

　　他现在其实猜到了殿下想要什么,但是殿下不说,偏郡主没有这个心,殿下就在这里生闷气,都不怕几位王爷看他的笑话,总之就是冷着一张满是病气的脸,强撑着坐着,目不斜视。

　　祐宁帝都注意到了萧华雍的臭脸,派了刘三指来询问。

　　天圆只得说:"殿下难受,又不愿让百姓看到储君体弱,故而强撑着。属下欲给殿下撑伞,殿下说堂堂七尺儿郎,岂能似女郎一般娇弱?这才恼怒了属下。"

　　天圆的解释配合着萧华雍的作态,倒是滴水不漏,刘三指也这样回了祐宁帝。

　　这一幕落在沈羲和的眼里,她忍不住抬手掩唇笑出声来。

　　"郡主……为何发笑?"碧玉一直看着热闹,没有注意其他,是沈羲和笑出声了才引起她的好奇心。

沈羲和又笑了片刻,才收敛住笑容转头低声说道:"你们看太子殿下的模样。"

碧玉等人齐刷刷地看过去,就见太子殿下面色很不好,是在生气却又不似动怒。这有什么好笑的?她们看得一头雾水。

只有昨日陪沈羲和去东宫的珍珠才能明白沈羲和为何发笑,夯着胆子添了一句:"太子殿下的模样,好似在说郡主不给他五色缕,他就晒晕自己。"

"哈哈哈⋯⋯"珍珠和沈羲和想到了一处,沈羲和这个名门淑女的典范从未这样笑出声过,好在笑声不是很大,也被突然响起的赛前鼓声遮盖了,除非一直留意沈羲和的人,否则无人察觉。

碧玉等人这才了悟,又看了看太子殿下,别说还真有那味儿,惹得她们也忍不住笑了起来。

她们又不敢像沈羲和那样真的笑出声,只得用手背掩住了唇。

沈羲和将备好的乌梅浆递给墨玉:"送去给太子殿下。"

她不敢让珍珠她们去,担心她们到了萧华雍面前绷不住,看到他那副模样笑出声。

宫里也准备了诸多点心和茶饮,但萧华雍定然不会食用,又不能另外备下,以免被人指责对陛下不敬。她们这些内眷可以自备,她熬的乌梅浆与旁人的不同,更解渴。

收到乌梅浆,萧华雍看了沈羲和这边一眼,却迅速收回了眼神,绷着脸继续把不高兴的情绪摆在脸上。

这个样子落到沈羲和的眼里,就像极了他在说:快来哄我!

相处久了,沈羲和也渐渐发现了萧华雍的习性,他对她来说是个复杂的人,多数时候他是温柔的、油腔滑调的、性子别扭的,只有言及正事的时候他才是端方的、睿智的、深沉的。

一个人怎么会有那么多面孔和脾性?

沈羲和一直想不明白。既然他在她面前不隐藏,那她也愿意试图深入了解他这个人。

三道鼓声落下,龙舟跃出,如飞光逐电,两岸响起此起彼伏的叫好声,沈羲和的目光被吸引。

笙箫声大作,呐喊声如潮,伴随着龙舟船头有节奏的鼓声、号子声、桨击水的声音交织在一起,此间热闹鼓舞人心,观者无不目光紧随,生怕错过一丝一毫的精彩场景。

龙舟在水面上竞相追逐,岸边全是各自的支持者,众人互相扯着嗓子高喊着,有些显贵人家,还特意组建了中气十足的婆子呐喊助威。

盛世昌荣，太平繁华，映入沈羲和的眼里，她不由得想：如果没有顾兆的妥协之举，现在的京都该是怎样一番景象？

剑拔弩张，君臣对峙。

她的目光扫过每一张洋溢着欢悦之情的脸，这大概就是他想要成全的结果。

沈羲和愣神之际，忽地驿楼处山呼海啸的声浪铺天盖地而来，原来是有人率先到达了终点，竟然是步疏林带队的龙舟。很多女郎和少年跳起来欢呼，沈羲和见状也起身，不过不是与他们一道放纵，而是趁着人人聚精会神地看比赛的时候，沿着过道走向了萧华雍。

萧华雍见她走来，本能地要起身去迎，但心里的小气性让他强忍着又坐了回去，还故意不看沈羲和。

沈羲和忍着笑，上前微微施了一礼："殿下。"

指尖捏紧了宽大的袍袖，萧华雍强自镇定地点了点头，目视前方，余光锁着沈羲和，故作矜持地应道："嗯。"

"端午节，见殿下未戴五色缕，恰巧我为殿下编织了一条，殿下切莫嫌弃。"沈羲和取出了袖中的五色缕。

萧华雍绷不住了，嘴角立刻咧开，倏地就转过头来，大步走下来："呦呦特意给我编织的五色缕？"

天圆、珍珠、碧玉都低下了头，心里是同一个念头：殿下，您好歹多坚持一会儿。

坚持什么？骄矜过头，真的惹恼了呦呦，她不给他五色缕，他找谁要去？

"是，我特意为殿下编织的。"沈羲和低头微微抬起他的手，萧华雍配合着她自己抬高手，沈羲和亲自将五色缕给他系在手腕上，"愿殿下诸事顺遂、祛病消灾、长寿安康。"

五色的蚕丝线交织出来的五色缕，在日头下鲜丽柔滑，五光十色，映衬着萧华雍止不住的笑容，让他惨白的脸都变得有几分雪润。

太子的席位一边是祐宁帝，一边是亲王，他这里本就是一举一动都能引起旁人注意，而沈羲和这么大的活人走过来，他们想看不到都不行。

沈羲和与萧华雍已经有婚约，时下民风开放，有了婚约的男女大大方方地赠礼、时常相约外出都是平常事。

沈羲和也没有避讳，就在众目睽睽之下给萧华雍系上了五色缕。大家早就注意到太子殿下今儿一整天都臭着一张脸，都在猜疑是发生了何事。

有那知晓萧华雍深不可测的人，譬如萧长卿和萧长庚，都在怀疑萧华雍这是在做戏。

城府如此之深的人，怎会允许自己情绪外露？再大的怒气他也能够云淡风轻、喜怒不形于色，知道其真实面目的人纷纷揣度着不知萧华雍又在谋划什么。

这会儿看到沈羲和给他系上一条五色缕，就让他暴风雨变成大晴天，众人齐齐有些牙酸。

十二皇子萧长庚纯粹是羡慕，旋即敛眸看向龙舟竞渡。

烈王萧长赢则是黯然失落，双眸有些放空。

信王萧长卿情不自禁地摸了摸空空如也的手腕，想到了曾经伤感的往事。

代王转头看向兴致勃勃只盯着龙舟赛的王妃李燕燕，也是满眼落寞之色。

昭王萧长旻却把目光投向了另一边端坐着的视线同样被沈羲和与萧华雍吸引的沈璎婼，不自觉地捏紧了拳头。

皇子们神色各异，祐宁帝倒是高深莫测地看了一眼沈羲和与萧华雍。

他们二人是他亲自赐婚，这场婚姻背后的意义，于他而言就是以沈羲和为质，牵制沈岳山。

他为了降低沈羲和搅乱局势的风险，将她嫁给不长寿的萧华雍，无疑是最好的选择。

萧华雍体内的毒几乎是无解的，这一点他比谁都清楚。

但萧华雍明知自己短寿却还要娶沈羲和，沈羲和明知萧华雍命不长亦要嫁，就让他有些猜不透背后的缘由了。

萧华雍满眼都是沈羲和，祐宁帝看得出来，儿子是一腔真情，沈羲和却并无如此浓烈的情愫。

沈羲和却执意要嫁给萧华雍，偏沈岳山还同意，这一直是祐宁帝费解之处。

沈岳山如此疼爱沈羲和，为何会允许她嫁给一个命不久矣之人？这不得不让祐宁帝怀疑，太子体内的毒或许有转机。

这些人心中如何作想，却影响不了萧华雍心中的雀跃之情，这会儿是他人生最欢喜的时候，懒得与他们钩心斗角，若非四周此起彼伏的各种声音提醒着他此刻的环境，他真想将沈羲和揽入怀中，紧紧抱着她，感受她的柔软与馨香。

"呦呦身上熏的是何种香？"萧华雍忍不住迷恋，凑近深吸了一口气，凉丝丝的气息在这样燥热的天气下闻着格外舒心。

沈羲和不着痕迹地退后一步，远离这个登徒子，行了礼转身就走。

佳人远去，萧华雍微怔，最初没有反应过来自己是何处惹恼了她，很快才想到自己方才再正经不过想要问一问她身上熏的香，却让她把自己以往的行径联想了起来，故而恼他又开始撩拨她，尤其是在大庭广众之下，她能不恼吗？

终于体会到往日嘴上占便宜的弊端，萧华雍特别想追上去解释一二。但是不说此时此刻追过去不妥，就是他真追上去，她定然也不信他方才并无唐突之意。

龙舟赛还在如火如荼地进行着，第一名胜出了还有其他人在竞相角逐，竞舟是为了压祟，时人很信这个，这并非一场单纯的比赛，让人只看个名次。

萧华雍有点儿坐不住了，不过一会儿还有安排好的戏要上场，只得按捺住冲动情绪，没有去寻沈羲和。

萧华雍转眼与人群中的崔晋百对视颔首，崔晋百收到萧华雍的暗示就离了席。会注意到崔晋百的人，譬如崔家人，就眼睁睁地看着崔晋百朝着夺了魁首、刚上岸的步疏林走去，强势地钩着步疏林的后衣领将步疏林从一群簇拥着她的少男少女之中拖走。

"崔石头，你给我放开！"步疏林觉得自己颜面尽失，反手就扣住了崔晋百的手臂，用力一拧，崔晋百顺着步疏林的力道一个旋身，就是没有松手，反而一把将她往怀里带。

他摁住要反抗的步疏林，在她的耳畔声音含混地说道："殿下交代之事要办，你给我掩护。"

已经扣住崔晋百的双肩、腿弯也已经别住他的腿、只差一个用力就能让崔晋百摔得人仰马翻的步疏林立刻僵住了。

她没有看到崔晋百露出得逞的笑容，被他裹住拖走了。

步疏林懒得反抗了。理论上她现在也属于太子殿下这一党，尽管自己没有崔晋百这样忠心耿耿，但还是要为殿下的事业添砖加瓦，日后才能论功行赏哪。

崔晋百的父亲看到这一幕，脸色发青。他要起身去追崔晋百，却被崔晋百的伯祖父崔征给喝住："坐下！"

"大伯，知鹤他……"

"你现在追上去，是想坐实他们的关系？是想把事情闹到不可收拾的地步？"崔征低声质问。

如今的是是非非，谁也没有办法断定真假，若是他们崔家人上赶着去阻拦，倒显得他们心虚，这无疑是广而告之步疏林和崔晋百不清白，已经到了崔家人容忍不了的地步。

崔晋百的父亲只得深吸一口气坐正身子。崔晋百就是料定了没有真凭实据，任事情传得多么不堪，崔家人也不会站出来干预，才会如此肆无忌惮。

再者就是崔氏最兴盛的时候是魏晋之际，那时候的国风可比现下还要不羁，便是他和步疏林的事当真是事实，只要崔晋百一日是崔家未来的顶梁柱，崔氏后辈中一日没有超越崔晋百的存在，崔征就要护崔晋百到底。

至于子嗣传承，崔氏家大业大，人丁兴旺，日后再寻得天资过人者过继于崔晋百膝下便是。

崔晋百将步疏林拉到一个巷子里，按着她面朝墙内，在身后贴着她："方才好玩吗？"

"好玩。"步疏林想要挣开他，又担心引人注目，往后斜着眼，"快说，殿下有何吩咐？"

崔晋百身子往前压，就差把自己压在她身上了："前面，小厨房，想法子将这东西下在粉团上。"

步疏林微微伸出脑袋，看向前方人来人往的地方。这是临时加盖的地方，给皇室提供餐饮之物，四周都是侍卫和巡逻之人，他们要想在这里下手难如登天。

眼珠子转了一圈，步疏林抬手抢过崔晋百手上的瓷瓶，打开闻了闻，有股子说不出的药味，又晃了晃发现是液体："有味道，滴上去会被察觉。"

"少洒一些，不出片刻气味便会散去。"崔晋百低着头盯着她的耳垂，珠圆玉润，看着十分可爱。

粉团是黄米角黍，切成小团放在大漆盘之中，是供达官显贵端午节玩乐的游戏之物——射粉团。

用特制的小弓箭来射粉团，射中者食用，粉团细腻又小，箭头一触碰到要么歪倒要么散开，极难射中，因此射粉团是贵公子们极其追捧的一项游戏。

将药下在旁的东西里未必会被食用，但下在粉团里，只要粉团被射中，射中者定然要吃。至于是谁吃不重要，他们只需要有人且是身份不低的人吃了就是。

他们俩不能暴露，否则一旦出事就会被猜疑。步疏林想了想法子，屋顶上也有守卫，想要不暴露又目标精准地下药，实在是不易。

就在这时，步疏林看到一个内侍急急忙忙地往如厕的方向跑去，计上心头："只有一个法子，或许可冒险一试。"

说着她就跟上去，让崔晋百放哨，希望运气好不遇到旁的人。这边其实也有守卫，只是守卫离得有些远，大有可操作的空间，那小内侍出来就被屏息的步疏林一个手刀打晕了。

她迅速换上了内侍的衣裳和帽子，低着头学着太监扭扭捏捏的步态，将被扒了外套的内侍交给崔晋百："这个人带走可行？"

崔晋百看着穿着里衣的内侍，目光有些晦暗地扫了步疏林一眼："交给我。"

"一会儿我们提着食盒要路过长廊转弯之处，你准备好一个一模一样的食盒，里面装好下了药的粉团，在那里潜伏着等我。"步疏林叮嘱道。

转弯处有座小假山，里面可以隐藏一个人。

她落在最后面，但是要交换食盒，就得将前方把守的侍卫的目光给吸引走。

"都交给我。"步疏林能够想到的问题，崔晋百自然也能想到，他现在担忧的问题是，"你如何脱身？"

她这样低着头躬着身，和其他小内侍一样去接食盒，或许能够瞒天过海。可一旦她把食盒拎到外面，那么多双眼睛，哪怕没有人会特意去看一个小内侍，随便一个人不经意一瞥，只要有认识她的人，她就会露馅儿，风险太大。

步疏林冲着他露出白牙："山人自有妙计。"

时间不多，崔晋百没有仔细问，立刻按照计划行事。为了给崔晋百争取时间，步疏林又去恭房磨蹭了一会儿，这才净了手熏了一下恭房的香，立刻赶回小厨房。

这会儿领头的内侍已经在催促，内侍都排好了队，一个接一个地拎食盒。步疏林站在后面，看着送出来的东西，为了能够拿到粉团，还抢了站在前方的内侍的路。

她没有撞上人，这种无关痛痒的小摩擦是没有人会在意的。然后一个个内侍在领头的内侍的带领下往前走，步疏林一直在忧心崔晋百时间够不够。

她走在最后面，等到了转弯之处时，头顶传来一声巨响，吓得所有人哆嗦了一下，齐齐仰头看向高空，就连前方站岗的侍卫也立刻警惕地举起兵刃对准了上空。

步疏林反应迅速地将食盒递了出去，迅速接过被递过来的食盒，一切动作就是在眨眼的瞬间完成的。

一个蹴鞠球从树干上滚落下来，众人才明白原来是外面有人玩蹴鞠，不慎将球踢了进来。

果然，紧接着就有孩童扒着窗，圆溜溜的眼睛无辜又透着怯意地看着里面。有侍卫拿着球出去归还，步疏林跟着人继续往前走，眼看着就要走到外面，忽然提了一口气："扑哧哧……"

一串不雅的声音响起，所有人都随着领头的内侍停下，领头的内侍转头，步疏林立刻"扑通"一声跪下，捏着嗓子可怜兮兮地求饶："公公饶命，公公饶命，奴婢……"

"扑哧——"

领头的内侍气得双目冒火，亲自拎起食盒，踢了步疏林一脚："还不快滚，腌臜物，回头再与你算账。"

步疏林伏在地上仿佛被吓到抖如筛糠，还在放着屁，把内侍硌硬得不行。领头的内侍迅速带着其他内侍走了，她慌慌张张地爬起身，就往恭房跑去。

崔晋百已经在恭房等着她，之前被她扒了衣裳的小太监也倒在旁边。步疏林迅速换了衣裳。她穿自己的衣裳，崔晋百则给小太监套上衣裳，之后两个人悄无声息地离去。

步疏林想要去看热闹，却被崔晋百一把攥住："我们俩要私会，才能不引人猜疑。"

步疏林："……"

被强制拖走的步疏林不甘地看着外间的热闹离她越来越远。

这边新的粉团被呈上，萧华雍已经得到了自己人的暗示，不动声色地将目光投向了十二皇子萧长庚。

萧长庚只得认命地站起身，对着诸位皇子说道："十二从未与诸位哥哥玩过射粉团，不知今日哥哥们可否赐教？"

随便谁吃了下过药的粉团都能达到效果，但若是某位皇子吃了，效果更佳。

当着陛下的面，做弟弟的如此谦恭地请赐教，除了萧华雍这个身娇体弱的皇太子，其他皇子都不好推拒，作为长兄的昭王萧长旻率先表态："难得与阿弟们聚在一处，不如一块儿玩玩。"

一听皇子们要上场，其他人自然要退开。

萧长旻和萧长庚都开口了，从三皇子到九皇子，除了萧华雍，大家就都意思意思参与一番。

内侍取了小弓箭，当然是长幼有序，萧长旻是认真在射，可惜一箭出去没有射中粉团，面色僵了僵："哥哥老了，只得看弟弟们大显身手。"

接着是代王萧长瑱。萧长瑱力道控制得很好，一击即中，赢得满堂喝彩声。

萧长庚虽然不知为何太子殿下吩咐他邀请几位皇兄射粉团，但总觉得没好事，看着柔润的粉团，就觉得和致命毒药没有区别。他有点儿担心萧长瑱，却又不能表现出来，只得垂首。

射中者食，这是规矩，萧长瑱将射中的粉团一口吃到了腹中。

接着是萧长卿。萧长卿以前玩这个是个中好手，但亡妻不爱吃糯食，他也渐渐不喜欢，很是敷衍地射了射，压根儿没有射中。

不知道何时萧华雍也走了过来，表现出兴致勃勃的模样，也去拿了一把小弓："孤也试试。"

萧长庚疑惑地看着突然插一脚的萧华雍，就看到萧华雍手法生疏、笨拙，却颤巍巍地射中了一块粉团。萧华雍自己似乎很高兴，就着箭头取出粉团，正要食用的时候，萧长瑱突然面色一变，口吐白沫地倒了下去。

本来百无聊赖的李燕燕见状霍然站起身："萧长瑱——"

她一身火红的罗裙，在这一刻宛如燃烧的蝴蝶般飞扑了过来。

场面一下子混乱不堪，萧华雍看着手中差点儿被吃了的粉团，将之轻轻放到了漆盘之中。

为了不惊扰百姓，祐宁帝当即下令对外称代王中了暑气，吩咐人将代王抬下去。

大臣们还没来得及弄清楚是怎么回事，这件事情就被雷厉风行的祐宁帝给平息了。到了后面的歇息之所，沈羲和也带着随阿喜和珍珠赶来。众人都知她身边有精医术之人，这个时候不来不妥当，她来的时候，太医正在给萧长瑱诊脉。

厨房已经取来了消暑用的绿豆汤，太医令检查了代王最后食下的粉团，确定里面有毒。

"陛下，这是一种产自突厥的毒草。"太医令回禀祐宁帝，"寻常人吃了不会有性命之忧，唯有……"

他说着，目光隐晦地看了一眼萧华雍，意思是如果服下此毒的是萧华雍，那么就会要命。

沈羲和闻言面色微沉。她根本不知道这是萧华雍自导自演的一出戏，只当有人要对萧华雍不利，第一个怀疑的就是十二皇子萧长庚。

触及她的目光，萧长庚唯有苦笑低头。

若是时光回溯，他真的希望这辈子没有遇见过沈羲和，因为他对沈羲和动了一丝心思，生出了感激与爱慕之意，就被萧华雍给盯上了。萧华雍把他放到眼皮子底下，让他清楚看到自己与皇太子之间无法逾越的天堑差距，从此以后他就莫名其妙地成了萧华雍手中的棋子。

因为是萧长庚提议皇子们一起玩射粉团的游戏，怀疑萧长庚的人不只沈羲和，还包括祐宁帝。

很快就被查出，不只这一盘粉团被下了毒，厨房里还有粉团被下了毒，这是代王吃了粉团中了毒的消息传到小厨房之后，"私会二人组"崔晋百和步疏林伺机又搞的鬼。

这样一来萧长庚下毒的嫌疑少了很多，下毒之人这是遍地撒网，目的就是赌皇太子会参加射粉团游戏的偶然性。

旁人吃了有毒的粉团最多就如代王萧长瑱一样，吐点儿白沫昏厥一小会儿，喝些解毒的汤水，都不需要服药就能好起来。唯独萧华雍若是吃了有毒的粉团，才会一命呜呼，这很明显是冲着萧华雍来的。

这个时候萧华雍恰到好处地露出了黯然的落寞神色。

沈羲和："……"

她本来不觉得这其中有其他猫腻，甚至有点儿生气，一看到他这副模样，心情顿时微妙起来。

与萧华雍打了这么多交道，他又是这么聪明到极致的一个人，若是沈羲和对他一点儿都琢磨不透，怎敢轻易言嫁？哪怕是萧华雍强势逼迫她也不成。

若这事不是萧华雍主导，他定然不会露出这么故作柔弱、一脸受伤害的模样。他便是不能表现出沉思的深沉模样，也会是绷着脸一副气怒的表情才对。

沈羲和依然云淡风轻，只有特别了解她的萧华雍在方才感觉到了她浑身透着一股子低沉的冷意。这样的情绪转瞬即逝，只能说明她已经明白了整件事情的缘由。

沈羲和的确已经参透来龙去脉，穆努哈敢回来对萧华雍和她下手，的确是被萧华雍逼得无路可走，但……

穆努哈就甘心这么孤注一掷地送死吗？

即便真的甘心，穆努哈也会想和萧华雍同归于尽。虎袭一事确实凶险，却并非万无一失，能够成功自然是好的，若是不能成功，穆努哈还有下一步等着萧华雍，那就是等到萧华雍追查到他身上，如此大仇，萧华雍能够放过他？

稍微有些血性之人都不可能忍得下这口气，更何况是不容人冒犯的皇太子。

萧华雍追杀他几乎已经成了事实，穆努哈心知肚明，故而他和他合作的人定然会给萧华雍设局，等着萧华雍追杀他，如此一来萧华雍的全部势力都要暴露在祐宁帝的眼皮子底下。

"陛下，有人发现……"刘三指此时带着人跑过来附耳向祐宁帝禀报消息。

沈羲和看着刘三指的嘴型，没有听到后面的话，却也能够读懂"穆努哈"三个字，不着痕迹地莞尔。

现在去追杀穆努哈的就不再是萧华雍和他的人了，而是陛下的人。

是什么让穆努哈觉得萧华雍如此好对付？

"真是庆幸，呦呦没有与我为敌。"萧华雍低声笑道。

代王没有大事，被送回了代王府，龙舟竞渡也已经结束，陛下也起驾回宫。陛下担心萧华雍的安全，想要一并带萧华雍回宫，奈何萧华雍心里只有沈羲和，执意要护送沈羲和回府。

将人送回郡主府，太子殿下少不得又要赖上片刻。

"殿下不用赞誉我，殿下的心思七窍玲珑。"沈羲和淡淡地笑了笑。

听了这话，萧华雍又蓦然说道："齐大夫当年可是有美誉称，'谢家儿郎天之骄，心比比干多一窍'，呦呦觉得我与齐大夫比起来如何？"

沈羲和闻到了浓浓的酸味，尤其是萧华雍那看似随口一问、实则在意至极的模样，真是欲盖弥彰："殿下，为何要与旁人比较？当真要比，殿下何不比一比医理？"

萧华雍："……"

他还是头一次被人噎得接不上话。

"殿下有殿下之长，齐大夫有齐大夫之长，"沈羲和语气淡淡地说道，"因何要比个高低？若是因我……"

顿了顿，沈羲和嫣然一笑，明眸里光彩流转："殿下是不自信，还是不信我？"

皇太子怎么能不自信？他若是说自己不自信，岂不是觉得自己不如谢韫怀？他更不可能是不信任沈羲和，只得甘拜下风："今日方知，呦呦以往只是不欲与我争辩罢了。"

"殿下不担心穆努哈落在陛下手上吗？"沈羲和言归正传。

"他落在陛下手上又如何？他欲杀我之心昭然若揭，陛下如何会信他对我不利之言？"萧华雍神色平静，"他与人联手是为了引我暴露于陛下面前，我现在将计就计，让他和联手之人反暴露于陛下面前。

"他若是逃得了算他有本事，若是落入陛下手中，正好与他联手之人就能变成背后想要暗杀他之人。阳陵的事，也恰好由他们俩顶上。"

关于阳陵公主和长陵公主的死，祐宁帝基本更倾向于有人借公主来对付沈羲和，只是这个人他们都没有查出是谁，不过沈羲和直觉不是与穆努哈联手之人。

不过没关系，他们先让事情在陛下那里有个了结，她背地里会继续防备着等待那人再出手。

"穆努哈能逃出生天吗？"沈羲和不确定。

穆努哈显然也是有备而来，若非做足了万全准备，如何敢兵行险着？哪怕不确定能够全身而退，至少他也有一定的把握。

"我第一时间引了陛下的人过去。"这事萧华雍作为受害者不能轻易插手，能不能成就要看陛下的人如何了，只不过陛下身边未必没有故意拖后腿的人。

"郡主。"

沈羲和沉思之际，莫远的声音在亭外响起。

"进来。"沈羲和转身道。

莫远入内，又对萧华雍行了礼，这才将一份信函呈给沈羲和。

沈羲和接过信函展开仔细地看起来，一边看一边沉思。见她许久不言，萧华雍站起身，又见她没有避开的意思，这才站到她身后，也跟着看起信函来。

信上面全是一些香料的名称，是同样几种香料在不同香铺兜售的记录。

"这是……？"萧华雍心中隐隐有了猜测。

"引兽香，是一种外族香谱，我偶然才得到，我们中原内能够知晓此香之人绝不多。"沈羲和放下手中的信纸，"要配引兽香，需要的香料也有些特殊。不同于别的合成香，同样的香料可以配出很多合成香，引兽香的香药没有旁的配比方式。"

京都自从独活楼开了之后，其他的香铺都渐渐转行或者搬离京都。沈羲和的香铺调制出来的香和其他香铺同样的香比起来，纯然绵长、余味更足。

兼之沈羲和的身份在，他们也不敢做些背地里见不得人的勾当，只能撤出这个地方，另求发展。有些人直接从沈羲和这里购置了香料，跑到江南等地将价格翻上几倍卖给江南富商官宦。

所以她很容易就查到了京都需要配置引兽香的香料买卖情况，结合当日她闻到的浓郁香气，对分量有个模糊的预计，再对着信上的信息去寻，极其容易就能够知晓这香出自何处。

值得一提的就是，自从沈羲和开了先例，买香者须留下住址、名讳，其他香铺也跟着学，这就导致沈羲和接下来的调查变得迅速、简单许多。

穆努哈的确是被萧华雍逼得无路可走了，这时候有人寻上他，要和他一起联手对付萧华雍。只要萧华雍活着一日，他就会一直如此被追杀……

他此刻才发现，这位皇太子的势力比皇帝都要可怕。

皇帝一声号令是掌控明面上的势力，可无论他逃到何处，当地都有三教九流的人迅速将他揪出来出卖。自从离开京都之后，他就没有睡上过一个好觉。

他对萧华雍是恨不能将之碎尸万段！既然如此，他如何能够不把握住这个机会？

他回来了，借助对方的安排，顺利用金子收买了扬州敬献使，混入了扬州敬献使的队伍。对方将萧华雍近来的动向如实告知他，是希望他犯傻地冲出去和萧华雍大干一场，好暴露萧华雍懂武之事，可他不傻。

他有更大的图谋。他给萧华雍设下了两个连环局，第一个局就是借助得到的有限消息猜测到萧华雍的动向，提前在杜鹃林外埋下了引兽香。天公作美，那日风向没有往他们的方向吹，故而他们没有早早发现引兽香，也没有提前发现被引来的烦躁野兽。

可惜他们还是发现得太早，以至逃过这一劫。

他对第一个局就取萧华雍的性命只抱三分期待之心，故而萧华雍逃过此劫，他没有多大的失望感。

紧接着就是他设的第二个局。萧华雍一定会迅速知晓他回京了，定然要对他展开疯狂的报复行动，他小心翼翼地隐藏着踪迹，给萧华雍暴露的都是故意留下的痕迹。他在这里埋了诸多火药、引兽香和机关，就是为了等萧华雍送上门来。

大批人马追击而至，穆努哈却面色凝重起来。

他深知萧华雍不敢明目张胆地在光天化日之下调集这么多兵马来追杀他。

他躲在暗处看到带头的是金吾卫将军，就知道他还是低估了萧华雍的睿智程度。萧华雍不知如何设的局，竟令帝王亲自下令来击杀他。

机关伤了不少追来的金吾卫，引兽香也引来不少野兽拖延他们，甚至他引爆埋好的火药，也狙击了一部分人，可除了金吾卫，还有其他卫队增援。他估算的是萧华雍敢调动的最多人手，按照比例埋下的火药，根本无法抵抗住帝王的大军。

幸好他也给自己留了一条退路。他迅速逃到了山顶，在流矢之中一跃而下。下方云雾缭绕，但他早就在这里准备好了一根粗壮的树藤缠绕着挂绳，精准吊住了自己的身体。

他顺着藤绳往下，在半空中上了一条栈道，迅速穿过山洞，才躲过一劫。

在逃跑的过程中，他还是中了流矢，又躲过了重重追兵，回到了他的藏身之地。他才刚推开门，一根针就射在了他的身上，抬起头就看到了沈羲和浅笑盈盈的脸。

"久违了，穆努哈王子。"

清亮的声音似泉水，却没有带给他泉水那般清爽的舒适感，反而让他眼皮子一重，就一头栽倒下去。

萧华雍拊掌大笑从外面走进来，由衷赞叹："呦呦真是令我敬佩不已。"

他穷尽人力都没有寻到穆努哈的藏身之所，沈羲和凭她怀里的短命就寻到了。

短命是灵猫，本就嗅觉灵敏，近一年来，沈羲和对它还进行了特殊训练，它已经能够很精准地辨别很多香料，只是有些成分相同或者相近的香味它可能分辨不出，但是引兽香的香气对它而言就很好辨别，哪怕是没有点燃的也一样。

沈羲和根据香料的兜售情况寻到了香料铺子，又经过香料铺子寻到了制作香料的一个落魄调香师，再经过他的指引，寻到了这个方向。到了这里，没有了香铺，没有了大量用香的人，自然就是短命发挥作用的时候。

他们在穆努哈被陛下的人追杀之时就寻到了这里。萧华雍负责清理场地，看看与穆努哈联手的人有没有暗中埋伏在这里保护穆努哈。

显然他们不太相信这里只有穆努哈自己。

"殿下，你觉得穆努哈为何如此轻易落入了我们手中？"沈羲和坐回马车上之后，抬眼问坐在身旁的萧华雍。

"自然是呦呦睿智。"萧华雍毫不吝惜地夸赞。

沈羲和低头微微一笑，摇头道："不，是他们彼此不信任。"

穆努哈倘若多信任一分与他联手之人，这里若是有人看守，他逃回来的路上就会有人想法子知会他，此处已经不安全。

他不信任合作的伙伴，甚至防备着对方，选择了孤军作战，故而才会落得如今的下场。

不过站在穆努哈的立场，不信任才是正确的选择，谁知道现在与他联手的人是豺狼还是虎豹？对他而言，自己永远是个异族人，随时能被牺牲的异族人。

"呦呦想说我们之间要引以为戒吗？"萧华雍看不出情绪地反问。

沈羲和知道他又生气了。他不喜欢她将他们之间视作合作关系，她今儿也并没有想要说这个。沈羲和微微一笑："我说的是信任，不论两个人是何种牵连，亲人之间、朋友之间乃至夫妻之间，都要互相信任。

"孤军作战，再有能之士都有可能陷入孤立无援的处境。"

萧华雍嘴角上又恢复了笑意，他看着沈羲和的目光温柔如水："我对呦呦自然是深信不疑，呦呦对我呢？"

沈羲和坦言道："将信将疑。"

萧华雍："……"

人太诚实也不是好事。

"呦呦这不是自相矛盾？对我讲彼此信任尤为重要，呦呦又不全心全意地信任我。"萧华雍轻叹了一口气。

"殿下大可放心，在你我一致对外之时，我对你绝不猜疑。"沈羲和笑道。

"你我之间永远只会一致对外。"萧华雍深深地凝视着她，银辉凝聚的双眸如渊如海，"我会站在你身前，不是要让你成为躲在儿郎身后的小女人，而是我要护着你的同时……随时将我的后背交付于你。你对我是护是杀，悉听尊便，这是我的抉择，我无怨亦无悔。"

他的语气，正如他此刻凝视着她的眼神一样温柔缠绵。

沈羲和没有逃避，也没有说不信他，而是含笑点头致意之后，才问道："穆努哈你带走，还是我带走？"

萧华雍以指尖摩挲着另一只手上戴着的五色缕："我带走。"

也不知穆努哈还有没有其他同谋，将人放在沈羲和那里，他不放心。

沈羲和闻言没有异议。正如她方才所言需要信任，将穆努哈交给他，就是她对萧华雍的信任表现。

两个人还是回到郡主府后才分开，人被萧华雍带到何处，她也没有问。

萧华雍的马车入了宫。到东宫的时候，天圆要扶他，作为一个病弱的太子殿下，萧华雍习惯性地伸出手，看到手上的五色缕，立时又换了一只手。

天圆不得不绕到另一边搀扶他，接着有人抬了个箱子下来，据说这是昭宁郡主赠给殿下的端午节礼，是何物就无人得知了，而里面塞的是穆努哈。

东宫下面有个暗室，十多年来萧华雍都不知，还是后来从韦驸马手里拿到了宫中的密道图，才知晓东宫下面有个暗室。他正好将穆努哈放了进去，让律令严刑拷打一番。

穆努哈嘴硬至极，愣是一个字都没有吐出来。

萧华雍听了禀报之后问："地方的三只虎捕捉到了吗？"

律令回答："昨日刚捕捉齐全。"

"看好了，莫要让人死了。"萧华雍可不想人死得太容易。

"殿下，可还要……"

"不用。"萧华雍打断了律令的话。

穆努哈虽然出身尊贵，但一身武艺定是吃过不少苦头才习成的，本就是个刚毅之人，又突逢巨变再一路被追杀，这样的人到此刻还能头脑清醒，其骨头有多硬不言而喻，继续拷问下去也问不出所以然来。

隔日萧华雍处理完政务，正打算出宫去见沈羲和，却被祐宁帝先一步拦下："穆努哈在逃，他对七郎不利，七郎近来莫要出宫。"

"陛下，儿正是……担心因儿之事……连累了昭宁郡主。"萧华雍执意道，"若儿不出宫，便会心神难安，且昨日三哥到底是因受儿牵连中了毒，儿也想去王府看望一番。儿出宫便能将穆努哈引出来，这未尝不是一件好事。"

"穆努哈定然还有帮凶。"祐宁帝不信凭穆努哈一个人就能把手伸到端午日的吃食上，小厨房有重兵把守，除了发现一个在恭房里被敲晕的小太监，他命人查了半天竟然一无所获。

这正是萧华雍的另外一层用意，就是让祐宁帝知晓穆努哈有帮凶，如此一闹，祐宁帝定不会觉得小厨房那边是他动的手脚。

萧华雍故作不知道地说："或许便是助他从京兆府逃脱之人。"

祐宁帝转头看着萧华雍："听闻前几日你与昭宁遇到猛虎偷袭？"

"陛下如何得知？"萧华雍做讶异状。

这消息当然是他让人这个时候泄露给陛下的。

"如此大事，你竟然瞒着朕？若早知有人对你不利，朕岂能一丝防备也无？"祐宁帝责备道。

萧华雍轻咳了几声，才恭敬地躬身道："原也以为是一场意外。"

"一场意外？"祐宁帝沉声道，"大虫此物素来独行，两只同行倒也见过，三只同行闻所未闻，若非有人使了手段刻意引来，岂能有三只大虫袭击你们？"

"是儿疏漏，未曾细想。"萧华雍低头认错。

为了不暴露沈羲和，关于引兽香、海东青出现等细节，萧华雍自然没有泄露给祐宁帝。甚至祐宁帝知晓的是他们一行人一道遇上三只大虫，而非他与沈羲和两个人单独遇上。

能被萧华雍带着随行，还是陪伴沈羲和之人，自然是心腹，沈羲和那边也一样，他们丝毫不惧有人会走漏风声。

祐宁帝如何劝说，还是没有打消萧华雍出宫的念头，想派人跟着，萧华雍又道他想以身做饵将穆努哈引出来，护卫太多引人注目，穆努哈定不敢再来。

最终祐宁帝拗不过萧华雍，还是由着他出了宫。萧华雍先去了代王府看完萧长琪，萧长琪只是有些虚弱，没有什么大事，兄弟俩兄友弟恭一番，萧华雍才离开去了郡主府。

"呦呦还会做衣裳……"萧华雍来的时候，沈羲和正在做衣裳。

其实本朝女郎地位极高，高门大户都不会特意教女郎这些东西，比之针黹女红，女郎多喜欢骑射、蹴鞠等活动。

"我幼时不宜多动，只得学些静坐的手艺。"沈羲和浅笑着回答。

京都女郎擅长针黹的不多但也不会少，本朝不要求女郎一定要端雅娴静，该学的东西都会教，只是看个人志向罢了。

"呦呦这是给何人做衣裳？"萧华雍伸长脖子问。

"给我阿兄。"

"世子不是已经定亲？呦呦还给世子做，是否不大妥当？"萧华雍委婉地说道。

沈羲和依然低着头，飞针走线。她现在没有把萧华雍当作外人，也就不会特意放下手上的事去招待他："乔乔不擅针线活儿，也不会在意这种事。"

乔乔只会忌妒。

想到此，沈羲和抬眼看向萧华雍，他这忌妒的嘴脸倒是和薛瑾乔不谋而合。

她只得打消萧华雍的心思："我不给外男做衣裳。"

萧华雍丝毫没有被打击到，反而双眸星辉流转："呦呦是说，待我们成婚后，你也会为我做衣裳？"

现在他是外男没关系啊，他们成了婚他就不是了。

沈羲和笑容温婉，低下头继续她手上的活儿："成婚之后的事此刻不知。"

做不做，等婚后再说，她都还没有想清楚婚后如何与他相处，也懒得去规划。萧华雍这个人就是她的人生中最大的意外，与他一道，她有再多的规划都会被打乱。

顺其自然，她只能走一步算一步。

"殿下今儿来是因何事？"沈羲和不和他扯衣裳的话题了。

"穆努哈不肯招出同谋。"萧华雍正色道。

沈羲和颔首："我其实已然猜到。他深知说出来，你我亦不会给他活路。他乐得有个我们不知的敌人在背后，随时对你我不利，于他而言这就是报复。"

她想到类似于穆努哈那样刚毅的人，落到她的手里，也没法子令其开口，才那么果断地让萧华雍将人带走。

"呦呦想如何处置他？"萧华雍问。

沈羲和双手轻轻搁在膝盖上，抬起头似笑非笑地看着萧华雍："我想如何处置都成？"沈羲和取了绣线穿入新的针中，"让他暴尸于城门口如何？"

"是有些不易，不过也不是成不了。"萧华雍认真思考起来。

沈羲和霍然抬起头来："殿下，你可知背后深意？"

穆努哈是突厥的王子，突厥王子暴尸于京都城门口，足可引起两国之战。

"你之言，于我永无深意，我只想你如愿。至于会牵连多少人，会引来怎样的后果，都有我在，你无须多虑。"他的声音轻柔得就像墙头探出来的山茶花，舒展着柔嫩的花蕊，在风中摇曳，淡香袭人，他说，"只要有我在一日，你便能肆无忌惮，如何舒心如何活着。"

好听的话谁不喜欢听？沈羲和对萧华雍张口就说出情意绵绵的话已经渐渐习以为常，心中不排斥听着倒也熨帖，不过她的理智不会被甜言蜜语粉碎："殿下，这世间没有无敌之人，正如王朝盛极必衰，殿下可想过，若有一日，你我任性妄为，却无力稳定乾坤当如何？"

"这有何难？"萧华雍洒脱一笑，"你我都不是乐意苟延残喘之人，当真有那一日，能与你一道共赴黄泉，我亦甘之如饴。"

"人谁无一死？活着逍遥自在，死亦慷慨无憾，不枉活一遭。"

也许只有像他这样，很早很早就知道自己可能英年早逝的人，才会将生死看得极淡。

"殿下，有人说霸王若肯过江，也许就没有强盛的大汉。"沈羲和轻声说道，"有时候，退一步蛰伏，就能卷土重来。"

"每个人有每个人的活法。"萧华雍笑道，"越王卧薪尝胆成就霸业，霸王乌江自刎亦是壮烈。"

沈羲和想了想颔首赞同他所言："穆努哈交给殿下处置，暴尸城门口只是一句戏言。"

这的确只是一句戏言，最开始她是让父兄准备好要对突厥出兵的，就是想要逼一逼陛下，奈何有人捣乱，放走了穆努哈，这事没有成功。一晃三个月过去，西北这会儿已经没有先发制人的应对措施，穆努哈最好死得悄无声息。

至于她为何要对萧华雍说这样的话，只是想看一看他如何看待此事，结果他压根儿没有想过，只是一味顺着她，令沈羲和啼笑皆非。

明白沈羲和真正的意思后，萧华雍点头："嗯。"

"穆努哈不可能吐露与他联合之人，殿下可有猜疑之人？"沈羲和又问。

萧华雍喝了一口沈羲和特意为他泡的平仲叶茶，双手动作斯文地放下茶碗："其实很好猜。"

目光流转，沈羲和看向他，做出洗耳恭听的模样。

"此人的目的是试探我，是为了借穆努哈之手来揭穿我的面目。"萧华雍慢条斯理地说，"如此说来，他是怀疑我。尽管有穆努哈在陛下面前暗示在先，但真正怀疑我的人不多。

"老五、小九、小十二无须试探，我已然在他们面前毫不遮掩；老二前些日子都在筹谋大理寺卿和御使大夫两个职位，分身乏术；老三是个明哲保身之人，便是怀疑我也是漠不关心；老八远在安南城，京都确有他的人，但做不到如此滴水不漏。"

萧华雍把所有人都点了，唯独漏了去了皇陵的四皇子萧长泰，最后留给沈羲和一个意味深长的笑容。

沈羲和略一想便反应过来："上元节那日，四殿下潜回来与代王妃私下见面，应该也是在东楼。他看到了殿下，说不准还跟了上去，或许看到的画面比王政引去的金吾卫更多。"

他看到了萧华雍的身手，又打听到穆努哈对祐宁帝说的话，对萧华雍的忌惮达到了顶点，心里明白有萧华雍在，他筹谋再多都是一场空。

他要偷偷摸摸潜伏在暗处壮大，萧华雍却能正大光明地在所有人的眼皮子底下壮大，这种落差感也会令他心中失衡。

偏他又没有证据，贸然去揭露萧华雍，只会暴露他对萧华雍的猜疑，落得和穆努哈差不多的下场，这才利用了穆努哈。

他先是放走了穆努哈，在他们都没有反应过来之前就把穆努哈送出了京都。他并不是要帮助穆努哈，而是知道穆努哈一旦逃走，萧华雍绝不会允许穆努哈活着，必然会追杀穆努哈。

如此一来，他躲在暗处，看着萧华雍的人追杀穆努哈，必要的时候帮上一把，让穆努哈能够逃离，一路下来，就会彻底看清萧华雍的势力。

是，四殿下萧长泰是最有嫌疑的人，也是最有能力办这件事情的人。

想到此，沈羲和讶然地发现了一个了不得的计策："粉团……"

萧华雍眼底银辉流转："粉团就是特意为老三备下的。"

关于射粉团的游戏，兄弟们既然参与了，自然是按照长幼顺序来。老二的本事他最清楚，十有八九是中不了的，便是万一老二中了，萧华雍也能让他吃不到粉团。

老三素来对射粉团拿手，往年没少表演。他虽无争名头之心，也不会刻意示弱，免得叫人看轻了去。他只要自己不放水，射不中的概率几乎为零。若当真老天也不成全他这局，萧华雍也无法。

代王萧长瑱射中粉团吃了有毒之物，代王妃与四殿下是同伙，代王妃不会对四殿下与穆努哈联手的事情连丝毫风声都不知。得知自己的夫君中了突厥才有的毒草，她会明白这是四殿下萧长泰联合穆努哈在对付萧华雍，让自己的夫君被殃及。代王妃心中有代王，如果这件事情真的是四殿下和穆努哈合谋的，她一定会约四殿下出来对质。

萧华雍尽管笃定这就是萧长泰所为，但不会仅凭猜疑就下手。

一旦代王妃寻了四殿下，无疑就证明和穆努哈合谋的是萧长泰。

萧华雍必然已经派人盯着李燕燕了。

"代王妃动了吗？"沈羲和轻声问。

"他们联系的法子很隐蔽，我猜她已经约见老四，便是这几日，老四应当会来见她。"萧华雍回道。

所以李燕燕是真的动手了，只不过萧华雍没有查清楚她是如何联系萧长泰的。

"殿下欲如何对付他们？"沈羲和问。

"比起对付，我觉得说报复或是反击更为贴切。"萧华雍说完，眼尾的芝麻小痣随着他的眼眸一转，风情无限。

沈羲和不解他为何要换个说法，她口中的对付也是反击的意思。

她只见他嘴角的笑意瞬间变得深沉——

"老四若是来了，私通兄嫂的罪名就跑不掉了。"

这下沈羲和明白了，萧华雍是觉得这个法子有些阴损，怕她心里不舒服，才强调是反击。

她微微一笑："殿下过虑了，我从不是善男信女。且不说四殿下一手主导了盗墓案，丧尽天良、泯灭人性，只为捞财，而代王妃是帮凶，就凭四殿下与穆努哈联手，险些取了你我的性命，此事我就不会善罢甘休。"

李燕燕和萧长泰之间有没有私情？沈羲和觉得没有，哪怕曾在李燕燕身上闻到了属于萧长泰的气息。

当时灯树倒塌，火光四起，他们俩又是私下见面，犹如惊弓之鸟，闪躲在一处，且贴近彼此也是正常的，如此也能沾染上对方身上的香气。

她能够步步设计阳陵公主与穆努哈，和萧华雍设计萧长泰与李燕燕又有什么区别？

这事涉及一个皇子妃、一个皇子，想同时击杀两边，并不容易，萧长泰这些年也培养了不少势力，否则如何能够弄出惊天动地的盗墓案？

有一劳永逸的法子，他们为何不用？

一个被罚守皇陵却私自上京的皇子与嫂子私通，这是多大的丑闻？

陛下必然要秘密将人赐死，才能保全皇室颜面。

萧华雍的笑容更加明亮，他其实有点儿担心沈羲和对他的手段不认可。

"四殿下是个聪慧之人，会轻易入套吗？"沈羲和担心萧长泰知晓是萧长瑱中了毒，就猜中一切都是萧华雍在背后搞鬼，不会上京。

"他能猜到也无妨，代王妃未必会信，我会让代王妃逼得他不得不入局。"萧华雍冲着沈羲和神秘地眨了眨眼尾有痣的眼。

沈羲和真是对萧华雍无奈至极。在她渐渐习惯他用言辞撩拨她之后，他又开始在行动上撩拨她。他似乎在有预谋地一寸寸拓宽她对他的容忍限度。

沈羲和觉得不能无限度地惯着他，端起茶碗道："殿下想来诸多要事缠身，就不留殿下了。"

她逐客永远是如此直白，萧华雍低笑了一声，问："呦呦要与我一道去送一送穆努哈吗？"

她和穆努哈之间，是穆努哈先要截杀她阿爹，而她也把穆努哈弄得狼狈逃窜。穆努哈整出一场虎袭，她也把穆努哈给抓住了，又清楚知晓穆努哈活不过明日，她的报复欲没有那么强烈，非得亲眼看着穆努哈死。

她瞥了萧华雍一眼，尤其是此刻不想和萧华雍一道去，他定然又要想方设法地占她的便宜。

"不去。"沈羲和果断拒绝。

其实萧华雍早就猜到了她不会应允。自己方才的举止的确有些轻佻，她可是端雅娴静的女郎，能够适应他的轻浮之言已然不易，要她顷刻间就接受他的轻佻之举，实在强人所难。

萧华雍十分懂进退，没有多纠缠，独自离去。

早在他出宫之前，穆努哈就被送出了宫，送到了上次秘密关押巽王的院子里。院子里有四个铁笼，这四个铁笼是连在一起的，中间间隔的铁门可以通过上方的铁索拉动将其升上去。

萧华雍入内，律令搬了椅子让萧华雍落座，将正前方的一个铁笼罩子掀开，蜷缩在一角的穆努哈乍然触及亮光有些不适应地眯了眯眼。

他转头，蓝色的眼瞳就看到了萧华雍。他倏地扑过来，双手抓住铁笼的栅栏，死死地盯着萧华雍。

"王子可有听到什么声音？"萧华雍端起一杯热茶，低头闻了闻。

他半眯着眼，动作不急不缓，浑身透着一股子从容清雅的气息。

穆努哈听到了一种难耐的喘气声。他在草原之中长大，对野兽的气息比寻常人更灵敏。

他望着相连的铁笼，面色冷峻。他并不想死。

"你要如何？"穆努哈盯着铁笼外的年轻男子。

"孤不会放过你，"萧华雍索性挑明，"不过可以让你选择死法，是一杯梦沉酒无声无息、毫不痛苦地睡过去，还是被猛虎撕咬痛苦而死。"

萧华雍说完，下人端上了一杯酒。这酒叫作梦沉，是最仁慈的说法，据闻饮下此酒的人就会昏睡过去再也醒不来，身体会随着时间流逝而萎缩，却不会腐烂。

此酒千金一杯，是两百多年前之物，如今早就无人有配方，配方落在令狐家，萧华雍从令狐拯手中获得。

"你要我供出同谋。"穆努哈双眸死寂。

萧华雍浅呷了一口茶水，将茶碗握在手中，指尖轻轻摩挲，漫不经心地垂眸说道："你的同谋你自己都未必知晓，不过孤已经知晓。"

萧长泰暗地里的势力不俗，盗墓案他都推了代王萧长琪出来顶锅，让其得力手下于造都深信不疑，帮一个穆努哈还需要暴露自己？

穆努哈的瞳孔紧缩，他没有想到萧华雍竟然什么都清楚，捏着铁栅的手不由得紧了几分："你想要什么？"

"突厥的舆图。"萧华雍波澜不惊地开口。

穆努哈闻言面色一变，旋即"哈哈"大笑，笑声之中充满着对萧华雍的嘲弄之意，笑过后才说道："皇太子殿下，你看轻了穆努哈，我不会出卖我的同胞！"

"那真是太可惜了。"萧华雍轻叹一声，对律令微微颔首。

律令打开了牢笼，端了一碗水给被铁链束缚住的穆努哈灌了下去，又锁上了牢笼，拉了一根粗壮的铁索一下，穆努哈左边相连的牢笼间隔被拉开，一头饿了好几日的猛虎迅速地扑了上来。

第八章 一步步诱敌深入

萧华雍给穆努哈灌了哑药，大虫也吃了含有哑药的肉，这两日都不会发出声音，否则在院子里嘶吼，怎么能不引来人？

萧华雍单手撑着半边脸，看着这场无声的搏斗。穆努哈在负隅顽抗，尽管律令灌完药将他身上束缚的铁索给解了，他拼命闪躲，却依然不是大虫的对手。

眼看着一只手臂都被活生生地扯断，穆努哈也没有要妥协的意思，萧华雍觉得无趣，抬了抬两根手指头，另外两个铁笼的间隔也被打开，鲜血的刺激，难忍的饥饿感，迅速令它们也扑了上来。

萧华雍全程面色淡然，回到东宫后做的第一件事就是将今日所见场景画下来，一张一张画在折子上，一拉开一幅幅画面令人触目惊心。

另一边李燕燕得知萧长瑱中的是来自突厥的一种毒草，目的是毒害萧华雍，萧长瑱不过是被殃及后，十分恼怒，当即就给萧长泰去了信。

萧长泰在京都自然也有人，在李燕燕传信前就知道了端午节发生的事情。他直觉这不是穆努哈所为，穆努哈没有借助他的人手，如何能够做到这一步？

便是他亲自动手，都未必能够成功在端午节宫里做好的吃食上动手脚。

"殿下，代王妃要见您。"下属禀报。

"为老三寻我算账。"萧长泰冷笑了一声，"此事不简单，谁中毒不好？偏生是老三。"

于造临死前供出是老三策划了盗墓案，尽管最后只能证实老三并非主谋，但递上去的证据没少指向代王妃，不过是没有铁证，陛下这才没有惩治李燕燕。

因而不论是陛下还是其他人，都在怀疑李燕燕定然与人联手，这明显是故意套老三，引她身后的他出面。李燕燕昏了头，全然无顾忌，只怕都不知自己落入了陷阱。

"代王妃那边……？"

"不用理会。"京都如此凶险，他怎会往旁人的陷阱里踩？

就在这时，有脚步声传来，萧长泰使了个眼色，一身荆钗布裙的叶晚棠端着木盆走了进来。

他们是受罚来此，自然不可能有下人服侍，吃穿用度都要自己动手。

叶晚棠从前是高门贵女，只用作画抚琴的手，来了皇陵要洗衣做羹，萧长泰看着她的目光温柔了下来："晚晚，这些放着，我来洗便是。"

"冬日寒凉，你不让我浆洗，如今盛夏，总不能所有杂活儿都让你包揽。"叶晚棠笑容明媚。

当年他们四处游历，时常出入山野，她也不娇气。来了这里固然清苦，叶晚棠却难得自在。

两个人一起做了吃食，用完吃食，叶晚棠才拿出针线，为秋冬做衣裳："阿泰，我要回京一趟。"

萧长泰不是自由身，但叶晚棠是自由身，陛下并没有惩罚叶晚棠陪着来守陵，是叶晚棠自己要随夫而来。她随时可以回去，只要不频繁出入皇陵，陛下也不会计较。

正在看书的萧长泰眼皮一跳："为何突然要回京？"

"我阿娘病了，病了许久，还是巧巧今日来给我送衣料偷偷告知我的。我想回京都看一看阿娘。"叶晚棠低着头开始飞针走线。

她眉目清丽，在烛光的笼罩下更显温柔恬静。

"这么巧……"萧长泰道，他的第一反应是怀疑。

"你说什么？"他的声音太低，叶晚棠没有听清楚。

"没什么。"萧长泰扬起斯文干净的笑容，"也不急在这一两日，我去打听打听可有人护送你，安排好了你再回京。"

"我让巧巧回去通知了我阿爹，我阿爹定会派人来接我。"叶晚棠眉眼弯弯，笑容明媚，"你放心，我会照料好自个儿。"

巧巧是叶晚棠曾经的贴身婢女，来了这里他们只有基本定量的食材供应，根本不够两个人日常嚼用，萧长泰和叶晚棠都会自己做些东西让巧巧定时来拿一趟，去外面帮他们换成钱财，然后买了他们需要之物送来。

巧巧是可信的，如果再让岳父来接人，那岳母重病就是真有其事。

萧长泰也笑了笑，烛光照不到他幽深的眼底。

京都距离皇陵不过两日的路程，叶岐没有派人来，而是抽了自己休沐的时候亲自来接。萧长泰正好可以叮嘱一番："岳父大人，京中似不安稳，我忧心晚晚，烦劳岳父大人多费心。"

当着叶晚棠的面，萧长泰自然不好直言，不过翁婿二人心照不宣。萧长泰这是要叶岐看牢叶晚棠，不给对她不利的人下手的机会。

叶晚棠并没有深想，露出甜甜的笑容，跟着父亲回了京都。

她进城这日，萧华雍又跑出东宫来寻沈羲和。天气炎热，沈羲和不爱动，就没去东宫。

以往没有定亲，沈羲和来东宫可以说是探望，他一个儿郎却不好往郡主府跑；现在就不一样了，他可以正大光明地时常来。

两个人正在对弈，莫远递了消息，由红玉转达："四皇子妃回京了。"

沈羲和落下一子，对红玉挥了挥手表示知道了，抬眼看着萧华雍："难怪殿下如此胸有成竹。"

"好戏才刚刚开始。"萧华雍莞尔。

沈羲和见他也落下一子，拈起一子摩挲了片刻落下："殿下，四殿下对四皇子妃，我觉得并无几分真心，他明知这是个局，未必会跳。"

叶晚棠淡泊名利，原本就不适合嫁入皇家，当年萧长泰为了赢得她的芳心，颇下了一番功夫，甚至许诺不卷入争权夺利之中，这才让叶晚棠差点儿和祖父闹翻强硬地嫁入皇家。

他背地里的所作所为已经证明，他对叶晚棠或许有两分情意，却抵不上八分的权欲。

"扣着叶氏之人非我们，他会少些顾虑。"萧华雍笑容加深。

"嗯？"沈羲和不解。

"代王妃传信三次，均被老四拒见，怎能不恼怒？如今叶氏回了京，代王妃想见老四，请了叶氏过府一叙，将人扣下，你说老四能不来？"随着萧华雍的话音落下的还有一子，他温柔地提醒了一句，"呦呦，要小心足下，否则这一局我就赢了。"

观棋如观人，萧华雍的棋风，在他自己不刻意掩饰之际，就如他的行事作风。他不仅算尽人心，心思缜密，且会挖下一个又一个坑，让这盘棋上的每一颗子都顺着他规划好的路线来走。

沈羲和垂眸看去，她的子基本被萧华雍困住了，余下的路一步都不能退，否则就会立时被吃掉半壁江山。她将目光顺着唯一能够暂时拖延的棋路看下去，到了最后就是棋盘的边缘，依然是死路一条。

沈羲和抿唇笑了笑，别无选择地落下一子。萧华雍紧随其后地落子，对她眉眼含笑。

沈羲和继续落子，萧华雍紧随其后，如此各自落下五子之后，沈羲和的子落在了她本应该继续逃生的位置，拈着棋子的双指却始终没有松开。抬眼之间，明眸流

209

光，指尖一滑，她放弃了这一片领地，在另一个地方落下了一子。

萧华雍浓密的剑眉微敛，视线扫过，将整盘棋局尽收眼底。他不由得无声地笑了，笑容如风中摇曳的花，温柔而又静谧。他还是将子落在了原本的位置，困死了沈羲和的一片棋子。

他动作温柔地将棋子都捡起来放入沈羲和的棋笥之中，就见沈羲和又落下一子，这一子落下去，就成了萧华雍的一小片棋子陷入了同方才沈羲和一样的困顿局面。

"与呦呦对弈，棋逢对手，酣畅淋漓。"萧华雍喜欢和沈羲和下棋。

最开始萧华雍是有一点点故意让着，但沈羲和遇强则强，很快就完全不需要他让了。尽管他们胜负三七之分，他却知晓用不了多久，就会变成四六之数，最后不分伯仲。

"殿下，我是想提醒殿下，这着叫弃车保帅。"沈羲和温声说道。

萧长泰不好对付，就像沙漠之中的毒蛇，隐藏在沙子里，一脚踩上去都未必看得到它藏在哪里，等有人真的踩到它，就会倏地被它反咬一口，令致命的毒液侵入体内。

"呦呦是觉得，老四这次还能挣脱我给他布的局？"萧华雍若有所思地摩挲着一枚棋子。

"我对四殿下知之不多，只是觉得他能够悄无声息地帮助穆努哈从京兆府的大牢之中逃脱，又能时至今日才让殿下察觉，绝非等闲之辈。"沈羲和不置可否。

萧华雍闻言颔首："多谢呦呦提醒。"

"今日这盘棋便到此为止，改日再同呦呦续下。"萧华雍说着，掏出了一本册子递给沈羲和，"这是礼部连同内侍省一起拟订的聘礼单子，呦呦可以先过目。"

沈羲和面上微热，不过并不是因为害羞，而是她对聘礼不看重。

太子纳妃等同帝王纳后，这是规矩。皇家给的聘礼不用看，她也知道会有多丰厚，尤其是祐宁帝自己没有立后，这很可能是陛下在位期间最高规格的大婚盛典，沈羲和何须去细看？

"陛下和礼部拟订，定然是不会有错的，殿下日后莫要为这些琐事插手，免叫人察觉。"

他这么早就拿到聘礼礼单，正如上次拿到钦天监占卜出来的婚期一样，是需要动人脉的。

"呦呦过虑了，我正大光明索要的，并未偷偷摸摸地拿。"萧华雍笑了。

这种事情何须遮遮掩掩？太子心悦太子妃，看重太子妃，事无巨细要亲自过问，是人之常情。

"你……"沈羲和脸更烫了。

她一直以为萧华雍都是瞒着旁人拿到这些东西的，合着他是堂而皇之地索要，如此一来，岂不是宫里人都知晓他有多心急娶妻？

"我娶妻之心迫不及待，这不是丑闻，何惧旁人知晓？"他都加冠了，急着娶妻这是正常男子该有的表现，有什么不能让人知晓的？

"你……"沈羲和差点儿将"你不惧，我惧"说出来。

总之，男大当婚女大当嫁是人之常情，可她就是觉得萧华雍这个举动让她有点儿无地自容，却又不知为何会如此。她素来不在意旁人的眼光，说不上来的气闷感让她瞪萧华雍。

"呦呦也是对嫁我有期许之心，才会如此羞恼。"萧华雍凑近沈羲和，笑得得逞而又欠打。

沈羲和一把推开萧华雍的头："萧北辰，你是皇太子！"

他总是这般轻佻，真是让她气恼不已。

"若非你心中有我，我便是在你面前宽衣解带，你也能淡然处之。"萧华雍对沈羲和的脾性不说了解十分，少则也了解八分。

"出去！"沈羲和听不得他的这些话，恼羞成怒地说道。

萧华雍愉悦地笑出声来，气得沈羲和抄起隐囊就朝着他砸了过去。

双手精准地接住隐囊，萧华雍一下子退到了屏风外："呦呦勿恼，我这就走，聘礼记得看，若有与家中忌讳之物，及早告知于我。"

他给她礼单绝没有旁的意思，西北王府也是豪富之家，在西北盘踞上百年，有着世代累积的财富，他身为皇太子也炫不了富。他更不是为了让她觉得自己心急娶妻或者体现他对婚事的重视。

他只是想让她亲自看看，礼单上可有沈家忌讳之物。尽管礼部会派人详细询问西北王的长史，但长史也不是什么隐晦事都会如实告知，有些忌讳的东西，宁愿被人冒犯也不会吐露，只不过不会表露出被冒犯的不悦之色罢了。

萧华雍只是希望他们的婚事尽善尽美，从头到尾都白璧无瑕。

他放下隐囊，又弯腰从屏风边探出头，冲着沈羲和眨了眨眼尾有痣的眼，才带着志得意满的笑容走了。

"把棋盘封存好。"沈羲和吩咐珍珠，既然萧华雍说改日要续下，那就等改日再分胜负。

"诺。"珍珠和碧玉立刻忙了起来。

旁边摆着厚厚的册子，她们不敢动。沈羲和有意无意地瞥了册子几眼，都没有伸手，直到莫远将短命带回来。

为了不使短命失去本能，像其他贵女所饲养的狸奴成为随意摆弄的物件，每隔三日，沈羲和就会让莫远派人带着它去深山野林里遛一圈。

沐浴之后，香气萦绕的短命第一时间朝着沈羲和奔来，差点儿就踏在聘礼册子上——沈羲和先一步将之拿了起来。

"喵！"压根儿没有在意沈羲和的举动的短命扑入沈羲和的怀里，选了个舒适的位置蜷缩了起来。

它开始用脑袋蹭沈羲和，扭着身子要和沈羲和逗乐。沈羲和拍了拍它，让它安静，自己翻开册子，从头仔细看下去。

珍珠和碧玉回来，就看到侧身坐在长榻上，微微倚着方几的沈羲和。沈羲和眉目柔和，神情恬淡，没有了在西北郁郁寡欢、愁眉不展的样子，也没有了初经玲珑背叛的冷漠刚毅、生人勿近的感觉。此刻的沈羲和，就像旁边迎光而绽、从花瓶内伸展出来的木槿花，温柔到了骨子里。

她们都没有想到能够看到这样的郡主，这一趟京都之行，正如王爷所言，或许是郡主的新生。两个人不由得红了眼眶，没有人知晓她们曾经有多忧虑和心惊胆战。

李燕燕只比沈羲和晚一步知晓叶晚棠回了京都。李燕燕又给萧长泰递了消息，无一例外还是石沉大海。她与萧长泰一直只是合作关系，从来不觉得自己要看萧长泰的脸色行事。

当年决定合作之际，她便说过此事不许牵扯到萧长琪，可这次萧长泰失信了。

幸好那只是普通的毒药，若是致命之毒，萧长琪此刻岂不是……

李燕燕不敢深想。她必须要萧长泰给她一个交代。

她打听到了叶家之事，等了三日，等叶晚棠的阿娘病情有了好转，才下帖给叶晚棠。

昭王妃去世得早，往年皇家只有三个皇子妃，三个人相处得还算融洽，有些香火情。叶晚棠回了京都，李燕燕亲自下帖，叶晚棠自然不好推拒。

而叶岐听说叶晚棠是去寻李燕燕，便没有多想。萧长泰再对叶岐坦白，也不可能告知叶岐自己与代王妃来往密切。萧长泰心中坦荡，不代表旁人不会胡思乱想，故而自然不会叮嘱叶岐防备李燕燕。

他相信李燕燕有分寸，不会对叶晚棠不利。

李燕燕当然不会对叶晚棠不利，只是请叶晚棠来，寒暄闲谈一番，送叶晚棠离开之际才说道："四弟妹，回了皇陵，记得替我问候四弟。"

替她问候，而非替她与代王问候，叶晚棠虽觉得这话有些不妥，但也没有多想，只当李燕燕是说快了，于是含笑应声。

李燕燕看着叶晚棠的马车在视线内消失，却不知道叶晚棠的马车离了王府后就偏离了回叶府的路线。叶晚棠反应过来之际，还没来得及惊呼出声，就被一个手刀劈晕了。

叶岐下值归家，见女儿还未回府，立刻奔向代王府，李燕燕说叶晚棠已经走了两个时辰了。

两个人都意识到事情严重了，叶岐立刻报官。

与此同时，皇陵里的萧长泰再一次收到来自李燕燕的传信。这次的信却比往日要厚上些许，他打开一看，里面有一本册子，册子里面的内容吓得他第一时间将册子扔了。

萧长泰的面色十分难看，他闭了闭眼，重新拿起册子，翻开看着上面一页一页的小图。是三只大虫分食一个人的过程，画面极其细致，印入脑海，给人极强的代入感，让人宛如身临其境。

这个人穿着一袭很简单的衣袍，打扮也是汉人的样子，但萧长泰知道这人是穆努哈。

"晚晚落入太子手里了。"他镇定下来，将画册按在桌子上，"太子这是告诉我，若我不去京都，晚晚就会如穆努哈一样无声无息地消失在人世间。"

穆努哈死了，死得如此凄惨，可没有人知道穆努哈死了，只有萧华雍和他知道。可他知道又如何？这本册子他便是拿出去，说这是穆努哈惨死的过程，也没有人会信，且他解释不了为何他就知晓这是穆努哈惨死的过程。

"殿下，您不能去。"下属听了他的话之后心惊胆战，穆努哈竟然已经死了！

陛下派了那么多人去围剿，都没有抓住穆努哈，穆努哈有着草原上的狼王一样的敏锐性，一路被萧华雍的人追杀，尽管有他们的人暗中相助，但关键还是穆努哈自己察觉得早、逃避得快、隐藏得巧妙。

太子殿下竟然能够将在我朝的领地上都如泥鳅一样滑的穆努哈给擒住，其势力庞大程度远超他们的预想。

这个时候萧长泰要敢入京，必然是自投罗网。

萧长泰也在犹豫，没有第一时间做出决定，而是挥退了下属，一个人静静地坐在简陋的木板床榻之上，一脸挣扎的样子。

"殿下抓了四皇子妃？"沈羲和听到外面的风声，等到萧华雍来了便问。

"人不在我的手里。"萧华雍笑道。

沈羲和微愣，旋即反应过来："代王妃好一手瞒天过海。"

她打听了事情的始末，就连她都以为叶晚棠已经从代王府离开，却没有想到李燕燕只是借此来洗清自己的嫌疑。李燕燕先大大方方地把人送走，再把人截了回去。

"她不怕四殿下就此与她反目？"

"李氏与老三青梅竹马，这些年老三为她牺牲不少……老三只怕是她在这世间唯一在意之人。"萧华雍轻叹一声。

只不过两个人之间横亘了太多无法跨越的国仇家恨，李燕燕不愿意承认自己对代王有情,这样的她会让自己厌恨,那是仇人的儿子。

朝代更替,弱肉强食,对这些事她都懂,但不代表能够用这些大道理填平她作为人子的良知。

她无法做到说一句顺应局势,就欢天喜地地与仇人之子恩爱不疑。

"我懂。"沈羲和明白李燕燕的心情。

顾青柜比李燕燕清醒,一早就知道顾家和皇家的结局,所以始终理智地看待自己和萧长卿之间的关系。若非如此,顾青柜也会和李燕燕一样爱不行、恨不了,每日都活在无尽的煎熬情绪之中。

萧华雍深深地凝视着沈羲和:"呦呦,我们永不会走到这一步。"

看到了李燕燕和萧长瑱互相折磨的情景,萧华雍就觉得害怕,害怕有朝一日他和沈羲和也会如此。就冲着这畏惧心,他也不会对沈家和西北做出半分损害之举。

他误会了,以为她说她懂,是从她和萧华雍现下或者未来萧华雍登基后的时局而言。

"殿下,我们齐心协力。"

我们一起努力,护住我们彼此的未来。

"嗯,我们齐心协力。"萧华雍眉眼间俱是柔情。

她愿意与他一起用心,让他们不走到反目成仇的地步,这对萧华雍而言此刻仿佛拥有了梦寐以求的珍宝一般满足。

沈羲和笑着垂眸,心里泛起一丝淡淡的波澜。

她对萧华雍有心了吗?不能说没有,至少她会在意他的情绪,会迁就他的脾性;但也不能说有,她只是改变了对待他的方式,从刚毅决绝变成了包容温和。

她依然是理智的。和无关紧要的人相比,她定然会护着、帮着萧华雍;一旦触及至亲,她还是会毫不犹豫地选择与他对立。

"四殿下会来吗?"沈羲和又问了一次。

前几日她不确定,今日仍然不确定。和重情的三殿下相比,萧长泰很明显重权重利。

"会。"萧华雍十分自信,"李氏劫走叶氏,又给老四递了信息。这几日她频繁给老四去信,我也摸到了他们联络的门道,中途将她的信调了包。"

李燕燕将信写得明明白白,叶晚棠在她的手里,要是让萧长泰知晓这事,萧长泰就不会慌乱。对付李燕燕,他还是有把握的。

萧华雍将李燕燕的信换成了那本画册,再加上京都发生的事情,萧长泰便不会怀疑李燕燕,而是第一时间想到叶晚棠落在了萧华雍的手里。

萧长泰深知,他不来,叶晚棠会如同穆努哈一样悄无声息地死去,这绝不会是在与他说笑。

萧华雍原本打算让萧长泰知晓是李燕燕劫了叶晚棠，让萧长泰少些顾虑，觉得对付李燕燕绰绰有余，但仔细思量之后，觉得萧长泰或许会有旁的法子从李燕燕手中换走叶晚棠。

且萧长瑱只是吐了点儿白沫，李燕燕不至于为此就真的对叶晚棠下毒手，萧长泰只要换个旁的能够致歉或者安抚住李燕燕的法子，向李燕燕低个头，这事也许就过去了。

故而，萧华雍临时改了计划，没有惊动李燕燕这边，而是激了激萧长泰。

"除了对叶氏的情分，还有他的自信，"萧华雍双手负在身后，长身玉立，看向争奇斗艳的各色花朵，"他想要真正与我交锋一次。"

萧长泰是个有能力、有自信的人，被萧华雍逼到这个份儿上，决不会退缩，否则有什么资格去争夺帝位？

这个理由说服了沈羲和，似萧长泰这类人，若说他纯粹为叶晚棠而来，沈羲和不信，但若说是为了男人的气节和傲骨，沈羲和倒觉得合情合理了。

萧长泰从未真正和萧华雍对决过，想要一决高低很是合情合理。

"殿下也要当心，他若来，必然全力以赴。"沈羲和轻声叮嘱。

"正好让他全军覆没。"萧华雍唇边滑过一丝冷笑。

一如萧华雍预料，萧长泰经过一夜深思熟虑，决定上京一趟。

"殿下，请三思。"等到消息的心腹极力劝阻，"我们在京都培植的势力不足，又在陛下的眼皮子底下，此刻若是动手，我们要全盘暴露。"

"不与他明刀明枪地对抗。"萧长泰目光微冷，"他抓了晚晚，我若不去，岂不叫跟随我之人心寒？对叶家也难以交代。今日他逼我至此，我若一味避让，只会令手下之人失了信心。"

这一次，他必须得去。

"殿下……"

"无须再劝，按照我的吩咐安排下去。"萧长泰目光坚定，将自己一晚上思虑好的一桩桩应对之策交代给了心腹。

萧长泰是三日后才乔装潜伏回京都的，萧华雍与沈羲和都不知道。萧华雍盯着的是李燕燕，萧长泰回京，一定瞒不过与他合谋的李燕燕。

李燕燕只要一知道萧长泰回了京，必然会第一时间联系萧长泰，然后告诉萧长泰叶晚棠在她的手上。有了萧华雍横插一手，萧长泰不会信李燕燕，但会见李燕燕，其目的无非是利用李燕燕。这时候的萧长泰防备心还不是最高的，最适合一击即中。

萧长泰一入京都，李燕燕的确立刻得知了。但她还没有递信给萧长泰，萧长泰就秘密见了昭王。

"见了老二？"萧华雍在沈羲和的郡主府里。

这消息是从代王府传来的。上次阳陵公主和穆努哈的事情发生在代王府里，不少人因此被牵连，代王府为了象征性地给陛下和公主一个交代，也罚了一批下人，萧华雍见缝插针，正好安排了一两个人进去。

　　这几个月他的人在代王府里钻营得不错，收买到了能够接近李燕燕的人。

　　"殿下的眼线遍布天下。"沈羲和赞叹。

　　"呦呦放心，你身边没有我的人。"萧华雍舒缓一笑。

　　沈羲和扬眉："殿下可以试试，看能不能安插进人来。"

　　"我若早知今日会对你一往情深，十年前定会安插人在你身边。"萧华雍半真半假地说道。

　　沈羲和年幼时在她身边安插人才是唯一的可能，只是那时除了打沈岳山的主意之人，谁会没事安插人在一个小女童身边？便是有人安插了也只会把劲儿往沈岳山或者沈云安身上使。

　　玲珑是个例外，也许是阴错阳差，没有安排到沈云安身边，最后不得不将错就错的棋子。有了玲珑的先例，现在的沈羲和更不可能轻易让人近身。

　　沈羲和之所以这几年没有要将珍珠等人发嫁的心思，是因为已经在着手培养第二批心腹，等着她们能够独当一面，接替珍珠等人后，才将珍珠等人嫁出去。

　　沈羲和从他身上收回目光，想着萧长泰去见了萧长旻："昭王是他唯一能够说服的人。"

　　皇长子早逝，昭王就成了长子，俗话说立嫡立长，嫡之后自然是长幼有序。

　　萧长泰去寻萧长旻，要让昭王看清萧华雍的真面目，便是萧长旻这次不帮萧长泰，日后对萧华雍也绝不会放松警惕。

　　这是一箭双雕之计。

　　"老二不傻。"萧华雍沉思片刻后说道，"除非老四能够给老二足够动容的好处。"

　　萧长旻说好听一些是不冒进，说难听一些就是不见兔子不撒鹰。

　　沈羲和听了这话，目光一凝，有什么念头在她的脑海里一闪而过，霍然站起身来："莫远！"

　　突如其来的高呼声让所有人都惊了一下，莫远更是疾冲入内，人还没有到沈羲和跟前，已经飞快地朝四周扫了一遍："郡主，何事？"

　　"派人……你亲自带人去一趟沈府，看看二娘子是否在！"沈羲和肃容吩咐。

　　萧华雍也反应过来，老二肖想沈家二娘子不是一天两天了，如果老四将沈璎婼给绑走，威胁老二，既可以得到老二的帮扶，又可以牵制沈羲和。

　　是他大意了，沈羲和素来与沈璎婼不亲，他都快忘记沈璎婼这个人的存在了。

　　莫远接到命令，带了人刚走到郡主府的大门口，一个人便跌跌撞撞地跑来，正是沈璎婼的奶娘谭氏。谭氏一看到莫远，就扑过来抓住莫远的手臂，"扑通"一声跪下:"莫将军,二娘子被人掳走了……"

沈璎婼在沈府,沈府一样戒备森严,属于王府的守备规格,又是天子脚下,除了萧长泰这样胆大包天之人,没有人敢轻易去沈府掳人。

从长陵公主去世后,沈璎婼就一直深居简出。她母孝在身,若非必要出席的宴席,或是偶尔出府散散心,基本都在沈府内。今日有人闯入了她的闺房,将她掳走这样的事情,从未想过竟然发生在王府里。

一刻钟前,萧长泰来到昭王府,一身粗布,伪装成了送柴之人,通过管事,瞒过了昭王府其他人的眼线,见到了昭王萧长旻。

"四弟好大的胆子,私自从皇陵逃回京都,陛下若是知晓此事,你便是皇子也小命难保。"

萧长泰解下斗笠:"二哥,我今日若是小命不保,也不过是早去黄泉路上等二哥罢了。"

"你这话是何意?"萧长旻面色微沉。

"我今日是被逼得不得不入京,我的妻子落在了我们的好七弟手中。"萧长泰向萧长旻揭穿萧华雍的真面目,"二哥,你是不是还如我一般,傻傻地盼着我们的太子殿下驾鹤西去?"

萧长泰轻嘲一笑,接着说道:"别盼了,你若是再不看清楚他的真面目,连如何死的恐怕都不知。二哥不妨想一想,自他从道观回京,这一年京都发生了多少变化?朝堂之中又有多少势力更换?一年的时间,六部领头人换了个遍,三省除了尚书令崔征,也都换了人,这还是国之重器,旁的官位只怕被换者不计其数。

"我们在明争暗斗,他却在坐看猴耍,说不得你我都是他戏耍出来的猴儿。"

萧长旻并没有多少惊奇。这些事他都想过,尤其是穆努哈当着陛下的面说见过身手了得的萧华雍,他就没有一刻对萧华雍松懈过防备心,只不过萧华雍是皇太子,谁敢轻易动手?

谋害储君和谋反有什么区别?谁愿意为他人作嫁衣,将皇太子拉下来赔上自己便宜旁人?

"太子殿下高深莫测,你又何尝不是深藏不露?"萧长旻冷笑一声,"四弟,哥哥不傻,你与我说这些无用。我很乐意看到你和太子殿下一争高低,能坐收渔利自是好事;若是不成,我也不沾腥。"

"二哥由来瞻前顾后。"萧长泰眼底闪过一丝讥诮之色,"不过弟弟从太子殿下手里学到一招……"

说着,萧长泰取出一支芍药花步摇,放在萧长旻的面前:"四哥对此物可熟悉?"

这支步摇,只要和沈璎婼一起上过学的皇子和公主都熟悉,这是沈璎婼最喜的一支步摇，她时常戴。

"你敢！"萧长旻大怒，一掌拍在高几上霍然站起了身，随着他的掌声落下，守在外面的护卫冲了进来，"把他拿下！"

"二哥，你抓了我也无用。"萧长泰半分不惧，"我早在踏入京都那一刻就没有想过回去，多几个人为我陪葬，何乐而不为？只是可惜了淮阳县主，豆蔻年华，红颜薄命……"

萧长旻"唰"地抽出了佩剑，架在萧长泰的脖子上："她在哪儿？"

"二哥助我活着离开京都，我便让淮阳县主活着回到王府。"萧长泰笑得有恃无恐。

萧长旻目光森冷，握着剑柄的手一寸寸收紧。

"呵呵呵……"萧长泰低声笑了，不但没后移，反而往前，剑锋在他的脖子上擦出了细长的血痕，也丝毫不惧。

反倒是萧长旻见他如此，不断后退，直到抵上了墙壁退无可退。四周的护卫没有得到萧长旻的命令也不敢轻举妄动。

萧长泰一手抓住萧长旻的肩膀，一手按住萧长旻握着剑柄的手，面上透着阴狠之色："二哥，我纵使是从皇陵逃出来的，也轮不到你来杀我。你敢对我动手吗？你杀了我，你的心上人要陪葬，你的好日子也到头了。"

正如对犯罪之人，不是人人都具有将之斩杀的权力一样。萧长泰从皇陵里私逃出来，是罪不容恕，但萧长旻若是杀了他，一样罪不可赦。

萧长泰一把推开萧长旻，不理会脖子上滴落出血珠的伤："太子的人很快就会寻上我，是否帮弟弟一把，二哥自行抉择。"

萧长泰只在昭王府里逗留了一刻钟。时间再长，他就真的走不出昭王府了，太子只需要引人将他堵在昭王府里，堂而皇之地将他抓到陛下面前，就足以治他的罪。

萧长泰离开昭王府的时候，正是谭氏跑到郡主府，将沈璎婼被掳走的消息告知之际。

萧华雍亲自去了一趟昭王府，萧长旻已经面色如常，恭恭敬敬地迎了太子殿下。

"二哥，可有话要与孤说？"萧华雍问。

萧长旻面露不解："太子何出此言？太子驾临，竟是问我有何话告知太子？"

萧华雍淡淡地看着他："二哥既然无话对孤说，孤便告知二哥一事。"

"太子请讲。"萧长旻恭敬地应道。

"盗墓案背后与李氏联手之人是四哥。"萧华雍轻轻吐出了这样一句话。

萧长旻微微躬着身，半垂着眼睑，遮盖住眼底晦暗不明的情绪："多谢殿下告知，我会去核实。"

萧长旻的态度很明确，他向萧长泰妥协了。

他一半是为了沈璎婼，一半是为了不让萧华雍除掉萧长泰。如今少一个人，对他而言就多了一分劣势。

　　萧华雍笑着点了点头，转身离去，萧长旻恭恭敬敬地将萧华雍送出昭王府。萧华雍步下阶梯，踩着最后一级石阶停步说道："二哥，莫要成为下一个四哥。"

　　他能够把萧长泰逼到这一步，自然就能把萧长旻也逼到这一步。

　　萧长旻置若罔闻："恭送太子殿下。"

　　直到马车轱辘声远去，萧长旻才直起身，脸随着阳光消失而一寸寸阴冷下去。

　　"殿下，我们可要……"

　　"不用，派人盯紧老二便是。"萧华雍抬手打断天圆的话，"就看看老四有多少本事！"

　　萧长泰从昭王府离开之后，就回到了自己的藏身之所。李燕燕知晓这里，不过不能来。她与萧长泰都是约见在东楼边上的一座宅院里，她已经在那里等着了，她的信也已经被送到了萧长泰的落脚之地。

　　李燕燕抓了叶晚棠之后给萧长泰去了一封信，这封信被萧华雍调了包。有了前面萧长泰对自己的信置之不理的先例，李燕燕没有接到回信，只当萧长泰是在强撑。她笃定五日内，萧长泰一定会入京，因为她相信萧长泰对叶晚棠有几分真心。

　　果然，萧长泰三日内就入京了，她虽不知他为何要去昭王府，但萧长泰之事她并不理会。

　　她这次给萧长泰去信没提及叶晚棠。在李燕燕的眼里，萧长泰就是为了叶晚棠而来，也是知晓叶晚棠在她的手中，她就没有必要咄咄逼人了，免得一次次提醒，惹恼了萧长泰。

　　萧长泰对李燕燕极其恼怒。不知李燕燕被萧华雍利用的萧长泰，也想见一见李燕燕，把话说清楚，同时告知李燕燕，他们的联系方式已经被人破获。

　　去见李燕燕，萧长泰并没有多防备，盖因李燕燕没有告诉萧长泰，上元节那日他们密会散去后，她遇见了沈羲和。

　　在李燕燕看来这不过是寻常事，更不知沈羲和闻香识人，还把这件事情告知了萧华雍，萧华雍早早就派人将东楼周边的情况摸底了一遍。

　　崔晋百在大理寺，要调查京都住宅情况再便利不过，有千百种法子不引起任何人怀疑。

　　马车出了王府，萧华雍就收到了消息："殿下，代王妃去了钱府。"

　　钱府，就是他们密会的府邸，是一个姓钱之人买下的。

　　萧华雍嘴角微扬："走，去寻三哥。"

　　萧长泰来到钱府的时候，天色渐暗，李燕燕都在这里用了夕食了。萧长泰来得如此缓慢，实在是让她有些恼怒："四弟，可真是难得一见。"

"你可知现在是何等紧要关头？"萧长泰对她阴阳怪气的话也十分恼怒，"若非有要紧之事叮嘱你，你以为我会来见你？"

李燕燕有些困惑："何事？"

"日后改个法子联系我，如何联系，我琢磨一段时日再知会你，你我先前的法子已经被太子知晓。"萧长泰冷声说道。

"你如何知晓被太子知晓了？"李燕燕问。

"三日前你送到皇陵的信被截走了，我的人取来的是一本册子。"一想到那本册子上的内容，萧长泰就有些作呕。

他觉得自己冷血狠戾，没有想到萧华雍才真正令人畏惧，那样的图册，不知他是如何画下来的："是穆努哈惨死的过程……"

"且慢。"李燕燕打断了萧长泰的话，"你是说，我三日前递给你的信你并未收到，你收到的是一本图册，这本图册是太子殿下给你的？"

"是。"萧长泰冷声道。

李燕燕面色骤变："不好，我们中计了！"

萧长泰既然不知叶晚棠落在了她的手中，为何要入京？只能是萧华雍误导萧长泰，让萧长泰以为叶晚棠落在了萧华雍的手里，目的就是骗萧长泰入京，同时见她的时候放松警惕，萧华雍好在这个时候下手！

"四弟妹在我的手上。"李燕燕只需要说这一句话，就能够让聪明的萧长泰想明白个中关节。

"愚妇，误我！"萧长泰倏地拍案而起。也就是这动怒的一瞬间，萧长泰觉得四肢突然一软，连忙撑住桌面，目光难以置信又狠厉地盯着李燕燕。

"你这是……？"李燕燕本恼怒萧长泰辱骂她，但看着萧长泰忽然欲言又止，也担心起来，正要起身问他怎么回事，却发现自己也有些瘫软无力，连忙冲着外面喊道："来人……"

因为情绪起伏，导致不知何时中的毒发作得更快，萧长泰立刻反应过来，迅速令自己平心静气下来。李燕燕喊了人，却没有人应答。

他们俩本来就是密会，都没有带太多的人来这里，萧长泰更是只身前来，完全没有想过这里早就已经暴露。察觉令自己瘫软无力的药效减缓，他从腰间拔出了一把匕首。

寒光一闪，李燕燕被吓得面色发白，瘫倒在石凳上。萧长泰紧紧盯着她，扬起手却将匕首用力扎在了自己的胳膊上，疼痛感让他逐渐模糊的意识瞬间清醒，似乎也让他多了一丝力气。

他咬着牙，转身跌跌撞撞地扶着亭柱离去。

李燕燕不习武，对这种西域的软筋迷药抵抗力更差，倒在石桌上，像缺了水的鱼儿，喘着粗气，视线越来越模糊地看着萧长泰远去。

　　忽地，院子里有了动静，一道人影迅速站到了她的面前。她费力地睁开眼，看到的是那张熟悉的刚毅面容："阿瑱……"

　　萧长瑱俯视着她，目光缓缓移开，看着地上的血迹，随即转身欲走。李燕燕也不知哪里爆发出来的气力，一把拽住了他的袖口："阿瑱……"

　　紧接着京兆府的人闯了进来，说是有人举报宅子里发生了命案。

　　这些人看到了萧长瑱夫妇，又看到了地上的血迹，立刻顺着血迹追过去，一路追到了一间书房，进了书房，血迹消失在一堵墙外。人人都知道书房里定然有密道，于是四处搜寻，一时间竟然搜寻无果。

　　"殿下，钱府内有密道，四殿下跑了。"天圆第一时间得到消息就立刻转告给了萧华雍。

　　萧华雍已经回了东宫。为了避嫌，接下来无论发生什么事，他都得在宫内。他又不能亲自动手，在何处都一样："把钱府的图样拿来。"

　　他们彻底去调查过钱府，他们的人都渗入了钱府内，结果还是没有查到钱府的密道。

　　天圆将钱府的布局图在萧华雍的面前展开，萧华雍问："密道入口在何处？"

　　"这间屋子。"天圆将两指点在地图上。

　　萧华雍的视线迅速扫过那处，又想了想钱府的位置以及旁边的街道，他转身目视身后一张巨大的舆图，那上面是整个京都的布局。片刻之后，他举起细长的木棍，指着一个位置下令道："让律令带人去这里拦截。"

　　"诺。"

　　天圆退下之后，萧华雍立在雕花窗前，窗外繁花盛开，树影摇曳，芬芳阵阵。

　　他双手负在身后，摩挲着腕上的五色缕，心里却觉得，这次只怕又要被萧长泰逃脱了。

　　沈羲和担心着沈璎婼，无暇分心关注萧长泰的事情。此刻京兆尹带着萧长瑱和李燕燕来到了御前，将事情的始末告知了祐宁帝。

　　祐宁帝一听便知晓几个儿子又在斗法："李氏为何在钱府，与谁见了面，血迹何人所留？"

　　"回陛下，儿媳不知。儿媳今日出府散心，被人下了药掳走，醒来便在钱府里了。"李燕燕跪在地上叩首说道。

　　"你身为王妃，出入竟不带随从？"祐宁帝冷冷地看着她。

　　"儿媳喜静，只带了个婢女。"李燕燕回道。

　　祐宁帝看了一眼刘三指，刘三指弯身对着外面喊道："把人带上来！"

很快两个人被侍卫带了进来，一个是代王府的门阍，一个是钱府的门阍。

"把你们方才交代的话再交代一遍。"刘三指叮嘱。

代王府的门阍伏在地上，哆哆嗦嗦地说道："王妃时常撇下侍卫，只带小娥姑娘一人出门，有时是白日，有时是深夜。"

钱府的门阍紧跟着磕磕巴巴地说道："小人不知这是……是王妃，王妃时常到府上。"

"王妃至府上为何？"刘三指追问钱府的门阍。

钱府的门阍害怕地说道："小人只是守门，只知道府上主人姓钱，连主人的面都没有见过，原以为王妃是……是钱郎君的相好……"

这不是说谎，他们都是看宅子的普通人，钱郎君极少来，每次来王妃也会来，这不是相好是什么？他们和厨房里的老张头都是这般认为的。

只不过他们嘴巴紧，都没有说出来，原本以为这是普通有钱老爷家的风流韵事，哪里知道会牵扯到皇家？

祐宁帝的面色越来越不好看，刘三指让侍卫将两个门阍带了下去。

"李氏，你还有什么要狡辩的？"祐宁帝问。

李燕燕丝毫不慌，抹着艳丽口脂的唇微扬："陛下，您不用急着给儿媳扣上私通的罪名。俗话说得好，这捉奸哪要在床，儿媳有没有私通，陛下问您的儿子自然知晓。"

"李氏！"祐宁帝被李燕燕满不在乎的态度激怒了。

李燕燕却不在意，抬起头看向旁边跪着的萧长瑱："你也以为我与旁人有染？"

萧长瑱有些木然地转头看向了她，两个人四目相对，他的双眼赤红，眼底看不出有什么情绪。看了她半晌，他才又缓缓地转过头，对着陛下叩首："陛下，儿信她，她不会行对不住儿之事。"

"你……"祐宁帝被萧长瑱气得抄起镇纸就砸了过去。

镇纸由玉石打磨，砸在头上，轻则头破血流，重则当场毙命，李燕燕见状一把将萧长瑱扑倒。

镇纸越过他们砸在大殿的柱子上，砸出一个坑痕，坑痕刺伤了李燕燕的眼。

她霍然站起身，高声道："陛下是有多不待见儿媳？若是觉得儿媳碍了您的眼，妨碍了您对西凉李氏赶尽杀绝，您大可赐鸩酒，儿媳定会谢恩。您用不着非得给自己的亲生儿子戴上绿头巾，好歹他也是萧家儿郎，是陛下封的亲王，陛下便这般盼着他抬不起头吗？"

对上祐宁帝动怒的面容，李燕燕丝毫不惧，回视过去，下巴微抬："做陛下的儿子，日后谁还敢娶妻？二皇嫂没活几年，四弟妹陪着四弟去了皇陵，五弟妹和我倒是同病相怜，落了个被满门抄斩的结果，可怜五弟还是监斩官……呵！"

"现在轮到阿瑱了是吗?他不信妻子偷人,便为陛下不容?"

刘三指深深低下了头。有时候他其实期盼着陛下是个冷戾不容他人忤逆之人,若是如此,代王妃怎敢说出这些大逆不道之言?

"你放肆!"祐宁帝高喝。

"放肆便放肆吧,左不过陛下也没打算给我活路,我人都要死了,还不能说句心里话?陛下可莫要以为我是五弟妹,会全陛下的颜面!"

"来人!"祐宁帝厉声唤道,"将这个泼妇给朕关入宗正寺!"

"陛下,燕燕她口无遮拦,陛下……"

"带下去!"祐宁帝不给萧长瑱求情的机会,一声令下,侍卫便将李燕燕押住了。

"放开我,我自己走。"李燕燕挣开侍卫的触碰,整理好自己的衣襟和披帛,挺胸抬头,步伐稳健,自己走在前头。

萧华雍听了明政殿传来的消息,意味不明地笑了笑:"李氏也逃脱了。"

萧长泰逃脱,正如李燕燕说的没有捉奸在床,尽管有人上报京兆尹有命案发生,也看到了血迹,但没有看到尸体,就构不成命案。李燕燕只要推脱干净,陛下也定不了她的罪。

"殿下,皇陵安排的人已经到了宫门口,四殿下私逃皇陵的罪名跑不了。"天圆禀道。

萧华雍微微摇头:"除非将老四抓个正着,否则他还有后招。"

萧长泰既然敢来,就是做好了万全的准备。

萧长泰从皇陵私逃出来的消息递到了御前,祐宁帝看向跪在面前求自己宽恕的代王:"四郎不在皇陵里。"

萧长瑱垂首不语。

"抬起头,"祐宁帝命令,"看着朕。"

萧长瑱抬起了头,与帝王对视,却依然缄默不语。

祐宁帝沉声问:"你告诉朕你深信李氏所见之人不是四郎!"

被帝王藏威的视线锁住,萧长瑱动了动唇,最后说道:"陛下,四弟妹是去见了燕燕才失踪的,四弟与四弟妹伉俪情深,他忧心四弟妹,入京来寻燕燕询问,也是情理之中。"

"情理之中?"祐宁帝气乐了,"门阃之言,你是忘了?她与四郎非第一次密会!"

"陛下,燕燕不会对不住儿。或许是府宅的主人恰好与四弟相熟,四弟便借了此地,约见燕燕;而燕燕往常去钱府,应是想要置宅。燕燕已经同儿说过好几回,想要置宅。"

祐宁帝俯视着越说越精神、仿佛自己也信了这话的儿子，眼中只剩下怜悯之色。

他自然知道李氏与老四密会，绝对不是为了偷情。老四还盯着叶家的权势，哪里敢和兄嫂胡来？既然不是偷情，他们又频繁相见，那只能是密谋其他事。

"你可还记得盗墓案？"祐宁帝声音无起伏地提醒他。

到了这个时候萧长瑱还有什么不明白的？自己的妻子和萧长泰联手，盗墓案是萧长泰一手主导，他们俩私下不知借此敛了多少钱财。

"陛下，儿只信证据。"萧长瑱垂眸。

"刘三指，你亲自去，封锁城门，缉拿萧长泰。"祐宁帝下令。

"诺。"刘三指颔首退下。

萧长瑱有些焦急，如果萧长泰真的被抓住，那就真的是铁证如山了。

"陛下，儿……"

"你给朕跪在外面，等着你要的证据。"祐宁帝命令道。

萧长瑱无法，只得跪到宫门口去。

宫里发生的事情是瞒不过京都众人的，大臣们都是云里雾里。他们因为还不知守皇陵的萧长泰不见的消息，总觉得事情不简单，却又不敢贸然打听。

萧长卿通过蛛丝马迹倒是猜得差不多了："老四这回掉入了太子的网里，不死也要脱层皮。"

"盗墓案是四哥主谋，三嫂遮掩。"这下子萧长赢也知晓了。

"陛下这次不会放过老四。"

盗墓案是个越不过去的坎儿，激起了民怨，且连发死人财的事情都做得出来，萧长泰的品行已经为帝王所不容。

之前他炸了皇陵的事情，陛下也会以为是老四所为，如此一来，倒是省了他不少事。

"太子……为何突然要对四哥下手？"萧长赢不解。

萧长泰在皇陵里，便是有什么小动作也翻不起浪，太子殿下若是要杀鸡儆猴，也不应该选择萧长泰才是。

"我们的皇太子……从不将我们放在眼里。"萧长卿轻笑一声，"只要我们乖些，他是不屑对我们动手的。太子突然对老四下手，定是老四先招惹了太子，太子不想让老四活了。"

萧华雍直接派人暗杀不妥，皇陵戒备森严，还会将事情闹大，要损兵折将，不如将萧长泰是盗墓案主谋的事情捅出来，陛下自然不会再容萧长泰活着。

说着，萧长卿瞥了萧长赢一眼："前些日子，太子与昭宁郡主遇到虎袭，三只虎。"

这事，萧长赢并不知。他现在领了差事，一半的时间在军营里，也没有萧长卿等人会钻营培养耳目，是此刻才知此事："老四他引虎伤她！"

萧长赢抓住的重点没有叫萧长卿失望……

三只虎定然不是意外遇见，必然是有人刻意为之，才能出现这等情形，萧长卿很欣慰萧长赢想到了这一点，不过他风风火火地站起身就大步往外走，这也在萧长卿的意料之中。

"也不知你与我相比，是幸还是不幸。"萧长卿望着那一抹火红的身影消失，不由得轻声呢喃，"亦不知，我此举是对还是错。"

他是故意告知萧长赢虎袭之事的，萧长赢知晓后必然要去对付萧长泰。

他的弟弟就是如此直白和纯粹。

萧长赢清楚地知道他与她不可能有结果，却依然没有完全放下她，忍受不了她遇险，无法放过伤她之人。

萧长卿抬起头，望着湛蓝的天，轻叹了一口气。

他娶到了一生至爱，却依然逃不开命运的捉弄，他们终究是有缘无分。

萧长赢娶不到，也许现在还放不下，待到心凉了那一日，也就释然了。

他让萧长赢去对付萧长泰，是不希望萧长赢日后懊悔，更加挂念和自责，也是希望日后太子登基，能够看在他们不曾为敌的情分上，善待萧长赢。

他这个做哥哥的能够为弟弟谋划的事也只有这么多了。

"郡主，追查到了四皇子的下落。"莫远连忙回来禀报。

"抓住他，要留活口，"沈羲和下令，"正大光明地去！"

她怀疑萧长泰掳走了自己的妹妹，派人去抓人，陛下也说不出错来。

"诺。"莫远领命，正要往外走，就看到萧华雍迎面走来，连忙行礼。

萧华雍看到他虚抬了抬手，才说道："莫将军奔波了一日，不如歇息片刻。"

莫远看了看他，又看了看沈羲和。沈羲和将视线往萧华雍身边扫了扫，才对莫远颔首。

莫远行了一礼，就退了下去。

"四殿下之事出了变故？"沈羲和问。

"陛下派了人，我让人引着陛下派的人去了，老四利用沈二娘子威胁老二相助，他们的人必然要和陛下的人对上。我们派了人，便是把人抓到了也落不到你我手上。"萧华雍回道。

"若是让他跑了呢？"沈羲和又问。

"跑了？"萧华雍微微一笑，"他跑去何处？皇陵那边已经有人上报他私逃，陛下不会猜不到李氏见了谁，盗墓案的主谋水落石出，他回皇陵也是一死。"

为了不让萧长泰察觉，萧华雍没有摸查钱府。若是被惊动了，萧长泰便是上了京也不会与李燕燕在钱府约见。如今他们漏了一条密道，让萧长泰逃了，私通之罪扣不成，可揭露了萧长泰是盗墓案主谋也就够了。

　　"淮阳县主还没有寻到。"沈羲和担心沈璎婼，沈璎婼到底姓沈。

　　"别担心。"萧华雍安抚她道，"他不敢对沈二娘子不利。在见到李燕燕之前，他并不知晓叶氏的下落，此刻叶氏已经被放出来，被关在京郊外的一个猎户家中。猎户恰好这段时日上山打猎不在家中，又是孤身一人，李氏寻的地方极好。

　　"叶氏现在也不知是何人绑了她，平安回了家中。萧长泰若是逃脱，就会明白，沈二娘子若是有个三长两短，你或许不会将怒气发泄在叶氏身上，可老二一定会。"

　　为了叶晚棠，萧长泰也不会伤沈璎婼分毫。

　　是这个理，他们这会儿派人去拦截萧长泰，只会暴露他们的势力。毕竟这件事情陛下派人插手了，他们不如静观其变，坐等后续。

　　萧长泰不论逃不逃得了，都必死无疑。

　　这一等就是两个时辰，萧华雍陪着沈羲和正用夕食时，天圆来报："殿下，陛下派去的人被四殿下与二殿下的人联手拦截，四殿下险些逃走……"

　　说到此处，天圆飞快地看了一眼沈羲和，才继续说道："九殿下突然带着操练的兵马赶至，将人拦于渭河边，四殿下殊死抵抗，被九殿下一箭穿胸，落于渭河中，此刻尚且寻不到人。"

　　萧华雍扬了扬眉："真是精彩。"

　　这下子陛下指不定得多头疼，老二暗中的势力掺和了进来，小九明面上的势力也横插了一脚。

　　"另，皇陵内四殿下的屋子失火，烧焦了一具尸体，四殿下的侍从一口咬定那是四殿下。"天圆又禀道。

　　"果然有后招。"萧华雍赞赏道。

　　"四殿下到了这个地步，还要为自己铺出一条生路。"沈羲和忍不住叹了一声。

　　哪怕萧长赢等人亲眼看到逃到渭河边、被他一箭射中、落入渭河的人是萧长泰，可没有擒住人，就不作数，叶氏一族不会认。

　　叶氏一族只会承认皇陵内失火被烧死的人是萧长泰，这就大有文章可做。

　　现在世人确定萧长泰是被烧死了，日后他想回来了，一句当初认错了，再编织一个说得过去的理由，自然可以正大光明地恢复身份。当然这必然是要等陛下驾崩之后，他才敢站出来。

　　只要陛下没有给他定罪，旁人如何攻讦他，没有证据，那都是诬蔑。

　　上次他被萧华雍和萧长卿联手摆了一道，露出了真面目。他抓住机会，替陛下认下了与康王府串通铸造兵刃的罪过，将这件事情揭了过去，让朝臣不能继续做文章,这是第一次隐。他隐到皇陵之中,日子是艰苦了些,但万事无法波及他,谁要对付他还无法在皇陵下手且得手,这算是一步妙棋。

现在他又被逼得第二次隐,这次直接大隐隐于市,藏匿到民间去了。

只怕萧长赢那一箭正中萧长泰下怀,让他落入渭河中,只要他能够活着,就还能够卷土重来。

他能化明为暗,蛰伏在外面搅风搅雨,且手上有大笔钱财,可以正大光明地培养势力。等到萧华雍和其他皇子斗得你死我活,大局将定之时,他再冲出来,又是一番腥风血雨。

"或许,他放走穆努哈,由着穆努哈逃走,用穆努哈来探出我的势力,就是早早在做这一步计划。"萧华雍突然觉得自己也有点儿低估萧长泰了。

萧长泰肯定不会想到他会被萧华雍逼得早早走上这一步。他应该是早就不想在皇陵待着了,这会束缚他的手脚。他只等时机成熟,就来一把大火"烧死"自己,日后再"死而复生"。

金蝉脱壳之后,他必然要潜伏到民间,最忌惮的莫过于萧华雍的势力。

他自己就是假借游山玩水在各地培养势力的主儿,如今知晓萧华雍的真面目,当然也能够猜到萧华雍这十二年的道观生活能够培养出多么强大的势力。

他借助穆努哈将萧华雍的势力大致摸了个底,哪怕不是全部,这样逃跑,也能避开大部分追击,绝不会落得像穆努哈那么狼狈不堪的下场。

"殿下可要当心这人。"沈羲和提醒道。

"当心?当心什么?"萧华雍一手轻抚宽大的长袖,一手指尖轻轻触碰栏杆外伸过来的花朵,渊海一般深沉的眼眸里泛着浓黑的光泽,"他以为他还有卷土重来的机会?"

沈羲和从未见过这样的萧华雍,他浑身都好似笼罩着一层浓郁的肃杀之气,原本趴在美人靠上的短命叫了一声,就从美人靠上跳下来,迅速离开了这个亭子。

"殿下,您……"沈羲和一时间没有想明白萧华雍要如何做。

"我要让他活着比死了还要痛苦,要让他一辈子都只能是阴沟里的鼠,永无重见天日之机。"

"咔嚓"一声,一朵牡丹花被他折了下来。

萧华雍指尖拈着花梗走到沈羲和的面前,伸手将花簪入她的发间,退后两步含笑端详着:"即便是牡丹,亦称不上我的呦呦。"

他对着沈羲和笑了笑,接着说道:"我先回宫,余下之事,呦呦且看着便是。"

他对着沈羲和收敛了所有锋芒,整个人温柔平和许多,可沈羲和转过身,看着他远去的背影,烈日下他一身霞光,像一柄宝剑,刃如秋霜,斩金截玉。

"殿下方才好生威严,婢子都忍不住屏气凝神。"红玉沉沉吐出一口气,被憋着了。

就在方才，有那么一瞬间，她觉得若是她的呼吸声惊扰到太子殿下，她会瞬间毙命。

珍珠也感觉到了那种难以名状的威压："郡主，我们要派人去沈府吗？"

"不用，殿下既然说她会平安无事地回来，她自然就会回来。"沈羲和对萧华雍很是信任。

不得不说，为着叶晚棠思量，萧长泰也不会对沈璎婼动手。

"殿下，四殿下为盗墓案主谋一事并无确凿证据，皇陵传来的消息，被烧焦的尸体身上有四殿下的玉佩。"天圆等到萧华雍回宫之后立时禀报。

那是一块象征皇子身份的玉佩，和与萧长赢初见时沈羲和扔出去的玉佩相比，除了雕刻的字由"赢"变成了"泰"，其余的一模一样，每个皇子都有，只萧华雍的盘龙纹与他们的不同。

"头骨还有坑痕。"萧华雍补充了一句。

天圆低头应声："是。"

萧长泰幼年时后脑勺被误伤过，险些没有挺过来，当时太医便说后脑会有一块凹陷，藏于发间，并不影响仪容。

这两样基本算是铁证，能够证明皇陵之中被烧死的人是"萧长泰"。

若萧长泰活着被抓住，陛下必然是要将其处死的，也有证据，现成的私逃皇陵之罪。

现在萧长泰"死"于皇陵之中，陛下纵使猜到盗墓案为萧长泰所主导，也不能无凭无据地定罪。

"陛下需要一个正大光明地给萧长泰定罪的梯子，孤得为陛下分忧。"萧华雍绕过案几，找出了一个盒子递给天圆，"交给崔晋百，他会知道如何行事。"

"诺。"天圆恭敬地接下盒子退出了大殿。

另一边萧长泰被守在渭河汇入黄河之处的下属给捞了起来，人还是清醒的，胸口扎着一支箭矢。属下将他捞上来后，迅速撤离到打点好的地方，这里已经有郎中候着。

萧长泰一直警惕着，不让自己陷入昏迷之中，心腹问："殿下，淮阳县主如何处置？"

"送去昭王府。"萧长泰闭着眼睛，神志却十分清醒。

"殿下，淮阳县主是沈家娘子，若将她……"心腹建议，"沈氏与太子必然心生嫌隙。"

是太子要将他们家殿下引入京都，四殿下是为了自保才掳劫了沈二娘子，沈二娘子因此横死，沈氏心里难道会一丝怨恨情绪也无？

萧长泰倏地睁开眼："我的妻子还在京都！"

沈璎婼死不死于他而言并不重要。沈璎婼一死，萧华雍必然会让叶晚棠给沈璎婼陪葬。如此一来，他得罪的就不只是萧华雍，还有萧长旻，日后想要在京都寻个同盟都绝无可能！

"属下失言！属下这就放出信号。"心腹慌忙退下。

屋子里又恢复了安静，萧长泰盯着屋顶，思量着萧华雍此刻会如何将对他的打击扩至最大，这条路不应该这个时候用来逃命。

他应该徐徐图之，用来真正隐匿自己。

他不利用穆努哈，就无法看清萧华雍的势力，便是隐匿起来，也只是旁人发现不了而已，他的动向依然逃不过萧华雍的掌控；利用了穆努哈，就面对了此刻的局势。

说来说去，还是他输了萧华雍一筹。

这些年他费尽心机、小心翼翼，不惜掘墓才能拥有大把钱财，培养到如今的势力。

而萧华雍不知何处来的钱财，借着重病躲在道观里，一边正大光明地丰满羽翼，一边看着他们明争暗斗。萧华雍离宫之时只有八岁，八岁便想到了十多年后的局势。

想到此，萧长泰深吸一口气。他有一种不祥的预感，萧华雍一定会给他致命一击。

但萧华雍还未行事，萧长泰也摸不准萧华雍会如何反杀他，弄得他没法提前想好对策。

脑海里过了一遍自己的行为，确认没有任何疏漏之处，萧长泰才疲惫得不得不小憩片刻。

沈璎婼莫名其妙地被掳走，醒来的时候被黑布蒙着眼睛，双手双脚都被束缚着，忍饥挨饿了两日，才被送走。她被解开蒙眼的黑布后，看到的就是萧长旻。

"阿婼，你可还好？"萧长旻担忧地上前，握住她的双臂。

沈璎婼一把将他推开了，大步后退："衣衫。"

她这两日都被捆着手脚，不仅四肢僵硬，绑她的人根本不理会她，她……

想到这些，她杀人的心都有了。

"带县主下去。"萧长旻早就准备好了香汤和衣裳，闻言吩咐婢女。

沈璎婼面色蜡黄，将所有人都打发出去，狠狠洗了一通，确定自己身上没有污秽，一想到这两日的情形，她的眼底都是森冷之色。

"是何人绑了我？"沈璎婼盥洗一番重新梳妆后，也不吃东西，拖着有些虚弱的身子来到萧长旻身前质问道。

对方为何绑她，又为何将她送到昭王府，是不是昭王连累了她？

她的心思没有掩藏，萧长旻喉头发涩："是老四。他绑你是为了对付太子。"

这件事与他无关。是太子要对付老四，又与沈羲和定了亲，老四为了牵制沈羲和与太子，又知晓他倾心沈璎婼，为了拉他保驾护航，这才绑了沈璎婼。

沈璎婼面色好了些许，规规矩矩地给萧长旻行了个礼，就要退下。

萧长旻下意识地伸手抓住了她的胳膊，沈璎婼迅速挣开，往后退了几步。

她对自己避如蛇蝎的态度让萧长旻的呼吸一窒，他心里忍不住生出怒意："因我救你，因你看到的第一个人是我，你便怀疑你受难是被我牵连。太子牵连你，你却丝毫不在意？怎么，是东宫比我昭王府门槛高，你还想与你姐姐共侍一夫吗？"

沈璎婼捏紧了拳头，险些就抬手给面前这个人一巴掌，但理智制止了她。眼前这人是亲王，尊卑有别，她在他面前没有任何可以以下犯上的资本。

沈璎婼气得小脸涨红，冷笑道："殿下，淮阳对你施礼，不是谢你的救命之恩，只是尊卑礼仪。淮阳真是被太子牵连吗？若非殿下将对我的非分之想闹得尽人皆知，我岂会有今日之祸？

"四殿下若非觉得利用我能够得到殿下相助，就凭我一个沈家不受宠的庶女，他当真会用我来牵制太子？"

当然不会，萧长泰绑走她，主要目的就是借萧长旻之势。

萧长旻被她的质问话语气得眼睛发红："沈璎婼，你有没有心？我为了你，被人逼到府上；为了你，暴露了苦心培养多年的暗卫，折损了二十余人！你竟然说你受苦都是因为我？"

"难道不是吗？"沈璎婼寸步不让，"不只这一次，当日我在宫中被推入冰湖，若非你对我有非分之想，旁人又怎会算计我们，想将我们凑成一对，来绝了太子迎娶我阿姐之路？"

萧长旻血气上涌，直觉一股腥甜味道涌上喉头。

这是什么逻辑？合着他喜爱她、关怀她都成了错的。明明是沈羲和牵连了她，她对沈羲和倒是一丝恨意都无！

"为着淮阳日后的安危，恳请殿下今日起与淮阳形如陌路。日后再有人掳了淮阳，哪怕刀架在淮阳的脖子上，也请殿下莫要多看淮阳一眼，殿下的深情，淮阳无福消受！"绝情地说完这话，沈璎婼转身大步离去。

萧长旻被气得根本不想多看她一眼，深知只怕再看一眼，他就会张口吐出血来！

沈璎婼刚走到昭王府的大门口，就见萧长赢立在门口，两个人对视了一眼，沈璎婼上前行礼。

"小王送淮阳县主回沈府。"萧长赢主动开口。

沈璎婼还以为萧长赢是来寻萧长旻的，冷不丁听到萧长赢的话，立时防备起来。

"淮阳县主不用多想，小王不会光天化日之下在二哥的府门前绑走你。"萧长赢不耐烦地说道，"小王只是担心你走出王府再有什么不妥，连累郡主要为你奔走。"

这段日子，沈义和的人都被派出去寻找沈璎婼了，若是有人这个时候对郡主府不利，他都担心死沈义和了。但知晓沈义和不需要他担心，他只得每晚远远地坐在旁人家的屋顶上，盯着郡主府的一举一动。

原来他倾心……

沈璎婼心领神会，也没有拒绝萧长赢的好意："有劳烈王殿下。"

"麻烦。"萧长赢丢下两个字，就大步往前走去。

这些女人都烦死人，行事扭扭捏捏、拖泥带水，丝毫不似沈义和干净利落。

萧长赢准备好了马车，沈璎婼只当没有听到萧长赢的话，上了马车。

她被萧长赢送到半路时，莫远陪着谭氏就带人来接她了。他们要比住在王府里的人晚一步接到消息，萧长赢将人交给莫远和谭氏，就掉转马头走了。

"奶娘，我……我要去郡主府吗？"换了马车，沈璎婼问，"我给阿姐添麻烦了。"

"县主，你是受太子和郡主牵连才会被掳走，县主不恨郡主，还觉得给郡主添了麻烦？"谭氏问。

沈璎婼困惑地看着谭氏："奶娘，你自幼教我一荣俱荣、一损俱损。埋怨受牵连之时，人需要多想想受到的福泽总比被牵连的情况要多。我姓沈，荣华富贵都是因此而得，就不应当只顾自个儿，日后……还有更多人为了对付他们而对我下手。"

谭氏欣慰又疼惜地笑了，伸手抚摸着沈璎婼的头："县主所言极是。县主受牵连，是因为姓沈；同理，郡主为县主担心，派人寻县主，也是因为姓沈，故而县主不怨怪他人亦无须自责。"

沈璎婼想了想也是，既然如此，那就不去郡主府了。她不是很想见沈义和，沈义和也不是很想见到她。莫远是沈义和的亲兵，把她安全送回府，沈义和自然知晓。

到了沈府，莫远却留下了六个人："县主，这是郡主吩咐他们留在沈府守卫。"

沈府是沈家人的府邸，沈义和的做主权大于她沈璎婼，沈义和告诉她如此安排，是坦然，意思是他们只负责在外面守卫，不会监视她，也不会递话。另外就是，她若要避着他们，自己可以避着行事。

"我知道了。"沈璎婼颔首。

莫远将消息带回郡主府时，沈义和只是淡淡地"嗯"了一声。

她早就该在沈府留人，之前是担心沈璎婼多想，误以为她住在郡主府，还要掌控着沈府，让沈璎婼难堪。家和万事兴，她有一堆外人要对付，不想和沈璎婼纠缠，才没有留人。

就在这时候珍珠急匆匆地跑了过来，对沈义和面色凝重地说道："郡主，宫里传来消息,四殿下是自焚。"

"自焚?"沈羲和错愕,怎么好端端地就变成了自焚?

"是自焚,大理寺、宗正寺、当地县令连同协查出来的结果,四殿下是自焚而亡。"珍珠的眼底有些隐晦的光,她欲言又止了片刻才又说道,"四殿下对陛下实施巫蛊之术被守陵侍卫发现,便杀了侍卫,却不想侍卫早就将消息递了出去……他最终选择了自焚。"

巫蛊之术!

沈羲和没想到萧华雍这么狠,汉朝巫蛊之祸害死了卫皇后和太子一党,本朝巫蛊更是被写入律例的重罪!

巫蛊啊,皇室讳莫如深之物。

此事一出,朝廷大臣都被吓得噤若寒蝉,那些被叶氏给了好处、打了招呼要为萧长泰说好话、让其恢复王爵封号厚葬的大臣,只差没有骂娘了。这么大的事情,叶氏竟然都不告诉他们,就骗着他们收好处!

朝会上,祐宁帝坐在龙椅中间,手里拿着一个扎满针的娃娃。娃娃穿着帝王才能穿的衮冕,背后是萧长泰的字迹,上面清楚地写着帝王的生辰八字,祐宁帝的脸色阴沉得可怕。

帝王的生辰八字素来是忌讳,知晓之人极少,太史监肯定知晓,但知道的也只是监正与监副,也就是说普天之下,包括太后在内,知晓皇帝的生辰八字的不超过五人。

此刻皇帝的生辰八字竟然被泄露了,还被用作巫蛊之上,哪怕他无病无痛,也足够天子震怒,伏尸百万!

叶岐很想替女婿喊冤,但这牵扯实在是太大,一旦自己开了口,这个冤没有平反,叶氏一族也要跟着陪葬。

本朝律例:与蛊毒同居者,造蛊之人父母妻妾子孙,不知造蛊情者,不坐。

不知者无罪,而一旦叶岐开了口,再说不知,谁还信?

朝堂之上,人人噤若寒蝉,个个低眉顺眼,不敢吱声。

祐宁帝要他们听得清清楚楚,巫蛊娃娃上写的是帝王的生辰八字,他自然不会将娃娃传阅给其他人看。他拿到巫蛊娃娃后,第一时间就派刘三指查了太史监监正和监副三人,其中一个监副被侍卫扔到了朝堂之上。

"朕的生辰八字,你泄露给了何人?"祐宁帝声音寒凉。

监副的眼里都是泪水,他泣不成声,满腹委屈却不敢多言,脑海里只有前两日十二皇子对他说的话:"死一人,灭全族,监副可要想清楚。"

他老泪纵横地扫视了一圈,目光掠过皇子们站队之处,更是哽咽出声,却也没敢停留。

萧长庚垂眸。监副看他做什么呢？他也不过是受命于人。

萧长庚双目放空，觉得这一生他或许是逃不掉前面那位哥哥的掌控了。

太史监监副深深叩首："罪臣不该贪杯，曾与四殿下共饮，被四殿下套了话。"

"斩。"祐宁帝只有这一个字。

不需要收押，不需要等秋后，这是即刻将人拖出宫门问斩。

人证物证俱全，祐宁帝冷冷环视一圈："皇四子为子不孝，为臣不忠，为人不正，如此不孝、不忠、不正之人，不堪为皇室子弟，除族除名。"

叶岐闻言深深地闭上了眼。他知晓萧长泰还未死，萧长泰许多大事不曾隐瞒他。

可现在萧长泰未死又有何用？他都被除族除名了，有巫蛊之罪，便是活着出现，也是送死。

输了，这盘棋，萧长泰彻底出局，再也无缘帝位。

有这巫蛊之罪，陛下对叶氏也必将硌硬，虽暂时不会如何，但不出三年，陛下一定会抓住每一个机会，让叶氏悄无声息地退出京都，再无一席之地。

萧长庚也闭上了眼。他的太子哥哥，连这样的事情都能做得天衣无缝，从皇陵到太史监，从物证到人证，没有一丝纰漏，和他作对之人，就是这样的下场！

长陵的死、四哥的结局，都让人心惊肉跳，萧长庚只庆幸，他还未展露野心，就被太子哥哥所驱使，也许这是他的福泽。

他深信，这世间，包括陛下在内，没有人会是太子哥哥的对手。

这天下迟早是太子哥哥的囊中之物，他这算不算有从龙之功？

"阿兄，老四他……当真行巫蛊之举？"回到信王府后，萧长嬴忍不住问。

"老四压根儿没死，被太子逼得不得不死遁，以为来一招金蝉脱壳，无凭无据，他就能逃出生天，日后再寻个烧死之人并非他的借口，正大光明地再做回亲王，与太子一较高下。"萧长卿轻轻摇了摇头，感叹道，"阿弟，我们该庆幸我们退得及时……"

太子殿下的手段，实在是令人毛骨悚然。

萧长卿长这么大从未如此畏惧过一个人，只要想一想巫蛊这样的事情，太子能够安排得如此滴水不漏，这用在任何一个人身上，都是必杀之局。

陛下的生辰八字，太子都能知晓！

他们自问也是耳聪目明，四处都有人，但要查出陛下的生辰八字，想都不敢想。

"太子殿下他……"萧长嬴眼底也浮现惊惧之色。

"太子殿下有属于他的情报网。他知道太多人的秘密，手里握着太多人的把柄。"萧长卿彻底想清楚了这一点，前两次萧华雍就拿了他的把柄。

第一次，他以为是他刚行事不久，没有断干净后路，才被太子知晓。

第二次，他怀疑是太子派人盯着他，跟踪他的人身手了得，瞒过了他身边的暗卫，才知晓顾青姝的下落。

这次看到太史监监副心甘情愿地为太子送死,萧长卿才清楚,太子殿下的手中掌握着满朝文武的软肋。萧长卿十分好奇,太子殿下这十二年到底是如何成长到这样令人生畏的地步的。

一个完美的没有丝毫疏漏之处的巫蛊之案,人人畏惧、避讳。

萧长泰听到消息之后,当即气得喷出一口鲜血,昏死了过去。

萧华雍这一举不只是断了萧长泰的后路,还击散了萧长泰全部的力量。这些人跟着萧长泰是为何?他们不就是为了日后的荣华富贵?

现在萧长泰被除族除名,彻底失去了一争之力,这些人如何还会再誓死追随他?

他辛辛苦苦、忍辱负重,却没有想到一夕之间势力被萧华雍粉碎得彻底。

错了,错了,他宁可让萧华雍察觉他诈死,也不应该利用穆努哈招惹萧华雍。

他本以为自己实力不弱,如何都能与萧华雍一争高低,却头一次惊觉自己不自量力,因此付出了如此惨重的代价。

萧长泰的悔恨心情,无人得知。

沈羲和听了朝堂上的事情之后,再看若无其事地来寻她的萧华雍,陷入了沉思之中。

"呦呦何故如此看我?"解决完一个人,萧华雍十分愉悦。

"我在自省。"沈羲和诚恳地说道,"我对殿下仍旧低估了。"

"都是老四该死,非逼得我动真格的,吓着呦呦了。"萧华雍柔声轻哄道。

沈羲和:"……"

合着您以前都没有动过真格的?

夏日浓烈,酷暑难消,沈羲和日常喜欢待在碧波亭内,此地绿树成荫,亭内置冰,一股风吹来,带来丝丝凉意,甚是舒爽。

他站在她的面前,眉眼温柔如亭外碧绿的水波,高大昂藏的身体被日头拉长了身影,仿佛真的能顶天立地。

他以往在她面前总有所收敛,不知从何时起便已毫不遮掩——他在逐渐将他的强势一面展露出来。

"殿下是如何得知陛下的生辰八字的?"沈羲和十分好奇。

萧华雍听了这话之后忍不住低笑出声:"呦呦定与旁人一样,对此惊疑,觉得我手眼通天,竟然连如此隐秘之事都能知晓。"

"难道不是?"沈羲和不解。

"我与祖母在道观一起待了十二载,我虽不常在道观里,但与祖母相伴的时间并不短。"萧华雍低声说道,"我是偶然从祖母处得知陛下的生辰八字的。"

祐宁帝出生时,是太后最艰难的时候。太后被困于后宫之中,被宠妃挤对、践踏，祐宁帝生下来体弱，险些养不活，三岁时都不能流利言语，被先帝厌弃，这也成了后来太后被贬至西北的罪名之一。

到了西北，有了沈家暗中维护和照顾，祐宁帝才逐渐强壮起来，却三不五时被病魔缠身。太后偶然得到一位道人指点，每到陛下的生辰日，亲手用血配朱砂画符焚烧，祷告天地，陛下就不会被病疫缠身。

太后原是不信这说法的，但病急乱投医。说来也巧，自祐宁帝五岁起，太后第一次如此做了后，祐宁帝就再也没有隔三岔五地病倒，渐渐开始习武读书，太后的这个习惯便保留至今。

在道观的十二年，有一次太后焚烧的符纸没有被烧尽，被他不经意间瞥见，这才知晓了陛下的生辰八字。

知晓原委后，沈羲和错愕不已。她万万没有想到，他竟然是如此知晓陛下的生辰八字的。

不只是她，只怕没有人能够想到他知晓的方法如此简单。

短暂惊了片刻之后，沈羲和恢复平静，问出了另一个困惑她多时、一直觉得以自己的身份还不够资格去探听的疑问："殿下，您有今日，定是太后维护，为何太后独独待你不同？"

这份不同待遇，实在是超过了所有皇子，甚至是……陛下。

萧华雍是嫡孙，太后偏袒他也合情合理，但偏爱得超过自己的亲生儿子，就有些让人难以理解了。

萧华雍八岁去了道观，能够学文习武骗过陛下，没有太后的遮掩，绝无可能。一个八岁的孩子，再厉害也无法短时间内挑到名师，甚至令狐拯这样的圣手。

太后为何要帮他隐瞒着陛下？一边是儿子，一边是孙子，她没道理为了孙子和儿子对立。太后对萧华雍的疼爱，从他说一句话，太后就办春日宴，给诸王选妃可窥见一二。

且太子几次装病，沈羲和都遇上了太后，太后面上是有担忧之色，但沈羲和总觉得太后还有闲心去想旁的，定然是笃定太子无碍，那就说明太后知道太子装病，去东宫可能更多是为太子打掩护。

萧华雍垂眸，双手负在身后，一只手轻轻摩挲着另一只手的手腕上的五色缕。片刻之后，他抬眸吩咐珍珠等人："你们都退下，孤有些话单独与郡主说。"

珍珠等人看向沈羲和，沈羲和微微颔首，他们才无声地行礼退下，把守在亭子外，保持着听不清亭子内的话语的距离，也确保无人能够潜入。

亭子内只剩下了萧华雍与沈羲和，他大步上前，走到沈羲和身边，面向亭外，满目夏日的秀色："我其实一直在等呦呦开口问我。"

沈羲和为人过于有分寸，不与她相关的事，不该她打听、不应是她能触及的事，她定不会跨越半步，就譬如她说成婚前不为外男做衣裳一样。

这件事很明显触及他的个人隐私，在她成为他的妻子，或者说打心里接受他不只是丈夫，也是在意之人前，她应该不会逾越问这些。

他凝聚着银辉的眼眸，如高悬于空的烈日般炙热，沈羲和避开了他的目光："这不是殿下一直盼望的结果吗？"

其实她想问很久了，一半缘由是她越来越畏惧逐渐全部表露出来的萧华雍，一半缘由是萧华雍尽管越来越危险，但她能够感受到他待她的心越来越赤诚。

这是多么矛盾她却又无可否认的事实。

"我所盼望的远不止这些。"萧华雍多情缠绵的目光流转着笑意扫了沈羲和片刻，他才说道，"不过我仍是欢喜，呦呦终究对我有所松动，日复一日，年复一年，岁岁相叠，星火亦可燎原。"

哪怕是对萧华雍撩拨自己习以为常，沈羲和至今也无法对萧华雍动不动就露骨地表明心意淡然处之。她看了一眼萧华雍，有些无奈地长长叹了一口气："殿下这是要顾左右而言他？若是方才之言殿下不便作答，我不会勉强，亦不会不悦。"

萧华雍轻笑一声，笑过后第一次将笑意收敛得干干净净。他移开视线，望向很远很远，好一会儿才开口道："我非陛下亲子。"

沈羲和霍然转身，难以置信地看向萧华雍。她在怀疑自己是不是出现了幻觉，其实方才萧华雍什么都没有说……

萧华雍侧首，目光坚定而认真，面色严肃："呦呦没有听错，我非陛下亲子。"

"那你……"

你是何人？

这个消息对沈羲和而言不啻平地惊雷，让素来冷静自持的她都有些难以消化。

"其实……"萧华雍忽地垂下眼睑，唇边又多了一丝笑意，"西北王能够如此轻易地接受呦呦嫁我，除了对呦呦有一片疼爱之心外，还应是猜到了我的身世。"

明眸微微转动，霎时间，沈羲和就知晓了萧华雍的身世："你是……谦王殿下的遗腹子！"

萧华雍的眼瞳漆黑如夜，闪烁着星辉，他肯定地颔首："是。"

沈羲和觉得十分不可思议："陛下可知？"

"他如何能不知？"萧华雍意味不明地笑了笑。

第九章　安分守己乐无穷

"陛下何时知晓的？殿下八岁那年？"沈羲和追问。

脸上带着一丝浅笑，萧华雍微微摇头："这件事情要从二十年前说起……"

二十年前的初冬，也就是萧华雍降生的那一日，京都发生了太多的事情。

皇城被攻破，只在明日。谦王温和秀雅，念在同宗同族的情分上，不欲赶尽杀绝，给了关闭宫门、固守皇城之人一日思量的时间，是打开宫门投降，还是他们杀入皇城。

皇家宗亲，谁想横死？已经有人动摇，大势已去，自然劝刚刚被扶上皇位，甚至来不及举行登基大典的小皇帝打开城门，迎接谦王和太后。

祐宁帝在那一日做了所有人都想不到的一件事情。这个对兄长言听计从、对母亲孝顺恭谦的人，在得知宫内的人递了降书，明日就会打开城门之后，约见了谦王，亲自给谦王斟了一杯毒酒。

沈羲和面色一凛。

萧华雍却像一个事外人，用平淡的语气宛如说书一般将这件事情轻声细语地告知沈羲和："当年，大部分人是追随我阿爹的，陛下为了皇位连兄长都能屠杀，谁敢跟随？此事一旦走漏风声，将天下大乱，跟随阿爹之人可以正大光明地动兵反陛下。

"陛下深知这一点，故而在给我阿爹下毒之际便唤了祖母来。祖母赶到之时，恰好是我阿爹毒发之际。"

太后当时惊怒交加，拔出剑就刺向了陛下的胸口。祐宁帝没有闪躲，只是冷漠地将时局告诉太后，要么他们一家人共入黄泉；要么太后替他隐瞒此事，保他登基。

那时候身中剧毒却还有一口气的谦王握着太后的手，说的最后一句话，是成全祐宁帝。

太后不成全又能如何？在西北那样风霜雨雪的日子，他们还要再过吗？他们不能！

一旦祐宁帝杀了谦王的事情被捅出去，各方势力就会不受束缚，各自起兵，瓜分这个天下。

当日祐宁帝的发妻秘密去寻了谦王妃，夫妻二人早有合谋，祐宁帝的发妻明着是去说一些话，毕竟两个人是妯娌，又同时身怀九个月的身孕。

谦王妃却察觉有异，两个人不知发生了何事，就撞到了一起，同时发作。

祐宁帝对外却说只有谦王妃一人产子，就是不想引起旁人无端猜疑，为何半夜祐宁帝的发妻挺着大肚子去寻谦王妃，两个人还都没有到日子就同时发作。

在大局将定的关口，任何一件细微之事都会引起无数人猜疑。谦王妃生下了萧华雍，祐宁帝的发妻生下了一位公主，消息传到谦王的营帐里，谦王听到这个喜讯才咽气。

谦王已经说不出话，却用无限恳求的眼神看着太后——谦王是希望她能够养大他唯一的骨肉。

太后答应替祐宁帝遮掩事情真相，一起制造一场谋杀，但有两个条件：其一是杀了祐宁帝的嫡妻谢罪；其二是承认萧华雍为祐宁帝嫡妻所生，是他此生唯一的嫡子。

太后提出第一个条件有泄恨、有警告祐宁帝及保护萧华雍之意。

在这样的情况下，萧华雍不能是谦王的儿子。否则他日渐长大，会有人告诉他当年的事情，会让那些追随谦王的人面对祐宁帝时不甘心，从而一心期盼着萧华雍成长。

这对局势和萧华雍都不好，祐宁帝应下了。

所谓的谦王、太后、陛下遭遇敌袭，不过是太后被迫陪同祐宁帝演出的一场戏，当然这一场戏能够如此完美地瞒天过海，还少不了一个人的功劳。

"谁？"沈羲和问道，她的心莫名其妙地猛跳了一下。

"顾兆。"

预想中的答案，让沈羲和有些无所适从。

"这也是陛下不会容忍顾兆活着的原因之一。"

不仅仅是因为帝王将相之间相互博弈，还因为顾兆知晓祐宁帝最大的秘密。

当年京都的势力一分为二，宫中是先帝提拔的宦官，宫外是顾兆统领的文武百官。

只有顾兆相助，祐宁帝才能瞒过所有人，哪怕有人猜疑，也抓不到任何证据。

顾兆为何相助祐宁帝，也是迫于时局。那个时候顾兆已经没有选择了，如果祐宁帝不登基，登基的就是宫内宦官扶持的另一位皇子。若是如此，这群宦官就更难被剪除。等到时机成熟了，这群宦官会第一个拿顾家开刀。

宦官当道，这天下会变成什么模样？顾兆如何能够容忍？

"阿爹，定然是知晓的……"沈羲和听完真相之后呢喃。

沈岳山那样敏锐的一个人，怎么可能不知真正发生了什么？只是他又能如何？祐宁帝敢动手就是算准了一切，太后、顾兆、沈岳山三人，再猜疑、再忌惮、再不齿陛下的行径，也别无选择。

换个人登基，沈岳山只怕还没有回到西北就成了反臣。

沈岳山知晓萧华雍的身世，以往没有考虑过扶持萧华雍，是因为觉得萧华雍孤军奋战，便是有太后扶持，只怕也斗不过祐宁帝，还有便是萧华雍命不长。

之后沈岳山会如此之快地点头，定然是萧华雍展露了他的才能、势力，以至沈岳山或许此刻都被误导，以为萧华雍寿命不长之事是萧华雍装的。

萧华雍是谦王之子，和陛下之间有着杀父杀母之仇，必然和陛下有一战，是永远不会为了陛下而背叛妻族的人，至于日后会不会因为皇权夫妻反目，现下无人能够定论，姑且不计。

但至少沈岳山能够保证，在萧华雍登基之前，萧华雍必然要与妻族同气连枝。

"我说过，呦呦的选择必然是我。"萧华雍深深地凝望着她。

其实那日她来寻他要解除婚约之时，他便想过告诉她自己的身世。如此一来，沈羲和为着利益也会再次选择他，只是他心有不甘，才没有说出口。

他还是想试一试，只凭自己的真心真情，能否一点点打动她，让她发现自己身上的异样，主动问他这件事情。

她问，他必答。

他都告诉她这样大的秘密了，就是想让她知道他的心意。

"殿下，我们日后会有一场硬仗。"沈羲和回望着他。

陛下到现在还没有动手，只怕是在等着萧华雍早逝。一旦萧华雍四年后还活着，陛下会容忍不是亲生骨肉的萧华雍接手皇位吗？

"悠悠岁月，与卿共度；漫漫人生，幸与同路。"

长翘密实的睫毛下，是那双银辉凝聚的眼眸，他的声音似山风拂发、长夜月洒，温柔沁入骨髓，他以手剪碎了日光，指尖上跳动着银芒，缓缓朝着她伸来。

沈羲和将目光落在他在阳光下指节修长、掌心宽厚的手上，她的手动了动，终究没有伸出去："待到大婚之日，殿下再向我伸出你的手。"

执子之手，与子偕老；白首之约，红叶之盟。

这不应当用在旁的时候。

尽管他的手再一次落空，但至少她没有冷冷地拒绝，而是给了他台阶下。

萧华雍缓缓收回手："还有大半年呢……"

真是时间漫长，让他恨不能眨眼间就到来年三月，春暖花开。

沈羲和明眸波光流转，笑意盈盈地看着他，不置一词。

萧华雍只得沉沉地叹了一口气，黯然转身。待他走到石阶前，沈羲和唤住了他："殿下。"

萧华雍转过头，有些好奇，却见沈羲和拿了一方深色的绣帕，叠成四方的小手帕，深蓝色的面，上面绣着两片叶梗相交的平仲叶："那方帕子没有锁边。"

绣着仙人绦的帕子是随意绣的，沈羲和一直没有锁边，就不能使用。

阳光从屋檐斜洒到面前的帕子上，平仲叶似展翅欲飞的蝴蝶般栩栩如生。

萧华雍呆愣了片刻，看了看沈羲和，又看了看被递到面前的手帕，嘴角止不住地上扬。他笑得有些腼腆，有些欢喜，又有些如梦似幻、不真实一般小心翼翼。

沈羲和就这么递着帕子，没有羞恼，也没有想要将其收回，显示着她的真心诚意。

好半晌，萧华雍才双手接过帕子，指尖触及柔软的布料，才有了真实感："我定会爱惜。"

"不值当。"沈羲和浅笑着说道，"物，便要物尽其用，旧了、坏了，才能有新的。"

"我……我会时常用。"惊喜来得过于突然，太子殿下都有些语无伦次了。

沈羲和唇边笑意加深："不留殿下了。"

"啊，哦，好。"捏着手帕的萧华雍笑得有些傻气，点着头往后退，全然忘了他站在石阶旁，一脚踩空，就朝后面栽了下去。

好在他反应及时、身手了得，身后又只有三级阶梯，以几个诡异的姿势翻了下去，虽然看起来有些滑稽，却也没有栽倒。

而此时也没有旁的下人，沈羲和为了不让萧华雍觉得难堪，很有修养地抑制着没有让自己嘴角的弧度扩大，不过眼中流露的笑意还是瞒不了萧华雍。

他倒也从容，丝毫没有窘迫之感："能博呦呦一笑，便是栽跟头也无妨。"

沈羲和无奈地摇了摇头，转身回了亭子内。

萧华雍珍而重之地将手帕藏在心口处，这才心满意足地转身走了。

直到萧华雍走了，珍珠等人才折回，侍候在沈羲和身边。珍珠将刚刚得到的消息告知沈羲和："郡主，叶氏这几日都在府中，叶府之人说她每日都不言不语。"

萧长泰被除名，不再是四皇子，叶晚棠自然也不能以四皇子妃相称。

祐宁帝没对叶氏一族做出任何惩处，仿佛叶氏一族就是不知情一般。李燕燕一直被关在牢里，萧长琪在明政殿前跪晕了过去，祐宁帝也没有松口。

直到此时，祐宁帝都没有对李燕燕做出判决。

萧长泰是盗墓案主谋一事没有被揭开，李燕燕的帮凶罪名也就不成立。但李燕燕冲撞陛下是事实，是重罚还是小惩，全在帝王的一念之间。

"叶氏估摸着……是想明白了，自己一直被蒙在鼓里。"沈羲和轻叹了一声。

若说叶晚棠是因为萧长泰的死而伤心，那绝不可能到这个地步。毕竟除了是人妻，她还是人子，又住在父母家中，如何能够让父母为自己牵肠挂肚？

能够让叶晚棠这副模样，只能是她明白了萧长泰由始至终没有放弃争夺皇位，她一直傻傻地在被利用，更甚者……她的父兄其实一直连同丈夫在欺骗她。

叶岐父子或许是想保护女儿的天真，了解她的为人，不想她每日愁眉不展。

但萧长泰由始至终对她就是利用和利益考虑大于真情，这让她一时间难以接受，原来一切都是假的，所有人都在编织谎言，看着她每日痴傻度日。

至亲与至爱的双重背叛，足可让她生无可恋。

"继续派人盯着，萧长泰一定会寻她。"沈羲和派人在叶晚棠身上动心思，就是为了抓到萧长泰。

或许萧长泰知晓自己被除族除名之后短时间内会一蹶不振，但似他这样的人，是绝不会轻易丧失斗志的，生来就是争强好胜、要战斗到生命最后一刻的人。

他很快就会接受他不能再得大位这个事实，会将一腔怨恨情绪全都发泄在萧华雍身上，会寻无数种法子来阻止萧华雍得大位。

"盯着叶氏之人不少，萧长泰只怕不易上当。"珍珠说道。

萧长泰又不蠢，自然知道叶晚棠就是唯一可以将他引出来的饵。尤其是在这个风口浪尖的时候，萧长泰是不可能来寻叶晚棠的。

"暂时不会，但他一定会来。"沈羲和道。

他只是要等一个时机。

不论这个时机萧长泰要等多久，他们都不能松懈，一定要将他给揪出来。

如此又过了五日，祐宁帝依然关着李氏。代王萧长瑱也不跪求了，每日都往宗正寺去。宗正寺卿得了旨意不准人探视，萧长瑱就每日在宗正寺大门口由日出站到日落。

这引得百姓纷纷好奇，京都人讨论的声音越来越大，可无论是御史劝谏，还是大臣上奏，祐宁帝都对此置之不理。

"陛下是怀疑殿下了。"这日萧华雍又来寻沈羲和，沈羲和提醒道。

"闹出这般多的事，他若是仍旧不疑我，便不是陛下了。"萧华雍满不在乎，"他疑心也无妨，无凭无据，也奈何不了我。"

祐宁帝会对李燕燕如此态度，不是想要让李燕燕吃苦头，也不是想要李燕燕供出萧长泰，而是要李燕燕说一说萧长泰为何入京。

萧长泰是盗墓案的主谋，李燕燕是帮凶，这些事祐宁帝都知晓。

正因为知晓这些，祐宁帝才明白似萧长泰这般狡猾阴毒之人，若非迫不得已，是绝不会贸然入京的。很明显萧长泰是被人下了套，给萧长泰下套的人，就是真正知晓陛下的生辰八字的人。

此人若非有通天的本领，那就是待在太后身边十二载的萧华雍嫌疑最大。

或许很早以前陛下就开始怀疑萧华雍了，只是萧华雍的种种行为并没有触及他的底线。这一次萧华雍竟然弄出个巫蛊娃娃，这对帝王而言是绝不能容忍的。

"只要我的毒一日未解，他就会做个慈父。"萧华雍给了沈羲和一颗定心丸。

陛下心知肚明，他体内之毒能够让他自然而然地死去，又何必大动干戈，伤了陛下与太后之间已经所剩无几的母子情呢？

沈羲和颔首，陛下对萧华雍中毒的症状或许不清楚，却一定笃定萧华雍体内的奇毒未解："代王妃为何不肯说？"

李燕燕就算想不明白祐宁帝要知道什么，祐宁帝也必然会派人暗示她。她明明可以顺着陛下的心意，将萧华雍暗算萧长泰之事说出来，却没有这么做。

她不但没有这么做，甚至由于当日绑架叶晚棠之人确实是她，她的交代天衣无缝，便是寻叶晚棠对质，也没有半点儿疏漏之处。

此刻沈羲和才明白，萧华雍为何不亲自绑走叶晚棠，而是非要借李燕燕之手，如此一来，才没有任何他出手的痕迹露在外面。

"她恨陛下。"萧华雍说道，"国破家亡，她又成了牵制西凉李氏的棋子。她若一死了之，西凉李氏负隅顽抗，只会被灭族。她不能死，就只能苦熬着。

"这些年，老三一心一意待她，她不是草木，如何能够无情？可老三又是陛下的儿子，是她的死仇之人的儿子，她就更怨恨陛下了。

"能有个人威胁到陛下，她求之不得。"

李燕燕巴不得有人能够对付祐宁帝！若非倾心萧长琪，她不会选择与萧长泰合作，而是会鼓动萧长琪的野心，让皇子们一个个不得安宁，让祐宁帝晚年看着他守护的山河因为皇子们的争夺而分崩离析。这才能让她快意，让她释然亡国之恨。

原来如此，沈羲和想到的是李燕燕好歹与萧长泰是合作者，是萧华雍让萧长泰满盘皆输，从而也导致李燕燕跟着一起白搭上这么多年的筹谋，她应该是恨萧华雍的。

也许她的确恨萧华雍坏了她的事，让她沦为阶下囚，可萧华雍隐藏着，对祐宁帝造成的威胁更大，两相比较，她宁可为萧华雍遮掩，也要等到日后祐宁帝栽跟头。

"陛下会如何处置她？"沈羲和又问。

"十年后，西凉李氏已经没有了威胁，陛下便是杀了她，也不用顾忌西凉。"萧华雍思忖片刻后说道，"但陛下不会要了她的命——陛下对皇子还是念及骨肉之情的。"

只是这份骨肉之情若是碰上大局，就会不堪一击。

萧长琪心里只有一个李氏，陛下为了萧长琪，不会要了李氏的命。

正如去年陛下没有要顾氏的命一样，也是为着萧长卿。

沈羲和与萧华雍正在讨论李燕燕，李燕燕此刻却见到了亲自来宗正寺的祐宁帝。

"朕最后问你一次，你可要想好。"祐宁帝开口道。

"陛下既不信我之言，又何须再多问？"李燕燕蓬头垢面地盘膝坐在牢里，手里转动着从床上扯下来的稻草，"叶氏是被我扣着，只因萧长泰无视我，我要给他些教训。萧长泰为着叶氏才来京都，至于我们何时被人察觉的，又是何人对我们下的手，我一概不知。"

祐宁帝沉默地看了低头玩稻草的李燕燕片刻，吩咐刘三指："把老三带进来。"

面容憔悴而又惨白的萧长瑱被带了进来："陛下，请陛下宽恕燕燕。"

"她犯了何罪，你心知肚明。朕给你两个选择，要么一杯鸩酒，要么你另娶嫡妃。"祐宁帝面无表情地说道。

李燕燕帮助萧长泰弄出那么丧尽天良的盗墓案，萧长瑱知道这件事情此刻是狡辩不过去的，可万万没有想到陛下会给他这样两个没有办法选择的选择。

李燕燕是公主，怎能做妾？哪怕是侧妃也不行，这比杀了她还要残忍。

"萧长瑱！"李燕燕冷冷地盯着他。

萧长瑱若真是不选择贬妻为妾，她会恨死他。

她活着是西凉李氏的希望；如果她死了，那些人会做出什么事……她大概能够猜到，他们无疑是要给她陪葬的。为着那些族亲，哪怕受尽屈辱，她也要活着。

萧长瑱看着李燕燕。他知道，她宁可做侧妃也要活着，她要让李氏王族的人消磨反抗之心，安居乐业。再过十年，等他们彻底放下皇室身份的高傲，接受了现实后，哪怕他们知道了李燕燕的死讯，也不会做出过激的举动。

她一直把李氏皇室的人看得比他重，他一直知道，可还是心如刀绞。

萧长瑱别开头不去看李燕燕紧紧盯着他的那隐含警告之意的目光，"扑通"一声跪下："请陛下赐酒。"

他说过他此生不会负她，不会另娶。无论她信与不信，他都会信守承诺。

"萧长瑱——"李燕燕扑过来，双手抓住牢房的铁栅栏，眼底是不满与愤恨之色。

在祐宁帝的示意下，刘三指很快端来了一杯鸩酒。

"请陛下容儿亲自灌酒。"萧长瑱提出了一个请求。

祐宁帝让人打开了牢房的门，李燕燕迅速后退，退到了石墙边，像是随时会被激怒的幼兽，防备着萧长瑱。

萧长瑱一步步走近。看着面对着他双手反向按着墙壁的李燕燕，端着鸩酒的萧长瑱笑了，指尖一弹，一颗从衣服上扯下的珠子击中了李燕燕，她顿时身体一软，手脚都瞬间变得酸麻。

萧长琪蹲了下来，执起她的手，在她无力的抗拒下，让她握住了酒杯，用力束缚着她的手。酒微微洒了一些，他开口道："你曾说你做梦都想手刃我……"

话音未落，他凄然一笑，带着她的手将酒杯递到了他低下头的唇边，将酒一饮而尽。

李燕燕瞳孔骤缩、面色煞白，惊恐到一瞬间浑身僵硬。不知是不是萧长琪松了力道，她一把挣开他，酒杯飞出去砸落在地面上，里面已经没有多少酒了。

"你吐出来，你吐出来！"李燕燕扑上去，粗暴地一手摁住萧长琪的后颈，两指伸入他的嘴里，挖着他的咽喉，像是魔怔了一般，"吐出来，你快吐出来！"

萧长琪丝毫没反抗，由着她动作，确实吐出了一些东西，却不是鸩酒。

热泪大滴大滴地夺眶而出，李燕燕吼道："萧长琪，你吐出来，你快吐出来啊——"

"传太医。"祐宁帝冷声吩咐。

把萧长琪折腾得够呛的李燕燕，看着他都咳出血了，终于停了下来，紧紧抱着他："萧长琪，我恨你，我恨你——"

"喀喀喀……"好一阵咳嗽的萧长琪，忍着喉头的火辣痛感，笑着望着她，眼中有泪光，也有无限的哀伤，"我知……我知你恨我……喀喀喀……我们以后再也不用互相折磨。"

"不，我不允许！"李燕燕紧紧抱着他，嘶吼着，"凭什么？凭什么都由你做主？你说要娶我就娶我，你说不折磨我就不折磨？那我这半生算什么？萧长琪，你敢死，我就让你死也不得安宁！"

萧长琪疲惫地微微垂下眼帘，嘴角挂着一丝苦笑。这么多年，她一直都没有变，总是喜欢命令他、威胁他。他不需要她对他服软，只奢求她能够与他心平气和地说上一次话。

或许是他对她的包容与忍让让她肆无忌惮到从未想过他的感受，哪怕一次都不曾。

"燕燕……你很好，我从未后悔过与你相遇，倾心于你，娶你为妻。"萧长琪抬手抚摸着她的脸，痴痴地凝望着她，"可若有来生，我不愿再遇见你了……"

太累了，太痛了，也太苦了，这样的痛苦与疲惫经历，他不想再承受一次。

我不后悔今生与你相遇，也不愿来世再与你相遇。

李燕燕僵硬着全身，盯着萧长琪，看着他模糊的笑容变得释然与解脱，最后看着他昏倒在她的怀里。

眼泪瞬间砸落，李燕燕就像是被人掐住了脖子，喉咙里发出沙哑的声音。

"殿下，代王殿下病危。"萧长琪还没有出宗正寺，消息就由天圆递到了萧华雍这里。

"何故？"萧华雍问。

"陛下赐了鸩酒与代王妃，代王饮下。"天圆回话。

"哦？"萧华雍语调上扬，意味不明地笑了，站起身对沈羲和说道："我回宫了。"

沈羲和颔首。宫里发生这样的事情，于情于理，萧华雍都要回宫去。

"代王殿下就这样没了？"碧玉低叹一声。

"代王不会没了。"沈羲和转头淡淡地笑了笑。

"不是说服了鸩酒？"碧玉和红玉对视了一眼。

沈羲和笑着摇了摇头，萧华雍的态度就表明陛下没有真的赐鸩酒。陛下对自己的儿子总是了解一二的，且去年到现在陛下失去了两位公主、两位皇子。

长陵公主和阳陵公主已死，萧长瑜和萧长泰虽都是假死，但四场丧事没有避免，若是再加上梁昭容，那就是五场丧事，陛下不会想皇家再出一场丧事。

李燕燕虽然罪责难逃，却也罪不至死。

陛下自登基以来就以仁义治天下，绝不会因为李燕燕触怒龙颜就治她死罪，至于其他的罪行，都没有确凿证据。

祐宁帝的确没有真正赐毒酒，不过是想要逼一逼李燕燕，因为他知道李燕燕想活着。他却没想到萧长琪竟然把酒给喝了下去，那虽然不是毒酒，却也是会令人腹中绞痛的药酒。

萧华雍回到东宫时，萧长琪已经醒了。萧长琪被送回了王府，祐宁帝回了宫，下了两道圣旨，一道是革去萧长琪的王爵，一道是封十二皇子萧长庚为燕王。

萧长庚有些难以置信，这等喜从天降的好事突然就砸在了他的身上。他现在还是光杆皇子，虽然开了府，有了长史和府卫，但还没有谋士和门客投向他。

他被封了亲王就完全不一样了，不仅府卫可以增多，也会有人投向他。

心里正欢喜的萧长庚接到了来自东宫的头一份贺礼，是东宫卫率首领天圆亲自送来的："卑职奉太子殿下之命，特来恭贺燕王殿下，太子殿下有话让卑职带与燕王殿下。"

"曹将军请讲。"萧长庚心里头那点儿雀跃之情顿时消失无踪。

"燕王可喜欢此封号？"天圆将萧华雍的话原样转达。

萧长庚目光微凝，呼吸都滞了滞，才说道："劳将军回禀太子殿下，小十二谢太子皇兄提携之恩。"

燕，有安乐之意，安而后乐。

萧华雍这是要告诉他，只要他安分守己，自然能够享乐一生。

其实萧华雍不用告诫他，自打入了这位哥哥的眼，到今时今日，他哪里兴得起旁的心思？

萧长庚被封亲王，也算是一桩喜事。近来恶事连连，皇家能有一件喜事，自然要众人附和，由萧华雍带头，所有皇子宗亲包括百官都对萧长庚贺喜。

沈羲和也少不得要送上一份贺礼，没有了薛瑾乔，步疏林又被在步府借住的崔晋百紧盯着一举一动，等闲无人来寻她，一个酷暑倒是萧华雍恨不能每日都登门。

若非有政务、有朝会，他只怕也要来个在郡主府借住。

"殿下每日奔波，旁人总会猜疑。"沈羲和忍不住劝了一句。

"一日不见呦呦，我就思之如狂，办差听政都难以凝神。"萧华雍嘴上又开始不正经。

沈羲和看了他一眼，就收回目光，有些懒散地靠在美人靠上，一只手搭在栏杆上，下颌抵着手臂，看着旁边的荷花池，神色倦怠。

萧华雍发现她今日怎么都提不起精神，担心地坐在她旁边问："呦呦怎么了？病了吗？"

他发现贪凉的她今日竟然没有置冰。

"并未生病，殿下无须忧心。"沈羲和有些不耐烦地开口。

萧华雍却不信："呦呦这分明不似康健的模样。"

沈羲和有些烦躁。她来了月信，头两日都会这般，遇上酷暑不能置冰更是懒怠。这话她对萧华雍却说不出口，偏这人丝毫没有眼力见儿，非要追根究底，还将手伸过来要探一探她的额头。

天热，她最是畏热，他的手还未贴上她的额头，就让她感觉到一股热意袭来。沈羲和顾不得规矩和其他，抬手一把就将萧华雍的手挥开了："我说了，我无碍。"

她的薄怒和厌烦之色让萧华雍的心口微微一滞，他有些无措，又有些委屈，百般滋味萦绕心间，神色复杂，却又不知该如何开口。

他默默地坐在距离她有半步的位置，小心翼翼地看着她，眼神茫然又担心。

沈羲和莫名其妙地心烦意乱，就想一个人待着，谁也别打扰她。此刻仿佛看到萧华雍，她都会莫名其妙地觉着有个人在一旁，哪怕他不言不语，也妨碍到了她四周的气息。

从何时起自己变得这么不可理喻了？

沈羲和被自己蛮横的一面吓到，脸色就更不好看了。

萧华雍时刻盯着她的脸色，发现她越来越不悦，想了想只得低声说道："东宫还有些事，我先走了。"

"嗯。"沈羲和淡淡地应了一声，心里松了一口气。

他走了，自己是否就能克制住自己了？

萧华雍见她一听自己要走果然面色稍霁，就更难受和心痛，转身头也不回地走了。

被沈羲和攙到外面守着的珍珠看到萧华雍板着一张脸，从未有过地大步离去，显然是生了闷气，便端了一碗温热的银耳莲子羹给沈羲和，问道："郡主与殿下置气了？"

沈羲和莫名其妙地看了她一眼："并无。"

"殿下似乎有些不悦。"珍珠小心提醒。

沈羲和抿了一口银耳羹就顿住了双手，将碗搁下，想了想方才的情况，自己好似确实有些过了："也不知为何，就是心烦，不愿说话，不愿理他，忍不住就失了礼数。"

珍珠错愕了一瞬。她们家郡主可是雍容大雅的典范，轻易不会动怒，更不会无缘无故地闹脾气，便是对着王爷和世子，都是偶尔骄横，却从不刁蛮。

今儿郡主竟然在太子殿下面前收敛不住气性。

珍珠想明白缘由之后，更是面色复杂："郡主，您……您这是有恃无恐……"

"嗯？"她何时有恃无恐了？

"人之本性往往只会对亲近、信赖之人展露自己的全部，越是至亲越是无所顾忌、无拘无束。"珍珠斟酌着言辞。

沈羲和下意识地皱了皱黛眉。

"郡主不妨这般想，若适才来的不是殿下，而是旁人，郡主还会如此吗？"珍珠说道。

"若是旁人，我绝不会见。"沈羲和说道。

萧华雍之所以能进来，是他来得勤了，现在都已经直接被略过了通报这一步骤，门阃见了他就直接放人。除非沈羲和在闺房里，否则珍珠他们也不会让萧华雍止步。

"若是非得见之人呢？譬如陛下派来的内侍，"珍珠换了个比方，"郡主可会这般对待对方？"

自然不会，只不过那是皇命在身之人，沈羲和当然要以礼相待。

她没有反驳，而是想到了萧华雍可是皇太子，比起身负皇命之人只会更尊贵。可不知从何时起，她好似已经渐渐忘了他是皇太子。

对待他她也是随意起来，越来越没有束缚。

"你说得没错……"沈羲和从来不是个别扭的人，珍珠说的话的确有理，"我适才对太子是有些放肆，他是因此才不悦？"

"婢子倒觉得并非如此，殿下盼着您对他少些生疏感，多些真性情。只是殿下怕是不知郡主因何而厌烦他，郡主素来对殿下不亲不远，总会让殿下患得患失，故而殿下才会……懊恼。

"殿下懊恼不是因为被郡主冷待，而是不知自己何处惹郡主不喜了。"

"当真如此？"沈羲和总觉得有些不对，却又说不出何处不对。

易地而处，她绝不会自省，只怕转头就不会再多看这人一眼。这样一想，她更觉得自个儿方才不妥："过两日我再去寻他致歉。"

她倒不是拉不下脸，而是的确不适，怕去致歉不成，反而与他发生口角。

"郡主不用等改日，明儿殿下定然还会来。"珍珠信誓旦旦地说道。

沈羲和狐疑，觉得不大可能。

珍珠却笑而不语，没有多言。

此刻萧华雍也坐上了马车。天圆明显察觉到太子殿下浑身都散发着不悦的气息。往日去郡主府，殿下总是会赖到宫中要宵禁、宫门要关之前才回去，今儿这才进去就出来……

不妙，情况大大不妙。

"天圆，你去查查，孤近来可有行过不当之举？"萧华雍忽地开口道。

天圆谨慎地问："殿下指的是……何处？"

黑黝黝的眼瞳看过来，萧华雍面无表情地盯着天圆。

天圆立时会意道："殿下，若是关于郡主，您并无不当之举，或是……"

本就有些不悦的萧华雍，看天圆这副欲言又止的模样就更不悦了："关子卖到主子面前了？"

"属下不敢。"天圆动了动喉结，说道，"郡主若恼殿下，只能是殿下言语上……冒犯了。"

"冒犯"二字虽声如蚊蚋，萧华雍还是听得真切。他今儿不过说了句寻常话，与往日比起来不值一提，往日沈羲和都不曾这般对他，今日又怎会如此？

"不是。"萧华雍笃定不是这个缘由。

天圆急得脑门上都渗出了汗珠，被萧华雍虎视眈眈地盯着，只得口不择言："这……属下也不知郡主为何就恼了，或许不是殿下之故，就是恼了无人发泄，便寻着殿下发作？"

说完，天圆恨不得咬掉自己的舌头：让你又说郡主的坏话！

萧华雍听了这话却缓缓收敛了身上的低沉气息，嘴角情不自禁就上扬："你说得对，定是旁人惹恼了她，她才会寻孤发作。"

一头雾水的天圆，不懂殿下莫名其妙地讨了嫌为何还这般开心。

"她会寻孤发作，是因她不拿孤当外人了——她定是对孤有意了。"萧华雍顿时心花怒放。

天圆："……"

萧华雍越想心中越美，回到东宫也顾不得炎炎酷暑，自己一头扎进私库，几乎让人将库房翻了个底朝天，才将很多年前宫里封赏的一匣子寒玉扒拉出来。觉得还不够的他，又立时给华富海下令，令其搜罗了不少寒玉，将这些寒玉送到外面织成了一块玉席子。

只因他让天圆彻查过后，发现并无人惹沈羲和不悦，忽地抬头，见烈日高悬，想她畏热，定然是因天热而心燥热。

华富海财大气粗，手中珍宝无数，又命人连夜加工，用了数十人，硬生生在三日内将玉席子送到了萧华雍的手上。三日没有见着沈羲和，萧华雍带着备好的礼又来了郡主府。

朝阳挂在飞檐转角处，半隐半现。

沈羲和今日也做了些许清淡的吃食，正打算去东宫。珍珠说萧华雍次日就会再来，结果转眼三日也未见他的身影，朝中也无大事，他或许真是恼了。

这事是自己的过错，沈羲和觉得自己理应去致歉，没有什么拉不下脸面的。

两个人便在郡主府的门口遇上了，沈羲和看见他今日着了杏色的翻领袍，面色松缓，眼底透着笑意，显然心情极佳。

她不由得抬头看了看天，盛夏之际，天明得极早极长，今儿虽无朝会，这个时候他也应该在处理政务才是。她是算好了时辰，等她到了东宫，他也差不多处理完早间的政务了。

萧华雍这会儿就已经到了她的府门前，那岂不是早一刻钟前就已经出发？

"呦呦这是要去何处？"萧华雍一看到站在门口的沈羲和，眼里的喜色就消失无踪。

往日沈羲和要去东宫，多数是要提前知会东宫，没有接到消息的萧华雍自然没有往沈羲和这是要去东宫上想，立时就有些吃味儿。

他所站的位置，日光将他笼罩，将他白玉般的脸照亮，他所有的情绪显露无遗。

沈羲和缓缓侧身："殿下，里面请。"

她这是要招待自己，不打算出门了？

萧华雍心里受用了些许，不过一想到自己三日未见她，她竟然要去见旁人，要不是自己来得早，只怕要扑空，那点儿喜悦之情又不见了。

他想要说什么，又怕惹恼她；不说什么，又委屈，只得绷着脸迈步入内。

沈羲和好似没有看到他的情绪变化。她不知是不是自己说了太多次他深不可测，导致他一到了自己跟前便像个孩子似的，所有喜怒哀乐全表现在脸上。他那样真实，那样生动，明明看起来极其不够成熟稳重，甚至不应该是及冠儿郎有的稚嫩样子，偏让格外不喜欢稚气儿郎的她讨厌不起来。

"殿下，请坐。"沈羲和将萧华雍带到了一个位于湖里的亭子里。

珍珠等人将拎着的食盒放上来，将东西一碟碟取出。萧华雍看着，眉眼渐渐舒展："给我备的？"

"原是打算去东宫看望殿下。"沈羲和颔首,"殿下用了朝食吗?"

这个时候他用了也要说没有啊:"未曾,正惦念着呦呦这里的吃食呢。"

沈羲和抿唇笑了笑,也不拆穿他,而是坐下来,陪着他用了吃食,饭后才说道:"那日是我不是,我不应对殿下失礼。"

萧华雍眉头上扬:"失礼?不,呦呦,你对我由来都是太多礼,从未失礼过。"

她向他致歉,到底是因她反思自己那日不该对他流露真性情,还是真的担心、在意他的感受?聪明如他,素来看人精准,却看不透她的心。

看不透,他就直接问:"呦呦是觉得那日怠慢我,还是……忧心我因那日的事不悦?"

"有何不同?"沈羲和问。

"大有不同。"关于她的一举一动,他都十分较真儿,"若是前者,呦呦只是觉得自己没有尽到待客之道;若是后者……意味着呦呦对我有看重之心。"

他的双眸平静,却如渊海一般深不可测,他不紧逼却又不容忽视,幽幽地看着她。

沈羲和认真地想了想,才坦然答道:"皆有。"

她既觉得自己失礼和任性,也顾虑他的感受。

她在意他就成,萧华雍笑得温软满足,对着天圆招了招手,天圆连忙将装着玉席的匣子搬上来。

萧华雍站起了身,一边将四四方方的锦盒掀开,一边说道:"是我疏忽,京都夏日燥热,你本就畏热,难免因着日头骤烈而心烦意乱。这是我特意给你备下的寒玉席,夜里安置,凉意萦绕,定能安眠。"

一片片寒玉如甲胄般相连,她伸手触摸,冰冰凉凉的,极为舒适。

原来,他是以为她因夏日炎热,没有休息好,那日才会对他不耐烦。

不知为何,沈羲和的心仿佛被什么东西轻轻碰了一下,晃动的一瞬间,她感怀至极。

他没有恼她,亦没有怨怪她,更不曾因此而对她心生不满情绪,而是去深究她为何会那般,是否有人惹恼她……

"殿下,世人皆言女子多类无理取闹者,殿下就未曾想,那日我也是无理取闹吗?"沈羲和问。

"怎会?"萧华雍目光澄莹,"呦呦不是那等无风作浪之人。"

顿了顿,他对她笑得暧昧而又缠绵:"于我而言,呦呦是不会有错的,若呦呦行事过激,那定是旁人的过错,招惹了呦呦。"

"可那日殿下并未招惹我。"

"呦呦素来恩怨分明,那日非我招惹呦呦,定是有什么事惹了呦呦不悦,而聪慧伶俐的呦呦又无可奈何。偏呦呦又未将我当作外人，憋着自个儿的情绪，才会寻我发作。"萧华雍越说脸上笑意越浓，"这是我之幸。日后呦呦心有不悦，只管寻我发作，我甘之如饴。"

沈羲和忍不住被他逗乐了："这是爱之深，则无不是？"

萧华雍春风一笑："呦呦，你可知为何我至今仍对你没有半分倦怠？"

沈羲和轻轻摇头。

"并非因我性子执拗，不达目的不罢休，亦非我对你有征服欲，非得要你臣服于我，"萧华雍轻声说道，"而是由始至终，你从未否认过我待你的情意。"

她只说过她不信天长地久，男女之情绝无永恒。

她冷静、清醒，却从未曾怀疑他虚情假意，或此刻只是故作深情，实则另有图谋。至少她对他的心意是认可的，亦没有对他厌烦和躲避。

"长久"一词，说来简单，可要让一个理智的人轻而易举就相信，实在是强人所难。

只有相携到老，当真做到之人回望过去，才有资格说对此深信。

"殿下，我信你是真心，是因我知晓，以你之能，你对我无须有旁的图谋。"沈羲和眉目温柔、目光淡然，"我不敢轻易信你能长情，也是因我知晓，以你之能，他日你我反目，我若警醒，不说能与你势均力敌，至少有挣脱之力。"

萧华雍哑然失笑："这是否成也萧何败也萧何？"

若他不是如此强大，需要谋求西北，对沈氏一族先示弱再伏击，沈羲和定不会信他此刻的真心；可也是因他如此强大，她担心自己泥足深陷，他日西北碍了他的眼，而她会成为断送西北和至亲的踏脚石。

"殿下如此待我，我非草木，自然感动。"沈羲和从未这样推心置腹地对萧华雍表明自己的心迹，"偶尔我也会深想，我若有一日心悦殿下，是否能够如日升月落，亘古不变——

"我不敢保证，人生际遇太多，起起伏伏，永不知明儿我们将会面对何种变故，如何能够承诺一生之久？连我自个儿都不能确保不变，如何去深信旁人能不时移世易？"

"你说得对。"萧华雍颔首赞同，"以往是我过于心切，日后再不对你说这些空远之谈。你我是要结发之人，岁岁年年相守，朝夕不离，我们过好每日便是。"

沈羲和微微一笑，这样的萧华雍，让她觉得更真实，更容易亲近。

她用手摩挲着玉席："殿下的厚礼我收下了。"

见她再不是那样客气地说要回赠他东西，萧华雍心里一甜："陛下要去麟游行宫避暑，近两日便会下旨，你早些做准备。麟游行宫，夏无酷暑，凉爽宜人，青山绿水，明媚秀丽。"

"麟游行宫？"沈羲和有些意动，京都实在是太热了。

去年她上京之初也有些炎热，时间却并不长，这才刚刚到盛夏，还有漫长的两个月……

"嗯，我让人安排你我比邻而居可好？"他小声征询。

"我与殿下比邻，诸位皇子……"沈羲和倒不是因为萧华雍而觉得不好，而是觉得她到底和萧华雍尚未成婚，这就越过诸位皇子，是否不大好……

"他们若有能耐，大可凭本事再把我手中之物夺走。"萧华雍满不在乎。

行宫是开国之初修建，已有百年，当时除了陛下的正殿，其余都是凉棚，只不过先帝惧热又奢靡，这才大肆扩建行宫，不过依然有优劣之分。

去年秋狝令陛下对猎场有了忌讳，今年他不打算去猎场，就去麟游行宫。也就是他们这一去，要从五月住到九月，肯定是要将大臣们都带去的，少数人留守。

如此长的时间，住得舒适自然尤为重要，不只他们要上下打点，现在百官都开始走动了，只盼在自己身份允许的范围内住得舒适些。

"大臣们都会带上内眷。"萧华雍一脸看好戏的促狭模样，"祖母的意思，趁着此次避暑的机会，让诸位皇子与甄选出来的女郎们处一处，待到回京之后自个儿去提亲。"

并不是每个皇子成婚都会圣旨赐婚，当然皇子娶妃必然是宗正寺、礼部操持，但排场也和正常的高门大户娶妇差不多。

沈羲和低头失笑，萧华雍就是铁了心要让他的兄弟们都成婚。

"他们都能与女郎相处，没道理我这个被光明正大地赐了婚的皇太子还不能与我未来的太子妃多亲近亲近。"萧华雍把他以权谋私的行为说得如此理直气壮。

"殿下，陛下近来没有对你生疑吗？"沈羲和担忧。

前几日她委婉提醒了萧华雍一次，这次他又要运作。沈羲和总觉得陛下过于平静了，这次事情其实有迹可循，譬如萧华雍先遇袭，后才有了端午射粉团三殿下被牵连的事，从而导致李燕燕与萧长泰反目，有了李燕燕绑架回京探望生母的叶晚棠，将萧长泰逼入京都。

这些事看似和萧华雍没有丝毫关系，他回京之后，每次的事情却都绕不过他，偏他总是以被害者的姿态穿插在每一件事情中，多了就给人一种不真实的感觉。

陛下何等心思深沉，到现在都没有动作，当真是不在意还是伺机而动？

若是后者，陛下怕是不动则已，一动就绝非等闲手段。

沈羲和都能够想到这些情况，不信萧华雍想不到。可他呢？他像只没心没肺、不知森林险恶的兔子，每日规规矩矩地把自己分内之事做好，就一刻不停地往她这里跑。

"我若所料不错，去了麟游行宫，他定会对我试探，"萧华雍目光幽深，"故而才要将你放在我身侧。"

"你是担心陛下会对我下手来引你暴露？"沈羲和恍然。

萧华雍神秘一笑："非也，我是指望着呦呦护我。"

沈羲和："……"

对着静静地看着自己、对自己难以言语的沈羲和，萧华雍继续说道："我是柔弱可欺、命不久矣、形单影只的皇太子，一无党羽，二无势力。所幸我的命好，有个身份尊贵、足智多谋、手下俱是强将精兵的未婚妻，我只能求着呦呦护我一二了。"

他说得半真半假，沈羲和却明白他的意思："我若不愿呢？"

"若呦呦都不护我，我只好将命交给老天爷，盼着老天爷怜悯我一场，让我大难不死。"萧华雍越说越委屈，宛若被全天下抛弃般可怜兮兮的。

沈羲和静静地看着他要宝。

萧华雍这才正色道："我并非借呦呦打掩护，而是想把我手上的一些人交给呦呦，日后这些人由着呦呦差遣。呦呦在明我在暗，你我夫妻同心，共征天下。"

说着，萧华雍就将备下的一本小册子递给沈羲和。

那是一本名册，上面是他全部的人手的名字，他就这样毫无保留地交给了她。

小小的一本册子，被他双手递到面前，缎面上的柔光，与他圆润白皙的指尖一样干净，一如他的心，一片赤诚，毫无杂质。

夏日粉荷在池中亭亭玉立，日头尚早，荷叶上还有露珠，就像他此刻的眼睛，一池柔静，满塘清光。

"殿下应是知晓，我非甘居人下之人，殿下将这些东西交给我，便不怕有一日受我反噬？"沈羲和低声问。

萧华雍笑着摇头："我所求乃呦呦最宝贵之物，自是要倾尽所有。呦呦不是甘居人下之人，却也不是权欲熏心之人。"

"人心易变。"沈羲和抬起眼帘，细密黝黑的长睫下是一双仿佛笼了一层寒雾般看不真切的眼，"正如我觉得殿下日后执掌天下未必不会变心，我如今淡泊无争，只护我愿相护之人，或许只是我从未尝到过君临天下、大权在握的滋味。"

萧华雍微微偏头思索了片刻："我这些年走遍五湖四海，遇见过千奇百怪的人与事，倒也看得出，女郎生来就比儿郎更心软与重情。儿郎有天生的政治家、权谋家和野心家，女郎却无。她们并非生来没有这些天赋，或是生来就被生长环境所限，而是自身所求远比儿郎要少。便是后天被环境所迫，也多是遭遇坎坷与折磨过多，她们才会失了少女之心。

"呦呦生来显贵，灵透与明理已经刻入你的骨子。这样的你，若有一日开始贪恋权势，被权力迷了眼，那将是我一生最大的过失。若无我辜负或伤害，你如何能够移了性情？当真有那一日，我受你反噬也不冤。"

他一字一句,情真意切,少了素日里玩世不恭的缠绵,多了一丝诚恳与客观。

沈羲和与他对视了片刻,双手从宽大的水袖之中伸出,握住了名册的另一端:"承蒙殿下信任,此心此情,定不相负。"

笑意从唇边爬上眼角眉梢,萧华雍缓缓松了手,低头说道:"有句话,我若说了,呦呦莫要恼我。"

"殿下还是别说为好。"沈羲和果断拒绝听他接下来要说的话。

萧华雍微微一怔,才想起素来甜言蜜语说得过多,她一向觉得他轻浮似纨绔,以为他要说的是这些言语,不由得尝到了自己往日没脸没皮的苦头,有些不自在地摸了摸鼻头:"不是那些话,是我……昨日想着,将这些东西托付给呦呦,呦呦是否会猜疑,我是要让呦呦和西北为我冲锋陷阵,我隐匿在后方,随时可以对你与西北不利……"

他将这些势力交给沈羲和,以后和陛下正面对上的人就是沈羲和。无论陛下如何试探,都会有沈羲和挡在萧华雍前面,让陛下看不清真正的敌人。

"殿下说日后若受我反噬也不冤,是因殿下深知,现下种种皆由殿下自个儿所选。"沈羲和淡淡地笑了笑,"我亦如此。"

今日种种是她自己所选,日后若当真被利用,而她掉以轻心招来大祸,罪人只是自己。

他既然以身家相托,她自然回以全心信任。

二人相视一笑,前几日那点儿不愉快的情绪早就烟消云散,萧华雍又变成了那个黏人胜过短命的黏人精,在郡主府里赖到了临近黄昏才回宫里。

沈羲和在烛火之中展开了萧华雍给她的名册。这些日子偶尔会听到他言及朝堂,对他的布置略知一二,但真正看到之后,沈羲和才明白,科举舞弊案之前,萧华雍在朝中除了崔晋百和赵正颢,还真的没有身居要职的人。

甚至身居闲职的人也只有那么三五个,只不过经历了科举舞弊案,他才安插了大量人入朝堂,但都是一些没有人会深查或者在意的小吏。

这些人若是顺利,需得十年左右才能升到掌握实权、大权的职位,中途若是遭遇些变故那就得更久。萧华雍说过,对这些人他是师傅领进门,修行看个人,他不会特意去提拔,日后能走到哪一步,看他们的造化。

甚至这些人还没有成为他要用的人,能不能成为他着重栽培之人,还要看他们的本事。

他是储君,是理所应当继承皇位之人,所栽培的不单单是个人势力,更多的是日后朝堂上的中流砥柱。故而,他尽可能让自己少些私心,不一味偏袒。

沈羲和将名册看了一遍就收了起来:"这几日叶氏的动向。"

珍珠将床铺好之后转身走到沈羲和跟前:"叶氏几日前去了相国寺,给萧长泰立了牌位，这几日都在相国寺里，请了相国寺的高僧诵经，说是要超度七日。"

萧长泰被除族除名，没有人敢为他办丧事，否则就是和陛下作对，他犯下的罪也不容他有任何人逢年过节为他烧纸钱。

叶晚棠到底念在夫妻一场的情分上，给他立了个牌位，算是全了夫妻之情。

这是因为人已经死了，她也没有什么好计较的了。

看来叶家没有把萧长泰还活着的消息告知叶晚棠，否则她不会这么快就放下他。

或许她现在还有些庆幸萧长泰死了，否则萧长泰活着，她不知该如何面对他。而随着萧长泰的死亡，萧长泰对她的欺骗和利用行为，她也都能释怀，自此重新做回原来那个自己。

沈羲和望着灯柱上晃动的烛光，沉默了片刻才说道："明日去相国寺。"

再过几日就要去麟游行宫避暑，萧华雍说过他有些事情要安排，这几日便不会来扰她安宁。

沈羲和想去见一见叶晚棠，直觉告诉她，萧长泰不会放过这一次大家都离京的机会，会寻上叶晚棠。

麟游行宫之行，陛下既然已经决定对萧华雍下手，沈羲和势必要将大部分人带去，留下来的人对付萧长泰未必能够成事。萧华雍的人此刻万不能阻击萧长泰，否则一切是他暗中搞鬼的事就暴露于陛下眼前了。

况且他们要杀了萧长泰容易，要瓦解萧长泰背后的势力却非一朝一夕之事。萧长泰的夺位资格虽失了，却不代表他不会相助其他人，与萧华雍至死方休。

既然如此，她就换个法子，给萧长泰致命一击。

禅钟惊梦，佛音三千；青石鸟鸣，金台鹤语。

相国寺巍峨庄严，尽管沈羲和不信佛，可此地清雅幽静，仍旧令她心旷神怡，仿佛真有一种令人忘却世俗纷扰的魔力。

沈羲和见到叶晚棠的时候，叶晚棠再也没有身着最爱的海棠花罗裙，发髻上却依然有一朵海棠花，只是刻意做成了白色的绢花，簪在她乌黑的发髻间，衬得她更加憔悴与素雅。

"郡主。"叶晚棠上前盈盈行了一礼。

萧长泰被除族除名，没有了定王也没有了四皇了，她不再是皇家的儿媳，只是叶家的嫡居之女，见到沈羲和自然要行礼。

沈羲和待她一如当初，回了个平辈礼："叶二娘子。"

叶晚棠在叶家行二，前面有个庶出的堂姐。

"郡主是特意来寻我吗？"叶晚棠将沈羲和请到一旁的菩提树下落座，亲自提起茶壶给沈羲和斟茶。

"何以见得？"沈羲和问。

"郡主入京整一年间，只上过寺庙一二回，非信佛之人。"叶晚棠双手将茶碗递给沈羲和，"入夏之后，郡主便不出府，便是东宫也懒怠去——郡主是苦夏之人。"

说着她抬头看了看枝叶间洒落的刺目阳光，尽管还是清晨，艳阳便已灼目："郡主不信佛，又苦夏，却顶着烈日来相国寺，必是有事。郡主素来行事果决，既然直奔我而来，此事定然与我相关。"

叶晚棠曾经也是京都九绝之一，京都九绝除了各自有一项其他贵女望尘莫及的技艺，个个都是饱读诗书、聪慧灵透的女郎。

只可惜少女怀春总是诗，她终究还是因爱而被萧长泰蒙蔽了双眼。

有那么一瞬，沈羲和不忍对着她揭开如此残酷的真相，真想让她就这样忘记过去，重新开始。

然而，即便自己怜悯叶晚棠，不打算从叶晚棠入手对付萧长泰，萧长泰又怎会放过叶晚棠？

沈羲和双手接过叶晚棠递过来的茶碗，浅浅饮了一口茶才搁下，从怀里取出了一个香囊，无声地递给叶晚棠。

叶晚棠有些困惑，接过香囊将之打开，里面有个细小的像火折子的竹筒，还有一块平伸叶形状的玉佩："郡主这是何意？"

"信物与求救烟火。"沈羲和解释道。

"郡主为何给我这些东西？"叶晚棠更不解。

黑曜石般的眼瞳平静而又深沉，映着叶晚棠的脸，沈羲和顿了顿才说道："萧长泰未死。"

叶晚棠面色一变，整个人僵在原地，唇瓣霎时血色全无，内心必然是翻江倒海，甚至要用手撑着石桌才能让自己不栽倒下去。

这个消息之于叶晚棠而言不啻晴天霹雳。他没有死？

他怎么会没有死？！既然没有死，他又去了何处？沈羲和又为何知晓？

叶晚棠的目光惊疑不定，她对沈羲和的猜疑，沈羲和都看在眼里。沈羲和面色平淡地说道："那一把火既然是他自己放的，你与他同床共枕这么多年，难道就没有怀疑过他是在死遁吗？"

有什么东西砰然破碎，抽走了叶晚棠浑身的力气，让她即便是坐着，也有些摇摇欲坠。

她怀疑过吗？

怀疑过的，只是那么多不堪的事实一层层被揭露，她宁可他已经死了，死在她察觉他丑陋的嘴脸之前。所以，她坦然接受了这个事实。

"陛下要去麟游行宫，届时文武百官随行，正是他潜回来带你远走高飞的最佳时机。"沈羲和依然语气淡淡地说着。

叶晚棠倏地看向沈羲和:"我为何要随他离去?"

"你会。"沈羲和不闪不避地回视着她,"你心中对他仍旧有爱意。他虽辜负了你的期许,对你的心也未有你设想的那般纯真,但这些年他从未辜负过你这个人。他对你或许不如他说的海誓山盟那般,却也是真心真意的。"

萧长泰没有淡泊名利,却一直没有旁的女人,就凭这一点,在叶晚棠这里,就是迈不过去的坎儿。这世间不如萧长泰的儿郎比比皆是,身为皇子,他有野心是人之常情。

对这一点叶晚棠可以黯然伤心,却无从指责。至于叶家,叶晚棠如此聪慧,应该已经醒悟,从叶岐允嫁的那一刻起,叶家就没有想过置身事外。叶家并不是被萧长泰拉下水,而是自己也有对权力的渴望,恰好碰上萧长泰罢了。

沈羲和那双眼睛无波无澜,却参透人心;她的言辞不轻不重,却满是锋芒。

叶晚棠的心思在沈羲和面前无所遁形,叶晚棠别开脸,不去与沈羲和对视:"郡主既然如此笃定我仍旧放不下他,会随他而去,又何必多此一举?我又岂会为郡主对他不利?"

沈羲和轻勾嘴角,说道:"你会随他而去,是因你心中仍旧对他有所期盼。可我不妨告诉你,你的这份期盼终究是黄粱一梦。我给你这些东西,并非要你为我所用,对他不利,而是给你留一条后路。终有一日,你会对他失望透顶而求助无门,到时可以记起,这世间还有个人能够助你一臂之力。"

叶晚棠的指尖抓紧了袍袖,她睫毛颤了颤:"郡主与我说这些,我若是信了,如何还能再随他离去?我若是不信,又岂会收郡主之物?"

"你会信我之言,可你心里仍旧有一丝期盼,期盼他落到今时今日再无缘皇位之地,也许能够真正放下权欲。"沈羲和淡淡地说道,"可你失望太多次,你对我也好,对他也罢,终究都是半信半疑的。"

说着沈羲和站起身:"你会收下,若是可以,我倒愿意此生你用不上我给你的锦囊。"

如此一来,不是叶晚棠对萧长泰多么死心塌地,而是叶晚棠的美梦成真,萧长泰当真放下了一切,二人如同萧长瑜与卞先怡一般双宿双栖。

没有等叶晚棠回应,沈羲和便转身离去。一片翠绿的菩提叶落下,落在沈羲和的手臂上,她顿住看了片刻后才说道:"二娘子聪慧果敢之人,不值当为一个儿郎香消玉殒。这世间情,善始善终原就是奢望,多少人连个善始都是苛求?有始无终,至少曾经拥有过,一如佛家历劫,参透便是大成。"

叶晚棠恭顺娴静、知书达理,奈何遇上了萧长泰这样一个劫难。他们互有真情,只不过所求大相径庭,叶晚棠要的是安然顺遂,萧长泰要的是君临天下。

若她遇到的是萧长瑜,想来这一生必将安乐富贵,夫妻和美、白首偕老。

"郡主，萧长泰当真会来吗？"碧玉上了马车，忍不住出声问。

萧长泰受了重伤，这才一个月不到，他的伤只怕都还没有养好，且知道他诈死的人不少，只怕陛下都知晓，这才会直接将他除族。

京都之于萧长泰，无疑是个龙潭虎穴。

"不，京都除了我，谁也不想要他的命。"沈羲和轻笑道，"虎毒不食子，巫蛊之事，陛下未必会真信是萧长泰所为，严惩不过是没有办法追查下去，不得不以雷霆手段进行威慑。否则人人都不当回事，稍有不如意之处就对陛下下咒，这世间岂不是乱了套？

"至于诸位殿下……萧长泰已经被除族，背着对陛下施展巫蛊之术的罪名，这辈子都不能再'活'过来，否则就是死罪难逃。对其他殿下而言，他已然没有了威胁之力。

"再则，他们如何都是亲兄弟，若当真要赶尽杀绝，绝不能被陛下知晓半点儿风声，否则陛下会如何作想？"

如此性情凉薄、狠辣的儿子，陛下焉有不防备之理？

"太子殿下呢？"珍珠也跟着问。她一直想不明白，为何太子殿下也没有再追查萧长泰。

"太子现下被陛下盯着，萧长泰如今再无弱点，若是豁出去非要与太子同归于尽，或许不能要了太子殿下的性命，但太子殿下少不得也要伤筋动骨。太子殿下不会用玉石去碰瓦砾。"沈羲和顿了顿，不知想到什么，唇角微微上扬，"以他的性子，他也不再将萧长泰放在眼里，萧长泰不值当他再耗费精力。"

沈羲和要萧长泰的性命，是因没有萧华雍的自信和顾虑，是因萧长泰这个人过于顽强和卑劣，不真的将他置之死地，萧华雍与他又结下了死仇，他一定不会善罢甘休。

"郡主……"珍珠犹豫了片刻才说道，"郡主将信物交给叶氏，不怕她日后帮着萧长泰，反而借此给郡主设局吗？"

"你的顾虑不是没可能，只不过是极小的可能。"沈羲和自然都想过这些情况，"届时我只需要知晓萧长泰做了什么，就能判断她是否彻底被萧长泰蛊惑，选择与萧长泰合谋。"

尽管她以自身对叶晚棠的了解以及对萧长泰的性格了解来看，似乎已经看到了他们的未来，然则，凡事有万一，人也会因为一些事故而转变，譬如叶晚棠这次随萧长泰离去之后，他们若是有了孩子，为人母的身份或许会让叶晚棠改变。

未来有太多不可控因素，但沈羲和还是走了这一步棋，是因为利大于弊。在现在没法抓住萧长泰的情况下，她在叶晚棠心里头种下了一根刺，就看这根刺是一直钻着叶晚棠的伤，还是被萧长泰温柔地拔去。

沈羲和赌的是前者。

要击垮百折不挠的萧长泰，只怕唯有叶晚棠才能做到。

选择权在叶晚棠手中，也在萧长泰手中。

沈羲和说期盼叶晚棠一辈子用不上自己给予的锦囊是真心实意的。如此一来，意味着萧长泰真的彻底放下了对权势的欲望，沈羲和也没有非要置人于死地的残暴想法。

风吹起了马车的帘子，沈羲和往车外看了看，这是一条熟悉的街道，拐个弯就是东市，远远就能看到独活楼。沈羲和扬声吩咐外面驾车之人："去东市独活楼。"

这一去麟游行宫就是四个月之久，她正好看一看店铺。独活楼现在生意更好，有不少南方和异国的商旅会大量购置香料，经过大半年培养，香娘子也更多了，有些更是天赋卓绝。

沈羲和清查了一遍，又对掌柜吩咐了一番，正要离开，一个小乞儿跑了过来。掌柜正要按照沈羲和的吩咐拿些糕点与小乞儿，小乞儿却抬头看了看沈羲和，就将一个小纸团放在柜子上，风一般跑了。

珍珠上前将纸团打开，上面是一行字，一个茶肆的地址，有人约见沈羲和。珍珠有些担心："郡主，如此鬼鬼祟祟的，恐怕有陷阱。"

沈羲和从珍珠手上将纸团拿了过来，上面娟秀又不失锋芒的字迹很是熟悉。年初的时候，代王妃寿宴，发给宗室的请帖都是李燕燕亲自书写，包括发给沈羲和的也是。

这是李燕燕的字迹。

自然，这世间模仿一个人的字迹本就不是难事，譬如萧华雍弄的巫蛊娃娃，不也是寻了擅长模仿他人字迹之人模仿了萧长泰的字迹？

只是纸团上画了一尾锦鲤，这一尾锦鲤呈现跳跃姿态，和当日李燕燕单独招待沈羲和，告知她阳陵公主之事时，旁边的花盆上绘制的锦鲤纹路一模一样。她当时因着喜欢花草多看了两眼，李燕燕也顺着她的目光看过去，还特意介绍了这个瓷盆。

由此，沈羲和笃定的确是李燕燕约见她，李燕燕没有正大光明地去郡主府，定是有掩人耳目之事。

至于李燕燕是否借此对她设伏，如同捉叶晚棠一般想要捉她，沈羲和丝毫不担心。李燕燕之所以捉叶晚棠，是因为和萧长泰是合作关系，两个人不会因此反目成仇。

李燕燕若是捉自己，且不说事情成不成，只说李燕燕会因此得罪东宫和西北王，就得不偿失。

原本准备回府的沈羲和又折身回了独活楼，换了身衣裳，带着珍珠和墨玉从后门离开。确定无人跟踪后，沈羲和还是拐了几道弯才到了李燕燕约定的茶肆。

李燕燕穿了一袭翻领袍，做儿郎打扮，脸上还画了两颗痣，眉眼都改了妆容。乍一看，珍珠竟然没认出来。

"三皇妃如此大费周章地约我，不知所为何事？"沈羲和开门见山地问。

李燕燕伸手请沈羲和落座，亲自给沈羲和斟了茶，将茶碗递到沈羲和面前，那双天生藏着媚态的眼幽深地凝视着沈羲和："你我联手如何？"

沈羲和抬眉："联手？"

她万万没有想到，李燕燕竟然是来结盟的。

"对，联手。"李燕燕重复了一遍。

握着茶碗的指尖轻轻动了动，沈羲和偏头看着旁边香烟袅袅的香炉："为何？"

"我们有共同的敌人。"李燕燕开口道。

她是亡国公主，是陛下让她亡的国。

沈羲和是异姓王之女，陛下容不下西北，他们已然是敌对关系。

"你错了。"沈羲和纠正，"你与陛下是仇人，而非敌人。"

敌人只是利益相冲，未必要至死方休；但仇人，不共戴天。

"敌人也好，仇人也罢，都是同一人。"李燕燕不在乎这一点儿差异。

沈羲和微微莞尔："你没有理解我的意思。只要陛下一日没有对西北下手，我就不会弑君，而你无论如何都想要陛下的性命。你我本质不同，道不同不相为谋。"

沈羲和对李燕燕没有恶感，当然也没有好感。沈羲和没有经历过李燕燕的亡国之痛，对李燕燕的所作所为不予置评。可李燕燕为了报仇，与萧长泰为伍，竟然替萧长泰盗墓发死人财之举做遮掩，这一点沈羲和是无法苟同的，这已经违背了基本为人的良知。

将心比心，若是旁人为了达到目的，挖她至亲先祖的坟茔，沈羲和必要将人碎尸万段！

"呵。"李燕燕轻笑了一声，上上下下打量着沈羲和，"你让我想到一个人。"

沈羲和没有接话，知道李燕燕要说何人。

"已故信王妃，也是如此愚钝。"李燕燕对顾青梔多有不屑，"她若先发制人，早做防备，顾家未必会落到这步田地。我一直以为似她这样的人世间不多……"

说着，李燕燕怪异地看了沈羲和一眼："难道你们天朝的贵女都是这样自命清高一般迂腐？陛下之心昭然若揭，你们还能坐以待毙？"

"信王妃如何，人已故去，不予置评。"沈羲和避开顾青梔的话题，"我如何，与三皇妃无关。"

李燕燕把弑君想得太简单，西北与祐宁帝的确不能共存，但沈羲和不会对李燕燕说这些事，她们还没有这份交情。

"你为何不听听我的诚意？"李燕燕审视着沈羲和。

沈羲和以指尖轻轻叩了叩茶碗,低声笑了:"诚意?是陛下要让三皇子试探东宫吗?"

李燕燕蓦地瞳孔微缩,难以置信地看着笑容浅浅的沈羲和。

"陛下会放过你们,固然有你们罪不至死的缘由。但陛下现在怀疑太子殿下,而三皇子又是素来最与世无争之人,由三皇子动手,最能出其不意、攻其不备。"沈羲和自信从容的笑容,似给她整个人笼罩了一层清辉,让她看起来神圣而不可侵犯,"这次萧长泰之事,陛下本就怀疑太子殿下,而你们夫妻又牵扯其中。陛下用你们夫妻试探,最好不过。"

李燕燕收敛情绪,赞赏地笑了:"昭宁郡主不愧是能够让阳陵公主死得无声无息之人。"

沈羲和宛若没有听懂李燕燕的话,接着说道:"与其说你是要与我们联盟,不如说你是不愿三殿下彻底被陛下所用。你已经看到了东宫的真面目,深知东宫与陛下注定水火不容。

"让我猜一猜,你定然以你们夫妻的未来,再以这些年陛下对你们夫妻多有刁难为由,劝说了三殿下同意,让三殿下日后做个两面细作,明面上帮着陛下刺探太子殿下,实际上是为太子殿下盯着陛下。"

自己的计划完全被沈羲和看透,李燕燕索性不再伪装:"如此不好吗?"

"不好。"沈羲和淡笑了一声,"三皇子妃与三殿下能给予我与太子殿下的助力,我们不需要二位也能有。而二位向我与太子殿下索取的东西,只我们才能给予。"

如此一来,他们凭什么谈联盟?

沈羲和不会同意和李燕燕联盟,李燕燕是个不懂合作规矩的人,若非如此,萧长泰又如何会落到今日的下场?

沈羲和可不希望有朝一日重蹈萧长泰的覆辙。

"你是要我们投诚?"

投诚就是己方屈居对方之下。

沈羲和缓缓站起身:"三皇妃,不论是我,还是太子殿下,都不缺人,更不惧多一个敌人。与我们为敌的人,从康王府、长陵公主、阳陵公主、王侍中到你的前盟友,都是什么下场,三皇妃不妨多思。"

留下一句警告之言后,沈羲和抬脚就走。

她刚走到门口,李燕燕便霍然起身:"我能感觉到,你拒绝我,并非因为这些冠冕堂皇的理由,我想听一句真话。"

沈羲和的一只脚已经迈出了门槛,她顿住身子,并未回头:"真话?真话便是,我亦感觉得到,你恨整个萧氏。"

话音未落,沈羲和已经消失在李燕燕的视线范围内。

她的话却回荡在李燕燕的脑海里，令李燕燕的眼底浮现犹如实质的惊惧之色。

李燕燕和萧长泰合作，她当真只是为了对付陛下吗？

现在是，但等到萧长泰能够胜出的那一日，她的剑就会直指萧长泰，因经历灭国之恨，除了萧长琪以外，她应该是想要将萧氏皇族屠尽。

这次萧长泰会落到这个地步，表面上看起来好似李燕燕犯蠢，但沈羲和更偏向于，李燕燕早就想要踢开已经被罚去皇陵、逐渐脱离她的掌控的萧长泰，故意成全这个混乱局面，从而看清楚到底谁才是最好先联手的人。

她可以先和人联手对付祐宁帝，潜伏在盟友身边，将盟友摸透，日后绝地反击……

"女帝的诱惑。"上了马车后，沈羲和轻笑了一声。

李燕燕若是能够押对宝，蛰伏与人联盟，等到最后对盟友进行致命一击，届时萧家人只剩下萧长琪。萧长琪顺利登基，以萧长琪对她的痴情，她可以如同先祖女帝摄政，待到萧长琪百年以后，顺利接掌皇权，成为本朝第二个女帝。

如此一来，她才算真正颠覆了萧氏皇族，复兴了西凉李氏皇权。

只可惜，她遇上了自己。

隔日，萧华雍又说话不算话，偷溜到了郡主府。沈羲和将李燕燕的心思告诉了萧华雍。

萧华雍撑着下颌，目光温柔地凝视着沈羲和："呦呦才适合做女帝。"

沈羲和完全不怕扎他的心，实话实说："太累，我更想做太后。"

天子作息，一日不越三个时辰，历来勤勉之君，皆是如此标准。

沈羲和每日都要睡足四个时辰，天子大权在握，却危机四伏，据闻每日奏折上百封，只是想一想，沈羲和就觉得这权力过重，担不起。

做太后就不同了，身为帝王的长辈，后宫烦不到她身上，帝王也要将她供着、孝敬着，她想住宫里就住宫里，想去寺庙、行宫都行，每日养花品茶、听戏游乐，悠闲自在。

"呦呦这是在提醒我，日后要给我生个小皇子继承大统吗？"萧华雍眨巴着眼睛。

沈羲和忍不住笑出声来，满脸笑意的她说出来的话却是极其无情的："我是在提醒你，要顺利登基。"

只要萧华雍成了皇帝，她的太后之位就跑不掉，无论她和萧华雍有没有孩子，都没有人能够越过她，哪怕是过继孩子，也得由她点头，孩子也要尊她为太后，一生侍孝。

萧华雍闻言，那暧昧的笑容僵在了嘴角，忍不住就冷哼了一声："过继子，岂能与你同心？"

"我若有能耐，过继子也能与我同心；我若是无能之人，亲生子也未必与我同心。"沈羲和瞅了一眼气哼哼的萧华雍，缓缓移开目光，抿了抿唇，不让自己露出笑意，"人之初，性本善，孩子如何，端看父母如何教养。若我真要过继子女，定是要选择年幼者，由我亲自教养。"

萧华雍越听心里越不是滋味："呦呦想得如此明白，只怕是心里早有打算。"

"是。"沈羲和诚恳地领首，"早在想要嫁与殿下之时，我便想过这些事。"

她想过很多，想过她的身子是否能有为人母的福分；想过太子殿下与她是否有子女缘；想过在太子殿下有生之年，她能不能成为一个母亲。

萧华雍磨了磨后槽牙，心里苦涩得不行。她在没有嫁与他之前就已经在想他们的孩子，单这般说与人听，定是要觉得她对他用情多深，事实则是，一切不过为利罢了。

"呦呦总说我想得长远，比起呦呦来，我自愧弗如。"萧华雍语调变得阴阳怪气的。

沈羲和终究忍不住笑出声来，片刻之后，抬起头看着委屈巴巴的萧华雍，这才收敛笑意说道："我对殿下说过，人都会变，那是我先前所想，眼下我只想做太子妃。"

萧华雍霎时愣住，脸上先前的委屈之色都还没有消失，有点儿呆呆的没有反应过来。等他反应过来的时候，沈羲和已经起身走了。他下意识地伸手，薄如蝉翼的轻绡滑过他的掌心，留下一片冰凉的触感。

"呦呦，你方才所言是何意？"萧华雍追了上去。

沈羲和入了房内，关上了房门，挽着披帛往屋内走去。

萧华雍不好直接撞开门，虽然很想这样做，但现在想听一句甜言蜜语就得守规矩。他绕到窗户边，扒着窗探着脑袋问："呦呦，方才之言是何意？"

沈羲和转头冲着他笑了笑："自个儿琢磨。"

那一笑，似凉风吹入了盛夏，拂过了怒放的百花，卷了一缕清香，凉丝丝地滑过他的心尖，让他心潮澎湃。

萧华雍站在窗前，笑得傻里傻气的："呦呦心悦我。"

沈羲和不理他，萧华雍又径自笑了片刻，直到天圆走过来。萧华雍看到天圆的脸，笑容瞬间消失，眼中嫌弃之色溢出。

"殿下，陛下召您回宫。"天圆小心翼翼地说道。

萧华雍懒洋洋地"嗯"了一声，这才转头又对沈羲和笑得心花怒放："我回宫了。行宫我都打点妥当了，你只管带些你喜爱之物便是。"

他恋恋不舍地看了一眼沈羲和，沈羲和都没有回过头多看他一眼，他才有些失落地走了。

听到脚步声远去,沈羲和才走到窗前,手刚搭上窗户,一个头颅冒了出来,吓了她一跳。

萧华雍笑得有些邪佞和不怀好意:"太后你就甭想了,太上皇后还成。"

说完萧华雍倒退着,满眼笑意地盯着她离开,退到月亮门处才转身离去。

望着他的背影消失之处,沈羲和情不自禁地嘴角上扬,笑意无声,却满是温情。

对待萧华雍,她没有话本子里那种深入骨髓、一日不见如隔三秋的思之如狂之情,他像一杯温水,淡淡地滑入心间,没有多少滋味,却驱走干涸。

当天下午,陛下行宫避暑的圣旨下来了,随着下来的还有一份随行官员名单。

能够随圣驾至麟游行宫的人不多也不少,总而言之,这一动身,包括随行护军,少说也有近万人。

沈羲和早早就收拾好了东西。

在启程的头一天,一份信函和一匣子金子被送到了沈羲和的手上,来自齐培。

这个身残志坚的少年郎,想要投于她麾下。他们立下了约定,她给他一百金,让他一年之内赚够一千金,她便收下他。

如今不过半年,他便做到了约定,沈羲和展开信看完之后,面色凝重。

"杭嘉湖出了大事,我要入宫一趟。"沈羲和拿着齐培的信入了宫,直奔东宫寻萧华雍。

原本在听朝臣议政的萧华雍,甫一得到沈羲和入宫的信号,立刻面色苍白、目光涣散起来,在几位大臣的争相劝说下,盛情难却地回东宫休养。

"呦呦,是否有急事?"萧华雍远远地看到沈羲和,就大步走来。

明日就是出发去行宫的时候,日头又毒,沈羲和若非十万火急之事,是绝不可能来此的。

"殿下,请看。"沈羲和将齐培的来信递给了萧华雍。

齐培这笔钱是利用桑叶赚来的。在江浙一带,炒桑叶是每年都会有的事,利用的是蚕对桑的需求量难掌控。

有的年成蚕花大熟,桑叶急缺,救蚕如救火,为了不影响蚕吐丝,养蚕之人就得派出叶船,几十里甚至上百里地去购买桑叶来喂蚕。

这就催生了每年蚕花来临之际,江浙一带有商人购置桑叶,时刻盯着行情进行抛售的情况。

仙人难断叶价,桑叶需时是宝,不需时就是草,是赚是赔,便是养蚕的老手都难预估。

第十章　赤诚以待心相倾

　　桑叶可能几十文买回一船，但卖出去时可能值几百金；也可能几十金买回一船，卖出去时值几十文。这里面的惊险刺激性，吸引得爱博弈的商户爱不释手。

　　齐培今年便去了一趟杭嘉湖，原是想去见识见识，顺道拜访父亲的故友。他了解到桑叶暴利之后，并没有贸然插手，只是他那位世叔参与其中。

　　今年出了个活神仙。这个活神仙在前两年就断了叶价的涨跌情况，一断一个准，好些人跟着他摇身一变成了富户。今年他更是被人捧着，不少人跟着他，他前面的断言也都精准，可是后来他突然就失踪了。

　　这个时候无数商户大量囤积着桑叶，只等着桑叶再往上高涨，却等来了蚕花大坏的消息。蚕花大坏，年成不好，蚕根本吃不了那么多桑叶，桑叶的价格一下子从天上落到了地上。

　　多少商户因此砸了全部身家孤注一掷，等来这样的消息，不啻晴天霹雳。

　　齐培的这位世叔便是如此。这种你情我愿之事也怨不得旁人，商户们急得眼红，眼看都有人倒了桑叶或是将其当柴烧，乌镇有位巨富之家站出来，说是联合了几大商户，给了一个极低的价格，还说是当地县令和郡守要他们为了给赌叶的人一条生路，吃下这些桑叶。

　　商户们虽然心都在滴血，可有人买总比桑叶卖不出好。

　　事情发生的时候，齐培已经行船离开了当地，行了三天的水路到了另外一个地方，走时带了一箩筐世叔相赠的桑叶，哪知当地蚕户看到桑叶，争抢得大打出手。

　　齐培问明缘由，立时觉得事情蹊跷。虽然他离开之时，桑叶还没有大跌，但他见到了很多桑叶，似乎受那位活神仙煽动，所有商家为了他都将叶船集聚到了一处，此地距离邻县三日水路，蚕户却似完全不知此事。

他当下吩咐沈羲和拨给他的两名护卫带着他日夜兼程赶回去，才知道竟然是当地郡守连同无良商户做下了一个惊天大局，这个局三年前就开始布了。

他们用前两年的获利造出了一个活神仙，吸引了商户蜂拥而至，将桑叶垄断，再爆出蚕花大坏的消息，让这些商户将高价购买而来的桑叶低价卖给他们，他们又拿出去天价售出。

这一来一回，其中的利润足可让做局之人富到流油。齐培为了阻拦他们，拿出了沈羲和给的一百金，奋力将桑叶的价格抬上去了一些，又将桑叶运过去，极力压制了商户们的天价售卖行为。

这期间，他不断被追杀。在整个杭嘉湖一带，他竟然成了人人喊打的过街老鼠，被当地官员反诬陷成了做局之人。他拿到这笔钱，又写下了这封信，递到沈羲和这里来，就是让沈羲和知晓其中问题的严重性。

他已经在极力周旋，还能够从中获得十倍利润，可想而知没有他周旋的那些两边坑人的商户赚取的利润有多丰厚。

而这丰厚的利润背后又是多少人家破人亡？

最令沈羲和不能容忍的是，丝绸是国家大计，是最重要的民生之一，他们如此破坏，今年的收成将会因此折损多少？

萧华雍看了信也是脸色铁青："天高皇帝远，这些人鱼肉百姓，做着土皇帝，不但将黎民玩弄于股掌中，也将天子和律法踩在脚下！"

"此事为何到现在都没有报到朝廷？是谁在给他们撑腰，让他们如此胆大包天？"沈羲和问。

"江南东道刺史是陛下的心腹，余杭与嘉兴……"萧华雍剑眉微皱，"形势复杂，不是一个人在背后做鬼，这事交给我。"

说着，他转身就出去了，大约离开了半炷香的时间，就面色从容地回来，还让人做些绵软的吃食，端上她夏日最爱喝的乌梅浆。

"殿下，这是事情已经解决了？"沈羲和想着，方才他分明不悦。

明天有朝会，他们要朝会之后才启程。

"交代下去了，明儿小十二就会上奏这事。"萧华雍道，"你的人我也传信过去，命人保护了。"

"殿下似乎有意提拔燕王。"沈羲和发现萧华雍用萧长庚的时候格外多，前次算计穆努哈、萧长泰和萧长琪，也是萧长庚带头要去射粉团。

"我日后登基为帝，总不能把兄弟们都杀光，少不得要留下一两个彰显我的仁义。"萧华雍丝毫不惧被沈羲和看到他的本质，"小十二机灵又识时务，办事也有几分本事。"

这件事情让萧长庚去揭发，最后必然是要派他去余杭彻查，算是历练。

此次之事不比胭脂案简单，当初各方角逐，萧长赢都差点儿丧命，就看萧长庚有没有这个本事回来，萧华雍不会要无用之人。

"燕王殿下到底稚嫩了些，余杭之事……"沈羲和不太看好萧长庚。

"成不成，就看他的能耐。他一心想要往上爬，就要明白能力要与野心匹配，才能长存。"萧华雍不在乎萧长庚能不能成，这件事情已经到了这个地步，晚一些早一些查清都损害不了什么。

"殿下既然要把燕王殿下留到最后，为何又不护他？"沈羲和不解。

"只有孤军奋战，知晓自己没有依靠，才能最快地羽翼丰满，逼出最深的本能。"萧华雍含笑道，"小十二若连这点儿难关都克服不了，便不值得我再为他耗费心力。"

"没有了燕王殿下，殿下又打算留谁来彰显仁义？"沈羲和好奇。

二皇子昭王萧长旻不是个安分的人，三皇子萧长琪背后有个野心勃勃的李燕燕，五皇子信王萧长卿和九皇子烈王萧长赢未必没有夺位之心，八皇子不予置评，他难道要留下只有三岁的萧长鸿？

萧华雍低声笑了："老六如何？"

沈羲和怔了怔，竟然是六皇子萧长瑜："殿下您……"

"呦呦想得没错，他们夫妻一直活在我的监视之中。我用不着他们便罢，若用得上，他们就得乖乖回来为我所用。"萧华雍笑容似渊海那样深不可测。

他把每一个能掌控的人都掌控得不容挣脱，不是帝王，胜似帝王。

次日朝会，刚刚被封王的十二皇子平地一声惊雷，扔下了江南东路余杭一带炒叶阴私，引得朝堂震动。祐宁帝看了萧长庚递上来的证据，拍案而起。

桑蚕是国之重器，每年立夏，就连帝王都要组织祭祀蚕神，为的就是希望蚕花大熟，桑农丰收，一年的丝织产业也能够使民富国足，可见桑蚕多受重视。如今竟然有人将歪脑筋动到桑蚕之上，殃及富庶的余杭，祐宁帝怎能不怒？

因为这件事，祐宁帝将行宫避暑行程都推迟了。烈日酷暑，藏冰不耐耗，不少人对余杭之事埋怨不已。众人都想早些将这事解决掉，早些去麟游行宫避暑。百家下场，一时间乱成一锅粥。

"陛下为何要拖着，这不是让人浑水摸鱼吗？"珍珠给沈羲和打着扇，见沈羲和放下了手上的书，这才寻些话与沈羲和说。

沈羲和微微一笑道："你可知此事牵扯有多广？官商勾结骗叶商压榨蚕农不过只是开始，如此一番折腾，今年的蚕丝定然紧俏，接下来便是丝绸商上场。他们会以奇货可居炒高丝绸的售价，从中捞上一笔。环环相接，这事足可撼动整个江南。陛下如何能够让江南出事？"

陛下这是有意为之，就是要群魔乱舞，让人借机识趣地急流勇退。为着大局着想，陛下也不会真的将叶价案上的人连根拔起，后面的丝绸商是没有机会登场了，这件事就会止步于此。余杭与嘉兴两地的郡守是保不住了,其中牵扯的商户也罪责难逃,杀鸡儆猴,便要适可而止。

"真是便宜他们了。"碧玉愤愤不平,这些人罪恶滔天,却能逍遥法外。

"法不责众,是因太多人牵连其中,就会造成更大的损害。"沈羲和淡淡地看了两个人一眼,"陛下是陛下,不能为一时的喜恶快意恩仇,陛下的眼里是天下。这便是为何不是人人都能成为陛下,不是每一个成了陛下之人都能成为明君。"

"郡主……"

碧玉的话被一阵假声假气的声音打断——

"郡主万福!"

主仆几个人回头,就看到萧华雍顶着日头,拎了一只白凤头鹦鹉走来。鹦鹉通身雪白,唯有腹部和冠顶飘了些许浅淡的黄,嘴里还在重复着:"郡主万福。"

"喵!"懒洋洋地趴在栏杆上的短命刹那间纵身过来,站在桌子上,对着鹦鹉满眼不善之色。

"叶价案只怕要几日才能结束,我知你喜静,但你终日不出府门,一人沉闷久了也不妥,特意寻了只鹦鹉来陪陪你。"萧华雍将拴着白鹦鹉的鸟架放到了沈羲和面前,"没事就逗逗它。"

"喵——"萧华雍话音刚落,短命就扑了上去。

好在萧华雍手疾眼快,掐住了它的脖子,看到它已经亮出了利爪,转头对沈羲和说:"呦呦,不修剪它的爪子,恐伤了你。"

"我本不喜养活物,它要跟着我,索性就收留了它,但不愿它被困于府宅里,成为供人玩乐之物,一月总有过半的时日,它须得个自儿去深山野林里寻吃食。"沈羲和极少投喂短命。

她将短命训练成了一个对气息分辨越来越敏锐的小下属,而不是把它当物件。

"这只鹦鹉是南天竺年初进贡之物,甚是奇特,我养了几月,教导了它一些言语,觉得有趣,才送来给呦呦解闷。"萧华雍解释。

看得出他费了心思驯养这只鹦鹉,沈羲和也没有拒绝:"多谢殿下。"

"呦呦鹿鸣,永结同心……嗷!"

白鹦鹉突然摇头晃脑宛如吟诗,被萧华雍不动声色地一拂袖给打断了。

萧华雍对沈羲和保持着得体的微笑。

这话他只是无意间说了一遍,这只该死的鹦鹉就记下了,平日里教它的其他话倒是没见学得这么快。

沈羲和突然有些脸热,萧华雍这人当着她的面言辞孟浪也就算了,背着她竟然也如此……

"呦呦鹿鸣,永结同心;琴瑟和谐,鸾凤和鸣!"飞到一边的白鹦鹉又喊出声来。

萧华雍轻咳了一声:"我……只在它面前说了一遍。"

他真的没有时不时就情话绵绵,这情话也要对着心仪之人才说得出口啊。这不是那日沈羲和送了他一方手帕,他回了东宫忍不住拿出来看,看着看着就念了出来,忘了提防这只鸟。

"呦呦心悦我……嗷!"白鹦鹉一嗓子还没有喊完,就被萧华雍给掐住了。

他立刻拎起鸟架:"咯,这只鸟尚未被驯养好,我带回去再驯养一番……"

"我觉得极好。"沈羲和忍着笑说道。

这只鸟是年初的时候进贡的,算算日子,待在萧华雍身边应该已经半年,为了便于驯养,萧华雍很可能近身留着,指不定他的多少秘密都没有防着这只鸟,沈羲和很期待从这只鸟口中知晓些萧华雍的秘密。

萧华雍眼神冷冷地扫过白鹦鹉,有种自打嘴巴的窘迫感。他就不该带这只鸟来,偏它这半年都没有说过这些话,遇上沈羲和就开口了。

定然是他唤了沈羲和一声"呦呦",打通了这只傻鸟的任督二脉。

"呦呦鹿鸣,悠悠我心……"

萧华雍负在身后的手紧紧握成了拳,怕自己一个克制不住,就伸手将这只鸟的脖子拧断。

沈羲和从未见过萧华雍的窘迫样子,第一次见到,觉得甚是新奇。她将鸟架挪过来,按住又要扑的短命,俯身仔细看着这只鹦鹉。

鹦鹉对沈羲和眨了眨眼,歪了歪头:"郡主万福,郡主万福。"

一向喜静的沈羲和突然觉得"叽叽喳喳"的鹦鹉也挺可爱,心里多了一丝喜悦之情:"殿下的礼,我收了,它便是我的了。"

"呦呦是我的!"鹦鹉接了沈羲和的话。

沈羲和忍不住看向了萧华雍,萧华雍摆出一副视死如归的模样,脸上勉勉强强地挂着笑容。

沈羲和戳了戳鹦鹉,也忍不住调侃起萧华雍来:"竟不知殿下是个爱做梦之人。"

她心悦他?她是他的?

这是何时发生之事?

萧华雍这辈子都没有这么丢人过,只得讪讪地找补:"人生在世,若无一丝念想与追逐,岂非如同行尸走肉?"他说着说着,神色就自然了起来,眼神又变得暧昧,还刻意凑近沈羲和,"好叫呦呦知晓,我对你思之如狂,念之成魔。"

论厚颜沈羲和甘拜下风,只得投降转移话题:"殿下今儿来,只为特意送只鹦鹉与我?"

"呦呦鹿鸣,永结同心……"白鹦鹉又念叨起来,沈羲和将它递给了珍珠。

萧华雍目送念着他的话被送远的白鹦鹉，收回目光，才正色道："我的人发现了老四的踪迹。"

"萧长泰。"沈羲和微讶，"他可真是迫不及待啊。"

想来他早在陛下下旨要去麟游行宫之际就琢磨好了一切，准备今日动手，却没有想到今日临时发生了叶价案，导致陛下在朝会上大怒，将避暑之行挪后，否则他只怕此刻就要动手了。

"若今日陛下启程……"萧华雍道，"今日是最好的时机。"

出行之日原就最混乱，出行人多忙于行程和思虑所带之物，没有心思顾及他物。

沈羲和一想觉得此话很是有理，心思一动，看向萧华雍："殿下是猜到他会如此行事，故而才让燕王殿下今早揭发叶价案。"

萧华雍猜到萧长泰会在今日潜入京都寻叶晚棠，猜到陛下知晓叶价案之后的反应，让萧长泰措手不及。

现在萧长泰已经潜回京都，陛下又未启程，只怕萧长泰此刻心急如焚。他被扣上了巫蛊之罪，一旦现身，必然会被押到陛下面前，最后也只会是一个死。

"呦呦既然不放心他，我自然要多上心几分。"他知晓沈羲和去了相国寺寻叶晚棠，既然萧长泰令呦呦不安，他便及早将萧长泰给解决掉。他原是做了旁的安排，只不过昨日知晓了叶价案，就顺带用一用。

"殿下待我用心，我极感激，却不愿殿下太用心。"她不希望自己对萧华雍的影响太深，让他事事都以她为先，失了他原本的果决行事风格。

或是有一日，因着她牵连了他，她会因此负疚。

"呦呦放心，我知你聪慧，未必用得着我相助。"萧华雍莞尔，"你也担心我在京都大动干戈，被陛下察觉或是揪住把柄。"

现在是非常时期，陛下盯他盯得很紧，比当日穆努哈猜疑他之时更甚。陛下稳坐皇位这么多年，京都不乏陛下得用之人，他稍有风吹草动，就会露出马脚。

沈羲和是担心他因小失大。

"殿下心中有数便好。"沈羲和认为，既然萧华雍已经想到了这一点，想来是有应对之策。

"我并没有动作，故而他甫一入京，我就失了他的踪迹。"现在萧长泰在何处，他也不能定论，正是因此，才特意来叮嘱沈羲和，要沈羲和小心提防些。

"他的目的必然是叶氏。"沈羲和笃定地说。

此刻除了叶晚棠，没有什么人值得萧长泰带伤潜入京都。

他在京都的钱财势力，早在他被贬去皇陵的一年里都转移了出去，要隐匿这一步棋是酝酿已久的。

"叶氏已经回府，只能派人盯着叶府。"萧华雍并不乐观，萧长泰极其擅长伪装和隐匿。

"他极有可能要寻人相助。"沈羲和想了想萧长泰以往的行事作风——故布迷阵,用人遮掩,不论是盗墓案的时候用李燕燕,还是之前潜入京都扯上昭王萧长旻,都是如此。

"我与呦呦不谋而合。"萧华雍笑容透着一丝甜意,眼底银辉流转,笑意盎然。

"就不知他会寻哪位殿下……"沈羲和猜不到萧长泰有多少底牌,他们并不清楚,"昭王殿下、三殿下、信王殿下皆有可能。"

萧华雍闻言挑眉:"为何小九便不可能?"

要换作两个月前,沈羲和定然是闻不到醋味儿的;现下对萧华雍的心思也能摸着一两分,尤其是他致力于要让几位殿下成婚,萧长赢尤其是重点之后,她就更懂他有些在意萧长赢了。

原因无他,当日她上京,萧长赢是沈岳山和沈云安替她挑选之人,她又是个极其看重父兄之人,因而,哪怕她对萧长赢并无心思,也能让萧华雍耿耿于怀。

"九殿下刚烈,虽有不少阴私,但这些阴私基本在陛下那里过了明路。萧长泰便是抓到了把柄,烈王殿下也不惧,我尚且能够知晓这些,萧长泰如何能够不知?"沈羲和耐着性子解释。

她不信萧华雍自个儿想不到这些问题,他就是非得听她说个明白罢了。

明明心里已经满意了,皇太子殿下嘴上还是嘟囔道:"呦呦对小九倒是颇为了解。"

瞧瞧他那一副酸溜溜的模样,沈羲和真是觉得幼稚至极。她忽地生出了几分促狭之意:"殿下有所不知,我上京前,对诸位殿下都做过功课。"

这一点不假,几位皇子能够调查到的信息沈岳山都调查了,大致能够判断一番,包括萧华雍,只是调查出来的就是表面的东西,以至她做出了一个误判,就有了现在再难抽身的结果。

不过错有错着,至少眼下她觉得嫁与萧华雍极好,他很懂她。

萧华雍彻底打翻了醋坛子,蓦地站起身,走到围栏旁,对着摇曳着粉嫩荷花的池塘深吸几口气,平复了片刻才绷着下颌,转过身折回来,把不高兴的情绪摆在脸上。

他的模样并没有吓到沈羲和,反而将沈羲和逗乐了。她甚至生出了一种她自己都不理解的病态心理,那就是特别喜欢将萧华雍折腾成这副模样,这样的他实在是……可爱至极。

"我很好,呦呦想笑只管笑便是。"萧华雍木木地开口。

"哈哈哈……"沈羲和终于忍不住笑出声来,笑得停不下来那种。

她本是内敛的性子,平和冷静,极少有这样笑得忘乎所以的时候。可是没办法,只要看上萧华雍一眼，她就忍不住想笑。

她笑着笑着，本来很生气的萧华雍也绷不住陪着她笑了。

荷塘十里，清风鉴水，忽地一声惊雷响彻云霄，只片刻便乌云密布，"淅淅沥沥"的雨细线般飘落下来，在池塘里荡起圈圈涟漪，细雨打在荷叶上，沉闷的声音飘散开来。

沈羲和忍不住走到栏杆边，眸中透着欢喜之色，看着忽地飘落的烟雨。

萧华雍跟着她立在她的身旁，凉风袭来，绫罗款摆，他们宽大的袍袖纠缠在了一起。

"呦呦因何喜雨？"萧华雍微微侧首看着她明亮的眼眸，忍不住出声询问。

沈羲和伸出手，感受着细雨落在掌心上冰冰凉凉的清爽感："我自幼喜雨，阿爹和阿兄也问过缘由，我却答不上来。"

无论是暴雨、大雨，还是细雨，沈羲和都特别喜欢。夜间若是有雨，枕雨而眠，她会睡得格外酣然；白日若是有雨，她只要听一场雨声，仿佛再多的忧愁都能拨云见日般烟消云散。

"我明白。"萧华雍忽地嘴角绽开笑容，目光温柔，"正如我心悦呦呦。"

他说不出因何而倾心，就是见之心喜。

沈羲和忍不住侧首一言难尽地看了他一眼，将自己淋湿的手收回来。她尚未转身去取手帕，手腕便被有力的五指捏住，萧华雍已经从怀里掏出了手帕，覆在她的手心上，动作轻柔，目光专注，仔细替她将上面的雨水擦干净。

手帕上面有如蝶展翅欲飞的平仲叶，这是她送给萧华雍的那一方手帕。

"雨水寒凉，女儿家身娇，便是喜爱，也莫要伤了自个儿。"萧华雍给沈羲和擦干了手，感觉到她的指尖寒凉，双手将她的手捧在掌心里，似乎要给她焐热。

沈羲和挣了挣，没有挣脱，索性由着他。

察觉到她对自己的触碰和亲近举动越来越纵容，萧华雍心里涌起一丝丝甜甜的蜜意，不过他的心喜之情并没有持续多久，珍珠撑着伞走来，带来了两件披风。

珍珠要给沈羲和披上披风，萧华雍恋恋不舍地松了手。珍珠将另一件披风递给了碧玉，碧玉正要服侍萧华雍披上，萧华雍抬手挡下，抓过披风自己披上了，大小刚好合身。

萧华雍忍不住低头看了看，又爱惜地摸了摸，而后隐隐有些雀跃地问："这披风……？"

"我为阿兄做的披风，殿下与阿兄身量相差无几。"沈羲和一句话打破了萧华雍的幻想。

沈云安和萧华雍差不多高，只不过沈云安更魁梧一些，萧华雍也不单薄，只能说身量更匀称。

萧华雍顿时又有些别扭，沈羲和看在眼里，以为他是不愿与人共用东西，便说道："披风做好之后，尚未送到西北，是崭新之物，殿下尽可放心。"

抿着唇动了动嘴，萧华雍心里的不得劲儿却不能对沈羲和道。他吃自己弟弟的醋，沈羲和或许会觉得他在意她；若是连舅兄的醋也吃，沈羲和大概要觉得他无理取闹了。

蓦然间心思一动，萧华雍又忍不住笑了。

沈羲和解释完还是察觉到他有些落寞，正在想缘由，他忽然就笑逐颜开了，这让沈羲和深觉男人的心思深如海底针，看不见也摸不透。

萧华雍陪着沈羲和说了许多话，天南地北地闲聊着。两个人都是博闻强识之人，一个读了万卷书，一个行了万里路，谈起天下异闻、各地民俗，沈羲和都会向萧华雍求证是否如书中所说那般，两个人一直聊到了雨停。

沈羲和吩咐珍珠："去备下夕食……"

"我该回宫了。"难得，萧华雍竟然没有蹭吃，并且拒绝了沈羲和主动留饭。

萧华雍上一次这么主动离开，依稀是偷了她的手帕，这让沈羲和不得不猜疑他片刻。今日他自来了之后就一直陪着她，定然没有顺走她的物件。

若说是东宫有急事，也没见天圆过来禀报，难道是他忽然想到有事？

心中这般想着，沈羲和却没有问出口，而是亲自将他送到了影壁处。萧华雍深深地看了沈羲和一眼，大步走到了门口，迈出门槛前，转身抬手抓住披风道："呦呦，既然我穿过了，再赠予世子也不妥，呦呦辛苦缝制，若是毁了亦是可惜，不如就赠予我，我便不让东宫送回了。"

说完，萧华雍又冲着沈羲和眨了眨眼，志得意满地大步离去。

沈羲和直到他的身影消失了才忍不住失笑摇头。

原来，他是为了霸占这件披风。诚然萧华雍穿过，沈羲和不会再送给沈云安，要是让沈云安知晓披风被萧华雍穿过，沈云安非得对萧华雍咬牙切齿不可。但她也没有想过就直接将披风赠予萧华雍，也还未想过之后要如何处置。

既然他喜欢，那就赠予他吧。

两个人之间温情脉脉，与叶府的叶晚棠和萧长泰形成了鲜明对比。

萧华雍与沈羲和都没有料到，萧长泰并没有把一切安排好，更是没有去寻同谋，直接第一个找上了叶晚棠。

尽管有沈羲和知会在前，叶晚棠见到萧长泰，心中依然五味杂陈，目光复杂。

她看着他，好似没有惊喜，没有猜疑，没有怨憎，又好似都有，这让萧长泰心口一紧："晚晚，我不是故意不先告知你。我也不想如此，是被逼无奈才出此下策，让你伤心一场，是我的不是。你恼我、恨我、打我、骂我，我都任凭你惩罚，你莫要如此看我可好？"

叶晚棠的面色十分憔悴，眼中透着浓浓的疲惫之色，她声音喑哑，语气有些轻嘲："伤心一场？"

她何止伤心一场？她是整颗心都似被凌迟，一片一片，血肉模糊，痛到失去了痛觉。

"晚晚，是我的错，我不该欺骗你，但我是真的心悦你。我待你的心，你难道还怀疑吗？"萧长泰上前握住了叶晚棠的手，他的发丝有些凌乱，惊惶的双瞳布满红血丝，下巴上也有青楂。

叶晚棠从未见过这样狼狈的萧长泰，打量了他一番，心蓦地就软了一半。

她痛恨这样的自己，想到了沈羲和那日的言语。

那双寒雾溟蒙的眼中的光，仿佛利剑一般直射心房，将人连自己都控制不住的心看得一清二楚。

察觉到叶晚棠有所松动，萧长泰心口微松。

"晚晚，寻常儿郎，哪个没有拼搏之心？我生在皇家，生来便拥有泼天富贵。"萧长泰恳切地说道，"我自幼便知晓太子寿短，这天下总要落在一个皇子身上，那为何不能是我？文治武功，我自问不输人，如何甘心屈居人之下？"

"你不肯屈居人之下，为何不早些告知我？"叶晚棠红着眼眶质问。

他是皇子，寻常人家在知晓嫡子不能继承家业的时候，各方庶子都会使尽浑身解数，叶晚棠不怨怪他有野心。她也没有资格强求一个人为了她，放弃万丈雄心。

若是他早早告诉她他的野心，让她衡量清楚，她若承受不起，就早些抽身离去。

"晚晚，我心悦你，不能没有你。我知晓你生性恬淡，我试过，真的试过要为你放下一切，但我……还是情不自禁地被权势所诱惑。"萧长泰握着叶晚棠的双臂，颓然地垂下了头，"晚晚，我真的尽力了，我对不住你。"

听着他有一丝丝哽咽的声音，叶晚棠沉痛地闭上了眼，眼泪从长翘的睫毛下滚落下来。好一会儿她才无力地开口："你此刻来寻我，是为何？"

萧长泰身子微微一僵，他的来意她应当很清楚，却明知故问，这是不打算随他离去的意思。萧长泰倏地抬起头，目光紧紧锁着她："晚晚，你……你是怨恨我了吗？"

叶晚棠轻轻摇了摇头，神色颓然倦怠："我好累，真的好累。"

"晚晚，再给我一次机会可好？我已经被除族除名了，所有的奢望都已经被粉碎，再也没有一争之力。我以往留了些积蓄，你和我离开，我们日后就真的浪迹天涯，四海为家，就像我们当初四处游山玩水一样。"萧长泰低声下气地卑微哀求着。

叶晚棠看着他的脸，脑海里全是沈羲和的话，心像被分成了两半：一半是对他的爱意，让她忍不住想要点头；一半是沈羲和的告诫言语和前车之鉴，让她要狠下心与他一刀两断。

到嘴边的话却如何都开不了口，她从未想过有朝一日自己会如此软弱，软弱到一句果决的话都吐不出来。

"晚晚，我一无所有了，连你也要抛弃我吗？"萧长泰被叶晚棠眼中的挣扎之色刺痛，她比他设想的还要坚定，对他的隔阂也比他以为的还要深。

他松开叶晚棠，缓缓退了几步："既然连你都不要我，这世间我还有什么值得留恋的？"

说着，他拔出一把匕首，寒芒掠过叶晚棠的眼，下一瞬间，她还没来得及惊声制止，鲜红的血飞溅而出，有两滴溅落在她的双颊上。她愣了片刻，萧长泰的身体就栽倒了下去。

"阿泰——"

叶晚棠冲过去，没有扶住萧长泰，两个人齐齐倒地。萧长泰虚弱地笑了笑，来不及说上一句话，就晕了过去。

叶晚棠高声呼喊，惊动了下人，叶府一阵兵荒马乱。

萧长泰这一刀是往要害上扎的。他对自己下得了狠手，差一点儿人就没能救过来。

等醒来看到伏在床榻边的叶晚棠时，萧长泰就知道，这一次他又赢了。

他的指腹轻轻抚上她的脸颊，这一次他是真的被逼得没有野心了，不过他和萧华雍之间的仇怨还是要有一个了结。谁都可以登基，唯独萧华雍不行！

否则他想要正大光明地活着都不成。

"你醒了？我去喊郎中……"

"晚晚……"萧长泰扣住了叶晚棠的手腕，因为用力牵扯到伤口，瞬间面色发白。

"你别乱动，你的伤口很深。你怎么这么傻？你不要命了吗？"叶晚棠指责着又心疼着，眼中浮现一层水光。

萧长泰咧嘴傻傻地笑了："晚晚，没有你，我生无可恋。"

叶晚棠知道自己完了。在郎中说他可能救不回来的那一刻，她就感觉昏天黑地。一日前，她对这句话也深有体会。

没有你，我生无可恋。

泪水滑过她的脸颊，萧长泰慌乱地伸手去擦拭："晚晚你别哭，都是我不好，是我的错。"

他担忧、慌乱和疼惜的样子，都不是作假，叶晚棠哭得更猛："自然是你不好，是你的错！"

现在叶晚棠想，他为何要那般贪心，既要她又要去争夺皇位？

他若一心图谋皇位，为了皇位不惜一切，早早纳几个侧妃拉拢势力，她也好彻底死心。

她知道，他对她的心是真的，正是这一份真心将她死死束缚着，让她难以挣脱。

"对不住，你别哭……"萧长泰反反复复只有这句话。

叶晚棠哭了许久，将这些日子里自己所有的痛苦、挣扎和郁结情绪都宣泄了出来，最后哭得双目红肿才收拾好自己的情绪："我再信你一次，等你养好了伤，我们就离开。"

萧长泰激动得又扯裂伤口，鲜血流了出来，又叫了一次郎中止血。

一番折腾之后，叶晚棠盯着他，不准他再情绪波动，萧长泰只得小心翼翼地开口："晚晚，我们不能等我养好伤再走，京都有太多人想对我不利，多留一日就多一分危险，我们要尽早离开。我若是被人察觉在叶府，会牵连岳父和整个叶家。"

他可是陷入巫蛊案的人，叶家藏着他，那么当初因为对巫蛊之事不知情而被赦免的说法就不成立了。

叶晚棠担心萧长泰，却也不能因自己连累至亲："你至少要休养几日，我们换个地方。"

"要换，要出京，都要尽快。"萧长泰说道，"我们需寻人相助，否则必然暴露。"

"寻谁？"

这个时候谁会愿意相助他们？

"五弟。"萧长泰早已经想好了退路。他绝对不会亲自去寻萧长卿，萧长卿与萧长旻不同，萧长卿更狡猾且从不受人威胁："晚晚，你手上有一枚五弟妹的信物……"

见叶晚棠变了面色，萧长泰立刻改口："是我失言，我们再想旁的法子。"

叶晚棠没有接话。她手上有一枚顾青梔的信物，顾青梔设计范家，有她暗中相助，才让范家残害皇嗣的罪名更容易落实，这枚信物是顾青梔留下的一个人情。

有位退隐的大儒欠下顾青梔人情，顾青梔将之转给了她，她留着只是一份念想。

若是她拿着这枚信物寻萧长卿，萧长卿势必会为了顾青梔而出手帮助他们。

因为这是顾青梔为数不多的遗物。

顾青梔走得很决绝，在去世前就给自己的物件洒了易腐蚀的药水，萧长卿还没有来得及整理遗物，那些东西就消失得只剩一堆腐烂物了。

她是真的想要彻彻底底从他的人生之中消失，宛如从未到来过，既是绝情，也是希望他能够彻底放下她，从此再不牵挂。

故而，当叶晚棠拿着这枚信物出现在萧长卿面前时，萧长卿爱若珍宝。他小心翼翼地接过信物，轻柔仔细地摩挲着，低头看了许久，久到忘了周边所有人的存在。

还是萧长嬴轻咳了一声，他才回过神来："四嫂要什么？"

叶晚棠目光不舍地落在萧长卿手中的信物上，小小的一枚信物，拇指头大，四四方方，印刻着一朵栀子花。

她与顾青栀婚前闺中往来便密切，婚后又是妯娌，颇有情谊，否则顾青栀也不会将人生中的最后一件大事交由她来相助，这是对她极其信任。

"我带此物来，并无威胁之意。"叶晚棠有些苍白地解释着。

顾青栀系自裁，腹中骨肉自然也非范家所害。她是自己用两条活生生的人命完成了对帝王的反击、对顾家最后的回报，这事叶晚棠参与其中了。

如今叶晚棠拿着此物前来，无疑是告诉萧长卿，她知道一切。

"四嫂不用解释，弟弟知晓。"

顾青栀正如她的名字，栀子花一般坚强刚毅、冷艳高洁。

她能够认可叶晚棠，临终交托如此大事，就是信得过叶晚棠的品性，否则给顾家正名的计划就是竹篮打水一场空。

她走了，带走了属于自己的一切，连一件遗物都不曾给他留下，就更不会留下一个恩情要他来偿还。

叶晚棠不是挟恩图报，是知道他渴望与她有关之物，特意取来，是对他有所求。

她终究是辜负了她们的情分。她知道顾青栀是不愿自己之物落入萧长卿手中的，顾青栀的果决作风是她一辈子艳羡与无法企及的。

叶晚棠缓慢地深吸了一口气，说道："送我们夫妻安然无恙地离开京都。"

萧长卿眼中闪过一丝了然之色："何时？"

"十日之后。"叶晚棠回道。

"好。"萧长卿一口应下了。

叶晚棠没有久留，目的达到后就小心谨慎地离开了。她是乔装而来，目的是瞒过叶府四周的暗卫。

"阿兄……"萧长赢等叶晚棠走了才欲言又止。

萧长泰就是被他一箭射入江中的，他一想到萧长泰竟然设计暗害沈羲和，就恨不能现在带兵去把叶府给围了，将萧长泰揪出来碎尸万段。

可兄长低头凝视着手中信物的模样，让他难以开口。一年前他不识情滋味，对阿兄的举动难以理解；如今他能够将心比心，就再开不了口了。

萧长卿握紧信物，拳头捏得极紧，中间却是空的，怕自己一个激动用力，将小小一枚信物毁坏。

乌瞳幽深，萧长卿说道："我唤你来，便是为了安老四的心。"

"嗯？"萧长赢不解。

萧长卿嘴角微扬："昭宁郡主对你有活命之恩，这事尽人皆知，再则当日是你将他射入江中的，若说这只是巧合，他定然不信。他明知你我手足相亲，却仍旧由着四嫂求上门，打的就是迷惑太子殿下和昭宁郡主的主意。"

萧长泰不惜废一枚暗棋，送信给他，就是因为寻他是万全之策。

他与萧长嬴素来兄弟情深，而萧长嬴将萧长泰射入江中，谁也不会猜疑，他会明知弟弟要置萧长泰于死地，却暗中帮助萧长泰。

"他自幼心思狡诈。"

要说所有的兄弟之中萧长嬴最讨厌谁，那一定是萧长泰。

没有沈羲和的缘故前，萧长嬴就很厌恶萧长泰那种装模作样的性子。面对越是渴求之物，萧长泰越是装作云淡风轻、满不在乎，还大义凛然地劝旁人心平气和、情义为重。

因着沈羲和，萧长嬴就更厌恶萧长泰了。

萧长卿温和地笑看了弟弟一眼，有时候懊恼自己把他护得太周全，让他养成了刚直、眼里容不得沙子的性格。

有时候见他如此直来直去、喜怒形于色、洒脱磊落，萧长卿又觉得欣慰。

"故而我猜到了四嫂登门之意，便将你唤来，如此才能让老四知晓，你也是应允了此事的，就会少些防备心。"萧长卿眼底闪过一丝幽光。

"少了防备心又如何？"萧长嬴微微皱眉，"难不成我还能让阿兄成为言而无信之人？"

阿兄总不好出尔反尔。

"言而无信？"萧长卿意味不明地轻笑了一声，"他只说要我将他安全地护送出京——他出京之后若是被劫杀，可就不是我没有信守承诺。"

萧长嬴的目光一亮，他明白了。萧长泰既然让阿兄的人护送他出京，阿兄自然能掌握他的去向，自己在京都之外伏击……

萧长嬴丝毫不觉得自己此举卑劣，这叫兵不厌诈。

见萧长嬴开心了，萧长卿也跟着露出了笑意。

他低头看着指间转动的信物，呢喃道："你所言都应验了。"

很早很早以前，他是极其艳羡四哥、四嫂恩爱不疑的。那一日他回府，见了亲自过来接叶晚棠的四哥寻顾青栀时忍不住说了一句："何时我们才能如此如胶似漆、心无芥蒂？"

顾青栀那时笑了，冰冰凉凉的笑容，说："一切不过是表象，正如风暴袭来之前，江海宽阔蔚蓝，美丽迷人，不过是正在酝酿能够摧毁一切的狂风暴雨。"

她说："他们与我们一样，不会善终。"

那时他不信，只觉得顾青栀是因不愿给他回应和期望，故而对谁的情都嗤之以鼻。

那时他觉得男儿有雄心壮志才是真正的男儿，哪家女郎不希望自个儿的爹兄和夫君顶天立地，创出一番丰功伟绩？

男儿若无志向,岂不是白活一遭?哪家女郎愿意委身不思进取之人?

她没有与他争辩。她总是那样,说着说着便不再搭理他。成婚数载,他们一次也没有争吵起来过,因为她永远会在要争执之前沉默。

他在这种令他抓狂的沉默气氛之中渐渐失了冷静从容的样子,变得面目全非。

萧长卿的神色刹那间变得落寞起来。萧长赢只一眼就知道哥哥又是因何而这般,低声轻唤:"阿兄……"

阿兄和阿嫂其实是注定没有好结果的,不是因为性格,也不是因为阿兄年少不懂如何珍惜这段缘,而是因为顾家和皇家的立场对立。

倘若阿嫂不是顾家女,哪怕是薛家、王家、崔家甚至是范家的女子,生在除顾家以外的任何一个世家或许都还有一线生机。

她偏偏是生在世家之首的顾家,陛下杀鸡儆猴、敲山震虎,只能是拿下顾家才能起到震慑的作用。

"阿兄,陛下他……"

萧长赢想说什么,迎上萧长卿投来的平静目光,又说不出口了。

萧长赢想说阿爹没有可能放过顾家是情理之中的事,顾家不灭,哪怕是引退,依然代表着世家之权长存,振臂一呼,未必不能引导天下寒门文人。千百年来,世族强横、屹立不倒的神话已经深入人心,陛下必须让世家轰塌一次,才能击碎世家的影响力。

可阿兄恨阿爹,不是因为阿爹灭了顾家,而是给了阿兄假的期待,让阿兄做出了错误的抉择。如果阿爹没有给阿兄期望,或许阿兄与阿嫂在短暂相守的日子之中又是另一番景象。

萧长赢没有说,等了片刻的萧长卿已经猜到。萧长卿也没有追问,而是收敛心神说道:"老四会寻上我,瞒不过太子的眼,要躲过太子的耳目,我需得先有个不着痕迹的理由出京,才能腾出手布置妥当。"

"出京?"还要不着痕迹,萧长赢觉得现下是不大可能做到这点的。

叶价案的原因,任何皇子此刻出京,落在旁人眼里,都是欲盖弥彰的行为。

"既不可逆势,那便顺势而为。"萧长卿自信地笑了笑,"我不是好胁迫之人,太子被陛下盯着,必然会束手束脚。除了要出京还要寻老二故布迷阵,我的事用不着你上心。老四狡猾,你想伏击他,早些做好准备。"

接下来的几日,京都风平浪静,人人都在热浪之中等待叶价案水落石出。对陛下派年少的燕王去江浙,大臣们其实有些怨言,却又觉得此事也只有萧长庚去查最合适。

其他成年皇子都开府多年,有极大可能是幕后主谋。

"叶岐这几日频繁出府。"由于叶价案,去行宫避暑的行程一直被耽误,萧华雍又开始每日往沈羲和的郡主府跑,都成皇城一景了。

整个京都人人皆知,前日还有人特意夯着胆子跑到郡主府外来等皇太子,状告土财主贿赂县官欺行霸市。

萧华雍吩咐人干预了此事,这的确是一桩贪腐之案,因此赢得不少百姓赞扬。

沈羲和担心人人效仿,有些人觉得自己被冤或者遭遇不公纯粹是自己觉得,盖因在律法之下,他并非受益方。

也不知萧华雍做了什么,这种事后续并未发生。

"叶府其余人可有异常行为？"沈羲和落下一子问。

"并无异常。"萧华雍也跟着落下一子,"可我觉得萧长泰已经寻到了相助之人,应该已经在暗中计划离京。"

"殿下怀疑谁？"沈羲和问。

萧华雍听了之后,拈在指间的棋子轻轻翻动着,嘴角的笑容逐渐变得意味不明:"我最怀疑老五。"

沈羲和沉默了片刻,说道:"信王殿下是最有能力、最稳妥之人,也是最不好拿捏之人。"

萧长泰想要让萧长卿妥协,极其不易。萧华雍抓了顾青姝,萧长卿转头就敢将顾青姝过个明路,行事果决和强势,极少有人能够胁迫他。

"我也在想,萧长泰若是要寻老五相助,如何才能成事。"萧华雍认同沈羲和的话。

若是能成事,那他自然是要盯着萧长卿;可若是不能成事,那萧长泰就是退而求其次,寻了旁人。如此一来,他盯着萧长卿就是徒然。

若非有陛下盯着,萧华雍也不愁没有人可以遍地撒网。萧华雍倒也不是畏惧和陛下撕破脸,而是现在还没有将沈羲和娶到手,和陛下撕破脸,这场联姻就会变得曲折起来。

萧华雍不想自己和沈羲和的婚事出现波折,消耗沈羲和对他们的婚姻的信心,只得暂时蛰伏退让。

"殿下不如想想,萧长泰若当真有能耐令信王殿下妥协,信王殿下会如何助他脱身。"沈羲和开口道。

"呦呦觉得老五会如何做？"萧华雍反问。

沈羲和被问得一阵沉默。凉风习习,芬芳阵阵,许久之后,沈羲和说道:"信王殿下也能看透人心,殿下若要先他一步,须得想一想,他能猜到殿下的几步棋,又会如何迷惑殿下。"

萧长卿绝非等闲之辈,旗鼓相当的对手,应对起来才更加棘手,同时也更加刺激。

萧华雍莞尔一笑:"呦呦方才说,老五极难被拿下,我有些举棋不定,不能笃定老五能对老四妥协。你我都能想到这一点，那老五也能想到，我若是他，若当真要助老四这一回，面对的又是我这样的对手……"

萧华雍垂视棋盘，落下一子，清脆的声音响起，抬眼之间一派从容不迫之色："第一步，是让我觉得萧长泰寻了旁人。"

沈羲和低头一看，萧华雍提前堵了她要走的路。他已经猜到她的路数，故而先埋伏，如果她没有察觉，仍旧按照先前的思路落子，就会跳入他的陷阱。

丰润柔软的唇瓣轻扬，沈羲和看棋就知晓，一切都在他的掌控之中。她换了位置避开萧华雍的陷阱，落子之后抬头说道："殿下，聪明之人都会随机应变，信王殿下也是个应变高人，殿下切莫大意。"

黑眸之中笑意流转，银辉凝聚，萧华雍目光扫了一遍棋局，不疾不徐地跟上一子："棋盘之上本就是千变万化，可方圆之中自有规则束缚，谁能掌控规则，谁才是最后的赢家。"

沈羲和深深地看了一眼瞬息万变的棋局，萧华雍利用了规则，与她形成了反复对杀的局面。按照规则，她必须在其他地方走一步，才能继续与他对杀。

这一步退让，就是棋局胜负的关键。

沈羲和从容地认输："期待殿下与信王殿下一决高下。"

隔日朝会，有人甩出证据，说江浙密报，叶价案与信王萧长卿有关，落网的一个叶商曾与信王密切往来。

"信王，此事你作何解释？"祐宁帝让内侍将证据呈给萧长卿。

往年萧长卿为祐宁帝办事，五湖四海结交了不少人，和这个叶商的确往来过一阵，是当年为了查清一个贪腐案假意接近商户，之后抽身离去，这人估摸着都不知他的身份。

不过有人想让这人知晓，这人自然就能知晓。萧长卿仔细看了一遍证据，坦坦荡荡地回道："回陛下，此人早年确与儿往来过，儿与他已有三年未曾联系，今日方知他卷入了叶价案。奏折上的种种揣测，皆属无稽之谈，此案与儿无关。"

"信王殿下说与殿下无关，须得呈上证据，明面上没有联系，私下里谁能知晓？"

当下又有人反驳，立刻有人出来维护："单凭一面之词，实不足定罪，看似是口供，又有谁知晓非空口白牙诬蔑人，抑或是有人受不住严刑拷打胡乱攀咬？"

两方各执一词，互相不服气，有人攻击萧长卿，萧长卿的人极力维护，吵得祐宁帝静看他们争执。

脸色苍白、有些疲惫的萧华雍垂眸不语，目光深沉。

既然发现了疑点，又牵扯到亲王，自然要彻查到底，很明显萧长庚一个人是无法查清楚这事的——萧长庚还不足以有底气撼动根深蒂固的萧长卿。

派谁去查此案就成了争执的焦点，有人不信萧长卿，也有人担心萧长卿被陷害。萧华雍不着痕迹地给尚书令崔征使了一个眼色。

崔征略一思索，开口道："陛下，此事非同小可，微臣不才，愿受陛下驱使，去余杭为陛下分忧。"

崔征话音一落，众人皆惊。他可是百官之首，竟然打算亲自去江浙，这岂不是要把江浙翻个底朝天？

不过众人一想，这个时候也的确要一个德高望重、能够压制亲王又不属于任何势力的人才镇得住场子。

有些心虚的人自然想反驳，不过崔征因为要随陛下一道去行宫避暑，该安排的政务都安排妥当了，这个时候抽身也不是大事，他们要反驳崔征去江浙，得需要一个合情合理的说法，否则就显得自己心虚。

萧长卿深深地看了一眼站在正中间的崔征。这是萧长卿自己一手操控的局，其目的就是借着此事去自证清白而出京。

有资格的人就那么几个，六部尚书不会揽事，因为此事查不清楚是办事不力，查清楚了也会得罪很多人。

为大局着想，陛下没有要将与此案有关之人连根拔起的心思，人人都看得出来这点，故而谁去都是树敌、埋下祸根，谁敢揽这样的差事？

三省之中中书令陶专宪年迈，如今又是酷暑，经不起折腾；侍中是陛下的人，陛下便是派了他去也要派萧长卿跟着以示公允。

崔家自从顾家倒台后就明哲保身，事事保持中立，对朝堂之事不积极也不懈怠，安守本分，陛下对此素来乐见其成，萧长卿万万没有想到崔征会主动提出干预此事。

百年世家，崔家不需要也不屑捞叶价案的银子，由他出面调查此案，倒也无人敢质疑他偏帮谁，萧长卿就无法跟着去。

"他想出京。"下了朝，萧华雍就来郡主府报到了。

朝会上发生的事，沈羲和在萧华雍来前刚好获悉。她将双箸递给萧华雍："未必是信王殿下刻意安排。"

虽然有这个可能，但这也不一定就是萧长卿的手笔。现在叶价案处于混乱之际，有人发现萧长卿这一层关系将其捅出来也是常事，目的就是将水搅得更浑。

萧华雍欢欢喜喜地接过双箸。自从他连着三次饿着肚子下了朝会跑来郡主府后，沈羲和就开始每到朝会时留朝食，这种无声养成的习惯让萧华雍倍感贴心。

他们现在虽然还未成婚，可她待他，已经让他有了一家人的幸福感。

"确实未必是他刻意安排。"萧华雍吃了一口肉羹，"眼下非常之时，便不是他刻意为之，也要视作如此。"

谨慎一些的确更妥当，沈羲和问道："殿下何时拉拢了崔相？"

崔征是个只在意世家利益之人，从来不会卷入无端的争夺战之中。

萧华雍吃了一块煎藕，笑容变得有些得意扬扬："从崔征把崔晋百当崔家家主培养起，他就只能是我的人！"

萧华雍从来没有对崔家动手，由始至终只是拉拢了崔晋百。崔晋百是他的人，而崔晋百成了崔家的中坚力量，崔家自然就落入了他的手中。

这与擒贼先擒王有异曲同工之妙。

他就像个孩子，竟然还对她炫耀，仿佛还想得她一句夸赞话。

沈羲和笑了："华陶猗呢？"

萧华雍能够有现在的势力，最开始是得益于太后，但太后能相助的地方必然有限，他定然是遇上了华富海，有了华富海的庞大财力支持，才有了如今的势力。

"说来也巧，六年前我遇上他之际，他恰好被亲兄弟和族人联合下套，我助了他一臂之力。"萧华雍云淡风轻地说道。

"只是这般？"沈羲和不信。

六年前，萧华雍十四岁的小少年，要瞒着陛下的耳目，定然不会暴露身份帮助华富海，便是亮出身份，华富海也不可能就因此追随一个少年。

"自然……不是。"萧华雍笑得有些不怀好意，"我让他深刻体会到无权无势，财富万千反而是负累。"

他与华富海算是相互成就吧，华富海遇到他时也没有如今日这般富甲天下。那时华富海左右逢源，以为不依附任何人，舍得砸钱就能明哲保身。

华富海因感恩和情势所迫投靠萧华雍，为萧华雍成就了如今之势。

"殿下看上的人，都会用尽心机，攥到手里。"沈羲和不知道华富海现在知道当日真相与否。

只怕知道了他也只能当作不知，因为上了这条船就再也下不去了。

"是，我看上的人就必须属于我。"他强势而又霸道，看她的目光却温柔如水，"我对旁人用尽心机、满腹算计，唯独对你，是赤诚以待。"

灼目的光轻飘飘地落在地上，照耀得地面仿佛都铺了一层银辉，风若有似无地吹着，一股热意无声地在两个人之间升腾。

沈羲和温柔地笑了："我信。"

对他时不时表明心迹的行为，沈羲和从不适应到习以为常再到无奈，都没有让他改掉。既然这些法子都不成，那她就肯定他的心意，只希望他能够收敛一些。

日月星辉仿佛在那一刹那融入了萧华雍的眼睛，他的双目明亮得吓人，他看着她痴痴地笑了。

她信他，他也信她此刻是真信。他会让她一直相信下去，终有一日，她会信此心此情，天长地久。

完全不知沈羲和的心意的他，决定日后要多寻机会对她坚定不移地表露自己的心意。

这样想着，嘴里的东西就更香了，他吃着东西，目光却没有离开沈羲和，唇边不慎沾到了饼上的一粒芝麻，自己却完全没有察觉。

沈羲和看了他两眼，最初没有提醒，想着他用完膳自然会擦拭，结果他擦拭却没有将芝麻擦拭掉。

她哪里知道，她看他那两眼就让萧华雍了然，他是故意而为。

无奈之下沈羲和将自己的手帕递给了他："殿下，嘴角。"

萧华雍接过手帕又擦拭了一番，明明擦了那一处，却没有将芝麻擦掉。

沈羲和用手指指了指自己的嘴角的位置："此处。"

看了之后的萧华雍又擦了擦："还有吗？"

"还有。"沈羲和回道。

萧华雍眼珠一转，将手帕重新递给了沈羲和。

素色绣着平仲叶的手帕在自己面前随风飘荡，沈羲和明白他的意思。对上他渴望得像个孩子的目光，沈羲和到了唇边的话终究是被咽了下去，她缓缓地伸出手，接了手帕。

萧华雍立刻将俊脸凑上来，生怕沈羲和反悔。

嘴角忍不住上扬，沈羲和永远不知此刻她的目光有多宠溺、纵容和温柔。

隔着薄如蝉翼的冰凉丝绢，她的指尖的温度传递到了他的唇边，触感细腻，他沦陷在她的目光之中，久久不能回神。

为他擦拭去唇边的芝麻后，沈羲和收回手，却被他一把握住手，他在她惊诧的目光下一把将她带入了怀中。

沈羲和只觉得腰间一紧，就被他抱着转了个圈，然后瞬息之间，他就把她放下了。等沈羲和稳住身子，他已经退远，连带着顺走了她手上的丝绢。

志得意满的萧华雍脸上挂着欠揍的笑容，一边后退一边晃动着手上的丝绢："脏了，我回去洗洗。"

沈羲和追了两步，萧华雍跑到了亭子外，刺目的阳光让沈羲和顿住了脚步，她有些恼怒："还我！"

她送的手帕是特意给他的，这个是她自己用的，算得上是贴身之物。

跑出了月亮门后，萧华雍又探出上半身，在枝叶掩映间挥了挥手上的丝绢："洗了，我留着用。"

说完，萧华雍就消失了。

他倒也不是因为又顺走了东西才逃跑，原本就是打算来蹭一顿朝食。他知晓沈羲和今日极有可能给他备下吃食，好不容易才让沈羲和养成了这个朝会为他留膳的习惯，自然要风雨无阻地使之保持下去。

实则他还有很多事情要去处理。萧长卿今日应该已经知晓被他盯上了，必然要改换策略。

萧华雍回东宫的时候，萧长卿的确在王府制订着送走萧长泰的计划："太子殿下已经拿下崔氏。"

"崔氏？"萧长赢微惊，"世家素来独善其身，恨不得皇家内讧乃至自相残杀，岂会站队？"

"那是以往的世家，凌驾于皇权之上的世家。"萧长卿乌瞳中闪过一缕幽光，"今时不同往日。"

本朝以前，帝王的命运都掌控在世家手中，甚至太宗皇帝的丞相，拒绝尚公主，却在弥留之际言及一生唯一的憾事，是未能娶到世家女为妻。

由此可见，世家是多么尊贵的存在。

随着顾氏一族倒台，世家算是土崩瓦解了，世族子弟的信心也因为顾家被满门抄斩而粉碎，诸多地方之上渐渐也不再有树大根深的大族联合起来与官府抗衡。

现在的世家，仍旧有深厚得令人敬仰的底蕴，却再无凌驾皇权之上的羽翼。

这一点崔征自个儿最清楚。顾家倒了，世家以崔氏为首，他又成了世家的领头人，只不过这些世家再不敢如同逼迫顾家一般逼迫崔家。他们害怕崔家也步上顾家的后尘，到时世家将变得群龙无首，分崩离析，最后消亡。

顾家落败，让他们醒悟、收敛、低头，崔征接手的就是现在的世家。既然已经到了这个地步，再也不是他们决定君主的时代，他们自然也要如那些博取富贵之人一样，早早站队。

"陛下才动了顾……"萧长赢看了一眼萧长卿，跳开了这个敏感的词，"百年内，皇族需要世家。"

寒门子弟有能者不少，如今被大力提拔，可没有底蕴实则就是没有规矩。虽然萧长赢自个儿也不喜欢世家那一套君子之风，总觉得迂腐，却不得不承认，无规矩则没有方圆，有世家支撑和熏陶，天下文人才能多几分清风傲骨。

见萧长卿没有反驳，萧长赢接着说道："这个道理连我都懂，兄弟之间只怕没有人不知。崔公大可稳坐钓鱼台，日后无论谁得了大宝，都会倚重他。如今他若是投了太子，一旦太子……新君便是需要世家，需要崔家，也可以没有崔征。"

此刻崔征投于太子殿下门下，无疑得不偿失。

萧长卿听了这话，拨弄着腕间垂着的信物，仰头看了一眼万里无云的湛蓝天空："太子殿下此刻应在郡主府上。"

萧长赢心口一滞，有些不悦："阿兄，你不能辩不过就戳我的伤口。"

萧长卿低声笑了："阿兄是要说，昭宁郡主多么冷静自持之人，可是想要做人上人的奇女子,如今郡主府不也由着太子殿下来去自如?"

就连沈羲和这样的女郎,太子殿下都能征服,更何况一个崔征?

"这世间,大概没有太子殿下求而不得的人与事。"萧长卿感慨,语气中有钦佩与……艳羡之意。

听了萧长卿的话,萧长赢更不是滋味了。以前萧长赢还觉得太子殿下与他一样,都没有得到沈羲和的心,不过是胜在了"嫡出"二字上,现下……

瞧着弟弟仍旧没有放下沈羲和,一副黯然神伤的模样,萧长卿不忍心,故而转移话题道:"还有四日,与老四约定之期便到了,此刻我已然被太子盯上了,只得另谋出路。"

他低头看着垂挂在手腕上的信物,信物用细细的红绳缠绕了一圈又一圈,似蚕茧。

既然他拿了此物,答应之事就必然要兑现。

"阿兄可有差遣?"萧长赢知道哥哥很想拿回这枚信物,希望自己能够帮哥哥分忧。

萧长卿伸手拍了拍萧长赢的肩膀,欣慰地笑了笑:"你按照原计划行事,便是帮了我。"

"阿兄要如何瞒天过海?"萧长赢已经领教过了萧华雍的手段,萧华雍不是那么好骗的。

萧长卿抬起手,手背与额头齐平,看似在遮挡阳光,实则是看着阳光下白玉的信物折射出来的光,说了一句萧长赢不懂的话:"它会为我指路。"

萧长卿去了一趟昭王府,之后就再无动静。这件事沈羲和也在关注,因为在叶晚棠身上下了功夫,这一次便是不能击杀萧长泰,沈羲和也不强求,又有萧华雍插手此事,沈羲和就没有过多干预。

一连几日,萧华雍除了中间一次朝会结束后来了一趟郡主府,来了也是匆匆用了朝食便离去,没有再与沈羲和闲聊,沈羲和也没有追问什么。

京都的炎热天气已经让一些世家子弟为了购冰而大打出手,很多人早已忍耐不下去了。步疏林都不爱回步府了,只不过人在郡主府待不到片刻,崔晋百总有理由迫得她不得不离开,对此她对崔晋百怨念很深。

"都是叶价案的主谋,若非此事,我早就跟着陛下去了行宫,这日头都快把我给熔了!"步疏林因为要遮掩女儿身,胸前缠紧了布料,在沈羲和这里不但可以享受冰,还能放松片刻。

往年她也忍了,可今年不知为何就是热得离奇。好在虽然天热,但该有的雨水还是有,不然焦虑的就是整个朝堂了。

"阿林,你当心些。"沈羲和看见她仰头猛灌乌梅浆,露出了她的假喉结。

她的喉结其实是非常精妙的泥塑物，薄薄一层粘在喉头。没有人会不礼貌地盯着旁人的喉结，她又遮掩得好，故而至今没有露馅儿。

步疏林抹了一下脖子，将之弄下来："我与你说，崔石头近来就总是若有似无地查看我的喉结！"

她恨死崔晋百了！步府经过她不懈努力，现在至少她的院子是安全之所。这几年她常借病不当值，一是为了安陛下的心，二是便于掩护。如同盛夏，她基本就窝在自己的府宅里，想如何穿戴就如何穿戴，哪怕一丝不挂也无人瞧了去。

崔晋百自从到步府借住，有时候竟然连门都不敲就往她的屋子里闯，要不是她耳目聪敏，收拾得快，早就被他发现端倪了！

再这样下去，她迟早要暴露！

"他直闯你的卧房？"沈羲和微微蹙眉，对这等无礼之举很是不喜。

哪怕在崔晋百眼里步疏林是个儿郎，儿郎之间不拘小节，这也委实过了。

明白沈羲和的不喜心情，步疏林露出生无可恋的表情："都是我自作孽……"

当初，她为了撩拨崔晋百，别说半夜潜进他的卧房，还闯过他的沐浴室，差点儿将他给看光。

她现在只要说一句崔晋百不是，崔晋百都是这样回她："当日你便是如此撩拨我，令我对你情根深种，可见此法有用。我此生未曾倾慕过旁人，不知如何打动心仪之人的心，只得依葫芦画瓢，学你之法。"

"就是后悔，很后悔，追悔莫及！"步疏林苦着脸说。

沈羲和听了前因后果，对崔晋百的行为霎时理解了，甚至觉得崔晋百好惨一个儿郎，行止有礼的世家公子典范，硬生生被步疏林祸害成了这般模样……

这真不能怨怪他，要怪只能怪步疏林自作自受。

"自作孽，不可活。"沈羲和不搭理步疏林了。

"我当初不是为了逼真一些吗？"步疏林绝对不承认，她就是恶趣味起来了，每次看到崔晋百被她吓得面色大变，颇有花容失色的意味，就觉得甚是好玩，忍不住手贱和腿贱，三不五时地跑去撩拨崔晋百……

现在就是她玩着玩着玩过火了，把崔晋百给弄得反过来对她死缠烂打！

他死缠烂打也就算了，还把她当日所作所为尽数还于她！此刻她成了受害者，才知道去年自己有多恶，他弄得她现在理亏、弱小、可怜又无助。

沈羲和淡淡地扫了她一眼，能不知她为何用力过猛？还不是她闲得发慌又新奇，一时半会儿撒不了手。

现在好了，她一时半会儿撒不了手，这辈子怕是也抽不了身了。

"呦呦，你给我想个法子吧，否则我真的就要藏不住了。"步疏林哭丧着脸晃着沈羲和的水袖，趁机摸了几把。

沈羲和的衣料都是一件不过重二两、价值千金的极薄轻绡，宫中不过十来匹，后妃们都分不均。

太子殿下将往年所有分到东宫的轻绡一次性给沈羲和送了来，让整个京都的女郎都艳羡不已！

她们能够有一两件这样的衣服就能喜极而泣，沈羲和却可以随心所欲地穿，每日不重样，在这样炎热的夏天，怎能不让人忌妒？有不少贵女后悔没把心思放在东宫上。

这料子摸起来冰冰凉凉的，就是舒服。步疏林忍不住揉了揉，也想穿，但是轻绡太薄，不能为男装。

沈羲和一把将自己的袖子扯出来，看着被揉皱之处："你可知今年轻绡已断货？我若让你赔，你有钱也赔不了。"

步疏林立时小心翼翼地给沈羲和抚平衣服："呦呦，帮帮我吧，求你了。"

"他迟早会知道你是女儿身，你不如实情告知，他或许还能知礼避嫌，你也能松快些。"沈羲和诚恳建议道。

萧华雍知道步疏林是女儿身，崔晋百是萧华雍的人，萧华雍虽未说，这也不会是一辈子的秘密。

一提到坦白身份，步疏林就偃旗息鼓，沉默不语。

这些道理步疏林如何不懂？但她就是不想戳破身份，想以此来提醒自己，她与崔晋百不会有结果。

若是她坦承了女儿身，崔晋百定然会顾及她的身份而避嫌，不再这样冒犯她，但他看待她的目光一定会变。哪怕他再能演，露馅儿的概率也会大大增加，她不想有朝一日因为崔晋百而暴露身份。

如此一来，崔晋百会自责一生，而她便是不怨怪他，也不能再与他往来，朋友都没的做。

否则她如何对得起阿爹和步府？

每个人有每个人的顾虑，沈羲和也不想勉强步疏林："你与崔少卿心平气和地谈一谈。你不愿坦承女儿身可以，但不要否认你对他有情，再说一说你的难处，还有他对你造成的困扰。崔少卿刚毅之人，吃软不吃硬。"

这是沈羲和从萧华雍那里悟出的道理，他们主仆是一样固执又强势还过分骄傲的天之骄子。

她对萧华雍排斥的时候，萧华雍就是一种遇强则强的架势，露出了他锋利的獠牙；她对他态度温和了，他反而乖巧起来。

"我与你怎能相提并论？"步疏林不愿，"你是要与太子殿下喜结连理之人，自然能够退一步，试着与他探寻两个人的相处之道。可我与崔晋百……"

他们如何能够有结果呢？

"阿林，你不去试一试，又怎知不会有结果？"沈羲和劝道，"我不信这世间有永恒之心，以前不信，此刻仍旧不信，但太子殿下始终信誓旦旦，我从最初的一笑而过，到后来的避而不谈，再到如今的信他当下，是因我感受到了他的真心诚意，故而不欺骗自己，不为了固执己见而去扭曲事实。

"崔少卿是加冠之人，能够为自己做主，明白自己该做什么，抉择之后该承担怎样的代价，你无权去替他抉择。"

沈羲和不是个寡言之人，但语重心长地如此一口气说这么多话也是极少见的情况，步疏林懂她的良苦用心。

沈羲和想让自己不要自欺欺人，不要尚未尝试就满心绝望，不要以为是为崔晋百好，反而成了伤他最深之人。

沈羲和以前是防备萧华雍的，现在不能说放下了防备之心，只能说她不排斥了，不以己之见丝毫机会都不给。

因着沈羲和态度的改变和今日的一席话，步疏林一时间无法完全顺着沈羲和反应过来，却也有所触动："你容我想想……"

步疏林还没有想出头绪，两日后江浙传来了好消息：燕王连同崔征查清了叶价案，当日祐宁帝分批召见了有资格上朝的所有文武百官。

有的人出来时一头雾水，有的人脸色苍白，有的人摇摇欲坠，有的人喜形于色……

大家私下一合计，发现祐宁帝褒奖、痛斥、责罚的人都与叶价案无关，都是些与其他案件相关的人，有些甚至根本不可能参与叶价案，弄得所有人都一头雾水。

次日朝会，祐宁帝就公布了叶价案的最终结果，系余杭、嘉兴两郡守联合起来，欺上瞒下。

江南东道的刺史因为御下不严而被降职，两地郡守被革职抄家问斩，参与其中的所有商贩都视情节轻重而各有惩罚，其中过半的人被流放。

被查抄出来的赃款陛下只取了一部分安抚蚕农的损失，吃亏的叶商则只能自食其果，怪自己贪心，不识门道。

一系列惩处措施井井有条，百官才恍然大悟，陛下早就知晓真相，甚至如何应对都已经拟订妥当，所以并非京都无人参与，是陛下只追究到两地郡守而已。

没有参与此事的人并无不满情绪，知道陛下能够做到这一步，这些人都没有藏住尾巴，如今陛下不过是为了大局而隐忍不发，证据实际上都在陛下的手里，随时能甩出来说是当初调查疏漏，这些人是漏网之鱼，进而严惩不贷。这些人的脖子上悬着一把刀，日后都只能战战兢兢地为官，效忠陛下，不得行将踏错丝毫。

"陛下素来喜欢秋后算账。"萧华雍带着沈羲和站在路边，亲自为她撑伞，看着路边的青黄交替的麦田。

叶价案结束，祐宁帝立时宣布启程去行宫，有三日的行程，今日他们在此地落脚。

官府早已将一路上的住宿之事打点妥当，沈羲和看着不远处的农田很是新奇，就出来走走，萧华雍紧随着她。

"比起没有犯错之人，犯了错又落了把柄之人更好掌控。"沈羲和说道，看着喜人的麦穗，青绿中有些许泛黄，心情也有些好了，"今年仍是个丰收年。"

说完，她抬起头问："信王殿下还未将人送走？"

"应当就是今日。"萧华雍觉得也巧了，"这几日他动作不少，声东击西、故布疑阵，让我好一番抽丝剥茧，才确定他选了一条绝妙之路，将人移花接木。"

"看来殿下信心十足。"沈羲和微笑道。

"除非他能徒手变出一条出京之路，否则他所有的路都被我堵死了。"萧华雍莞尔，"便是他们俩势不可当，当真逃出京都，我也已经在京都外制造了缉拿穷凶极恶之徒的搜查案。"

"变出一条出京之路？"

沈羲和的脑子里有什么念头一闪而逝，她还没有细想，步疏林远远地喊了一声："郡主——"

沈羲和被打断思绪，就看到步疏林拿着钓鱼竿，正冲着她比画。

河边凉爽，沈羲和不愿垂钓，但也可以去看看，便转头约了萧华雍。萧华雍欣然前往，最后还钓上来了几条鱼。日落时他们才回去，进门的时候恰好看到萧长卿出来。

顾青姝也一道来了。出门在外，几个女眷住一个院子很寻常，沈羲和、顾青姝、沈缨婼与两位公主住在一个院落里。

既然见着了，少不得要打个招呼，沈羲和盈盈行了一礼，萧长卿虚扶了她一把，露出了手腕，那枚信物垂下，映入了沈羲和的眼底。

霎时间，她什么都明白了——萧长泰如何说服萧长卿相助，萧长卿又如何凭空变出一条逃生之路！

那是一条隐藏在高山之后的水路，壁立千仞的高山，极少有人登上去，更没有人会想到翻过去后群山之间有一条穿山而过的河流，可以从这里离开京都。

顾青栀喜欢登山采集香料或是寻找稀有的花草，意外到过山顶，险些掉下去。后来萧长卿寻到树梢上挂着她的衣服布料的枝丫，以为她从那里摔下去了，火速下山寻人，在山上没有搜寻到，就撑着竹筏在水里寻，偶然间发现了这一条秘密的水路。

这事知晓的人极少，这些日子里萧长卿定然玩了不少花招将萧华雍的人分散开去，然后遮遮掩掩地寻了一条表面上他只能选择的路来迷惑萧华雍，让萧华雍笃定这是他的不二选择。

沈羲和当下要转身去寻萧华雍，瞬间又平静下来：萧长卿未必没有盯着萧华雍的一举一动。

她对萧长卿微微颔首示意之后，就折回了自己的屋子里，立时召来了莫远，让莫远以去取她落下之物为由，快马加鞭地赶回去。

萧华雍在京都的时候，萧长卿不敢轻举妄动，所以萧长泰今日才会出发。要掩人耳目地翻山越岭，萧长泰还带着叶晚棠，脚程应当不会太快，莫远如果赶得及，还能够及时阻杀萧长泰。

"郡主，发生何事了？"珍珠看着站在窗前望月的沈羲和，将烛台移到距离沈羲和更近之处。

自从郡主见了信王殿下后就变得神色凝重，将莫远派出去后一直不言不语。

"我知晓了信王如何助萧长泰脱险，派莫远回去是为了伏击。"沈羲和对自己的心腹不会隐瞒太多，否则会让他们无端揣测和担忧，不利于主仆之间的信任和默契。

"郡主，不告知太子殿下吗？"珍珠迟疑片刻后询问。

珍珠不是不信沈羲和，也不是对萧华雍产生了依赖之心，只是此事由始至终是萧华雍和萧长卿在暗中较劲，沈羲和素来不插手。

"不用。"沈羲和摇了摇头。

除了有些担心将这消息告知了萧华雍，萧华雍一动，就让萧长卿警觉之外，沈羲和更多的是不知如何向萧华雍解释她为何能够知晓这般隐秘的缘由。

她要说谎吗？萧华雍过于聪明，她说的是不是实话，他定有判断。

日后他们会不会因此在彼此之间埋下芥蒂，隐藏祸根？

但要她如实作答是绝无可能的，便是父兄她都没有将之告知的打算，遑论萧华雍？

可不将这消息告知萧华雍，仅凭她之力，她要在萧长卿和萧长泰二人联合之势中伏击萧长泰，成功的概率不大。

幸亏她原就没有指望此次能够将萧长泰诛杀，不过是尽力而为。

"郡主，不歇息是在等结果？"珍珠问，"是否要为郡主备些茶点？"

"不用费事……"

沈羲和的话音未落，沈璎婼的声音在屋外响起——

"你在此处做甚？"沈羲和与珍珠迅速走出去，就看到一墙之隔，雕花窗外的沈璎婼带着谭氏和两个丫鬟，与先一步到来的碧玉堵住了顾青姝。

这里是沈羲和的屋子外空出来的一角，必须得从她的屋子绕过才能走到此地，但顾青姝的屋子与沈羲和的比邻，从顾青姝的屋子窗外也能够到此。顾青姝是一个人在此，没有带丫鬟。

沈璎婼的屋子正对着顾青姝的窗户，沈璎婼正在收拾东西，恰好看到顾青姝跳窗下来，紧接着就猫在此地，许久没动，这才带了丫鬟和谭氏走过来。虽然与顾青姝隔着一道墙，却能够听到隐隐约约有声音自沈羲和的屋子里传来，沈璎婼才出声提醒。

"我的狸奴丢了，我听到它的叫唤声，才到了此处。"顾青姝柔声解释。

"我在屋子里便见到你跳落此地。我从屋子里走过来，此地转个身都嫌狭小，你用得着如此长的时间？"沈璎婼站在围墙的另一边，目光透过墙上的窗孔，在夜色下格外咄咄逼人，"既然你是寻狸奴，又为何不出声唤它？"

"我……"顾青姝一时语塞，不去理会沈璎婼，清润的双眸看着沈羲和："郡主，我真是寻狸奴。"

沈羲和看了一眼四周，的确嗅到了属于顾青姝那只狸奴身上的气息，证明她的猫是真的不久前才从这里蹿出去。

沈羲和微微一笑，说道："寻狸奴是真，偷听也是真。"

顾青姝还做不出特意为了偷听跳到这个角落来蹲着的事，在这之前她们都不知这里可以偷听，更不知对方会有什么秘密。

她应该是为了寻猫跳下来，可能恰好隐隐听到了沈羲和提及萧长卿，才会让猫跑了，自个儿蹲在这里偷听。

顾青姝顺着沈羲和的目光看向被压弯的一丛草还有踩下的印迹，这些痕迹明显是偏向于沈羲和的屋子方向，且若不是被踩久了是不会形成这样的痕迹的，但她依然镇定圆话："郡主，我的狸奴方才在这儿被缠住了，我蹲在此地是为了助它脱困，是沈二娘子吓了我一跳，才让它逃脱。"

沈璎婼出声的确吓了顾青姝一跳，被她捉住的猫就挣脱蹿出去了。这一幕沈璎婼和谭氏以及丫鬟的确都看到了，但事实分明就不是如此。

"你……"

沈璎婼正待出声，沈羲和抬手打断了沈璎婼的话，转身隔着窗户对她说道："夜深了，早些回房歇下，明日行程长，天热马车内不好补眠。"

沈羲和是长姐，她的吩咐沈璎婼自然不会在外人面前反驳，更何况沈璎婼比旁人都了解沈羲和的手段，依从地应下，带着谭氏和丫鬟走了。

等到她们离开后，沈羲和才转身对着顾青姝说道："溧阳县主，只此一次，下不为例。"

淡淡地留下这句话后，沈羲和就带着碧玉和珍珠回了房里，也不管顾青姝如何。

因为都是身份尊贵的女郎，护卫就不便到屋子里守着，墨玉随莫远一道回了京，沈羲和身边只剩下紫玉、碧玉和珍珠贴身服侍，红玉留在了京都看顾独活楼，因此难免会有疏漏之处。

"郡主，她会不会听到……？"珍珠担心。

"听到了又如何？"沈羲和不在意，"现在她便是知道了也来不及。"